TILLIE COLE

ALMA SOMBRIA

Série Hades Hangmen

Traduzido por Mariel Westphal

1ª Edição

2020

Direção Editorial:	**Preparação de texto e revisão:**
Roberta Teixeira	Marta Fagundes
Gerente Editorial:	**Arte de Capa:**
Anastácia Cabo	Damonza Book Cover Design
Tradução:	**Adaptação da Capa:**
Mariel Westphal	Bianca Santana
Diagramação:	Carol Dias

Copyright © Tillie Cole, 2015
Copyright © The Gift Box, 2020
Todos os direitos reservados.

Nenhuma parte do conteúdo desse livro poderá ser reproduzida em qualquer meio ou forma – impresso, digital, áudio ou visual – sem a expressa autorização da editora sob penas criminais e ações civis.

Esta é uma obra de ficção. Nomes, personagens, lugares e acontecimentos descritos são produtos da imaginação da autora. Qualquer semelhança com nomes, datas ou acontecimentos reais é mera coincidência.

Este livro segue as regras da Nova Ortografia da Língua Portuguesa.

CIP-BRASIL. CATALOGAÇÃO NA PUBLICAÇÃO
SINDICATO NACIONAL DOS EDITORES DE LIVROS, RJ
Leandra Felix da Cruz Candido - Bibliotecária - CRB-7/6135

C655a

Cole, Tillie
 Alma sombria / Tillie Cole ; tradução Mariel Westphal. - 1. ed. - Rio de Janeiro : The Gift Box, 2020.
 296 p.

Tradução de: Souls unfractured
ISBN 978-65-5636-006-5

1. Romance inglês. I. Westphal, Mariel. II. Título.

20-63831   CDD: 823
            CDU: 82-31(410.1)

Dedicatória
Para Thessa, a original Flame Whore. *Você me implorou por este livro. O seu desejo é uma ordem.*

NOTA DA AUTORA

Alma Sombria começa exatamente onde *Coração Sombrio* terminou. Para uma melhor leitura, o livro um, *Prelúdio Sombrio*, e livro dois, *Coração Sombrio*, devem ser lidos primeiro.

Como é o tema da série Hades Hangmen, Alma Sombria apresenta crenças e práticas religiosas que, embora possam parecer extremas e chocantes para muitos, são inspiradas em ideologias reais de cultos e seitas cristãs existentes ou pré-existentes. Este romance também inclui a crescente e muito controversa prática de manipulação de serpentes e consumo de veneno em serviços religiosos. Novamente, isso foi inspirado em ideologias de seitas cristãs existentes. Algumas cenas foram exacerbadas para o propósito da história, especialmente em como o protagonista masculino, Flame, vê de maneira única o mundo e, em particular, essas práticas controversas.

Também gostaria de observar que muitas pessoas em todo o mundo vivem nessas ditas seitas e nunca abusam das doutrinas ou sermões pregados. Muitos seguem essas seitas de maneira pacífica, segura e dedicada, como qualquer outra fé. Este romance explora apenas o abuso de tais práticas.

Por favor, esteja ciente de que Alma Sombria contém cenas de abusos sexuais graves, tópicos considerados tabus, violência e agressão sexual.

Abraços,
Tillie.

GLOSSÁRIO

(Não segue a ordem alfabética)

Para sermos fiéis ao mundo criado pela autora, achamos melhor manter alguns termos referentes ao Moto Clube no seu idioma original. Recomendamos a leitura do Glossário.

Terminologia A Ordem

A Ordem: *Novo Movimento Religioso Apocalíptico. Suas crenças são baseadas em determinados ensinamentos cristãos, acreditando piamente que o Apocalipse é iminente. Liderada pelo Profeta David (que se autodeclara como um Profeta de Deus e descendente do Rei David), pelos anciões e discípulos. Sucedido pelo Profeta Cain (sobrinho do Profeta David).*

Os membros vivem juntos em uma comuna isolada; baseada em um estilo de vida tradicional e modesto, onde a poligamia e os métodos religiosos não ortodoxos são praticados. A crença é de que o 'mundo de fora' é pecador e mau. Sem contato com os não-membros.

Comuna: *Propriedade da Ordem e controlada pelo Profeta David. Comunidade segregada. Policiada pelos discípulos e anciões e que estoca armas no caso de um ataque do mundo exterior. Homens e mulheres são mantidos em áreas separadas na comuna. As Amaldiçoadas são mantidas longe de todos os homens (à exceção dos anciões) nos seus próprios quartos privados. Terra protegida por uma cerca em um grande perímetro.*

Nova Sião: *Nova Comuna da Ordem. Criada depois que a antiga comuna foi destruída na batalha contra os Hades Hangmen.*

Anciões: *Formado por quatro homens; Gabriel (morto), Moses (morto), Noah (morto) e Jacob (morto). Encarregados do dia a dia da comuna. Segundos no Comando do Profeta David (morto). Responsáveis por educar a respeito das Amaldiçoadas.*

Conselho dos Anciões da Nova Sião: *Compreende três homens: Irmão Luke, Irmão Isaiah (morto), Irmão Micah (morto).*

A Mão do Profeta: *Posição ocupada por Judah, irmão gêmeo de Cain. Segundo no comando do Profeta Cain. Divide a administração da Nova Sião e de qualquer decisão religiosa, política ou militar, referente à Ordem.*

Conselheiro do Profeta: *Terceiro no comando do Profeta Cain. Posição ocupada pelo Irmão Luke (ex-membro do Conselho de Anciões da Nova Sião). Aconselha nas questões religiosas, políticas e militares. Trabalha junto com a Mão do Profeta.*

Guardas Disciplinares: *Membros masculinos da Ordem. Encarregados de proteger a propriedade da comuna e os membros da Ordem*

A Partilha do Senhor: *Ritual sexual entre homens e mulheres membros da Ordem. Crença de que ajuda o homem a ficar mais perto do Senhor. Executado em cerimônias em massa. Drogas geralmente são usadas para uma experiência transcendental. Mulheres são proibidas de sentir prazer, como punição por carregar o pecado original de Eva, e devem participar do ato quando solicitado como parte dos seus deveres religiosos.*

O Despertar: *Ritual de passagem na Ordem. No aniversário de oito anos de uma garota, ela deve ser sexualmente "despertada" por um membro da comuna ou, em ocasiões especiais, por um Ancião.*

Círculo Sagrado: *Ato religioso que explora a noção do 'amor livre'. Ato sexual com diversos parceiros em áreas públicas.*

Irmã Sagrada: *Uma mulher escolhida da Ordem, com a tarefa de deixar a comuna para espalhar a mensagem do Senhor pelo ato sexual.*

As Amaldiçoadas: *Mulheres/Garotas na Ordem que são naturalmente bonitas e que herdaram o pecado em si. Vivem separadas do restante da comuna, por representar a tentação para os homens. Acredita-se que as Amaldiçoadas farão com que os homens desviem do caminho virtuoso.*

Pecado Original: *Doutrina cristã agostiniana que diz que a humanidade é nascida do pecado e tem um desejo inato de desobedecer a Deus. O Pecado Original é o* resultado da desobediência de Adão e Eva perante a Deus, quando eles comeram o fruto proibido no Jardim do Éden. Nas doutrinas da Ordem (criadas pelo Profeta David), Eva é a culpada por tentar Adão com o pecado, por isso as irmãs da Ordem são vistas como sedutoras e tentadoras e devem obedecer aos homens.

Sheol: *Palavra do Velho Testamento para indicar 'cova' ou 'sepultura' ou então 'Submundo'. Lugar dos mortos.*

Glossolalia: *Discurso incompreensível feito por crentes religiosos durante um momento de êxtase religioso.*

Diáspora: *A fuga de pessoas de suas terras natais.*

Colina da Perdição: *Colina afastada da comuna, usada para retiro dos habitantes da Nova Sião e para punições.*

Homens do Diabo: *Usado para fazer referência ao Hades Hangmen MC.*

Terminologia Hades Hangmen

Hades Hangmen: *um porcento de MC Fora da Lei. Fundado em Austin, Texas, em 1969.*

Hades: *Senhor do Submundo na mitologia grega.*

Sede do Clube: *Primeiro ramo do clube. Local da fundação.*

Um Porcento: *Houve o rumor de que a Associação Americana de Motociclismo (AMA) teria afirmado que noventa e nove por cento dos motociclistas civis eram obedientes às leis. Os que não seguiam às regras da AMA se nomeavam 'um porcento' (um porcento que não seguia as leis). A maioria dos 'um porcento' pertencia a MCs Foras da Lei.*

Cut: *Colete de couro usado pelos motociclistas foras da lei. Decorado com emblemas e outras imagens com as cores do clube.*

Oficialização: *Quando um novo membro é aprovado para se tornar um membro pleno.*

Church: *Reuniões do clube compostas por membros plenos. Lideradas pelo Presidente do clube.*

Old Lady: *Mulher com status de esposa. Protegida pelo seu parceiro. Status considerado sagrado pelos membros do clube.*

Puta do Clube: *Mulher que vai aos clubes para fazer sexo com os membros dos ditos clubes.*

Cadela: *Mulher na cultura motociclista. Termo carinhoso.*

Foi/Indo para o Hades: *Gíria. Refere-se aos que estão morrendo ou mortos.*

Encontrando/Foi/Indo para o Barqueiro: *Gíria. Os que estão morrendo/mortos. Faz referência a Caronte na mitologia grega. Caronte era o barqueiro dos mortos, um daimon (espírito). Segundo a mitologia, ele transportava as almas para Hades. A taxa para cruzar os rios Styx (Estige) e Acheron (Aqueronte) para Hades era uma moeda disposta na boca ou nos olhos do morto no enterro. Aqueles que não pagavam a taxa eram deixados vagando pela margem do rio Styx por cem anos.*

Snow: *Cocaína.*

Ice: *Metanfetamina.*

A Estrutura Organizacional do Hades Hangmen

Presidente (Prez): *Líder do clube. Detentor do Martelo, que era o poder simbólico e absoluto que representava o Presidente. O Martelo é usado para manter a ordem* *na Church. A palavra do Presidente é lei no clube. Ele aceita conselhos dos membros sêniores do clube. Ninguém desafia as decisões do Presidente.*

Vice-Presidente (VP): *Segundo no comando. Executa as ordens do Presidente. Comunicador principal com as filiais do clube. Assume todas as responsabilidades e deveres do Presidente quando este não está presente.*

Capitão da Estrada: *Responsável por todos os encargos do clube. Pesquisa, planejamento e organização das corridas e saídas. Oficial de classificação do clube, responde apenas ao Presidente e ao VP.*

Sargento de Armas: *Responsável pela segurança do clube, policia e mantém a ordem nos eventos do mesmo. Reporta comportamentos indecorosos ao Presidente e ao VP. Responsável por manter a segurança e proteção do clube, dos membros e dos Recrutas.*

Tesoureiro: *Mantém as contas de toda a renda e gastos. Além de registrar todos os emblemas e cores do clube que são feitos e distribuídos.*

Secretário: *Responsável por criar e manter todos os registros do clube. Deve notificar os membros em caso de reuniões emergenciais.*

Recruta: *Membro probatório do MC. Participa das corridas, mas não da Church.*

*"Pois almas sombrias são como ímãs.
Atraídas para colidir em uma felicidade impossível..."*

PRÓLOGO

— Vocês mataram mais alguém aqui?

Observei a pequena cadela de cabelos escuros – irmã de Mae –, perguntar ao *prez* se tínhamos matado todos nessa maldita seita dos infernos.

Prez assentiu com a cabeça.

— Onde ele está? — ela perguntou.

Prez não respondeu, e a minha cabeça estremeceu e a pele formigou quando os olhos verdes dela se estreitaram.

— Por favor! Eu preciso vê-lo! — ela gritou. Seu rosto pálido ficou vermelho e as mãos começaram a tremer ao lado do corpo.

Prez apontou para a floresta e, em um segundo, ela estava indo em direção às árvores. Minha mandíbula cerrou e as mãos se fecharam em punhos enquanto eu a observava ir.

Viking se inclinou, parando um pouco antes de me tocar. Ele sabia que não deveria me tocar.

— Você entalhou aquele filho da puta no estilo Krueger, não é, irmão?

Fiquei olhando para a floresta, vendo o vestido da cadela desaparecer ao longe.

— Flame? — Viking insistiu.

Cerrei os dentes, rosnando, lembrando da sensação de cortar aquele merda com minhas lâminas.

— Eu fiz um bom trabalho. Aquele pedófilo da Bíblia merecia morrer assim.

— Aceito isso como um sim. Um *enorme* sim para a *extreme makeover,*

Krueger edition[1]!

Não respondi ao Viking. Não respondi, porque a cadela de cabelos pretos estava voltando. E o tempo inteiro, eu a observei. Contei cada passo que ela deu enquanto se aproximava. *Um, dois, três, quatro, cinco, seis, sete, oito, nove, dez, onze...*

Vi o peito dela subir e descer. Ela estava respirando com dificuldade e com muita força. Ela não estava chateada pelo discípulo pedófilo estar morto, estava?

— Irmã? — Mae correu até ela, mas os olhos verdes da cadela estavam em *Prez*.

— Quem o matou? — perguntou, passando pela irmã. Ela se virou de um irmão para o outro, olhando cada um nos olhos.

Apenas observei. Observei e estremeci, sentindo meu sangue começar a ferver.

O filho da puta merecia morrer. E fiquei duro vendo aquele filho da puta morrer, vendo a vida deixar seus olhos enquanto seu sangue se derramava. E adorei cada segundo.

Então a pequena cadela olhou para mim. Seu corpo minúsculo e aqueles enormes olhos verdes encararam os meus.

— Foi você? — ela perguntou.

Meu sangue correu mais rápido pelo meu corpo e eu assenti.

— Sim, matei o filho da puta — respondi.

Fiquei tenso, meus músculos ondulando, esperando vê-la defender aquele merda. Esperando que dissesse que eu era mau, um assassino; coisas que eu já sabia.

Mas antes que pudesse pensar, um choro saiu de sua garganta e ela deu um passo para frente, enlaçando minha cintura. Meu coração disparou contra o meu peito como uma maldita metralhadora, e minhas mãos se fecharam em punhos, erguendo-se no ar quando as suas tocaram a minha pele.

Eu não podia ser tocado. Não podia ser tocado. *Um, dois, três, quatro, cinco, seis, sete*, comecei a contar, esperando que as chamas a machucassem. Esperando a dor... *oito, nove, dez, onze...* Meus olhos se fecharam quando cheguei ao onze, esperando ver sua agonia.

Onze.

Mas ela não estava machucada.

Onze.

Eu tinha passado do onze.

Os braços da cadela apertaram minha cintura enquanto eu a encarava

---

1 O personagem faz referência a um programa de televisão sobre reformas extremas de casas, que acabam sendo remodeladas quase que totalmente.

ALMA SOMBRIA

em choque. Observei seu abundante cabelo escuro. Senti seu peito subir e descer com a sua respiração.

— Obrigada — ela sussurrou e descansou a bochecha no meu peito. — Muito, muito obrigada.

Meus pulmões congelaram quando ouvi seu agradecimento. Mas não entendi. Como sempre. Eu não entendi nada.

Por que ela não se machucou com o meu toque?

Por que estava me agradecendo?

Seus braços se apertaram novamente ao meu redor, até que senti o desejo intenso de tocá-la. Eu queria tocá-la pra caralho.

Com o coração ainda disparado pela adrenalina da matança e o pulso latejante em meu pescoço, cerrei os olhos. Forçando meus braços para baixo, respirei fundo e pressionei minhas mãos em suas costas. Quando toquei o tecido de seu vestido, suspirei, sentindo seu corpo estremecer sob minhas mãos.

Quase me afastei, a sensação de tê-la em meus braços estava ferrando com a minha mente. Mas o inferno se desencadeou quando senti a umidade no meu peito, na minha pele, ouvindo a cadela chorar e sussurrar:

— Você me libertou. Você me libertou dele...

Com essas palavras, meus olhos se fecharam outra vez. Meu coração disparou, mas as chamas no meu sangue, o calor que sempre ardia em minhas veias, se acalmaram.

As chamas *nunca* se acalmavam.

Elas sempre queimavam.

Mas com ela ...

Eu queria abraçá-la apertado.

Queria puxá-la para mais perto, mas ela abaixou os braços e deu um passo para trás.

Cerrei as mãos em punhos ao lado do meu corpo enquanto a observava se afastar, então, pouco antes de ela chegar até suas irmãs, olhou para mim e perguntou:

— Qual é o seu nome? — Sua voz estava trêmula, como se estivesse com medo. No entanto, seus olhos nunca deixaram os meus. Eles incendiaram os meus, fazendo meu coração bater acelerado.

Então pensei na pergunta que me fez. *O meu nome...*

— Flame — respondi, afastando meu outro nome para longe da minha mente, o nome que não suportava.

Congelei quando ela baixou os olhos e sorriu. Minhas unhas cravaram na palma da minha mão, enquanto tentava me acalmar observando aquele sorriso.

— Você tem a minha gratidão eterna, Flame. Estarei para sempre em dívida com você.

Soltei o fôlego quando ela se virou e saiu com as irmãs, mas ainda assim, não conseguia afastar meu olhar.

Encarei as palmas das minhas mãos, assombrado. Eu a toquei. Eu a toquei e não a machuquei.

Então senti o peso em meu estômago. Porque as chamas ainda estavam sob a minha pele. Eu podia senti-las. E, se a tocasse novamente, poderia machucá-la.

— Porra, cara, você está bem? — AK estava na minha frente, bloqueando meu caminho até a pequena cadela de cabelo preto.

Ergui as mãos, as palmas para cima.

— Eu a toquei, porra — sussurrei. — Eu a toquei.

AK assentiu.

— Eu sei, irmão. Você está bem? Não vai dar uma de louco para cima dela, vai? Nenhum pensamento sobre cortar sua garganta está passando pela sua cabeça, não é?

Movendo-me para o lado, olhei por cima do ombro de AK e perguntei:

— Qual era o nome dela? Como é que Mae a chamou?

AK também olhou para trás e disse:

— Maddie, eu acho...? — Ele respirou fundo. — Sim, Maddie.

Maddie, pensei, depois sussurrei o nome dela, saindo em voz alta pelos meus lábios.

— Maddie...

Em poucas horas voltamos ao complexo, e os irmãos de fora do estado, assim como a maioria do nosso clube, beberam e farrearam a noite toda. Mas eu só podia ver Maddie. Só conseguia vê-la na janela do apartamento de Styx, de onde ela observava tudo. Não bebi, nem fumei, ao invés disso, observei a cadela sentada na soleira da janela, vendo que ela também me observava.

Andei de um lado para o outro sob aquela janela até que AK e Viking me arrastaram para casa, para a minha cabana. No entanto, não conseguia tirá-la da cabeça. Minha mente sempre voltava aos olhos verdes e longo cabelo escuro. Continuei sentindo suas mãos em volta da minha cintura.

Pegando as minhas facas, saí pela porta e corri por todo o caminho até chegar no complexo. Ao sair das sombras das árvores, segui em direção do apartamento de Styx... e então parei abruptamente.

A janela.

Maddie ainda se encontrava sentada à janela.

Meu coração disparou quando olhei para ela.

E então ela olhou para baixo e me viu.

Observei sua boca abrir.

ALMA SOMBRIA

E seus olhos verdes se arregalarem.
E a mão delicada pressionar o vidro da janela.
E vi quando seus lábios murmuravam:
— *Flame*...

Segurando minhas facas junto ao corpo, me aproximei. Comecei a andar de um lado ao outro sob sua janela. Porque ninguém chegaria perto dela outra vez. Ninguém jamais a machucaria novamente. Se eles o fizessem, morreriam.

Morreriam pelas minhas lâminas.

Porque ela era minha.

A pequena cadela de cabelo preto, chamada Maddie, era *minha*.

CAPÍTULO UM

FLAME

Dias atuais...

Não. Não. NÃO!

Disparei pela estrada de cascalho até a minha cabana, incapaz de impedir a porra dos pensamentos caóticos que enchiam minha cabeça. *Eles estão com ela. Eles vão machucá-la.*

Forcei as pernas a correrem ao máximo. Meus músculos vibravam de dor, ainda fracos por todas as semanas do caralho em que passei amarrado a uma cama de hospital, mas eu precisava chegar até Maddie. Ela precisava de mim para detê-los. Precisava que eu os impedisse de machucá-la também.

Levei uma bala por ela. Quando Lilah enlouqueceu depois de ter sido resgatada da comuna, e acidentalmente disparou a arma que estava segurando – a arma apontada diretamente para Maddie –, tive que salvá-la. Eu tive que salvar a porra da sua vida.

Mas foi tudo por nada, já que agora eles a mantinham naquela igreja.

Entrei correndo na sala de estar e peguei as chaves sobre a bancada; sem pensar em mais nada, corri até minha moto estacionada em frente. Em questão de segundos, o motor rugiu. Meu coração disparou como um trovão enquanto a máquina vibrava sob o meu corpo.

Subindo o estribo, vi Viking e AK correndo, descendo a colina atrás de mim. Ambos gritavam para que eu parasse, mas não consegui. Eu precisava

chegar até a Maddie. Não poderia deixá-la lá, com aquelas pessoas.
Não ela.
Não a Maddie.
Não a minha Maddie!
Cantando pneu no cascalho, saí voando a toda pela estrada de terra. Escutei o som de uma moto me seguindo à distância, mas não parei, as palavras da cadela do Ky voltando à minha mente.
— *Maddie está na Igreja de Nosso Salvador... Ela está indo lá há algum tempo já. Todas nós estamos.*
Pilotei ainda mais rápido, sem saber se era tarde demais. Mas, sabendo que se não chegasse lá, poderia ser tarde demais. Eles a fariam gritar. E não podia ouvi-la gritar. Não suportava gritos. Isso ferveu meu sangue. Atiçou as chamas sob a minha pele e assombrou a porra do meu cérebro.
Minhas mãos tremiam no guidão da Harley enquanto lutava para não explodir de raiva. Imaginei os olhos verdes de Maddie, sua pele pálida, seu longo cabelo negro. Então, tudo que vi na minha cabeça foi ela coberta de sangue, sendo contida à força e machucada. E pude imaginá-la gritando. Pude ver aqueles olhos verdes arregalados, chorando, enquanto a amarravam. Todas as pessoas na igreja tentando segurá-la para lhe infringir dor.
E não pude salvá-la. Eu não pude *salvá-la*. Outra... outra pessoa seria tirada de mim. Porque eu não estava lá para protegê-la.
Apertei as mãos mais uma vez sobre o guidão, e deixei um grito subir pela minha garganta machucada. Continuei acelerando a moto, cada vez mais rápido, até entrar nas ruas do centro da cidade. Furei todos os sinais vermelhos. Cortei ruas e cruzamentos.
Depois, virei mais duas vezes à direita e a maldita apareceu.
Branca.
Grande.
Uma maldita casa do mal, disfarçada de boa.
Igreja de Nosso Salvador.
E ali dentro estava a minha Maddie.
Estacionando na frente, pulei da moto. Quando minhas botas atingiram o chão, lutei contra o caos na minha cabeça por estar tão perto desse inferno. Os remédios do hospital ainda se arrastavam pelo meu sangue, mas eu não tinha outra escolha a não ser continuar.
Olhei para as palmas das minhas mãos abertas e trêmulas, meus músculos das pernas se contraindo. E como a porra de um covarde, olhei para os degraus brancos e íngremes, incapaz de me mover.
E então, em minha mente, eu o vi de pé na minha frente, ordenando que chegasse mais perto da porta da igreja. Vi a expressão fria em seus olhos quando ele olhou para mim, seus lábios curvados em desgosto.

"Pecador. Você é um garoto pecador", ele sussurrou – a memória muito vívida –, e meu coração pesou como uma pedra. *"Você precisa limpar as chamas do seu sangue. Precisa expurgar o mal da sua alma negra."*

Ofeguei, tentando respirar, e tive que me equilibrar no banco da moto, achando que minhas pernas cederiam com a lembrança. Eu não queria deixar que aquela memória tomasse conta de mim. Não *queria* voltar para lá. E não *queria* ver a merda do rosto dele na minha mente. Mas meus desejos não significavam nada. Porque ele estava *sempre* lá. Ele *sempre* vinha atrás de mim. Ele nunca me deixava sozinho.

O rugido do motor de outra Harley soou atrás de mim, fazendo com que abaixasse minhas mãos erguidas. Sabia que eram AK e Viking sem nem olhar para trás. E eles tentariam me impedir. Eu sabia que iriam tentar, porque não entendiam o que acontecia por trás daquelas portas de madeira, onde ninguém poderia ver.

Ficando de pé, olhei novamente para a igreja. Obrigando meu corpo a se mover, caminhei até o começo da escadaria íngreme. Porém não consegui ir mais longe. Tentei forçar meus pés adiante, dando um primeiro passo, mas eles não me odedeceram. Meu corpo estava paralisado, com medo de encarar o que estava por trás daquelas portas.

Cabisbaixo, comecei a golpear minha cabeça com as mãos.

— Se move, caralho! — falei para mim mesmo. — Vá logo lá, seu merda!

Incapaz de subir os degraus, comecei a andar pela calçada. Andei de um lado ao outro, minha cabeça ficando cada vez mais caótica. Imagens ferradas apareceram em minha mente. Meu cérebro alarmado.

— *Eles machucarão a Maddie. Eles estão machucando a Maddie* — eu disse a mim mesmo. E as chamas ardiam mais quentes em minhas veias.

Lutei para respirar enquanto andava mais rápido e imaginei o rosto de Maddie novamente.

De um jeito ou de outro, eu ia tirá-la de lá.

CAPÍTULO DOIS

MADDIE

Por horas, fiquei sentada escondida nas sombras, bem atrás de uma grande estátua de mármore branco, de Jesus.

Não aguentava mais ficar no complexo, mesmo que este fosse o dia do casamento de Lilah e Ky. Não aguentava ficar mais um segundo presa naquele quarto, olhando pela janela, rezando desesperadamente para que Flame surgisse das sombras das árvores.

Mas ele nunca apareceu.

Fechando os olhos, me lembrei quando ele se jogou na frente daquela bala para salvar a minha vida. E então tudo o que pude ver, era o sangue.

Permitindo que meus olhos reabrissem, apoiei a cabeça nas pernas da estátua. Minha mão tocou o centro do meu peito, sentindo o vazio doloroso. No mesmo instante, ele tomou conta da minha mente: seus olhos escuros, a barba curta e escura, seu nariz levemente torto e o enorme corpo tatuado, em pé, imóvel e em uma atitude protetora, sob a minha janela e sempre de posse de suas facas.

Perdi o foco, olhando para o chão de madeira da igreja, mas levantei a cabeça quando meu som favorito começou a tocar. Os acordes de um violão ecoavam pelas paredes altas. Então as teclas do piano se juntaram ao som mágico do hino que sempre me fazia sorrir. Aos poucos, minhas mãos começaram a relaxar, e o meu corpo começou a balançar suavemente no ritmo da melodia.

De onde estava, não dava para ver o coral, mas podia ouvi-los. Foi por isso que vim para a igreja. Não foi pela religião, mas por essa música poética.

> "This little light of mine, I'm gonna let it shine.
> This little light of mine, I'm gonna let it shine.
> This little light of mine, I'm gonna let it shine.
> Let it shine, let it shine, let it shine..."[2]

Meus lábios se moveram, murmurando silenciosamente a letra. Mas eu não poderia cantar. Não conseguia dizer as palavras em voz alta. Nunca ousaria cantar. Sempre me ensinaram que entoar um cântico era proibido, um pecado. Mas eu podia ouvir. Podia ouvir e me sentir segura... sentir um momento de felicidade, mesmo que por apenas alguns minutos, enquanto o doce som continuava.

O hino ressoou, e eu sorri, até o último refrão desaparecer...

> "Every day, every day, I'm gonna let my little light shine..."

Soltando um lento e profundo suspiro, recostei-me ainda mais nas pernas da estátua, contente em ouvir o ensaio do coral gospel. Mas no breve silêncio entre hinos, um som do lado de fora da igreja se fez ouvir.

— *Maddie!*

Meu corpo se endireitou com o rugido áspero e gutural que gritava meu nome. Meu coração começou a trovejar nos meus ouvidos.

— *Maddie!* — O grito soou novamente, e minhas mãos começaram a tremer.

Os murmúrios questionadores do coral podiam ser ouvidos lá de cima, da galeria da igreja. A porta do escritório da pastora James se abriu. Ela saiu correndo, com o rosto tenso. A mulher cristã que convidou a mim e minhas irmãs para frequentarmos sua igreja sem questionar. A mulher que ministrou o casamento de Lilah e Ky apenas algumas horas atrás. A mesma que havia retornado à igreja logo depois de mim, só para que eu não ficasse aqui sozinha.

Fiquei tão imóvel quanto a estátua ao meu lado, meu corpo congelado de terror. A pastora James veio na minha direção, a preocupação estampada em seu rosto.

Ela abriu a boca para falar, quando o som ensurdecedor de um motor ecoou além das portas, seguido por outro grito.

— *MADDIE!* — Dessa vez, o grito foi mais alto, mais frenético.

Senti uma mão tocar meu ombro. Gritando com o toque inesperado, engatinhei rapidamente para trás até que meu corpo ficou preso entre a

---

2 Trecho da canção "I'm Gonna Let It Shine". Em tradução livre, "esta minha pequena luz, vou deixá-la brilhar".

ALMA SOMBRIA

parede do altar e a estátua de Jesus. Meus joelhos se recostaram ao meu peito, e meus braços na mesma hora os envolveram. A pastora ergueu as mãos assim que seus olhos se conectaram aos meus.

— Maddie, me desculpe. Eu não deveria ter tocado em você.

Tentei respirar para afastar a sensação do toque escaldante da pastora James no meu corpo. Mas assim que consegui encher meus pulmões de ar, um grito desesperado soou novamente.

— *MADDIE!*

Ela se levantou e olhou para as portas da frente abertas. Olhando para mim, nervosamente ordenou:

— Fique aqui, Maddie.

Um membro masculino do coral desceu correndo as escadas e encontrou a pastora no meio do corredor.

Ele olhou para mim, depois que a pastora disse algo e, juntos, com cautela, se dirigiram à entrada. Eu os observei atentamente, mal sendo capaz de piscar, imaginando o que encontrariam ali fora.

— *MADDIE!* — A voz chamou de novo, o tom maléfico me fazendo estremecer. Mas então ouvi outra coisa que amenizou meu medo.

— Pelo amor de Deus! Os fanáticos da Bíblia vão chamar os tiras! Você entende isso, idiota? Styx vai esfolar essa sua carcaça psicopata! Você acabou de ir para casa, porra!

Minhas mãos pararam de tremer ao ouvir a voz e o nome familiar.

— *MADDIE!* — Quando o grito repetiu meu nome, levantei com um pulo e saí das sombras. Levantando a barra do vestido comprido, corri pela nave da igreja, até chegar à entrada onde o sol brilhante iluminava o chão de madeira escura.

— Não vou falar outra vez. Preciso que saia daqui ou chamarei a polícia — a pastora James estava falando quando cheguei à porta. O homem do coral imediatamente me viu e a cutucou.

A pastora se virou para mim e empalideceu.

— Maddie, querida, fique na igreja e ligue para sua irmã, ou melhor ainda, para o Sr. Nash.

Sua expressão demonstrava medo, mas seus protestos rapidamente se transformaram em uma litania abafada em meus ouvidos quando saí e o vi, esperando lá embaixo, ao lado da rua movimentada... *Flame*. Ele estava andando de um lado para o outro. Como sempre, contei seus passos. Onze para a direita, onze para a esquerda.

Enquanto o observava, temi que minhas pernas trêmulas cedessem. Aquela sensação estranha – como se meu estômago estivesse se revirando – me atingiu, quando meus olhos se focaram nas pernas musculosas revestidas por couro e o colete dos Hangmen parcialmente cobrindo seu torso nu.

Seu cabelo escuro em um corte estranho, estava bagunçado como sempre. Fiz uma careta quando percebi quão pálido e magro ele se encontrava. Seus músculos se contraíam; as mãos cerradas, mais tensas do que o normal. Seus lábios estavam murmurando algo inaudível a essa distância, mas ainda assim... ainda era o Flame. Ele ainda era o homem que me protegeu. A sombra silenciosa que me mantinha em segurança.

O homem de quem senti uma falta absurda e inexplicável.

Seus amigos, Viking e AK, ficaram ao lado. Viking, o enorme irmão ruivo, parecia angustiado enquanto conversava com AK, de cabelo escuro; quando o primeiro homem passou a mão pelo cabelo e se virou, sua atenção se fixou em mim.

O gigante ruivo pareceu suspirar em alívio, e disse algo para o outro irmão. Quando AK olhou para mim, deu um aceno leve e cansado.

Mas não perdi meu tempo com eles. Tudo em que conseguia me concentrar agora era em Flame.

Estremeci quando vi o curativo branco na lateral de seu pescoço. O ferimento à bala que era destinada a mim, mas que o atingiu quando se colocou à minha frente...

...Para me proteger.

O ritmo dos seus passos aumentou. Eu podia ver suas mãos tremendo quando seus punhos se apertaram ainda mais. Então, com as veias do pescoço saltando, ele começou a gritar:

— MADD... — começou a dizer com a sua voz áspera e rouca antes que seus olhos se concentrassem no topo da escada...

...Onde encontraram os meus.

O grito de Flame ficou preso em sua garganta e seu corpo parou abruptamente. Ele cambaleou sobre os pés inquietos, como se estivesse cansado demais para ficar de pé. Mas aquele olhar escuro como a meia-noite continuou fixo em mim. Suas mãos pararam de tremer, seu peito largo e nu subia e descia rapidamente, mas um tipo estranho de calma pareceu tomar conta dele.

Eu queria falar com ele.

Queria segurar sua mão na minha e agradecer. Agradecer por ter salvado minha vida.

Mas não pude. Não tive coragem. Então, ao invés, levantei a mão trêmula até o pescoço. Toquei o mesmo local onde havia sido ferido. Certificando-me de ter sua total atenção, inclinei a cabeça em agradecimento.

Flame parou com o meu gesto, então, com o peito arfante, deu um passo à frente. Meu coração disparou quando pensei que estava prestes a subir as escadas, vindo ao meu encontro. Porém, depois de dar apenas um passo, se deteve como se algo o impedisse de continuar.

ALMA SOMBRIA

Meu coração parou.

Era nítido que ele queria vir até mim.

Que queria falar comigo. Mas, da mesma forma que acontecia comigo, parecia não ser assim tão simples.

Senti a presença de alguém atrás de mim, e o nó em meu estômago se torceu quando vi o comportamento agora calmo de Flame, se transformar quando o olhar se concentrou por cima do meu ombro. O homem torturado que testemunhei controlando sua raiva, todas as noites, voltou com um grunhido rouco.

— Maddie? — a pastora James chamou. Parecia que apenas o som de sua voz, bem como a presença dela perto de mim, o levaram ao limite. Seus olhos nublaram com raiva. Seus pés o levaram adiante. Com a presença ameaçadora, seu comportamento sombrio continha a promessa de dor.

Mal respirando, segui meus instintos e desci os degraus às pressas. Era como se Flame começasse a voltar de onde quer sua alma torturada o tenha levado, a cada passo que dava em sua direção.

— Maddie, precisamos que você volte com a gente — AK falou.

Flame estava respirando com dificuldade, como se tivesse corrido por horas e horas, e um brilho de suor brilhava em seu rosto pálido.

Sem olhar para AK, assenti com a cabeça. O irmão se aproximou de Flame e disse baixinho:

— Ela vem com a gente, tudo bem? Ela pode ir comigo na caminhonete.

Flame ficou tenso e balançou a cabeça, como se não estivesse satisfeito com a decisão de AK. Ele se aproximou e disse:

— Olhe para mim, irmão.

Flame não desviou o olhar do meu. AK tentou novamente.

— Flame, olhe para mim. — Desta vez, ele fez o que lhe foi pedido, mas, ainda assim, sua expressão não era nem um pouco amigável.

AK tocou o peito com a mão.

— Você confia em mim? Depois de tudo o que passamos, você confia em mim para levar Maddie para casa em segurança?

Viking se postou ao lado de AK. Observei enquanto Flame olhava de um para o outro. Com um visível inclinar de ombros e um longo suspiro, ele grunhiu asperamente:

— Sim.

AK relaxou. Olhando para mim, indicou a caminhonete mais à frente. Fui até o veículo, mas recusei-me sentar no banco na frente, optando pelo assento traseiro.

Acomodei-me ao lugar, encontrando o olhar apreensivo de Flame quando me viu entrar na caminhonete, e assenti com a cabeça, dando um sorriso tranquilizador.

Os lábios dele se separaram e, somente quando AK sentou-se atrás do volante, Flame correu em direção a sua moto.

O motor deu partida e, em pouco tempo, pegamos a estrada movimentada. AK não disse nada para mim, mas o vi me observando pelo espelho pendurado no teto da caminhonete.

Querendo escapar do seu escrutínio, olhei pela janela. Quando a cidade deu lugar às estradas rurais, o barulho de uma moto soou ao meu lado. Em segundos, Flame acelerou até que estivesse pilotando paralelamente à caminhonete... alinhado a mim. Permanecemos assim até chegarmos em casa.

Quando paramos, Mae veio correndo da varanda. Ela ainda usava seu vestido de dama de honra, parecendo incrivelmente linda, como sempre. E, como *sempre*, Styx a seguia logo atrás.

Chegando à porta traseira, Mae a abriu. No mesmo instante, vi a preocupação em seu rosto.

— Maddie — ela sussurrou, claramente aliviada. — Você está bem?

Assenti com a cabeça. Segurando sua mão estendida, deixei que me ajudasse a descer do veículo. Mae passou o braço em volta dos meus ombros e começou a me levar em direção à cabana. Mas quando passamos por Styx, vi que ele olhava para Flame, as mãos gesticulando rapidamente. Eu não compreendia aquela linguagem que Styx, Mae e a maioria dos homens falavam, mas sabia que ele estava com raiva de Flame.

— Styx. *Prez...* — Ouvi Viking tentando falar, sendo interrompido na mesma hora.

Mae continuou me levando para a frente, mas a lembrança do rosto de Flame quando me viu sair da igreja, seu corpo ainda debilitado com os ferimentos e o rosto pálido, me fez parar.

Seja que razão o levou até lá, ele havia colocado sua recuperação de lado para me salvar de algo que via como uma ameaça. Eu suspirei.

Ele não deveria ser punido.

— Maddie? O que foi? — Mae perguntou. Saindo de seu abraço protetor, virei e deparei com Flame, o semblante exausto, ao meu lado. Styx ainda se comunicava com as mãos, mas Flame me observava enquanto eu dava um passo hesitante em sua direção. Seus olhos escuros se arregalaram à medida que me aproximava dele, devagar e apreensiva. Suas mãos ao lado do corpo se fecharam e sua mandíbula ficou rígida pela tensão.

Escutei o som abafado de Mae correndo para Styx, sussurrando algo que não pude ouvir, mas havia apenas uma coisa em minha mente.

Primeiro senti o cheiro de óleo e couro, e depois, algo que não consegui distinguir, algo que era característico do Flame. Agora, a apenas alguns centímetros de distância dele, meus olhos fixos no chão, um silêncio caiu sobre o grupo.

Apertando as mãos para manter a compostura, levantei a cabeça. Assim, tão perto, percebi que senti sua falta com uma intensidade devastadora. Percebi que em sua ausência, não houve um dia em que me senti segura.

Flame engoliu em seco e me encarou. Meu coração acelerou quando admiti para mim mesma que gostava da maneira como ele me observava. Gostava de ver a expressão sofrida sumir de seu rosto, sempre que eu estava perto.

Respirando profundamente para acalmar meu nervosismo, sussurrei:

— Obrigada. — Suspirei mais uma vez para firmar a minha voz trêmula, desviei o olhar do seu, penetrante e intenso, e acrescentei: — Obrigada. Obrigada por salvar a minha vida.

O silêncio parecia querer me sufocar. Eu podia ouvir a brisa, os pássaros noturnos nas árvores, e então ouvi uma rápida expiração. Levantando novamente o olhar, vi os lábios do Flame se separarem, como se um fardo pesado tivesse sido tirado dos seus ombros.

Ao cerrar os dentes, sua gengiva tatuada com a palavra DOR ficou visível. Flame se aproximou até ficar a alguns passos de mim. Pisquei rapidamente tentando me preparar para o que ele poderia fazer.

Os músculos trabalhados de Flame ficaram tensos quando sua mão começou a se levantar. Meu corpo ficou rígido, somente em pensar que ele estava prestes a me tocar. Instintivamente, eu queria me afastar, recuar e recusar o contato. Mas quando olhei para o rosto cansado, não pude fazer nada a não ser ficar parada.

A mão dele estava trêmula enquanto tentava alcançar meu rosto, mas quando faltavam apenas poucos centímetros de distância, ele interrompeu o gesto, ficando imóvel. Os olhos de Flame se arregalaram. E então, com um suspiro contido, ele afastou a mão e tropeçou para trás.

Virando a cabeça para a direita, vi que Mae olhava para mim, boquiaberta. Styx me encarava com os olhos entrecerrados. Minha pele aqueceu, o rosto ardendo de embaraço.

Recuando, fui para a cabana, desesperada para escapar da atenção de todos. Mae ficou ao meu lado. Quando estava prestes a entrar no santuário de sua casa, ouvi:

— Maddie... — O sussurro em um tom de voz rouco e triste.

Parei imediatamente. Olhei por cima do ombro e vi Flame parado a alguns passos à frente de seus irmãos. Seu olhar parecia tão aflito que temi que meu coração se partisse ao meio.

Havia tanto desejo em sua expressão, como se estivesse desesperado para eu dissesse alguma coisa. *Qualquer coisa.*

Forçando um sorriso, coloquei uma mecha atrás da orelha e sussurrei:

— Boa noite, Flame. Eu... Eu estou feliz por você ter retornado. — Na minha cabeça, acrescentei: *"para mim"*, mas isso nunca seria dito em voz alta.

CAPÍTULO TRÊS

FLAME

Continuei observando-a até que a porta da cabana do *Prez* se fechou. Fiquei imóvel. Apenas olhando para a porta de madeira, sentindo um enorme buraco no estômago.

Ergui a mão e encarei meus dedos rígidos. Eram parecidos aos de todo mundo, mas não funcionavam da mesma maneira. Porque as outras pessoas eram capazes de tocar outro alguém. Esses dedos poderiam ter tocado o rosto de Maddie depois de seu agradecimento. Eles poderiam ter sentido a pele dela; poderiam tê-la feito se sentir bem.

Mas então a frustração encheu meu coração e pensei: *Seu toque é veneno. Você a machucará.*

Dobrando os dedos, e os fechei em punho, sentindo o calor ferver meu sangue. Eu odiava isso: odiava não poder tocá-la. Odiava ser incapaz de falar qualquer coisa quando ela me encarava com aqueles olhos verdes.

Eu não sabia *como* falar com ela. Apenas *sabia* que não podia. Porque eu tinha algum problema na cabeça. Porque não era como todo mundo. Porque as pessoas diziam que eu era louco. Ouvi durante minha vida inteira, que eu havia nascido com um problema.

— Flame? — Virando a cabeça, vi que AK e Viking estavam ao lado do *Prez*. Styx acenou o queixo para mim. Vike então olhou para Styx e de volta para mim. — Vem aqui, irmão.

Olhando para a porta fechada mais uma vez, abaixei a cabeça e me voltei para a direção do *Prez*. Styx me observou o tempo todo, meus lábios se movendo enquanto contava meus passos em voz baixa.

— *Um, dois, três, quatro, cinco, seis, sete, oito...*

Cheguei à frente dele no oitavo passo. *Nove, dez, onze...* Quando cheguei ao nove, ergui o olhar. Minha cabeça tremeu sob seu escrutínio severo. Cerrei os dedos com mais força, até sentir as unhas se cravando nas palmas das mãos; então me permiti desfrutar da sensação de dor aguda.

Styx balançou a cabeça e sinalizou:

— *Não sei o que diabos foi toda essa merda com a Madds, e não tenho certeza se quero saber.* — Ele olhou para AK e Vike, mas meus olhos nunca o abandonaram. Voltando-se para mim, ele continuou: — *Entendo que você tenha alguma obsessão por ela, isso é uma coisa sua. Mas se, ou quando você a machucar, também vai machucar a Mae; e essa merda eu não vou aceitar.*

Meus dentes rangeram com tanta força que provavelmente era possível ouvir à distância. Balançando a cabeça, rosnei:

— Eu nunca vou machucar Maddie. Nunca.

Styx não disse nada por um tempo, depois acenou com a cabeça, se afastando em direção à sua cabana. Meus olhos o seguiram por todo o caminho, até o momento em que parou e sinalizou:

— *Fico feliz em tê-lo de volta, irmão. Não foi o mesmo sem você. A vida ficou muito pacata.*

Relaxei as mãos. Ele entrou na cabana, me deixando com Vike e AK.

AK passou a mão pelo rosto.

— Vamos para casa.

Mas não queria ir embora. Precisava ficar do lado de fora da janela de Maddie. Precisava mantê-la segura.

Ele entrou no meu campo de visão.

— Amanhã, irmão. Amanhã você volta para o seu posto de guardião. Agora você mal está conseguindo parar em pé. Você precisa comer e dormir. Perdeu muito peso, isso sem falar nessas olheiras absurdas e os olhos vidrados. Você não está pensando direito.

Balancei a cabeça, prestes a dizer a eles para irem embora, quando Vike se juntou a ele.

— Flame, não discuta. Porra, não lute conosco, irmão. Não dormimos muito desde que você esteve fora, um de nós sempre o observava naquele maldito hospital, para o caso de você acordar e enlouquecer por estar amarrado. Então nos dê uma folga, beleza? Só por uma noite do caralho.

Eu queria discutir. Queria dizer para se foderem e me deixarem com a Maddie. Um tique nervoso me fez agitar a cabeça, mas finalmente assenti.

Os ombros do Vike relaxaram e ele começou a caminhar em direção às árvores que levavam às nossas cabanas. AK o seguiu. Segui logo atrás, mas quando estava prestes a passar pela área sombreada pelos galhos imensos, algo me fez olhar por cima do ombro.

Maddie.

Ela estava sentada à janela, me observando ir embora. Estaquei em meus passos. Ela estava de joelhos, a mão pressionada contra o vidro. Meu coração bateu forte contra o peito. Quando sorriu para mim, minhas mãos relaxaram ao meu lado, e por um minuto, o tique cessou. Os espasmos pararam. E a sensação de que algo estava rastejando sob minha pele, desapareceu.

— Flame? — AK chamou, mas não consegui desviar o olhar. Não queria que esse sentimento me abandonasse. Não queria deixá-la. Tudo o que queria era estar perto dela.

Eu só precisava estar perto.

Maddie, ouvindo AK gritar da colina, se encolheu e sentou no parapeito. Seus olhos verdes baixaram e a mão no vidro se moveu para me dar um pequeno aceno.

Eu não me mexi.

Ela não se mexeu.

AK voltou através das árvores.

Meu irmão veio para o meu lado e meu corpo ficou tenso com a sua proximidade. Eu o ouvi suspirar. Vi Maddie inclinar a cabeça enquanto nos observava.

— Flame. Você precisa voltar para casa. Deixe a garota em paz esta noite.

Ele esperou em silêncio. Então a expressão de Maddie mudou e, inclinando a cabeça, afastou-se da janela.

— Ela vai dormir, Flame.

Quando não voltou à janela, eu me virei e segui o irmão até nossas cabanas. Cheguei à nossa pequena clareira, vendo que Vike já estava do lado de fora acendendo a churrasqueira.

— Senta aí, tenho bifes grelhados e cerveja gelada.

Fui até ele e me sentei no meu lugar de sempre. AK se sentou à minha frente. Viking foi até a caixa térmica e entregou uma cerveja para nós dois. Tirei a tampa com os dentes e dei um longo gole. Nada foi dito enquanto Viking virava os bifes e AK mexia no rótulo da sua cerveja. Depois de servir a carne nos pratos, ele me entregou um.

Neguei com um aceno. Viking empurrou o prato na frente do meu rosto.

— Pega, irmão. Você perdeu muito peso. — Segurei o prato, mas meus olhos estavam focados na floresta. Eu sabia que ela estava lá em cima da colina. Gostaria de saber se estava dormindo... Eu me perguntei como ela

ALMA SOMBRIA

estava dormindo. Queria vê-la dormir.

Viking deu uma tossida. Quando olhei na sua direção, ele e AK me encaravam. Eu me remexi na cadeira e perguntei:

— O quê?

Viking enfiou um pedaço do bife malpassado na boca, mas AK não se mexeu. Olhei para ele, minhas pernas tremendo, as chamas dentro de mim começando a acender sob o seu escrutínio.

— O quê? — perguntei de novo.

Vike olhou para AK e deu de ombros. Com uma expressão fechada, o último sacudiu o queixo e perguntou:

— Por que a garota, irmão?

Minhas pernas, que até então estavam praticamente pulando, ficaram paralisadas. Todos os meus músculos se contraíram.

AK se inclinou para a frente.

— Por que salvar a garota? Por que montar guarda na porta do quarto dela? Estou tentando entender tudo isso. — Ele olhou para Viking, que agora bebia sua cerveja, e, olhando para mim, acrescentou: — Você a quer? É isso?

Não disse nada e cerrei a mandíbula. Baixei os olhos, agitando a cabeça com aquela conversa, e, quando dei por mim, agora olhava na direção das árvores.

— É por que ela tocou em você?

Quando a pergunta foi feita, voltei a prestar atenção em meu irmão. Minhas mãos se fecharam em punhos quando me lembrei da Maddie passando os braços em volta da minha cintura logo depois de eu ter matado aquele maldito Moses, meses atrás naquela comuna. Ela veio direto para mim e me tocou. Mas as chamas nunca se acenderam.

Ainda não sabia o porquê, mas algo aconteceu naquele dia. Ela fez algo comigo. De alguma forma, entrou na minha mente. Mas desde então, o pensamento de ser tocado se tornou pior. Porque agora eu *queria* que ela me tocasse.

Mas nunca poderia deixá-la fazer isso.

— Irmão. Fale comigo.

— Sim. Ela me tocou. Depois que acabei com aquele filho da puta do Moses, ela me agradeceu. Olhou para mim com aqueles grandes olhos verdes e então me tocou. — Encarei meus irmãos. — E também pude tocá-la. Não posso tocar ninguém, a menos que os esteja matando, por causa das chamas. — Balancei a cabeça enquanto meus olhos nublavam e meu estômago se contraía a ponto de quase me impedir de respirar. Pisquei e disse: — Mas ela me tocou. As chamas não a machucaram. Eu a fiz se sentir bem.

Meu peito doía pela necessidade de tocar Maddie novamente. Mas meu estômago pesou quando disse a mim mesmo que não poderia. Que aquilo havia sido um momento único. Então vi uma gota d'água atingir o couro que cobria a minha coxa. Meu dedo deslizou sobre aquela partícula. Então outra gota caiu.

— Merda! — ouvi AK rosnar. Quando levantei a cabeça, só enxerguei embaçado os dois irmãos. Levei a mão ao meu rosto e senti a pele úmida. Senti meus olhos molhados.

AK se levantou.

— Flame, cara. Porra. Desculpe, eu não deveria ter pressionado. Não deveria ter perguntado sobre a pequena, o toque e como você se sente sobre ela. Porra, isso é uma coisa sua.

— Ela nunca iria me querer. Eu sou um retardado do caralho. — Bati a mão na lateral da cabeça, sentindo meus olhos turvando outra vez. — Minha cabeça não é boa. Eu sou ferrado; não entendo as pessoas e elas não me entendem. Nunca serei capaz de entender as pessoas. Por que alguém tão perfeito quanto ela iria querer alguém tão fodido quanto eu? Alguém que não está certo na cabeça?

Ele estendeu a mão.

— Pare de falar essas merdas. Essa cadela te observa tanto quanto você. E depois do que ela passou, não acho que seja tão perfeita quanto você pensa. Mae não é. Lilah não é. O que faz você pensar que ela é diferente?

— Porque ela é perfeita. Tudo nela é perfeito pra caralho... T-u-d-o.

AK deu um passo para frente, as mãos levantadas no ar.

— Irmão, acho que você precisa dormir. Só... isso. Apenas durma um pouco.

Vike se juntou a ele.

— Vá, Flame. Entre na sua cabana e durma. Merda, você vai se sentir melhor quando tiver recuperado um pouco da sua força.

Jogando o bife intocado no chão, levantei e fui na direção da minha cabana, mas pouco antes de chegar à porta, olhei para trás.

— Eu tive que salvá-la. Tive que salvá-la daquela bala. Não posso tocá-la. Nunca poderei... *estar* com ela. Não posso... *fazer* isso. Mas posso salvá-la. Posso mantê-la segura.

AK passou as mãos pelo cabelo escuro.

— Eu sei cara. Eu sei. — Ele abaixou a cabeça. — E digo mais uma vez: essa cadela também vê algo em você. Como se ela pudesse te entender ou alguma merda do tipo... — Ele parou e sua voz ficou mais áspera.

Senti que deveria saber o porquê. Mas nunca entendia as outras pessoas.

Vike apontou para a porta da minha cabana.

— Entre. Vá descansar.

Entrei, confuso com a emoção do meu irmão. Examinando a sala, mi-

ALMA SOMBRIA

nhas coisas estavam exatamente como as deixei: facas, roupas de couro, armas.

Então olhei para a direita e para o chão. O sangue quente em minhas veias me atingiu como um trem de carga quando fixei o olhar naquele alçapão, nos fundos da sala. Prendi a respiração quando uma dor aguda apunhalou meu estômago e senti as chamas mais uma vez. Fechei os olhos e fui tropeçando na direção das minhas facas.

Peguei a velha faca de aço. A que sempre usava. Olhei para a lâmina e senti o mal enchendo minhas veias; o fogo rastejando para a superfície. Então senti meu pau ficar duro. Senti pressionando contra o zíper da minha calça de couro. E sabia que *ele* estaria na minha cabeça a qualquer momento.

Respirando rápido, músculos injetados e de pau duro, cambaleei até o alçapão. Segurei a faca entre meus dentes. Estava escuro, não havia luz deste lado da sala, no entanto, meus olhos estavam fixos naquele alçapão.

E então a voz na minha cabeça surgiu.

A voz *dele*.

A voz que nunca me deixava em paz.

— *Tire a roupa* — ordenou, sua voz áspera soando alta na minha cabeça. Mordendo o cabo da faca, rosnei, revirando os olhos. Em segundos arranquei meu *cut*.

— *Tudo, garoto* — ele rosnou, e ouvi o estalo do cinto de couro seguir o comando.

Meu pau latejou e testou a resistência do zíper da calça; levei as mãos até ele e o segurei com força. Apertei novamente com mais força, meu punho firme até minhas pernas tremerem, então um rugido rasgou minha garganta.

— *Tudo, garoto* — ele exigiu novamente. — *Tire tudo*.

Soltando meu pau duro como granito, abri o botão da calça, deslizando o couro pelas pernas.

Meus ombros se enrijeceram, meu peito arfante e à espera do próximo comando. Minhas mãos estavam fechadas em punhos ao lado do corpo, meu pau intocado e dolorido, duro e esperando.

Meus olhos estavam fechados, os dentes agarrando com mais força o cabo da faca, quando a voz, de repente, ordenou:

— *No chão*.

Minhas pernas cederam na direção do pequeno alçapão embutido no chão da sala. Peguei a faca da boca e, com a outra mão, segurei meu pau. Enrolando os dedos em volta da minha carne, deixei minhas unhas compridas penetrarem a pele, assobiando com a dor aguda.

Então gemi. Gemia alto quando meus quadris investiram à frente. Minha mão começou a se mover; para cima e para baixo, para cima e para baixo. Aquilo machucava. Queimava... parecia bom pra caralho.

Era disso que eu precisava.

Porra, era disso que eu precisava.

Abri a boca enquanto minha mão trabalhava mais rápido. Meu corpo ficou tenso quando senti o fogo subindo pela coluna. A pressão aumentou ainda mais nas minhas bolas. Mas não pude gozar. Estava lá. O fogo, as chamas; precisando sair. Mas eu precisava... precisava...

Num piscar de olhos, a lâmina de aço cortou minha coxa, a ponta afiada abrindo a carne. O sangue acumulou na ferida, enquanto a voz sibilava:

— *Um* — ele contava comigo a cada corte. — *Dois*. — Minha mão trabalhou meu pau cada vez mais rápido, para cima e para baixo, as unhas afiadas se cravando na pele sensível. — *Três, quatro, cinco, seis, sete, oito, nove...* — Eu me inclinei, a respiração sibilando através dos dentes cerrados quando a voz e os cortes profundos da lâmina me deixavam cada vez mais no limite. — *Dez* — a voz falou mais alto, enquanto o sangue escorria pelas minhas coxas e por todo o alçapão.

Com o corpo tenso, me preparei para a última ordem. Minha mão apertou com força, as unhas rasgando a pele, a lâmina apunhando o músculo. E então a voz trovejou:

— *ONZE!* — Com uma onda de puro calor, todos os músculos dentro do meu corpo rugiram com as chamas. Meus ossos tremiam com a raiva reprimida e, com um grito agonizante, gozei. O orgasmo foi tão intenso que cheguei a pender a cabeça para trás, perdendo o controle da faca em minha mão.

Lutei para respirar enquanto meu corpo exausto desabava no chão. No entanto, ao recuperar o fôlego, fui tomado pela onda de náusea que sempre me acometia, e por instinto, inclinei-me para o lado, tentando alcançar o balde à minha espera.

Quando não havia mais nada no meu estômago, o vazio foi substituído pela onda de vergonha que sentia todas as noites. Sempre que me automutilava, expurgava e obedecia a voz *dele*.

Inclinei a cabeça quando senti o sêmen nas minhas pernas, misturado com o sangue que se espalhava abaixo de mim. Movendo o corpo dolorido e exausto, enlacei os braços ao meu redor e me deitei no chão frio e duro. Estava sem fôlego, por conta do orgasmo, então simplesmente fiquei ali, imóvel, sobre o alçapão. Fechei os olhos, tentando a todo custo dormir.

A voz *dele*, dentro da minha cabeça, havia se acalmado por enquanto.

CAPÍTULO QUATRO

MADDIE

Eu adorava desenhar.

Foi algo que descobri nas inúmeras noites de solidão no meu quarto.

E eu era boa nisso. Pelo menos achava que sim. No entanto, era mais do que isso, era minha fuga. Estava vivendo a fantasia que sempre sonhei para mim, se a minha criação tivesse sido diferente... se *eu* fosse diferente.

Uma brisa fria envolveu meu corpo quando me sentei do lado de fora. Estava sem sono e minhas mãos ansiavam por desenhar. Já era madrugada, e as estrelas cintilavam no céu escuro como pequenos diamantes.

Fechando os olhos, inspirei. Eu adorava sentir o ar noturno. Adorava estar do lado de fora. Eu simplesmente amava aquela paz.

Recostando-me no banco do jardim, peguei o bloco de desenho quase completo. Abrindo o livro encadernado, passei as primeiras páginas; desenhos de folhas, pássaros e árvores. Pulei as páginas onde havia desenhos de uma moça em um campo, sorrindo para o sol. Quatro irmãs jovens caminhando de mãos dadas, três de cabelos escuros e uma loira, ainda inocentes e intocadas.

Então, quando virei a página seguinte, parei, minhas mãos congelando, enquanto dois familiares olhos escuros como a meia-noite me encaravam de volta, como se fossem reais e estivessem brilhando sob a luz da lua abaixo da minha janela.

Com delicadeza, tracei a borda daqueles olhos e desejei poder tocá-lo de verdade. Ergui a mão direita no ar, e com a esquerda, entrelacei os dedos, apenas para imaginar como seria.

Mãos dadas. Um simples toque.

Toque que falava mais do que tudo.

Uma punhalada de dor atingiu meu peito, me fazendo suspirar profundamente de tristeza. Porque desde que conheci Flame, meus pensamentos mudaram demais.

Na comuna, eu sonhava que era uma borboleta. Que abriria minhas asas coloridas e voaria para longe de todo o sofrimento. Mas agora, quando Flame estava perto, meu sonho já não era o mesmo. Agora tinha esperança de saber qual era a sensação de ter sua mão segurando a minha.

Meu coração afundou com essa impossibilidade. Abaixando as mãos, desenlacei os dedos, rompendo o toque.

De repente, minha atenção foi atraída pelo som do farfalhar das folhagens ao longe. Sentei-me ereta e encarei o limite sombrio da floresta. Meu coração bateu forte contra o peito, quando uma sombra surgiu dentre as árvores.

Minha respiração parou, o medo tomou conta, e então as familiares botas e calça de couro foram iluminadas pela luz da lua. As lâminas pendiam do cinto, e o peito estava nu sob o pesado colete de couro.

Flame.

Meu coração disparado pareceu acelerar ainda mais, em uma velocidade absurda. Quando ele ergueu a cabeça, foi como se as batidas houvessem cessado.

Seu cenho franzido assumiu um ar inexpressivo. Seus murmúrios pararam no meio de uma frase.

Puxei o cobertor sobre os meus joelhos até o peito. Permaneci imóvel, assim como ele. Não esperava que viesse hoje à noite, já que seus amigos o levaram para casa. Pude ver pela janela seu estado de exaustão. E, mesmo sob a parca iluminação da lua, como ainda estava cansado.

As mãos de Flame ficaram tensas ao lado de seu corpo. Seu peito arfava com um movimento acelerado; de repente, ele girou abruptamente, e voltou para a floresta com as costas rígidas. Senti o estômago retorcer quando o vi começar a se afastar, e sem pensar duas vezes, fechei o caderno de desenhos e gritei, inclinando-me para frente:

— Espere! Não se vá!

Flame parou de repente.

Assim como eu.

Engolindo meu nervosismo, chocada com o que tinha acabado de fazer, eu disse:

— Por favor, Flame. Não se vá... eu... eu estou imensamente feliz por você estar aqui.

Os punhos de Flame abriram e fecharam, e ao endireitar os ombros, ele se virou lentamente. Seu corpo grande estava rígido quando me encarou mais uma vez. Então ficou ali parado, de pé na entrada da floresta, a atenção concentrada à frente.

Mas eu o queria mais perto.

Ainda inclinada na borda do meu assento, perguntei:

— Gostaria de se aproximar? Eu... estou sentada aqui sozinha, pois não consigo dormir. — Respirei fundo, lutando contra meu instinto natural de fugir, e continuei: — Seria bom ter alguma companhia.

Flame permaneceu imóvel, o corpo rígido me convencendo de que ele não chegaria mais perto. Então, para minha surpresa, começou a andar, as fortes pernas o trazendo para perto de mim.

Na noite pacífica e silenciosa, pude ouvi-lo contando seus passos, de um a onze, depois repetindo de volta para si mesmo baixinho. Inclinei a cabeça para o lado quando ele se aproximou, um redemoinho de antecipação e medo tomando conta do meu estômago.

A pele dos seus braços parecia recém-cortada, e não pude deixar de me sentir triste por ele, pelo que havia acontecido para fazê-lo precisar se machucar de tal maneira. Tocando uma das lâminas, ele fechou os dedos no cabo, como se precisasse daquilo como um conforto.

Como se estivesse nervoso por estar aqui comigo.

Inspirando profundamente, perguntei com suavidade:

— Você gostaria de se sentar? — Apontei para a cadeira próxima. Flame olhou para o banco através de seus longos cílios escuros, e exalou com força pelo nariz, sentando-se perto de mim. Senti o cheiro de óleo e couro. E também o cheiro almiscarado de especiarias que pertenciam apenas ao Flame, e aqueceram todo o meu corpo.

Ele estava sentado ao meu lado.

Flame estava sentado ao meu lado.

Baixando os olhos para as bordas desgastadas do cobertor cinza ao meu redor, brinquei com os fios de lã soltos apenas para tentar aliviar o nervosismo que se apossou de mim.

Mas Flame mantinha-se completamente imóvel. Em total e absoluto silêncio.

Olhei de relance, e vi que estava me observando. Assim que nossos olhares se encontraram, ele desviou o dele. Minhas bochechas foram tomadas por um rubor e, por alguma razão desconhecida, a sombra de um sorriso surgiu no canto da minha boca.

Erguendo a cabeça, olhei para a grande lua no céu e encontrei coragem para falar:

— Pensei que não viria me ver esta noite.

Após vários segundos de silêncio, imaginei que ele não responderia. Até que se remexeu, inquieto, e disse, asperamente:

— Não consegui ficar longe.

Meu coração disparou com sua resposta, e então sussurrei:

— Por quê?

Flame encolheu os ombros e, em seguida, voltou a se concentrar na faca que segurava.

— Não conseguia parar de pensar em você. E eu... — Flame parou abruptamente.

— E o quê? — insisti.

— Precisava estar perto de você. Precisava saber que você estava a salvo.

Observei seu dedo acariciar a borda da lâmina, mas suas palavras encheram minha cabeça, e meu coração pareceu inflar.

— Estou feliz que você tenha vindo — eu disse em resposta. Respirando fundo, acrescentei: — Eu... eu senti a sua falta... — A confissão foi feita em um sussurro, pois estava muito nervosa para ser ousada; embora quisesse dizer aquilo com todo o meu coração. Senti a falta dele mais do que jamais pensei ser possível.

Flame deixou escapar um suspiro angustiado pelos lábios.

— Não suporto que tenha ficado longe de você por tanto tempo. Estava fodendo com a minha cabeça.

Voltei a atenção para a cicatriz vermelha na lateral de seu pescoço, vendo que o curativo já não estava mais lá.

— Você estava sentindo dor? — Meu estômago revirou. — Não posso suportar o pensamento de você sentir dor por minha causa.

— Não — Flame disse, friamente. — Não senti dor. Eu lido bem com a dor. Mas eles me amarraram. Eles me prenderam e não consegui suportar aquilo. Então eles me drogaram. Me drogaram para que eu não pudesse machucá-los, para que não pudesse matá-los.

Flame estava ofegante, suas narinas, infladas. Abaixei a cabeça.

— Foi minha culpa — sussurrei. — Foi por minha culpa que você teve que passar por isso.

— Eu tinha que proteger você. — Então ele se mexeu e admitiu: — Quando acordei, quando AK e Viking me acordaram, você foi a primeira pessoa em que pensei. E tive que ver você. Eu só... Eu só tinha que ver você, porra.

Mordi o canto do lábio inferior ao escutar sobre a sua necessidade desesperada de me ver, e isso fez com que uma faísca de felicidade surgisse no meu coração. Mas quando olhei para o seu rosto, para as olheiras sombreando os olhos dele, o meu pequeno sorriso desapareceu.

— Você parece cansado — eu disse, baixinho, e Flame fechou os olhos brevemente.

— Eu não durmo. Nunca consigo dormir.

O peito dele ficou rígido, as juntas dos dedos brancas enquanto agarravam a faca.

— Por quê? — sussurrei.

Flame sacudiu a cabeça e cerrou os dentes. Então, olhando para longe, respondeu:

— Eu simplesmente não consigo.

Entendendo que ele não queria falar sobre isso, deixei passar.

— Eu entendo — eu o acalmei. — Também não durmo muito. — O rosto do Irmão Moses passou pela minha mente e expliquei: — Tenho muitas lembranças que me visitam à noite... lembranças que preferiria não reviver.

Flame ofegou, mas não disse nada em resposta. Outra lufada de vento frio varreu o gramado, me fazendo puxar o cobertor até o queixo. Mudando de posição, me virei em sua direção, vendo-o com a cabeça apoiada no encosto alto da cadeira. Enquanto observava seu corpo grande, o cabelo e barba escuros, seu corpo totalmente coberto de tatuagens e piercings, me senti mais à vontade do que havia me sentido em semanas.

— Estou muito feliz que você voltou, Flame. Senti-me perdida sem você.

— Verdade?

— Completamente perdida. Você... você é a única pessoa que me faz sentir em segurança. Quando não estava aqui... — parei, incapaz de expressar como sua ausência me fez sentir.

Flame grunhiu.

— Maddie...

Meu coração batia forte com o tom desesperado de sua voz.

— Flame — sussurrei de volta, seus olhos escuros presos aos meus.

O ar estava estático entre nós, uma névoa espessa nos envolvia. Meu coração batia erraticamente e a minha respiração saía instável pelos meus lábios. Então uma voz vindo do lado da casa soou, quebrando o momento.

— Maddie?

Olhei para trás com o cenho franzido, apenas para ver Lilah correndo para a clareira.

— Lilah? — Inclinei-me para frente. — Você está bem? É tarde da noite. Por que está aqui fora?

Ela se aproximou, e então seus passos vacilaram quando viu Flame ao meu lado. Corei, receando a forma como isso poderia ser interpretado. Voltando ao seu normal, acenou com a mão.

— Você se faz necessária. Todas nós. Ky recebeu uma ligação do complexo. A caminhonete dele está pronta para nos levar até lá.

Eu me levantei, perguntando-me por que estavam nos chamando, e então senti Flame parado atrás de mim. Lilah olhou por cima do meu ombro, e suspirei aliviada quando ouvi:

— Eu vou também.

Lilah se virou e eu a segui, com Flame logo atrás de mim. Quando chegamos à frente da casa, Mae, Styx e Ky estavam lá. Todos os olhos se viraram na nossa direção enquanto nos aproximávamos. Ky olhou para Flame e disse:

— Porra, irmão. Você não deveria estar dormindo ou algo assim?

Ouvi a respiração profunda de Flame quando rosnou:

— Estou indo com vocês.

Styx balançou a cabeça e Mae me observou com os olhos entrecerrados.

— Vamos para a sede do clube — Ky declarou, quebrando o silêncio constrangedor.

Todos entramos na caminhonete; Flame pulou na carroceria. Em silêncio, partimos para a estrada de terra.

Quando chegamos, encontramos uma multidão, incluindo Tank, Beauty, Tanner, Bull, Smiler e Letti. Todos eles se viraram na nossa direção assim que ouviram nossa aproximação. Fiquei ao lado de Flame. Havia muitos homens ali. Muitas pessoas. Eles me deixavam nervosa.

— Abram espaço! — Ky ordenou, parecendo entender minha aflição. O resto dos homens e mulheres que não conhecia entrou no clube.

Beauty deu um passo à frente.

— Ela acabou de aparecer. Estávamos bebendo no bar quando a ouvimos gritando do lado de fora. A cadela estava batendo no portão da frente, fazendo um escarcéu, gritando que quer as três Irmãs Amaldiçoadas da Ordem. — Beauty apontou para mim, Lilah e Mae. — E essas são vocês, lindas senhoritas.

— O quê? — Mae sussurrou em descrença. Ela deu um passo para frente, sendo seguida por Lilah, que passou por Tank e Bull. Eu a escutei ofegar e depois dizer: — Está tudo bem. Nós não vamos machucá-la.

Beauty me viu parada, um pouco mais atrás de Flame; ela acenou com a mão para que me aproximasse. Hesitei, e então Beauty insistiu:

— Vamos, querida, ela está perguntando por vocês.

Dei um passo à frente para ficar ao lado de Mae. E parei abruptamente. Na mesma hora, meu coração se partiu em milhares de pedaços. Uma garota jovem, talvez quatorze ou quinze anos, suja, machucada e ensanguentada, usava um longo vestido cinza rasgado e maltrapilho. O vestido cinza básico da Ordem. A touca branca estava meio pendurada na cabeça, o cabelo loiro escuro cheio de lama. E seus olhos, seus profundos olhos azuis, estavam vidrados de medo. Ela estava acuada no canto do portão, com as mãos estendidas, tentando manter as pessoas afastadas.

Vi seus olhos brilharem quando Lilah, Mae e eu paramos à sua frente. Com um soluço de agonia, ela caiu no chão, a mão cobrindo a boca. Lilah olhou para mim e pude ver o pânico em seu rosto.

Mae, no entanto, apenas se aproximou, também com as mãos estendidas.

— Fique calma — falou, calmamente. A garota congelou. — Meu nome é Mae — ela explicou, e então apontou para trás. — Estas são Lilah e Maddie.

O lábio ensanguentado da jovem estava trêmulo quando perguntou:

— Vocês são as Irmãs Amaldiçoadas de Eva? — Meu corpo estremeceu quando ela nos chamou pelo título, no entanto, minha irmã apenas assentiu.

— Nós costumávamos ser. Eu sou Salome. Estas são Delilah e Magdalene — Mae explicou, apontando para nós.

A garota soltou outro soluço, os ombros frágeis curvados.

— Eu encontrei vocês — ela sussurrou, entre lágrimas. — Eu realmente encontrei vocês.

Mae olhou para nós, por sobre o ombro, com os olhos questionadores. Lilah se juntou a ela e se abaixou para encontrar o olhar no mesmo nível da jovem.

— Você tem um nome?

A garota pareceu prender a respiração por um momento.

— Sarai... Meu nome é Sarai — respondeu com calma.

Lilah sorriu gentilmente.

— Sarai, você pode nos contar o que aconteceu. De onde vieste?

Sarai se endireitou, estremecendo quando moveu as pernas. Sem precisar dizer uma palavra, soube que ela havia sido violada. Senti vontade de esbravejar. Ela era criança! Aquele lugar horrível machucara outra criança.

— Eu... eu vim de Nova Sião. Consegui escapar. — Sarai fechou os olhos por um breve momento, depois encontrou o olhar de Lilah e disse: — Eles continuaram nos machucando. Continuaram fazendo coisas conosco. Coisas ruins. — Lutei contra a náusea enquanto a ouvia falar, pois conhecia muito bem a sensação. — Algumas das meninas comentaram sobre a fuga das Irmãs Amaldiçoadas. Muitas garotas comentam sobre a forma como escaparam... e quando... quando... quando eles me machucaram... nos machucaram hoje à noite, nós também fugimos.

Lilah engoliu em seco e perguntou:

— *Nós* quem, Sarai?

O rosto da jovem se contorceu de dor e outro soluço deixou seus lábios.

— Minhas amigas. Mas... mas elas foram pegas no portão. No entanto, não delataram meu esconderijo aos guardas. Elas me ajudaram a escapar. Viajei por horas. Alguém ajudou-me a chegar até aqui. Um estranho, alguém que me viu perdida em uma estrada qualquer... — Sua voz falhou novamente.

Lilah se levantou e olhou para Mae.

— Mae?

Mas antes que minha irmã pudesse dizer algo, Ky interrompeu:

— Vocês estão acreditando nessa merda?

Os olhos arregalados de Lilah se voltaram para o marido.

— Ky! Por favor.

Sarai, ao escutar o tom áspero, se curvou ainda mais, os tornozelos machucados e inchados aparecendo sob o vestido.

— O quê? Uma cadela da seita do caralho aparece no meio da madrugada e ninguém está pensando que isso poderia ser uma armadilha, porra? A seita que, sem sombra de dúvida, quer todos nós mortos. — Ele se virou para Styx. — Diga que não estou sozinho nisso, irmão!

Styx sinalizou algo e Mae balançou a cabeça.

— Ela está traumatizada, amor. Entendo o que está dizendo. Entendo que esteja sendo cauteloso, mas olhe para ela. Qualquer um pode ver o quão aterrorizada ela está.

Segui a direção que Mae apontava, vendo a garota encolhida no chão. Seu lindo rosto estava pálido e o corpo tremia de medo. A respiração de Mae falhou e, olhando para seu homem, disse:

— Essa era eu. *Eu* era essa garota. A *garota* que lutou para escapar daquele inferno. — Mae foi até Styx e passou o dedo pelo rosto dele. — A garota que você salvou. — Mae balançou a cabeça e baixou os olhos. — Nós não podemos deixá-la sozinha. Ela precisa da nossa ajuda. Não posso mandá-la embora.

Styx inclinou a cabeça para trás e depois encarou a sua mulher, sinalizando algo em resposta.

Mae endireitou os ombros e disse:

— Precisamos limpá-la. Ela precisa de comida e um médico. Acho que ela foi estuprada.

— Pelo amor de Deus! — Ouvi Ky falar, mas não conseguia afastar o olhar da jovem. Ela estava ferida, espancada e quebrada... E eu sabia exatamente como ela se sentia.

Styx sinalizou algo para Tank e ele pegou seu celular.

— Para onde devo enviar o médico?

Lilah levantou a mão.

— Para a nossa cabana. Ela pode ficar conosco.

— O quê? — Ky rosnou, a raiva transparecendo em sua voz.

ALMA SOMBRIA

Lilah o encarou.

— Maddie mora com a Mae. Não há espaço para mais uma. E nós temos bastante, e... — ela parou de falar e respirou fundo. — Ky, você não entende. Não compreende como é a vida nessa comuna quando se é jovem. Como ela é corajosa por ter deixado essa vida e em tão tenra idade. Ela... — As palavras sumiram quando Ky a puxou para o peito.

— Porra, Li. Tá bom. Ela vem com a gente. Apenas não faça isso com você mesma, porra. Não se volte para essas memórias do caralho.

— Obrigada — ela sussurrou, segurando firmemente o colete de seu marido.

Lilah se afastou do amado e ela e Mae se aproximaram de Sarai, ajudando-a a se levantar. Eu apenas fiquei imóvel. E quando a garota chorou por conta da dor entre suas pernas, achei que as minhas próprias cederiam.

Eles a machucaram.

Machucaram-na da mesma forma como fizeram conosco. Mae e Lilah levaram Sarai para a caminhonete de Ky. Segui atrás, com Flame ao meu lado. Flame e Styx subiram na caminhonete e, em minutos, estávamos entrando na casa de minha irmã.

As duas a levaram para o interior, e seus respectivos companheiros entraram em seguida. Desci do veículo e Flame se postou imediatamente atrás de mim. Virando-me para encará-lo, sussurrei:

— É melhor eu entrar com as minhas irmãs.

Flame não disse nada em resposta.

Mas assim que dei um passo em frente, parei e me virei outra vez para ele, dizendo:

— Eu... eu gostei de conversar com você esta noite. — Observei suas narinas alargarem. Lutando contra o nervosismo, acrescentei: — Talvez... Se você quiser... possamos conversar mais amanhã?

Flame apertou a faca em sua mão e disse:

— Sim.

Minhas bochechas esquentaram de emoção. Baixando os olhos, eu disse:

— Então, boa noite, Flame. Espero vê-lo amanhã.

Entrei na cabana, ajudando Mae e Lilah a cuidar da jovem espancada. Mas não foi surpresa alguma que, quando olhei pela janela, deparei com Flame parado no mesmo lugar.

CAPÍTULO CINCO

PROFETA CAIN

Comuna de Nova Sião

— Cain, por que está aqui fora?

Virei-me ao som da voz de meu irmão Judah. Ele vinha em minha direção, o longo cabelo castanho preso em um rabo de cavalo e o cenho franzido; o rosto do meu gêmeo idêntico.

Voltei o olhar novamente para os jardins da mansão, observando nosso povo cuidar dos vastos gramados. Phebe, a consorte de Judah, estava trabalhando no herbário. Eu já estava aqui há algumas horas e ela havia ocupado a maior parte do meu foco, enquanto silenciosamente revirava o solo e plantava sementes. Durante as últimas semanas, sua personalidade radiante havia esmaecido. Ela ainda se mantinha ao lado de Judah, bem como frequentava sua cama, mas algo em seu comportamento havia mudado.

A mão de meu irmão pousou de repente no meu ombro. Ele a manteve lá enquanto se sentava ao meu lado nos degraus que levavam à calçada do jardim.

Virou o rosto rapidamente na minha direção.

— Irmão? Você está bem?

Bati a mão em seu joelho.

— Estou bem. Precisava de um pouco de espaço. Os sermões diários, as reuniões com a Klan e os problemas com os Hangmen são cansativos.

Judah acenou com a cabeça em compreensão. Retirou a mão do meu ombro e a apoiou no colo.

— Agora que mencionou isso, parece que você se tornou cada vez mais distante.

Passei a mão pelo rosto, meu estômago revirando com o medo de decepcioná-lo. Desapontar o nosso povo.

— Eu sei. Há muito o que fazer. Nosso povo é muito grande; ter a fé e as expectativas de nossa salvação unicamente em minhas mãos é um fardo imenso.

Judah contemplou os jardins, os olhos castanhos observando nosso povo trabalhando ali. Acompanhei seu olhar. Um garoto, claramente sentindo-se alvo de nossa atenção, levantou a cabeça. Assim que seu olhar encontrou o meu, se curvou em uma reverência. Meu peito apertou quando o vi voltar ao que fazia, ainda mantendo-se cabisbaixo.

Enquanto analisava o garoto, imaginei que devia ter cerca de quinze anos. Ainda desengonçado em seus movimentos. Pensei nas coisas que fazia quando estava com essa idade. Lembrei-me de que eu e Judah passávamos horas e horas trancados em uma sala, aprendendo as escrituras. Nosso professor se certificou de que conhecêssemos cada palavra ali escrita, de cor. A única decoração da sala era composta pela imagem de nosso tio – profeta David. Não havia brincadeira para nós, nem momentos de descanso. Nossa fé nos ensinou de que sempre devíamos nos esforçar. Trabalhar com afinco, para que, quando chegasse o dia da minha ascensão, estivéssemos prontos.

Não tivemos contato humano, exceto um com o outro e com nosso professor.

Não tivemos amor, apenas um pelo outro. E então não houve ninguém em quem pudéssemos confiar, a quem tirar dúvidas, a não ser em nós mesmos.

Essa vida era tudo o que conhecia, até que fui enviado em uma missão para me infiltrar nos Hangmen. Uma missão do nosso profeta. Uma missão que garantiria nossas finanças ao usurpar seus contatos no tráfico de armas, bem debaixo de seus narizes – para abrigar e manter nosso povo seguro até que o Dia do Julgamento recaísse sobre nós.

De repente, Judah se inclinou ao meu lado e disse em voz baixa:

— Vê como nossos seguidores o adoram, irmão? Você pode ter dúvidas sobre sua importância para nós, sobre quem é, mas nós, não. Não foi o mesmo com Jesus? Ele também tinha dúvidas, mas seus discípulos o mantinham forte. Assim como faço por você. — Judah colocou a mão sobre a minha. — Olhe para mim, Cain. — Assim fiz. — Você foi feito para isso. E farei qualquer coisa que me pedir. *Qualquer coisa.*

Sentindo o nó de tensão afrouxar no estômago, apertei sua mão, suspirando em alívio.

— Eu sei, Judah. Tenho certeza de que és tu, e somente tu, quem torna esse chamado suportável.

Ele sorriu diante das minhas palavras, e ambos voltamos a contemplar os jardins. Judah recostou-se, apoiando o peso do corpo nas mãos, e disse:

— Acabei de receber uma mensagem da Klan. Eles estão colocando nosso plano em ação hoje. Souberam do pagamento a ser feito em dinheiro, ao norte de Georgetown, com um de seus maiores compradores. É o primeiro alvo perfeito que temos. A Klan deixará claro que qualquer pessoa que negocie com os Hangmen será um alvo em potencial. Então, entre nós e os Grandes Magos da Klan, podemos colher os negócios que para eles estarão perdidos.

Sorriu amplamente e continuou:

— Imagine só o que poderíamos conseguir para nosso povo, Cain. Com esse dinheiro, podemos realmente fazer de Nova Sião um paraíso na Terra. Nós podemos realizar a profecia. Sou eternamente grato pelo filho do governador Ayers ter desertado da Klan e se juntado aos Hangmen. Isso só piorou a situação dos Cavaleiros Brancos. Com sua vingança pessoal contra o filho e contra o MC por o terem aceitado, estou convencido de que a Klan não falhará.

Ouvi suas palavras, mas complementei:

— Os Hangmen são fortes, Judah. Passei cinco anos fingindo ser um deles. Seu alcance vai além do que nós ou a Klan podemos enfrentar neste momento. Para vencermos o MC, devemos esperar. Tudo levará tempo, como disse o governador Ayers. Devemos jogar nossas cartas de forma correta. Não faça nada para provocá-los. Se escolherem nos atacar agora, enfrentaremos outro massacre como o da antiga comuna. Não sobreviveríamos a outro ataque.

Judah franziu a testa, mas depois afirmou:

— Esse ataque da Klan é um começo. A guerra está chegando para todos nós, gostemos disso ou não. E para isso, precisamos do comércio de armas. A Klan passará pelos seus ataques graduais, tenho certeza. Então a visão para o nosso povo terá início.

Eu conseguia imaginar claramente esse sonho em minha mente, mas quando pensei na Klan mirando os Hangmen em acordos e pagamentos, os quais costumava ser eu o responsável, respondi:

— Pessoas inocentes morrerão no ataque. Os Hangmen sempre conduzem seus negócios publicamente. Planejam e organizam de maneira silenciosa, mas executam os planos às claras, para garantir que ninguém os ataque sem serem vistos.

A expressão entusiasmada de Judah desvaneceu.

— Esta é uma Guerra Santa, Cain. Vidas inocentes serão reivindicadas, mas o Senhor salvará suas almas. Estas mortes não devem pesar na sua consciência. É assim que deve ser.

ALMA SOMBRIA

Não respondi num primeiro momento, mas aquilo não me caiu bem, por isso, avisei:

— Você precisa dizer a Landry para que seus homens mantenham o número de mortes de pessoas inocentes o mínimo possível. Isso não pode ser rastreado até nós, caso saia algo nos noticiários. Nosso anonimato é a única coisa que protege a todos. Os pecadores do mundo exterior não entenderão nossos caminhos. Seremos alvejados e tudo o que construímos será destruído.

Judah exalou.

— Considere feito, irmão. Eu mesmo ligarei.

Ficamos sentados em silêncio. Pude ver meu irmão observando sua consorte. Ela olhou para cima e curvou-se para nós dois, mas rapidamente voltou às suas funções. Não consegui evitar o cenho franzido.

— Sua consorte está quieta ultimamente, Judah.

Ele se inclinou para frente, entrando na minha linha de visão. Sua expressão mostrou que não estava muito preocupado com essa situação.

— Ela foi a minha primeira consorte. Pôde ter minha companhia unicamente para si por um tempo, mas agora escolhi outra. Ela está de mau humor por causa disso. — Olhou para mim e deu de ombros. — Ela sabe que é a vontade de Deus que tomemos muitas mulheres sob nossa orientação, que as eduquemos para serem obedientes aos homens e que engravidemos muitas para espalhar a mensagem de nossa fé. Ela não consegue superar o ciúme, mas se continuar agindo assim, terei que fazê-la superar isso.

Observei sua consorte podando as ervas.

— Você escolheu outra? Não soube disso.

Judah suspirou.

— Escolhi, porém não contei a você. Você não pode ter consortes como profeta. Não queria lhe despertar a inveja por ser livre para possuir quantas quiser, sem a necessidade de um casamento.

Meu estômago se apertou ante suas palavras.

— Judah, por favor, *não* esconda nada de mim. Não você.

Colocando a mão na minha nuca, ele me puxou para baixo para dar um beijo na cabeça.

— Não farei mais. Eu juro.

— Como ela é? Essa nova consorte? — perguntei.

O sorriso surgiu rapidamente em seu rosto.

— Ela é incrível. Admito que ela caiu em minhas graças. É obediente e disposta a fazer qualquer coisa pela causa do Senhor. Foi-me apresentada pelo Irmão Luke. É ele quem se certifica de que nossos irmãos nesta Nova Sião estejam fazendo sua parte na expansão espiritual de nossas mulheres.

Judah se sentou e olhou para mim.

— Na verdade, há alguns que você deve conhecer. Acho que gostará deles. O Irmão Luke tem vídeos para que assista, daquelas mulheres que estão um pouco acima do restante; mulheres que podem perfeitamente se tornar suas esposas. As únicas dignas do Profeta.

— Sou a favor da esposa Amaldiçoada que foi profetizada, Judah — falei, erguendo a sobrancelha.

— Nosso tio possuía muitas esposas. Claro, desde que se case com a Amaldiçoada, isso é tudo o que importa. As escrituras não afirmam que deva estar casado apenas com ela. Você está sempre sozinho. É uma existência miserável, mas pode ter outras mulheres para ficarem ao seu lado.

— Irmão Judah? — Uma voz chamou atrás de nós. Quando nos viramos, Irmão Luke estava à porta. Ele inclinou a cabeça para mim e disse a meu gêmeo: — Irmão, recebi a ligação pela qual estávamos esperando.

Ele ergueu a mão, sinalizando que iria em breve. Assim que se levantou, disse:

— Sei que achas sufocante esse papel, mas estou trabalhando em diversas maneiras de ajudá-lo. Estou procurando novos meios para nos tornarmos incrivelmente fortes. Sou a Mão do Profeta, meu dever é servir e aconselhá-lo. No entanto, é bem mais do que isso, já que sou seu irmão gêmeo. E quero ver todas as profecias da Ordem cumpridas. Juro, Cain, nada me impedirá de alcançar este objetivo por você. Nada.

Suspirando e me sentindo mais leve por conta de suas palavras, abaixei a cabeça.

— Obrigado, Judah. Isso significa tudo para mim. Só... apenas não faça nada tolo. Lembre-se, a nossa salvação chegará, mas levará tempo.

Deu-me um tapinha nas costas e desapareceu em seguida dentro da mansão.

Mergulhado em meus pensamentos, inclinei-me à frente, apoiando os cotovelos nos joelhos e passando a mão pelo cabelo. A sirene soou, conclamando nosso povo a orar. Observei os trabalhadores começarem a ir embora.

Entretanto, a consorte de Judah ainda permaneceu ali. Era como se não quisesse ir. Concentrei meu olhar nela, vendo-a cuidar das ervas. Até que ergueu a cabeça e me viu. Um rubor profundo imediatamente cobriu sua pele. A consorte se levantou depressa para sair dali e cumprir seu horário de orações. Enquanto a observava chegar à calçada, algo em mim me fez chamá-la:

— Irmã Phebe! — Ela parou e, cabisbaixa, virou-se para mim. Seu cabelo vermelho brilhante estava preso, longe do rosto. Mesmo a essa distância, eu podia vê-la mordendo o lábio inferior.

— Venha aqui — ordenei, registrando que estávamos agora sozinhos. Irmã Phebe segurou a bainha do longo vestido e caminhou em minha direção. Quando chegou à base da escada, parou. A cabeça permaneceu inclinada, como mandava o protocolo ante a presença do Profeta do Senhor.

— Relaxe, irmã — solicitei. Seus ombros mantiveram-se curvados, mesmo tendo feito o que pedi. — Olhe para mim.

Após soltar um longo suspiro, ela ergueu a cabeça e seus olhos azuis encontraram os meus. Estudei suas feições; ela era bonita. Sua pele era pálida, mas clara e lisa, o cabelo era impressionante e seus olhos pareciam acolhedores. Pude entender por que meu irmão a tomou como uma de suas mulheres. Irmã Phebe olhou para o lado enquanto eu a observava e, por um momento, pude discernir a semelhança com sua irmã. Eu podia ver Delilah, uma das Amaldiçoadas de Eva.

A consorte de Judah deslocou os pés, desconfortável, até que me sentei e perguntei:

— Como vai, Irmã Phebe?

Seus olhos se voltaram aos meus, e pude vê-la engolindo em seco.

— Estou bem, meu Senhor — respondeu com os lábios trêmulos.

— Não acho que esteja, Irmã. Você não tem agido normalmente há semanas. — Fiz uma pausa e observei sua cabeça abaixar outra vez, e depois acrescentei: — É por que Judah tomou uma segunda consorte?

Erguendo o queixo, arregalou os olhos diante da pergunta. Ela prontamente se pôs a negar.

— Não, meu Senhor.

— Você tem certeza? Sua mudança de humor não se deve a ciúmes? Porque este sentimento não pertence a lugar algum nesta comuna, nem no seu coração. Sabes bem que nossas escrituras condenam inveja e ganância.

Uma expressão firme surgiu em seu rosto quando respondeu:

— Com absoluta certeza não estou com ciúmes, meu Senhor. Sei que ter várias consortes é o que aconselham nossas escrituras.

Apoiando os cotovelos nos joelhos, perguntei:

— Então, o que é tudo isso? — Ela estava prestes a abrir a boca, mas ordenei com severidade: — E não minta para o seu Profeta.

Phebe cerrou os lábios. Um súbito sentimento de vazio encheu meu estômago. Então um pensamento passou pela minha cabeça.

— Judah não a machucou, não é?

Os lábios se separaram, mas ela voltou a negar com um aceno. Preparou-se para falar, mas algo a deteve.

— Fale — exigi.

Phebe balançou a cabeça em recusa.

— O que está me incomodando é pecado, meu Senhor. Está errado, mas não consigo parar de pensar nisso.

Tentei imaginar o que poderia ser tão pecaminoso assim, depois lembrei de que ela evitou o chamado à oração.

— Esses pensamentos são o motivo pelo qual perdeu as orações?

Phebe hesitou e depois relutantemente assentiu com a cabeça.

— Sou impura. Não sou digna de oração. — Lágrimas encheram seus olhos, e, de repente, me vi levantar. Desci as escadas até ficar diante dela. De perto, percebi que Phebe tremia. Ergui seu queixo com a ponta do meu dedo, até que seus olhos se encontrassem com os meus.

Uma lágrima rolou pela sua bochecha.

— Diga-me o que teme que seja pecado. — Phebe tentou se afastar. — Não! — ordenei, fazendo-a parar. — Você vai me dizer, agora!

Os lábios suaves tremeram, mas ela se forçou a sussurrar:

— É a... é a minha irmã. A minha Rebek... — ela corrigiu o nome. — É a minha Delilah.

Imediatamente abaixei a mão. Phebe inclinou a cabeça, prostrada.

— Eu lhe disse que era pecado, meu Senhor. Estou errada em continuar pensando nela. Por continuar pensando no que lhe foi feito tantas semanas atrás.

Dei um passo atrás. Pensei no rosto de Delilah quando pedi que confessasse seus pecados para mim, quando foi recapturada do complexo dos Hangmen. Ela se recusou. E, então, lavei as mãos para com ela. Delilah era irmã de Mae. Eu não conseguiria lidar com alguém a quem Mae amava. Ela ainda era a minha fraqueza.

Judah assumiu a instrução dela enquanto eu me recolhia para expiar minha debilidade por aquela mulher. *Salome*. Minha esposa destinada.

Nunca perguntei ao meu irmão o que havia sido feito com ela. Eu não podia. Não podia ouvir qual fora sua punição por desobedecer aos nossos ensinamentos.

Phebe interrompeu meus pensamentos. Ela levantou a cabeça e chorou:

— Meu Senhor, não consigo afastar minha mente do que fizeram. De seu estado quando a encontrei na Colina da Perdição, amarrada a uma estaca e sendo espiritualmente purificada pelos Irmãos. — Ela chorou e continuou: — Depois, vendo os homens do diabo virem buscá-la. E o que fizeram com os irmãos em sua raiva.

Engoli em seco quando ela relembrou a morte de nossos homens, dos castigos infligidos, de Delilah, a invasão silenciosa dos Hangmen à comuna, cortando o único elo restante que eu tinha com a Mae.

Colocando a mão em seu ombro, a tranquilizei:

— Realmente, foi demais para seus olhos testemunharem, Irmã. Ver os corpos mortos dos irmãos...

Phebe chorou ainda mais e balançou a cabeça.

— Não... — ela sussurrou.

— Não, o quê? — perguntei afastando a mão.

ALMA SOMBRIA

Fungando, ela enxugou os olhos e confessou:

— Peço porque me alegro com o que os homens do diabo fizeram. Estou feliz por terem matado nossos irmãos. — Seus olhos azuis perderam o foco, encarando o vazio. — Depois do que fizeram com Delilah, fiquei feliz. Eles foram além do que Judah havia ordenado, embora suas ordens não tenham sido exatamente baseadas em nossas escrituras. Mas... mas não consegui evitar. Não ousei questionar um comando da Mão do Profeta.

Seus olhos se fixaram nos meus e ela disse friamente:

— Eles a violaram. Eles a tomaram, machucaram Delilah repetidamente. Mas isso não deveria ser o castigo dela. Judah... Judah ordenou que a fizessem sofrer. É claro que eu não deveria ter ouvido esse direcionamento, mas... mas ouvi.

Limpando a garganta, endireitou os ombros e continuou:

— Quando os homens do diabo a resgataram... quando o homem de longo cabelo loiro a salvou e a segurou em seus braços... eu fiquei feliz.

Phebe passou a mão na testa, claramente angustiada.

O que dissera permaneceu em minha mente. Judah havia emitido um castigo que não consta nas escrituras? Delilah foi colocada em uma estaca? Eles... a *tomaram* repetidamente?

Phebe me encarava até que desviei o olhar.

— Meu Senhor, acredito que se o castigo tivesse partido do senhor, não teria sido dessa natureza. — Ela respirou fundo e perguntou corajosamente: — Estou certa?

Lutei para conseguir respirar com a imagem do que ela havia descrito com tamanho grafismo. Mas ela devia estar enganada. Certamente ela tinha que estar errada, certo?

Endireitei os ombros e perguntei:

— Você estava amarrada a uma árvore, não é mesmo? — Judah contou que sua consorte foi encontrada daquela forma, desidratada e angustiada.

O que parecia esperança desapareceu rapidamente dos olhos de Phebe.

— Sim, meu Senhor.

Cruzando os braços sobre o peito, sondei:

— Então, poderia você ter pensado que testemunhou essas coisas? Que talvez possa não ter visto o que pensa que viu?

— Eu... — Sua boca se abriu e depois fechou rapidamente.

— Os homens do diabo a amarraram, Irmã. O seu corpo estava ferido quando você foi encontrada, não estava?

Ela assentiu.

— Estava naquele estado por causa das inúmeras horas em que ali fiquei, não porque fui machucada por aqueles homens — declarou, piscando. E então pestanejou novamente. — Na verdade, o homem de longo cabelo castanho que me amarrou, foi gentil. E ele... ele olhou para mim o tempo todo. Havia algo em seus olhos. Ele... — Phebe parou de falar quando suas bochechas ficaram vermelhas.

Meu queixo doía com a força com que me encontrei rangendo os dentes. Eu acreditava em Judah. Acreditava que meu irmão não teria sancionado tais atos contra Delilah, a Amaldiçoada. Concentrei-me em Phebe novamente, vendo seus grandes olhos me encarando com atenção.

Meu estômago revirou quando percebi que isso poderia ser um ardil. Contendo a raiva, perguntei:

— Você tem certeza de que não está simplesmente amargurada por Judah tomar uma segunda consorte? Uma, que de acordo com ele, é uma consorte perfeita? Tens certeza de que tudo isso talvez não seja fruto de sua imaginação apenas com o intuito de reconquistar sua atenção?

Seu rosto ficou mortalmente pálido.

— Não, meu Senhor.

— Mas és capaz de ver que você poderia ter imaginado todos estes eventos devido à sua desidratação e às muitas horas que passou amarrada, incapaz de se mover?

Phebe então parou e em seguida seus ombros curvaram.

— Sim, meu Senhor.

O alívio tomou conta do meu corpo e então, me afastei.

— Você tem deveres a desempenhar esta noite, Irmã?

— Sim — respondeu —, sou a Irmã Sagrada líder. Devemos deixar a comuna hoje à noite para espalhar o amor do Senhor.

— Não — interpelei. Phebe se encolheu. — Você deve entrar em reclusão até se livrar desses seus pensamentos pecaminosos. Informarei Judah a respeito disso.

Ela arregalou os olhos, assustada.

— Mas, meu Senhor... Judah, ele vai...

— Não me questione, Irmã — esbravejei com frieza. Phebe imediatamente caiu no chão, prostrando-se aos meus pés.

— Sinto muito, meu Senhor.

Virando-me, a deixei no chão. Subi rapidamente os degraus, correndo em direção à solidão da minha mansão. A cada passo, pensava no que Phebe disse sobre Judah, Delilah, os irmãos caídos.

E a cada passo, dizia a mim mesmo que o que ela acabara de revelar não podia ser verdade. Que Judah simplesmente não seria capaz de tamanha crueldade, tamanha depravação. E ele nunca faria nada contrário às escrituras, para desafiar o que considerávamos verdade.

Ele era meu irmão.

Ele nunca me trairia dessa maneira.

CAPÍTULO SEIS

FLAME

Segui atrás de AK, com Vike à minha direita, Hush e Cowboy subindo na carroceria da caminhonete. Era uma corrida rápida até Georgetown, com a qual eu estava de boa. Minha pele estava pinicando tanto que mal conseguia andar.

Entramos na movimentada rua principal. Havia muita gente no lugar, mas mantive a atenção focada à minha frente, cerrando a mandíbula, tentando me manter são. Styx não queria que eu tivesse vindo hoje. Na verdade, ele me proibiu. Disse que não estava cem por cento desde que voltei do hospital, e que achava que eu faria merda nessa transação.

Quase pirei. Sempre fui a todos os lugares com AK e Vike. Estava com eles em cada entrega. Este pagamento era um acordo do AK, e isso significava que eu iria junto.

AK disse ao Styx que precisava de mim, e que ficaria de olho. Tive que morder a porra da minha língua com esse comentário, mas Vike sussurrou para que eu ficasse com a boca fechada. Styx permitiu, mas me mandou ficar calmo.

Balançando a cabeça para me concentrar, vi AK levantar a mão e sinalizar à esquerda. Isso nos levou a uma rua lateral. Uma rua muito mais silenciosa do que a rodovia principal. O que significava muito menos testemunhas.

Paramos ao ver o carro dos chechenos mais adiante. AK desceu da moto, enquanto Vike e eu paramos alguns metros atrás, assim como Hush e Cowboy; ouvi quando os dois descerem da caminhonete e vieram até nós.

Então uma onda cegante de calor dominou meu corpo. Elas surgiam cada vez mais intensas desde que fiquei preso naquele maldito hospital por semanas a fio. Cerrei as mãos em punhos, cravando as unhas nas palmas. Contei o número de inspirações e expirações, suprimindo o desejo de pegar minhas lâminas no meio da rua, em público.

— Você está bem, cara? — Ouvi a voz atrás de mim. Virando a cabeça, percebi que Cowboy me encarava; os óculos escuros na mão, o chapéu Stetson protegendo os olhos entrecerrados. Estava ao lado de Hush, meu irmão mestiço com brilhantes olhos azuis, que se encontrava sentado sobre o capô da caminhonete com os braços cruzados. Os irmãos Cajun recém-oficializados andavam sempre juntos.

Grunhi exatamente na mesma hora que outra onda incandescente do caralho quase me derrubou da porra da minha moto.

— Ele está bem — disse Vike à minha frente. Mantive atenção focada em AK, que conversava com um cara vestido em um terno.

Ao sentir as unhas novamente perfurando a palma da mão, comecei a observar as pessoas nas ruas. Homens, mulheres, crianças. Então meus olhos pousaram em uma mulher segurando um bebê nos braços, com um menino ao seu lado, segurando a barra de seu vestido.

Como se tivesse sido atingido pelas costas com um pé de cabra, perdi o fôlego no mesmo instante. Cravei as unhas com mais força em minha pele. A mulher sorria para o menino, e fez o mesmo com o bebê. Eu podia sentir meu corpo tremendo. Podia sentir o nó apertando meu estômago.

Cale a boca, garoto, e vem aqui. Ouvi a voz dele soar na minha cabeça. *Os pecadores pertencem às trevas.*

Então *a* ouvi implorando: *Deixe-o em paz. Por favor, deixe-o em paz...*

Pisquei e sacudi a cabeça, tentando desesperadamente me livrar das vozes em minha cabeça. Voltei a olhar para AK, vendo-o ainda conversar com os chechenos. Eu podia ouvir os grunhidos e rosnados saindo da minha garganta. Levantei-me do banco da moto.

A cabeça de Viking virou na minha direção.

— Flame? — chamou, devagar, mas não olhei para ele. Eu precisava que AK se apressasse. Precisava sair da porra desse lugar. Olhei à direita; a mulher ainda estava lá com o bebê e o menino. Estavam atravessando a rua. E então o sangue sumiu do meu rosto.

O menino estava olhando para mim enquanto esperavam para atravessar a rua. Seus olhos me observavam, *apenas* a mim. Ele apontou para minha moto e disse algo para sua mãe. Ela sorriu para ele. A mãe *sorriu* para ele. E então ele acenou. Minhas unhas cravaram nas palmas com mais força.

ALMA SOMBRIA

Mas o vômito estava ardendo na minha garganta. A dor das unhas afiadas não afastou a sensação de mal-estar no meu estômago, da bile subindo à boca. Fiquei de pé, observando o garoto acenar enquanto começava a atravessar a rua, e congelei.

Manchas pretas dançavam à frente dos meus olhos. A garganta se fechava enquanto a escuridão espreitava. Eu não suportava a escuridão. Não suportava a maldita escuridão.

Estava perdendo a cabeça.

— Flame. Irmão. Você precisa se acalmar, caralho. Respirar fundo. Você está rosnando alto, está chamando a atenção. — Vike estava na minha frente, mas as manchas pretas deixavam seu rosto embaçado. — Você está tendo um dos seus surtos. Apenas tente respirar.

— As chamas — eu disse quando meus dedos começaram a arranhar a pele da minha garganta. — As chamas estão me sufocando. Elas estão me sufocando, caralho!

— Porra! — Viking rosnou. Vi AK logo à frente se virando para olhar para mim. Seus olhos encontraram os meus. Ele rapidamente disse algo para os chechenos.

Enquanto ele vinha na minha direção, contei seus passos apressados. *Um, dois, três, quatro, cinco, seis, sete...*

Então três estrondos repentinos dispararam pela rua, e o som nítido de tiros ressoou na minha cabeça.

— Pro chão! — Hush gritou atrás de mim. Mas não consegui. Meus olhos examinaram a rua, vendo as pessoas caindo no chão. O checheno havia sido atingido. Seu corpo jogado no asfalto, o sangue escorrendo da cabeça.

Meu corpo queimava com a necessidade de matar enquanto procurava pelos atiradores. Então um grito agudo quase estourou meus tímpanos. Eu corri para frente. Mas quanto mais o grito soava, mais eu perdia a cabeça.

Então estaquei em meus passos, o coração disparado e as vistas ainda obstruídas pelas manchas escuras. A mãe havia sido baleada. O menino sentou-se ao lado de seu corpo, chorando... e o bebê... o bebê não estava mais em seu cobertor branco. Estava no chão. Suas pernas estavam chutando, os braços agitados. Seu rosto estava vermelho com a força dos seus gritos.

Olhei novamente para o menino sentado ao lado da mãe. Ele estava chorando, desta vez olhando para o bebê no chão. Mas ele não conseguia tocá-lo. Não podia tocá-lo.

Então ele olhou para mim. Ele olhou para mim e estendeu os braços. Seu rosto estava implorando. Sua mãe tinha sido baleada, mas ele levantava os braços *para mim*.

A dor atravessou minha cabeça, minhas mãos agora cerradas em punhos ao lado do corpo. O garoto gritava, ainda com os braços estendidos.

O bebê ainda no chão, chorando. Então o garoto se moveu, e começou a engatinhar na minha direção. Seus olhos escuros se voltaram para mim, mas eu parecia estar grudado no chão. Ele estava engatinhando para mim, querendo que eu o segurasse... que eu *o tocasse.*

Não, não, não... Ele estava se aproximando, ainda assim, não conseguia me mexer.

Seus gritos se tornaram mais altos. Os gritos do bebê se tornaram mais altos.

Gritos que enchiam a minha cabeça ao ponto de explodir. Envenenando minha mente. O garoto se aproximou ainda mais.

Eu tinha que me mover. Precisava dar o fora dali.

E então o garoto parou aos meus pés.

Ele estendeu a mão, quase tocando a minha perna. Então, sentindo a raiva tomar conta, rugi:

— NÃO!

O garoto se afastou em choque. Virei-me de costas. Hush e Cowboy vieram correndo na minha direção. Passaram correndo por mim, e vi quando Hush pegou o garoto e Cowboy agarrou o bebê. Eles os entregaram para uma mulher na rua; ela estava falando em um celular.

Os gritos ficavam cada vez mais altos na minha cabeça, gritos que era incapaz de fazer parar. Os gritos do bebê. Os gritos do garoto... porra, eram os gritos *dele*... Na minha cabeça, eram os gritos *dele!*

— Pare! — gritei, quando AK e Viking correram na minha direção.

Quando me alcançaram, AK ergueu as mãos.

— Flame, porra... — era tudo o que ele conseguia dizer.

Levantei o olhar.

— Eu preciso de sangue — rosnei. — Eu preciso matar.

— Eles foram para o norte — Viking informou. Ouvi o som de uma moto acelerando pela rua. Não hesitei em me mexer.

Corri para a minha Harley. Em segundos, disparei pela rua com AK e Viking na minha cola. Ouvi a caminhonete, ouvi AK chamando meu nome, mas não diminuí a velocidade. Eu precisava matar os filhos da puta. Precisava matar os malditos que atiraram na mulher. Aquilo fez o garoto chorar. Aquilo fez o bebê gritar.

Com a garganta tensa, gritei enquanto acelerava. E então os vi. Duas motos à frente. Duas motocross. Dois homens brancos em motos baratas do caralho – os atiradores.

Acelerei ainda mais quando deixamos os limites da cidade, nada além de terras agrícolas à vista. Não havia carros na estrada. Apenas eu e os homens, dirigindo à frente. E eu estava me aproximando daqueles homens que logo estariam mortos. Os mesmos que pagariam pelos gritos.

Eu estava chegando mais perto. Os homens dirigiam lado a lado. Um deles olhou para trás. Ambos tentaram aumentar a velocidade das motos, mas fui mais rápido.

Minha Harley se aproximou. Manobrei para ficar ao lado daqueles filhos da puta. O medo deles se refletia em seus rostos quando me viram tão perto. O olhar em seus rostos transformou meu sangue em lava derretida, escaldando minhas veias. E eu precisava disso. Precisava que as chamas saíssem.

Eu precisava matar.

Levantando a perna, dei um chute na roda dianteira da moto mais próxima. O desgraçado perdeu o controle e se chocou contra o outro filho da puta; ambos colidiram com a vala à beira da estrada.

Os idiotas gritaram quando caíram na grama. Diminuí a velocidade da Harley e parei. Os bastardos estavam rastejando, tentando fugir, mas tudo o que eu via era vermelho vivo. Alcançando meu cinto, peguei minhas duas facas favoritas e me aproximei para a matança.

Minhas narinas se inflaram. A pele formigando com o desejo de retalhar os filhos da puta, de afundar minhas lâminas em suas carnes. Ver o sangue derramar no chão.

Sorri com animação, meus músculos tensos, segurando as facas. Ambos estavam com alguns ossos quebrados do acidente, incapazes de fugir. Eram meus para matar. Suas vidas eram minhas para tomar.

Eles entraram em pânico quando viram minha aproximação. Lambi ao longo da ponta da faca, sentindo o sabor do aço na minha boca. Meu pau ficou duro. Ficou duro só de imaginar cortar a carne deles. Ouvindo os filhos da puta gritarem... Gritarem como o menino. Como o bebezinho.

Eu pirei.

Soltei um rugido e me joguei no primeiro homem que vi. Enfiando a ponta cega da minha faca em seu rosto, eu o derrubei e montei em suas pernas. Inclinei-me para a frente, vendo os olhos arregalados de pavor diante do meu sorriso. Sorri, sabendo que meu maldito rosto seria a última coisa que ele veria.

Colocando a faca entre os dentes, apertei sua garganta, prendendo-o no chão. Eu podia sentir o pulso sob a minha mão. Podia sentir a pulsação acelerada.

Sentiria o momento que a pulsação já não mais latejaria.

Levantando a lâmina, primeiro golpeei sua barriga.

— *Um* — assobiei quando as costas do desgraçado se curvaram. — *Dois*. — Ataquei novamente, ouvindo a carne rasgar debaixo da minha faca. Meu coração batia forte de animação. — *Três* — rosnei quando retalhei sua barriga mais uma vez. O imbecil tentou se mover, tentou gritar, mas eu bloqueava seus gritos. Não havia mais gritos.

Sem mais gritos da porra!

— *Quatro, cinco, seis, sete, oito, nove, dez.* — Cortei suas entranhas, sentindo o sangue respingando no meu peito nu. O sangue quente cobriu a minha pele.

O filho da puta morreu, os olhos vidrados. Mas eu precisava de onze. Erguendo alto a faca, rugi no momento em que deslizei a lâmina direto pela sua testa, partindo seu crânio.

Arrancando-a do crânio, fiquei de pé em um pulo. O outro idiota estava rastejando para longe. Meus músculos se contraíram quando eu me aproximei. Ele me ouviu, e olhando por cima do ombro, gritou.

— Porra, por favor. Merda, não me mate.

Ignorei seus pedidos. Mas ele continuou gritando, gritando como uma merda de mulherzinha. Sua voz me irritou.

Ele precisava morrer.

Abaixando-me sobre ele, agarrei seu cabelo, inclinando sua cabeça para trás para ter fácil acesso à sua garganta. Dessa vez não esperei, a necessidade de derramar sangue falou muito mais forte. Levantei minha mão e passei a lâmina na sua garganta — *uma, duas, três, quatro vezes*. E contei todas as vezes. Contei cada golpe, seu sangue espirrando em meus braços e em meu rosto. Contei de um até onze, até ver o filho da puta morto.

Mas as chamas ainda ardiam com muita intensidade em minhas veias. As mortes não fizeram desaparecer os gritos que ainda ressoavam na minha cabeça... os gritos *dele* estavam na minha cabeça. Aqueles gritos altos. Então os gritos mais baixos. Depois o silêncio.

O maldito silêncio.

Então pensei no rosto dele. E em como não pude tocá-lo. Quando ele precisou que o tocasse, eu não pude. Porque eu era mau. Eu possuía o mal em minhas veias.

As chamas. Elas precisavam sair. Todas elas precisavam sair. Finalmente, todas elas, de uma vez por todas...

Cambaleei pela vala. Deixei uma faca cair no chão e segurei firmemente a outra.

— Merda! Flame! Não, irmão. Pare. Fale comigo. O que porra tem de errado? Fale comigo!

Ergui a cabeça. AK... AK estava lá, ele estava falando comigo, mas o som das chamas rugindo enchia meus ouvidos, me queimando por dentro. Observei sua boca enquanto levantei a faca e cortei a pele da minha barriga. Assobiei quando senti a carne retalhar. Fechei os olhos quando senti algumas das chamas desaparecerem. Mas eu precisava de mais. Precisava que todas se fossem. Eu não conseguia mais viver com os gritos na minha cabeça.

ALMA SOMBRIA

Cortei meu braço. Cortei meu peito. E o sangue escorreu. Mas as chamas ainda estavam lá dentro, eu podia senti-las debaixo da minha pele. Os gritos ainda ecoavam dentro da minha cabeça. Os gritos dele, os gritos dele ainda estavam lá dentro. Os gritos *dela*. Os gritos *dela* quando *ele* a machucou, enquanto *ele* a espancava.

Lágrimas rolaram pelo meu rosto enquanto pensava em seu rostinho. O rostinho dele gritando. Suas mãozinhas me alcançando. Mas não pude tocá-lo. Eu era mau. Eu tinha o diabo no meu sangue. Eu o machucaria. Eu o machucaria.

Percebi um movimento. Cabelos vermelhos? Então avistei Vike.

— Flame, pare. Você vai se matar, caralho! Eu não quero tocar em você, irmão, mas vou fazer, que Deus me ajude, se você não parar essa porra.

— Não — rosnei e recuei, levantando a faca na minha frente. Vike parou. Ele observou quando levantei a lâmina e a desci sobre o meu abdômen.

Mas não foi suficiente. Elas não estavam sumindo. Nem um pouco. Minha cabeça estava muito cheia. Estava tudo muito cheio; meu peito, minhas veias, minha cabeça... tudo muito cheio.

De repente, uma mão bateu na minha lâmina. Estendi a mão para a frente, mas um braço me agarrou por trás.

Meu corpo tremia cada vez mais quando um braço se fechou em volta do meu pescoço. O braço apertou e eu rugi. Lutei com toda a minha força para me libertar. Mas o agarre era muito forte. Outro par de mãos agarrou meus braços. Não conseguia me mexer. Eu não conseguia me mexer! E agora mais mãos estavam me tocando. Tocando minha pele. Impedindo as chamas de irem embora.

— Coloquem ele na porra da caminhonete! Nós vamos pegar as motos e dar fim nos corpos. Vou chamar o Smiler, precisamos de mais homens aqui. Caralho! Leve ele de volta para o complexo antes que esse psicótico nos mate!

Pontos negros encheram meus olhos novamente quando o braço em volta do meu pescoço bloqueou minha respiração. A escuridão estava chegando, eu não podia suportar a escuridão.

— Porra, Flame. Que merda aconteceu? — alguém gritou, mas eu estava afundando. Podia sentir a escuridão me alcançando.

— *O que diabos deu errado, AK?*

— *Porra, e eu lá vou saber? Mas acho que chegou o dia.*

— *Que dia?*

— *O maldito dia em que Flame pirou de uma vez por todas.*

— *Merda!* — uma voz gritou.

E então a escuridão veio, mas as chamas?

As chamas e os gritos do caralho permaneceram.

TILLIE COLE

CAPÍTULO SETE

MADDIE

Viking atravessou a sombra das árvores que levavam da sua cabana até a de Mae e Styx e meu coração começou a acelerar. Algo aconteceu com Flame nessa saída. Soube disso quando ele não apareceu ao anoitecer como havíamos planejado. E o que quer que tenha sido, o levou para longe de mim por dois dias.

Dois longos dias.

E seus melhores amigos, AK e Viking, também estavam desaparecidos. Meus nervos estavam em frangalhos, imaginando o que poderia ter acontecido com ele... E a maneira como Viking se aproximou apressado, a maneira como entrou na cabana, naquele instante, enviou um arrepio de medo pela minha espinha.

De repente, vozes elevadas soaram da sala.

Era Viking. Eu reconheci sua voz.

Eu me aproximei da porta fechada. Minha mão pairava sobre a maçaneta, mas apenas a encarei. O medo me segurou em suas garras. Mas então a voz de Viking subiu as escadas. Sua voz frenética... sua voz angustiada e chateada.

Flame, pensei, *ele estava aqui por causa do Flame.*

Movendo-me por instinto, finalmente abri a porta e saí, uma cacofonia de vozes altas tomou conta dos meus ouvidos.

Reunindo coragem, desci as escadas. No andar de baixo, me posicionei nas sombras. Lá eu esperei e ouvi.

— Ele pirou de vez, Styx. Louco pra caralho. Não sei que merda fazer. O que fazer para chegar à mente dele outra vez.

Eu podia ver o gigante ruivo andando pela sala, enquanto Styx e Ky se mantinham sentados, ouvindo o que ele dizia. O restante dos Hangmen observava, seus rostos refletindo confusão e apreensão.

Viking, que parecia cansado e desleixado, usava uma camiseta coberta de sangue seco. Ele passou a mão pelo longo e desgrenhado cabelo ruivo.

— Ele apenas pirou, tipo, surtou de vez. E, por dois dias, ainda não se acalmou. Porra! — A voz de Viking ficou presa na garganta e um gemido estrangulado escapou pelos seus lábios. — Tivemos que tocá-lo, contê-lo. E jurei ao meu irmão que isso nunca aconteceria. A maneira como ele me olhou, como se não pudesse acreditar que eu o traí. PORRA!

Ky se inclinou para frente.

— Se acalme, Vike. Precisamos pensar, caralho.

Viking engasgou com uma risada desprovida de humor.

— Me acalmar? Você não o viu, cara. Acho... acho que desta vez nós o perdemos. Não tenho certeza se ele vai voltar a ser o mesmo de novo. E não sei o que provocou isso. Não sei o que ele viu que o levou até o limite. Sim, houve um tiroteio, mas ele já esteve em mais tiroteios do que posso contar. Era como se ele estivesse vendo algo dentro da sua mente fodida. Vendo alguma lembrança em sua cabeça como se a merda fosse real.

Viking se agachou no chão e, com as mãos na cabeça, disse:

— Se eu e AK não podemos acalmá-lo, quem diabos pode? — questionou com uma voz angustiada.

O silêncio encheu a sala. Todos os homens estavam quietos, aflitos, emocionalmente drenados. Ao invés do medo dominar meu corpo, senti algo dentro de mim se acender. O rosto de Flame entrou na minha mente e conduziu meus pés para frente. Andei devagar para assumir uma posição entre eles.

— Eu — sussurrei audivelmente, enquanto saía das sombras. Todos os homens me encararam com óbvia descrença, mas reprimi todo o temor, oferecendo: — *Deixe-me* tentar. Deixe-me tentar acalmar o Flame.

Endireitei a postura, encontrando os olhos de Styx. Ele não se moveu do lugar no sofá. Ky olhou para Styx, e depois para mim.

— Maddie, isso é assunto do clube. Você não pode estar aqui.

Eu o ignorei e dei um passo à frente. Não afastei meu olhar de Styx em momento algum.

— Deixe-me tentar. Deixe-me ir até o Flame.

— Porra — Ky rosnou, mas eu podia ver nos olhos pacíficos de Styx que ele estava pensando.

Virando-me para Viking, que me encarava, boquiaberto, repeti:

— Deixe-me tentar. Eu... sinto que posso ajudá-lo.

— Maddie? — A voz de Mae chamando do corredor me fez parar. Quando me virei, ela e Lilah estavam lado a lado, as belíssimas feições chocadas.

Mae olhou para o marido e depois entrou na sala.

— Maddie. Você não pode. O Flame... Ele não está bem neste momento. Ele poderia machucá-la.

— Ele não vai me machucar — retruquei com total convicção.

— Ele está completamente louco, Madds. Ele não é o Flame que você conhece. — Ouvi a voz de Ky, mas balancei a cabeça. Foi então que Viking parou ao meu lado. Eu me encolhi com sua proximidade, mas me recusei a ser desmotivada por algo que estava determinada a fazer.

— Ela está certa — Viking murmurou, atraindo minha atenção na mesma hora. Ele conversava diretamente com Styx. — Neste momento, acho que ele mataria qualquer coisa em seu caminho, incluindo eu e AK. Mas esta pequena aqui... — Viking disse, apontando para mim. — Eu não sei. Mesmo tão fodido e perdido como ele está agora, ela pode ser nossa única esperança.

— Não! — Mae gritou, quando Styx começou a sinalizar algo para os irmãos. Meu coração trovejava no peito da mesma forma que a chuva forte de uma tempestade batia em uma janela. Não fazia ideia do que estava sendo comunicado, e do nada, uma onda de raiva inflamou minha própria alma.

Os irmãos começaram a discutir entre si. Mae pedia ao seu homem que recusasse meu pedido. E então comecei a tremer com a raiva incandescente ao ser ignorada. Eu já havia sido suficientemente ignorada em minha vida, deixada de lado, considerada fraca e sem importância.

Agora não. *Hoje* não.

— Chega! — gritei sobre o volume de vozes frenéticas, minha voz forte e inflexível. De repente, a sala ficou em um silêncio atordoado. Todos os olhos focaram em mim.

Fixei meu olhar em Styx.

— Não preciso de sua permissão. Sou uma mulher adulta, e não aceitarei ser tratada como se fosse criança.

— Maddie... — Mae tentou me acalmar, mas me afastei dos seus braços abertos, acenando em negativa.

— Já chega! — Minha irmã recuou, chocada. — Eu vou fazer isso.

— Mas, irmã, ele é perigoso — Lilah interpelou, nervosa.

— Estivemos em mais perigo do que isso em nossas vidas, Lilah. E Flame me salvou. Duas vezes. Se é chegada a minha vez em salvá-lo, então o farei de boa vontade.

ALMA SOMBRIA

Olhei para o irmão ruivo e pedi:

— Leve-me até o Flame.

Viking nem sequer olhou para Styx pedindo permissão, ele simplesmente me levou porta afora. Quando passei por Mae, ela olhou para Styx.

— Eu vou com ela.

Fechei os olhos, lutando contra a raiva. Entretanto, quando Mae deu um passo ao meu lado, achei sua presença tranquilizadora.

Virei-me para Lilah, que estava de pé ao lado da sala, com a ponta do polegar na boca. Aproximei-me dela e assegurei:

— Eu vou ficar bem.

Os olhos azuis de Lilah se abaixaram. Pegando minha mão, ela sussurrou:

— Por favor, reconsidere, Maddie. Deixe isso para os irmãos. Só em pensar em você ferida... sendo machucada pelo único homem que você nunca temeu, me enche de pavor.

Apertando sua mão, eu disse:

— Essa é a beleza do livre arbítrio, Lilah. Nós escolhemos nossas próprias atitudes. Ao contrário da comuna, aqui chegamos a ser os donos do nosso próprio destino. Irei até o Flame. O que tiver que ser, será.

— Maddie, ouvi coisas nos últimos dois dias a respeito dele. E pelo que ouvi, ele parece estar possuído. Temo que o mal esteja correndo por suas veias. O modo como se comporta, a maneira como ele se corta. A escuridão da sua alma...

Bufei, incrédula.

— E por anos, irmã, nós: você, Mae, Bella e eu, fomos vistas como propensas ao mal por conta de nossa aparência. Nós acreditamos nisso. Nunca duvidamos da escritura que afirmava que era assim. Acho que, se dizem algo para ti com bastante frequência, você acaba acreditando. Mas talvez, apenas talvez, alguém entre em sua vida e te faça se questionar. Faça você acreditar que vale alguma coisa.

Lilah desviou o olhar e suspirou em derrota.

— Como Ky fez comigo?

Assenti e acrescentei:

— Como Flame faz comigo.

Ela ofegou com a minha confissão e disse:

— Mas você mal falou com ele. Como pode pensar assim?

Eu sorri, lembrando o desejo dele de tocar no meu rosto. Da sua mão trêmula pairando no ar, e respondi:

— O que são palavras? Às vezes, o olhar ou o rubor da pele revelam tudo o que você precisa saber. Palavras podem ferir. O silêncio pode curar.

Uma lágrima deslizou pelo rosto de minha irmã. O aperto dela aumentou.

— Madd...

— Ele precisa de mim, Lilah. Ele me salvou do Moses, de todos os homens que... que...

— Shh... — Lilah me acalmou. Tentando afastar meus pensamentos dos nossos dias na comuna.

— Eu não estaria mais viva sem ele. Agora é a minha vez de retribuir.

Concordando com minha determinação inabalável, Lilah me puxou para seu peito. Quando me soltou, Ky estava ao nosso lado. Ela se virou para o marido, colocando a mão em seu braço. Ky assentiu sem que houvesse a necessidade de qualquer palavra.

— Eu vou com ela, doçura. Não se preocupe.

Quando Lilah deu um beijo nos lábios de Ky, eu saí da cabana. Mae, Styx e um Viking ansioso, já me aguardavam do lado de fora. Ky então correu para se juntar a nós.

— Você tem certeza disso, pequena? — Viking perguntou.

Um nervosismo paralisante me dominou de repente, mas o disfarcei da melhor maneira que pude.

— Sim.

Mae caminhou ao meu lado, segurando firme a mão de Styx. Eu podia ver a preocupação refletida em seu lindo rosto. Quando ele soltou sua mão e pousou um braço em seus ombros, puxando-a para o conforto de seu abraço, me senti culpada.

— Eu ficarei bem, Mae — afirmei enquanto atravessávamos a linha das árvores e íamos em direção à colina gramada.

Ela ficou quieta, então simplesmente respondeu:

— Eu sei. Você é única, Maddie. Você é a pessoa mais corajosa que conheço.

Esse elogio inesperado quase me fez vacilar em meus passos. Então me vi olhando para minha irmã, que sorriu. Sua confiança em mim fez com que eu me sentisse mais forte.

Viking nos levou pela trilha em direção ao conjunto de cabanas dele, de AK e Flame. Gritos agonizantes, de repente, romperam no ar. Meu sangue gelou com os urros agonizantes e torturados vindos da cabana no final da colina.

Assim que Viking os ouviu, acelerou as passadas e correu na frente.

— É ele? — Ky perguntou, incrédulo, enquanto tentávamos segui-lo.

— Sim. Merda! — Viking respondeu passando a mão pelo cabelo.

Quanto mais chegávamos perto, mais altos os bramidos se tornaram. Desta vez, um medo genuíno me fez perder o fôlego. Eu tinha certeza, antes desta noite, que um homem não era capaz de soar tão selvagem. Mas não tinha dúvida de que o Flame que eu conhecia não era o homem que emitia aqueles sons. Este Flame estava quebrado. Este Flame estava agonizando em dor.

— Meu Deus — ouvi Mae murmurar baixinho, mas mantive meu foco na cabana. Forcei meus pés a se moverem. Se parasse, não sabia se conseguiria a coragem suficiente para prosseguir.

Entramos na clareira com as três pequenas cabanas. Do lado de fora, nos fundos, sentado sozinho, estava AK. O homem de longo cabelo castanho se curvava sobre uma mesa com as mãos na cabeça. Suas roupas estavam completamente ensanguentadas.

— AK — Viking chamou, fazendo-o erguer o olhar. Seus olhos escuros estavam vermelhos e o rosto, mortalmente pálido.

— Ele está piorando — AK resmungou, enquanto olhava para o amigo. — Toda vez que entro, ele fica pior. Porra, cara. Acho que é isso. Acho que o perdemos de vez.

Sua voz grave delatou a profundidade de sua tristeza e pesar. Quando um grito arrepiante ressoou da porta daquela cabana, ele se levantou e colocou a mão no braço de Viking. Este último estacou e, com o olhar vidrado, assentiu, cabisbaixo e em uma atitude derrotada.

A troca silenciosa dos dois me assustou mais do que tudo na vida. Eles não haviam trocado uma única palavra, mas algo significativo se passou entre eles. Algo que, a julgar pelos seus corpos tensos e expressões amarguradas, estava prestes a destruir seus mundos.

AK olhou para Styx e este cerrou a mandíbula. Ele envolveu Mae em seu abraço com mais força e a beijou na cabeça. Seus olhos estavam fechados, e sua respiração soava pesada quando respirou nos cabelos de Mae.

Observei detalhadamente cada um deles, e pude sentir a mudança, sentir a forte tensão tomar conta desta clareira.

— Eu tenho que vê-lo — Ky disse, e deu um passo à frente. Styx soltou Mae.

Relutantemente, Viking e AK se afastaram. Styx e Ky entraram na cabana. Eu me encolhi quando o volume dos gritos angustiantes de Flame atingiu um nível ensurdecedor.

De repente, a mão de Mae deslizou na minha. Ergui o olhar deparando com o seu agora focado na porta da cabana.

Styx.

Ela estava apavorada com o bem-estar de seu noivo.

Eu queria dizer alguma coisa. Queria tranquilizá-la de que ele ficaria bem. Mas os uivos de Flame me deixaram sem fala.

— Por que ela está aqui, Vike? — AK perguntou. Eu o vi indicar com o queixo na minha direção.

Viking suspirou.

— Pensei que ele pudesse responder a ela. Foi ideia dela, não minha.

O olhar de AK estava perdido na floresta. Ele balançou a cabeça.

— Não vai funcionar, irmão. Nada vai funcionar. A maneira como ele se sente em relação à cadela não vai trazê-lo de volta.

Meu coração se confrangeu.

A porta da cabana se abriu e Styx e Ky saíram. Seus rostos exibiam expressões de profunda angústia enquanto caminhavam diretamente para os outros dois. Meus olhos estavam colados nos homens e na discussão que travavam. Cheguei um pouco mais perto, Mae veio logo atrás.

— Porra, eu... não sei o que dizer sobre aquela merda lá dentro — Ky disse de forma ríspida.

Styx sinalizou algo para AK e Viking. AK balançou a cabeça.

— Nem mesmo naquela época, *Prez*. Ele estava muito mal, realmente fodido quando estava naquela instituição, mas não desse jeito. Porra, servi no Oriente Médio e nunca vi ninguém se perder dessa maneira.

Viking se jogou em uma cadeira. Ky colocou a mão no ombro dele.

— Merda — Viking murmurou. — Ele nos pediu para detê-lo, não pediu, AK? Era isso que ele queria, certo?

Ele cruzou os braços sobre o peito largo e assentiu.

— Sim, irmão. Ele nunca quis viver assim. Você sabe o que ele disse para fazer se surtasse de um jeito irreversível. Se algum dia nunca mais voltasse do fundo da sua mente fodida.

Viking jogou a cabeça para trás e soltou um rugido alto, e então inclinou a cabeça novamente para frente.

— Eu vou fazer isso — AK anunciou.

Minha respiração ficou presa na garganta, fazendo-me soltar imediatamente a mão de Mae. *Não*, pensei comigo mesma, meu coração batia disparado com uma sensação de pavor. *Eles não podiam estar falando do que suspeitava...*

— Irmão, ele é o seu melhor amigo — Ky disse.

AK não levantou os olhos assombrados do chão.

— É por isso que tenho que fazer isso. Ele confiou em mim. Depois de tudo o que passamos... — Balançou a cabeça quando não conseguiu mais falar. — Eu o encontrei. Eu o encontrei quando ele era adolescente. Eu o tirei daquela merda; o irmão estava amarrado naquela cama com tanta merda sendo injetada em suas veias, que mais se parecia a um maldito *Walking Dead*. Ele está do meu lado desde então. Não, *VP*, eu tenho que fazer isso. Começamos essa merda juntos, e sou eu quem vai acabar com isso.

Puro terror tomou conta do meu corpo. Senti uma mão no meu braço enquanto olhava para a porta da cabana, enquanto ouvia os gritos por trás da madeira.

— Maddie — Mae sussurrou, a tristeza nítida em sua voz.

ALMA SOMBRIA

Tudo que eu podia ver na minha mente eram os olhos do Flame me observando. E se... e se... Um soluço ficou preso na garganta quando pensei naqueles olhos, tão escuros... Quando pensei que não estariam mais em guarda sob a minha janela. Não observariam mais todos os meus movimentos, sempre que eu estava ao redor.

Não, AK não podia tirá-lo de mim. Minha alma se despedaçaria.

Eu precisava dele.

Ele precisava de mim.

Cerrando os lábios para silenciar um grito de dor, a energia atravessou meu corpo. Pelo canto do olho, vi AK começar a caminhar em direção à sua própria cabana para buscar alguma coisa. Mae já havia se juntado a Styx e Ky ao lado de Viking. Sendo que este último mantinha o rosto enterrado entre as mãos.

No entanto, eu ainda estava perto da porta da cabana do Flame.

A porta que Styx e Ky haviam deixado fechada, mas destrancada.

Naquele segundo, soube o que precisava fazer.

Não me dando tempo para mudar de ideia, levantei meu vestido longo e corri até lá. Minha respiração ofegante ecoou em meus ouvidos enquanto corria. Cheguei à cabana no momento em que a voz de Mae gritava meu nome. Mas não me detive. Eu precisava entrar ali.

Abrindo a porta, entrei e a fechei com força, trancando-a com os dedos trêmulos. Peguei uma cadeira próxima e a enfiei por baixo da maçaneta.

— Maddie! — Mae gritou. — Abra a porta!

Os homens também gritaram, exigindo que os deixassem entrar. Descansando as palmas das mãos na madeira, como se estivesse reforçando a porta, gritei:

— Não vou deixar que vocês o machuquem. Por favor... Deixem-me acalmá-lo. Deixem-me acalmar a raiva dele.

Como esperado, Flame gritou às minhas costas. Minha pele se arrepiou com o sofrimento presente naquele som. Fechei os olhos e respirei fundo.

Então me virei.

Minha respiração estava ofegante enquanto permanecia imóvel, ciente de que encarava o homem em quem pensava constantemente. Estremeci quando outro rugido saiu da sua garganta. Contei até três, depois me forcei a abrir os olhos.

Minhas costas colidiram contra a porta quando o vi. Minhas pernas cederam e lágrimas quentes assomaram meus olhos. Quando caí no chão, um par de olhos negros torturados encontraram os meus e sussurrei:

— Flame... não...

CAPÍTULO OITO

FLAME

Eu não conseguia deter as chamas.
Homens tinham me amarrado.
Não conseguia pegar minhas lâminas.

E *ele* estava aqui comigo. Mesmo com os olhos abertos, eu podia *vê-lo*. Podia *vê-lo* com os olhos da minha mente. Podia ouvir a voz *dele* no ouvido da minha mente. Não consegui silenciar sua voz. Ele me chamava de pecador, amaldiçoando sobre o mal que corria em meu sangue. Mas não sabia o que *ele* queria de mim. Não queria me lembrar daquele rosto quando *ele* gritou comigo. Não queria lembrar daquele lugar escuro e frio. Não queria lembrar do cinto chicoteando a minha pele. Mas não conseguia alcançar minhas lâminas para impedir as memórias... para deter as memórias que fodiam com o meu cérebro...

— *Ele é um maldito retardado, Mary. Fica o dia todo no quarto, brincando com aquele maldito Lego. Construir e construir, nunca parece estar feliz, alegre ou qualquer coisa do caralho! Ele não fala, não responde a nada que eu pergunto. Ele não chora, nem ri. Onde estão as porras das emoções?*

Eu me encolhi no canto da sala, vendo ele gritar com a minha mamãe. Seus olhos estavam tristes quando ela olhou para mim. Mas ela não chorou. Minha mamãe nunca mais riu, gritou ou chorou.

— *Michael* — *ela implorou.* — *Por favor, deixe ele em paz. Ele simplesmente não é como as outras crianças. Mas ele é nosso... ele é meu. Eu sei que ele é especial. Eu posso ver como ele pensa e se comporta, mas...*

— *Especial? Ele é um retardado!*

Ele estava falando de mim. Estava com raiva de mim de novo. Mas não entendia o que tinha feito para deixá-lo tão bravo... Eu tentei. Sempre tentava fazê-lo feliz. Mas isso nunca funcionou. Ele ficava ainda mais irritado. Apenas me machucava mais e mais. E eu sentia a sua decepção profundamente dentro de mim. Eu não conseguia dormir, e toda a preocupação fazia as minhas mãos tremerem. Eu... eu estava tão confuso. Não quis deixá-lo bravo. Eu tentei... eu realmente, realmente tentei.

Ele se aproximou da mesa onde minha mãe estava preparando comida. Bateu o braço e todos os pratos caíram no chão. Coloquei as mãos sobre os ouvidos quando meu irmãozinho começou a chorar. Eu me balancei no chão, cantarolando baixinho para bloquear os sons. Eu odiava o som de gritos. Isso machucava meus ouvidos. Isso fazia meu peito doer e meu estômago embrulhar.

Mas minhas mãos cobrindo meus ouvidos não conseguiram bloquear os sons – as batidas, meu irmãozinho gritando, a voz estrondosa dele.

— *Eu falei com o pastor Hughes. Ele acredita que o garoto pode ter o mal em seu corpo. As chamas do inferno podem estar fluindo em suas veias. É por isso que ele age assim. É por isso que age como um retardado.*

Parei de balançar e estendi meus braços. Virei-os para inspecionar minhas veias. Mas não pude ver nenhuma chama. Minha mente começou a se agitar. Mal? Eu tinha o mal dentro de mim? Chamas correriam em minhas veias?

Não as querendo dentro de mim, arranhei as veias do meu pulso. Eu não queria as chamas dentro de mim. Talvez tirando as chamas do meu sangue, ele gostasse de mim? Talvez eu soubesse o que ele queria de mim?

Ouvindo o rangido no chão de madeira, olhei para cima. Ele deu um passo à frente. Eu olhei para o rosto dele.

Sua pele ficou mais pálida. Ele e mamãe estavam olhando para mim. Os olhos deles ficaram arregalados. Mamãe cobriu a boca com a mão, mas seu rosto estava vermelho, sua expressão era tensa. Algo estava errado, mas eu não sabia o quê.

Sem tirar os olhos de mim, ele disse:

— *Está vendo, Mary? Você vê como ele sente o fogo sob a pele? Viu como ele se arranha para apagar as chamas? O pastor nos alertou sobre isso na igreja. Ele nos falou sobre os sinais do mal em nossos parentes.*

Meus dedos congelaram sobre a minha pele. Olhei para baixo e havia sangue escorrendo. Senti meu peito relaxar sabendo que aquilo deixaria escapar algumas das chamas. Eu levantei meu pulso para mostrar para ele. Para mostrar que as chamas do mal estavam saindo do meu corpo, como ele queria.

Mas ele deu um passo atrás, sua boca não estava mais contraída. Em vez disso, estava aberta. Ele se virou para minha mãe.

— Vou ligar para o pastor Hughes. Vou levá-lo direto para a igreja.

Minhas mãos pararam de se mover quando ele mencionou a igreja. Eu não gostava daquele lugar. Não gostava do pastor. Não gostava das cobras que eles tinham lá. Não gostava da bebida que fazia seus corpos se debaterem no chão.

Minha mãe correu para frente e segurou o braço dele.

— Por favor, Michael. Deixe ele em paz. Ou... — minha mãe respirou fundo — ou talvez devêssemos levá-lo a um médico? Talvez isso seja mais do que conseguimos entender? Talvez desta vez devêssemos procurar um médico de verdade para nos ajudar... para ajudá-lo.

Ele ficou completamente imóvel, e seus olhos se estreitaram no braço da minha mãe.

— Um médico? Você conhece a nossa fé, Mary. Você sabe que evitamos cuidados médicos. Se rezarmos o bastante, se formos puros e humildes, Deus curará... senão...
— Ele empurrou minha mãe até que ela bateu na mesa da sala. Mamãe gritou de dor e meu estômago revirou. Ele apontou para a minha cara. — Então você acaba assim. Cheio de pecado, maldade e retardo mental!

Eu me encolhi no chão. Ele me assustou.

Eu o observei pegar as chaves do carro. E então ele caminhou em minha direção.

Mas eu não queria ir. Eu me arrastei o mais longe possível que consegui, o tempo todo estendendo meus braços.

Ele agarrou meus pulsos e começou a me puxar do canto onde eu havia me encolhido, mas lutei contra ele. Esperneei e debati os braços. Ele apenas os apertou com mais força. Doeu, mas continuei lutando para me libertar.

— Não! Por favor! — Minha mãe chorou ao meu lado. — Ele não é mau. Ele não é...

Mas ele levantou a mão e bateu no rosto da minha mamãe.

— Se afaste! Volte para lá e vá cuidar do seu outro filho que está chorando. O filho que, se Deus quiser, não será nada como este!

Minha mãe tropeçou para trás e, de repente, ele deu um tapa no meu rosto. Doeu tanto que caí no chão. Ele me pegou pela gola da camisa e colou o rosto no meu.

— Há um mal vivendo dentro de você, garoto. Um mal que vou ter certeza de que será exorcizado. Para que você seja normal. Para que seja certo da cabeça. Chega de olhar através de mim enquanto falo. Chega de assustar as pessoas quando você entra na sala. Nos deixando malditamente envergonhados por ter você como filho.

Ele me arrastou para fora de casa. Procurei a minha mãe, mas ela estava no canto

ALMA SOMBRIA

da cozinha, amamentando meu irmãozinho. Ela olhou para mim quando passei, e lágrimas escorriam por seus olhos.

Ela nunca chorava. Por que ela estava chorando?

— Mamãe! — gritei, mas com um soluço, ela virou as costas.

Ele me amarrou no banco de trás do carro. Lutei contra o cinto de segurança. Eu não queria ir para a igreja.

Minha cabeça latejava. Eventualmente parei de me mover. Eu não conseguia me soltar e nem ele me deixaria. Porque eu tinha o mal dentro de mim. Porque eu tinha chamas fluindo no meu sangue.

Levantando meus dedos, toquei os meus braços e comecei a fincar as unhas na pele. Pensei no fogo, nas chamas. Pensei nas cores delas – laranja e amarelo. Pensei no calor, mas não conseguia ver chamas nas veias do meu pulso. Elas pareciam normais. Mas elas não eram normais. Ele disse que era por isso que eu não entendia o que as pessoas queriam de mim. Por causa do mal que trouxe o fogo para o meu sangue.

Eu sabia que era diferente. Sabia que não entendia o que as pessoas queriam de mim. Sabia que não reagia direito a algumas das coisas que as pessoas diziam. Por isso não falava mais com ninguém. Era por isso que não tinha amigos, por isso que não respondia às perguntas das pessoas. Porque sabia que não responderia direito, que não saberia o que dizer. E as pessoas ficariam bravas comigo. Elas chorariam. Elas iriam embora. Eles me deixariam em paz, e eu não entenderia o que havia feito de errado.

E algumas pessoas riam de mim, essas eram as piores. Elas apontavam, riam e me chamavam de "retardado".

Então eu me sentia triste. Suas palavras me deixavam triste. E eu não dormia. Ficava acordado pensando nos rostos delas, quando riam.

Quanto mais pensava nas reações das pessoas, mais eu cravava as unhas na minha carne. Olhando para baixo, vi o sangue começar a escorrer da veia. Assobiei com a dor aguda que as unhas causaram, mas então uma sensação quente encheu o meu corpo. Porque as chamas invisíveis, o fogo do inferno vivendo no meu corpo, estavam sendo liberadas.

E ele disse que, com as chamas apagadas, eu poderia ser normal.

O carro parou e olhei pela janela. Estávamos em uma estrada tranquila. Ao lado havia um pequeno prédio branco; a nossa igreja.

Eu lutei para respirar, sentindo o peito apertando enquanto olhava para a igreja. Então a porta se abriu e o pastor Hughes saiu com o ancião Paul. Eles eram homens grandes e me assustavam. Eles cuidavam das cobras da igreja. Eles davam às pessoas o veneno para beber, para testar sua fé.

Ele saiu do carro e eu o observei se aproximar dos homens. Ele passou a mão sobre o cabelo, então olhou para mim e balançou a cabeça. Eu não conseguia ouvir o que estava sendo dito. Mas ele disse a eles sobre as chamas no meu sangue. Ele diria a eles que eu tinha o mal dentro de mim. Em pânico, olhei para o meu pulso. Arranhei as veias, cravando mais ainda as unhas. Mas elas não eram afiadas o bastante. Elas não *conseguiram tirar mais sangue.*

Então, pelo canto do olho, eu o vi caminhando até o carro. O pastor e o ancião voltaram para dentro da igreja. Ele abriu a porta ao meu lado, desatou o cinto de segurança e agarrou meu braço. Não falou nada enquanto me arrastava para fora do carro. Levantei meu pulso para mostrar a ele que estava tentando apagar as chamas. Que não precisava da igreja, que eu mesmo poderia fazer isso. Que eu mesmo poderia apagar as chamas, se ele me deixasse tentar. Mas ele apenas bateu no meu pulso e depois me bateu na parte de trás da cabeça. Meus olhos ardiam de dor.

Engoli em seco quando chegamos na porta de madeira. Eu podia ouvir o pastor falando lá dentro, e então ele me levou para o interior da igreja.

Ficamos parados no começo do corredor. O pastor Hughes e o ancião Paul estavam no altar. Eu podia ouvir chocalhos. Podia ouvir assobios. Meu estômago pesou.

Cobras. Eles tinham as cobras.

Ele me fez andar para frente, empurrando meu pescoço o tempo todo, mas forcei meus pés firmemente no chão de madeira e estendi a mão para agarrar um banco. Ele parou de puxar, depois se moveu na minha frente, bateu no meu rosto. A dor explodiu na minha cabeça. Minha mão foi arrancada do banco e pude sentir o gosto de sangue na minha boca. Mas estava com medo; meu sangue continha o mal e as chamas. Cuspi o sangue no chão do corredor, tossindo tanto que vomitei.

— Traga-o aqui, Michael — a voz do pastor Hughes chamou do altar, enquanto eu tentava limpar o sangue e o vômito da minha boca.

Ele colocou as duas mãos debaixo dos meus braços e me levou até o altar. Não pude lutar desta vez. Estava cansado. Minha cabeça e rosto doíam com a dor de seus golpes.

— Coloque-o sobre a mesa — o pastor Hughes comandou. Grosseiramente, ele me colocou na mesa.

— Tirem a roupa dele.

Eu queria chorar. Não queria que eles tirassem minhas roupas. Mas ele e o ancião Paul começaram a me despir. E estava frio... Estava tão frio.

Virei a cabeça de um lado para o outro, tentando escapar, mas não consegui me libertar das suas mãos fortes. Então, quando minha cabeça virou para a direita, congelei. Havia uma cobra... Uma cobra em uma caixa transparente ao meu lado.

Senti a calça cair, então ele e o ancião Paul seguraram meus pulsos e tornozelos. O pastor Hughes foi até a caixa transparente e abriu a tampa.

O barulho ficou mais alto quando o pastor Hughes levantou a cobra. Ao segurá-la nas mãos, ele disse:

— A cobra é a encarnação do diabo. Se seu filho é fiel e puro, se ele abraçar o Espírito Santo, o Senhor o protegerá. Mas se o mal correr em seu sangue, a cobra verá e atacará.

Minhas narinas se alargaram quando tentei respirar. O pastor Hughes ia colocar a cobra em mim. Eu não queria a cobra em mim. Não queria ser picado.

O aperto em meus pulsos e braços aumentou. Fechei os olhos quando o pastor colocou a cobra sobre a minha barriga. O barulho da cauda da cobra ficou cada vez mais alto nos meus ouvidos. Eu podia sentir seu corpo frio começar a rastejar. O pastor Hughes começou a orar, o ancião Paul seguindo o exemplo. Assim como ele.

Mas mantive meus olhos fechados... Eu mantive os olhos fechados e torci para que a cobra não me picasse. Esperava não ter as chamas no meu sangue, que esse mal não corresse em minhas veias.

Quando a cobra desceu pelas minhas pernas, ouvi um silvo alto e senti uma dor aguda na minha coxa.

Gritei de dor, meus dentes rangendo. Então, de repente, a cobra foi retirada do meu corpo. Eu podia sentir suas mãos tremendo enquanto ele segurava meus pulsos.

Abri os olhos, para vê-lo observando o ferimento na minha perna. Seus olhos encontraram os meus. Não entendi o significado do seu olhar. Eu estava cansado. Estava com dor e meus olhos começaram a fechar.

Mas ainda podia ouvir as vozes. Eu podia ouvir – ele, o pastor Hughes e o ancião Paul conversando.

— Algo está vivendo dentro dele, Michael. Algo maligno corre em suas veias. Um mal que devemos exorcizar.

Ouvi o seu grito sufocado. E tudo em que conseguia pensar era que as chamas estavam no meu sangue. Chamas que eu tinha que fazer sair. Mas eles estavam me segurando. Eu não conseguia chegar até as chamas. Eu precisava tirá-las do meu sangue, mas não conseguia me soltar.

A escuridão veio e me levou.

Quando acordei, estava em um quarto escuro, com sujeira no chão e nas paredes. Minha cabeça latejava, as coxas doíam, mas eu não conseguia sentir metade do meu corpo.

Então me lembrei...

E eu podia sentir as chamas. Podia sentir as chamas sob a minha pele. Chamas que precisava deixar sair.

Ouvi passos acima de mim. Passos pesados. Eu podia ouvir minha mamãe chorando, implorando para que ele não fizesse algo. Podia ouvir meu irmãozinho chorando. Seus gritos altos machucaram minha cabeça.

Os passos pararam logo acima de mim. Meu corpo começou a tremer. De repente, um alçapão acima de mim se abriu, a luz brilhante iluminando onde estava deitado, fazendo com que me encolhesse. Então ele pulou ao meu lado. E estava segurando um cinto.

Olhei nos olhos dele quando se aproximou. Eu lembrei da dor. Lembrei da dor, do número onze... e das chamas... as chamas invisíveis saindo com meu sangue...

TILLIE COLE

Um teto de madeira entrou no meu campo de visão e eu estava na claridade. Mas estava amarrado. Meus pulsos e tornozelos estavam amarrados. Homens entraram e saíram de uma porta à minha esquerda. Homens que iam me machucar.

Aqueles mesmos homens...

Eles disseram coisas para mim, mas não conseguia os ouvir com os gritos, com o som das chamas no meu sangue. Eu me contorci, precisando me soltar, quando a porta à minha esquerda se abriu novamente. Era um deles. Um dos que tinham me amarrado. Um dos filhos da puta que eu queria matar.

Os barulhos de gritos e batidas nas portas eram demais. Então ouvi uma voz falar:

— *Não vou deixar que vocês o machuquem. Por favor... Deixem-me acalmá-lo. Deixem-me acalmar a raiva dele.*

Congelei, minhas costas arqueando sobre onde quer que estivesse deitado. O som da pulsação correndo pelos meus ouvidos, mas aquela pessoa que estava ali agora era nova... a voz... a voz fez com que os gritos na minha cabeça parassem...

Ofeguei com força, meus olhos encarando o teto. Então ouvi um grito e minha cabeça virou para o lado. O chão. No chão havia uma mulher. Uma mulher pequena, com os braços em volta dos joelhos. Meus olhos turvos piscaram rápido e lutei para enxergar, meu estômago apertando e pensando em quem ela poderia ser.

Cabelo preto... corpo pequeno... mãos, mãos pequenas...

Então vi os olhos. Verdes. Minha pulsação disparou ao ver aqueles olhos verdes. E as chamas se acalmaram. O fogo ainda estava lá, queimando sob meus músculos. O mal ainda corria pelo meu corpo, mas eu podia respirar. Ofeguei. Suei. Mas conseguia respirar. Quando olhava para *ela*, eu podia respirar.

Mas estava cansado. E não aguentava mais. Não podia mais lutar. Não queria mais ser assim.

Encarei a mulher, e ela me encarou de volta. Meu batimento cardíaco se acalmou em meu peito quente e dolorido. Uma lágrima escorreu pelo seu rosto. Observei a lágrima rolar pela sua bochecha, me perguntando por que ela estava chorando. Então, assim que as chamas se acalmaram, a sensação do fogo começou a voltar à tona, para me torturar. As chamas nunca ficavam longe por muito tempo.

Eu não aguentava mais.

Lutando contra a escuridão ameaçadora, respirei fundo.

Vendo a mulher congelar no lugar enquanto me observava, abri a boca e sussurrei:

— *Me mate...*

ALMA SOMBRIA

CAPÍTULO NOVE

MADDIE

Eu não podia acreditar em como ele estava. Flame. Meu Flame. Despedaçado, amarrado pelos tornozelos e pulsos na pequena cama no centro do quarto. Seu peito estava nu e coberto de sangue. Sua pele havia sido retalhada. Em toda parte. Ele tinha marcas de cortes e arranhões em todos os lugares.

Suas pernas estavam cobertas pelas calças de couro rasgadas, a pele ensanguentada por baixo.

Mas foram os seus olhos... os seus lindos olhos escuros que fizeram minha alma sofrer. Suas pupilas estavam dilatadas e os olhos pareciam completamente negros. O branco ao redor da íris estava vermelho, como se muitas veias tivessem estourado. E foi fácil ver o porquê. Gritos de partir o coração saíam da sua garganta, as costas arqueando para fora da cama, os membros rígidos como se estivesse sendo queimado por dentro.

Minhas pernas cederam com o choque de vê-lo nesse estado torturado. E acabei no chão. A magnitude do que Viking e AK descreveram estava agora me encarando. Flame estava em tamanho sofrimento... Mais do que já havia testemunhado antes.

Então, sua cabeça girou para me encarar. E todo o seu frenético murmúrio parou. Prendi a respiração, com medo de fazer movimentos bruscos. E esperei que ele me visse, que me reconhecesse. A jovem mulher de quem ele incessantemente cuidava, mas seus olhos pareciam olhar diretamente através de mim. A emoção inchou minha garganta. Sem me mover um milímetro, uma lágrima rolou pela minha bochecha.

Percebendo algo no olhar assombrado de Flame, meu coração pulou de esperança. Eu me aproximei quando seus lábios secos e machucados se abriram, depois meu coração se quebrou em um milhão de pedaços.

— *Me mate...* — Sua voz era rouca, como se ele tivesse engolido pequenos fragmentos de vidro. Mas seu pedido chegou tão alto aos meus ouvidos, como se fosse um grito. Seus dedos ficaram rígidos e suas costas voltaram a arquear.

— Me mate — ele rosnou novamente, mais áspero desta vez. Pude ver que o que quer o estivesse dominando parecia estar recuperando sua força. Entretanto, não havia dúvida do que Flame queria. O que estava me implorando para fazer.

As veias em seus braços ensanguentados ficaram tensas, os músculos rígidos tomando seu torso enquanto os punhos cerravam. Seu corpo começou a tremer.

A cabeça de Flame se agitava em espasmos, os olhos vidrados enquanto as pernas se debatiam contra as amarras que o prendiam. Um grito de dor saiu pelos seus lábios, fazendo-me levantar, incapaz de suportar seu sofrimento. Meu peito se despedaçava mais e mais a cada segundo que transcorria. Não era assim que se vivia. Mas eu não podia matá-lo. Não podia...

Quando seus olhos escuros focaram em mim, pude ver seu pedido silencioso. Ele não queria mais viver daquela maneira. Queria se libertar de todo o sofrimento. Como eu, por tantos anos, ele queria ser *livre*.

Sufocando um soluço, dei um passo à frente. As costas dele se arqueavam e desabavam, repetindo o movimento sobre o colchão ensopado de suor. Eu queria tocá-lo. Queria mais do que tudo colocar a mão em seu braço e dizer que ele ficaria bem. Queria liberar suas amarras e segurá-lo em meus braços.

Mas não podia. Nossos medos e bloqueios me seguraram. Era demais para suportar neste momento. Mas ninguém deveria existir assim; em tamanhos sofrimento e aflição.

Apenas a alguns metros da cama, sentia as mãos tão trêmulas que temia nunca mais se acalmarem.

Meu olhar avaliador percorreu os ferimentos em seus braços... e o sangue. Meus olhos seguiram para o norte, observando a pele arrepiada e seus músculos contraindo em espasmos intensos. Então, finalmente, encarei aqueles olhos. Olhos que me roubaram o fôlego. E que me observavam. A mão de Flame, de repente, se esticou até o limite que a amarra permitia, e ele sussurrou:

— As chamas. As chamas estão muito quentes. Não posso... não consigo parar... amarrado... demais... me mate... *por favor...*

— Flame — gemi em um soluço, balançando a cabeça. — Eu... eu não posso... eu...

— *Por favor...* — O timbre desesperado de sua voz grave dilacerou minha alma, despedaçando meu coração.

Ele virou a cabeça para o lado quando outra onda agonizante invadiu seu corpo. Ele havia perdido peso. Sua pele estava branca e os olhos atormentados.

Fechando os olhos, respirei fundo. Quando voltei a abri-los, deparei com a parede à frente. Havia uma barra de metal magnético que comportava inúmeras facas. Um rugido escapou da garganta de Flame, e eu sabia que qualquer tranquilidade que conseguiu reunir, agora se desvanecia.

Me mate... as chamas estão muito quentes... refleti sobre suas palavras e seu pedido. E me encontrei caminhando lentamente para frente.

A cada passo, a tristeza se aprofundava ainda mais no meu ser. Mas minhas pernas ainda me levaram adiante. Parei logo abaixo de facas enfileiradas e peguei a que eu o tinha visto segurar enquanto passeava na frente da minha janela. O cabo era marrom e a lâmina era afiada; o aço tão polido que mesmo a luz fraca que incidia do teto se refletia sobre ela, lançando uma sombra no chão.

A pequena cama rangeu quando Flame rugiu ferozmente. Fechei os olhos e me encolhi. Respirando fundo, abri os olhos mais uma vez.

Reunindo coragem, eu me virei, no exato instante em que ele arqueava as costas e a cabeça se contorcia. Segurando firmemente a faca, contive a ansiedade que mantinha meu corpo imóvel no lugar e segui em frente. Detectando meu movimento, Flame rosnou na minha direção, mas quando seu olhar recaiu sobre a faca em minha mão, seu corpo congelou. E então pude ver... o alívio em seus olhos enquanto contemplavam o que eu segurava.

Tremendo, Flame acompanhou meus movimentos até que parei ao seu lado. Aquilo era o mais perto que já estive dele em todos esses meses. Tão perto que era capaz de ver todos os detalhes de seu corpo. Eu podia vê-lo por inteiro, cada cicatriz, cada corte, cada machucado.

Mas não conseguia afastar meu olhar de seu rosto. Nunca olhei para uma figura masculina. Depois do que sofri nas mãos dos homens, não conseguia considerá-los bonitos. Nunca havia pensado no assunto. Eu simplesmente não pensava nisso. Nunca senti o tal do frio no estômago, nem meu coração palpitar ou a perda do fôlego. Quando Lilah e Mae conversavam sobre Ky e Styx, quando coravam apenas ao descrever os rostos, olhos, lábios dos seus amados; eu não havia compreendido.

Mas, aqui, de pé, ao lado de Flame, neste momento, encarando seu rosto angustiado – suas feições angulosas: nariz levemente torto, lábios carnudos, barba curta e escura, e aqueles olhos penetrantes, aqueles cílios pretos e incrivelmente longos –, um sentimento até então desconhecido floresceu no meu coração, me enchendo de luz e um calor incrível. Assim tão de perto, consegui sentir a tensão que existia entre nós. Senti algo magnético surgir no ar.

Eu... eu o queria como meu. Neste momento, vendo o homem que se tornara o centro do meu mundo, tão despedaçado, não havia nada mais que quisesse do que salvá-lo. De dar a ele a paz que tanto merece, mesmo que isso significasse sacrificar meu coração recém-despertado no processo.

Com um assobio alto, o corpo de Flame retesou. Meu agarre no cabo da faca aumentou. O objeto parecia pesar uma tonelada em minha mão, mas eu sabia o que tinha que fazer. *Pelo Flame*, eu disse a mim mesma. *Você deve fazer isso pelo Flame.*

Tentando manter a mão firme, levantei a lâmina, deixando-a suspensa no ar. Inspirei profundamente, depois olhei para ele. Seus lindos olhos me observavam. Com meus olhos marejando, sussurrei:

— Flame... sei que você está perdido agora. Mas quero te salvar. Eu quero lhe salvar, como você sempre o fez. — Engoli em seco, tentando dissolver o nó e nervosismo presos na garganta. Então continuei: — Sei que você deseja a paz eterna, mas... mas... não posso... não posso tirar sua vida.

Lágrimas escorreram dos meus olhos, mas me inclinei até que minha boca ficou a centímetros de seu ouvido.

— Sei que as chamas o torturam muito. E sei que você vive em sofrimento. Sei que não quer mais viver. Eu... — Segurei as emoções quando Flame ficou assustadoramente imóvel. — Eu também estive neste lugar. Senti o desejo de desaparecer, de nunca mais acordar. Mas então algo aconteceu comigo. *Alguém* aconteceu para mim... *Você.*

A respiração irregular soprou no cabelo caindo que cobria meu rosto, mas ele não se mexeu. Seu corpo estava completamente imóvel.

Afastando-me um pouco, procurei seus olhos vidrados e rezei ao Todo Poderoso que ele estivesse realmente me vendo. Que pudesse ouvir minhas palavras. Eu ansiava por passar meus dedos pelo seu cabelo, da mesma forma que havia visto Mae fazer com Styx, mas me contive.

— Tenho observado você, Flame. Observado do mesmo modo que você faz comigo. E já vi o que faz para se libertar das chamas que o queimam. Eu contei com você da minha janela enquanto o via se automutilar, liberando o que acredita que corre dentro de você. — Minhas pernas começaram a tremer quando levantei a faca e alinhei a lâmina sobre o braço dele. — Não vou tirar sua vida, mas vou ajudá-lo a liberar as chamas. E ficarei aqui contigo, neste quarto, até que volte para mim. Até o *meu* Flame conseguir voltar.

Baixei a ponta da lâmina em um pedaço de pele limpo em seu antebraço. Pouco antes da minha garganta se fechar pelo que estava prestes a fazer, sussurrei:

— Não vou tirar a sua vida, Flame, pois ela é preciosa demais para ser perdida.

Apoiando a mão, pressionei a lâmina afiada em sua pele e a arrastei ao longo da carne. Quando o corte se abriu e o sangue começou a fluir, foi um bálsamo para o tormento de Flame.

— Um — sussurrei em voz alta, incapaz de desviar os olhos do rosto dele. O olhar arregalado e exausto permaneceu fixo ao meu. Mas começou a pesar com o alívio.

Investi contra sua pele novamente.

— Dois — continuei a contar —, três, quatro, cinco. — O corpo dele aos poucos relaxou, seus braços e pernas tensos, sob o agarre forte das amarras, pararam de se debater. Olhei para seu antebraço, agora coberto com um brilho fresco de sangue, e me forcei a continuar. Tudo dentro de mim gritava comigo para parar de machucá-lo, mas eu sabia que precisava seguir em frente. Eu tinha que chegar ao onze.

Reposicionando a lâmina, iniciei o corte.

— Seis, sete, oito, nove. — A náusea subiu à garganta por ter que cortá-lo. Eu não tinha certeza se poderia continuar, quando o braço de Flame se contraiu e o ouvi dizer, baixinho:

— Dez.

Os olhos escuros agora estavam alertas, me observando. Lágrimas deslizaram pelo meu rosto. Flame inspirou profundamente e grunhiu novamente:

— *Dez*.

Sem afastar meu olhar do dele, talhei sua pele. As suas pálpebras tremeram de alívio quando cheguei ao décimo corte.

Ajeitei o ângulo da lâmina outra vez, vendo o peito forte se expandir com outra inspiração profunda. Cortando fundo, falei com uma voz sufocada:

— Onze.

Como se um banho frio de água tivesse extinguido as chamas em seu sangue, Flame caiu de volta na cama, sua respiração irregular voltando ao normal.

Largando instantaneamente a faca no chão, olhei para a minha mão, agora salpicada com o sangue dele. Eu me senti mal enquanto olhava para o líquido carmesim. Desviando o olhar, foquei no corpo agora inerte de Flame. Ele parecia exausto, as mãos e pés agora imóveis sob as amarras apertadas. Mas foi seu rosto que me incentivou a encontrar um pouco de paz com o que acabara de fazer. Seu belo rosto, calmo e relaxado. E os olhos dele... Seus olhos semicerrados pareciam me agradecer silenciosamente. Eu havia vencido a batalha contra a escuridão que consumia sua alma.

Por enquanto.

Chegando mais perto, sussurrei:

— Durma, Flame. Descanse. Estarei aqui quando acordar.

Não demorou muito para que os olhos dele se fechassem e o sono reivindicasse sua mente exausta. Lutei contra o desejo repentino de pressionar um beijo em sua bochecha.

O peito largo de Flame subiu e desceu em um movimento constante. Mas da mesma forma que ele havia encontrado uma paz temporária, eu me vi repentinamente cheia de remorso.

O que fiz? Pensei, vendo o sangue em minhas mãos.

Meus pés retrocederam, até que tropecei em alguma coisa. De repente, minha mente registrou a pequena cabana terrivelmente desarrumada. Quase não havia móveis, a não ser por aquela cama pequena e uma única cadeira. Nenhuma luz. Nada que tornasse um lugar confortável. As coisas dele estavam por toda parte; poeira e teias de aranha cobriam as paredes. O chão estava repleto de roupas e louça suja, também o que pareciam ser trapos ensanguentados. A não ser por um pequeno local na parte de trás da casa... Parecia um alçapão no chão. No entanto, o tampo de madeira estava coberto de arranhões, marcas de faca e o que parecia ser sangue seco. E então notei que havia um balde ao lado.

Aquilo era demais... Lágrimas cegaram meus olhos, meu peito apertou, contraindo meus pulmões. Eu precisava de ar. Precisava respirar ar fresco, apenas enquanto ele dormia.

Chegando até a porta, silenciosamente puxei a cadeira que usei para travar a maçaneta e saí. Assim que o ar frio me atingiu, caí no chão e deixei as lágrimas caírem livremente – direto sobre minhas mãos ensanguentadas.

CAPÍTULO DEZ

MADDIE

— Maddie! — A voz frenética de Mae me tirou de meu sofrimento. Pisquei para afastar as lágrimas. Ela se agachou à minha frente.

Quando minha visão voltou a clarear, eu a vi estender a mão para segurar as minhas. Surpresa, ela as puxou de volta.

— Deus... Maddie — ela sussurrou, apressadamente, seu rosto empalidecendo. — O que aconteceu?

De repente, quatro silhuetas enormes bloquearam a luz enquanto pairavam sobre Mae para me ver.

— Que porra é essa? — uma voz profunda indagou. Ergui a cabeça para identificar quem havia feito a pergunta.

Viking me encarava de forma estranha. Seu rosto ainda apresentava a mesma expressão entristecida de antes, mas agora os olhos azuis estavam vidrados.

Baixei o olhar até minhas mãos e as levantei. Estavam trêmulas. Elas tremiam demais. A mão da Mae acariciou o meu joelho, enquanto perguntava:

— Maddie? O que aconteceu? Ouvimos Flame gritando, depois tudo ficou em silêncio...

Sentindo-me ansiosa por me tornar o centro das atenções, respirei fundo e respondi, baixinho:

— Eu o cortei. Ele queria que eu o matasse... mas... mas eu não podia. Tenho que salvá-lo, assim como ele fez comigo.

— Ele pediu que você o matasse? — alguém perguntou em um tom gutural, a devastação pingando de cada palavra. Olhei para cima e AK deu um passo à frente. Assenti com a cabeça e ele recuou, seus lábios se abrindo em choque.

— O quê? — Ky exclamou enquanto olhava para o irmão.

AK balançou a cabeça.

— Ele falou com ela. Por dois dias, não conseguimos nada dele. Nem mesmo uma palavra do caralho; ele só gritava e se debatia como louco psicótico na cama.

Meu batimento cardíaco acelerou ainda mais ante suas palavras. Mae voltou a atenção para mim.

— Maddie. Você ouviu isso? Você conseguiu chegar até ele.

Eu assenti, os olhos arregalados. Senti a mão de minha irmã segurar a minha, apesar de todo o sangue. Repeti minhas palavras:

— Eu tive que liberar as chamas.

As sobrancelhas de Mae franziram em confusão.

— Você o cortou? — Viking se moveu ao redor de Mae e se agachou ao lado dela. — Você o cortou com uma lâmina — ele apontou para as minhas mãos —, é por isso que você tem sangue nas mãos?

— Sim. Eu... eu o cortei.

Um silêncio atordoado caiu entre nós após a minha confissão. Meu estômago deu um nó com o sentimento de culpa, mas continuei:

— Eu não queria machucá-lo. Mas ele estava me pedindo para matá-lo. Disse que já não aguentava mais as chamas. Que estavam ficando muito quentes. Ele estava sofrendo, me implorando com o olhar... — Parei de falar quando um soluço escapou da minha boca.

— Shh... — Mae sussurrou quando se aproximou para se sentar no chão ao meu lado. Ela passou o braço ao redor dos meus ombros, e aceitei seu abraço.

— Eu o observo há meses, Mae. Vi como ele luta contra essa dor interior. Vi como retalha sua própria pele. Eu observei enquanto fazia isso. Então fiz o que ele faz consigo mesmo. Eu o cortei... eu... peguei a faca e o cortei... tive que liberar as chamas.

Minhas lágrimas correram como um rio, desgosto por mim mesma enchendo meu corpo. Bem quando achei que não seria mais capaz de resistir àquele sentimento, Viking disse:

— Você chegou assim tão perto dele?

Sua pergunta me pegou de surpresa, fazendo com que minhas lágrimas cessassem imediatamente. Lentamente, erguendo a cabeça do ombro de Mae, observei a expressão chocada de Viking e assenti.

Viking virou a cabeça rapidamente para encarar AK, que franziu a testa.

— E por que ele está quieto agora?

Pigarreando, respondi:

ALMA SOMBRIA

— Ele está dormindo. Os cortes liberaram as chamas. Ele está descansando.

Os olhos de AK se arregalaram e ele se virou, caminhando na direção das árvores, passando os dedos pelo cabelo longo.

Inclinando-me para frente, voltei minha atenção para Viking.

— Ele precisava descansar. Mas disse a ele que ficaria aqui; que estaria por perto até que esteja livre dessa tortura. — Ky se afastou e foi atrás de AK. Meu coração estava batendo na garganta quando o vi alcançar o melhor amigo de Flame, colocando um braço sobre seus ombros. AK imediatamente se apoiou nele.

— Nós pensamos que ele estava perdido. Tentamos de tudo por dois dias. Mas a nossa presença lá dentro só o deixou ainda pior. Não tenho ideia de quem ele pensava que éramos, mas, com certeza, ele não estava nos enxergando como seus irmãos. Estávamos prontos para acabar com o sofrimento dele, e então você veio, e em questão de minutos, o acalmou, você fez ele dormir — Viking revelou.

Ele deixou a cabeça pender para frente, parecendo tão triste. Na verdade, AK e Viking pareciam totalmente exaustos. Meu peito apertou quando percebi o quanto eles amavam Flame. Eles devem ter se sentido tão impotentes.

Meu corpo ficou tenso, e então, respirando fundo, estendi a mão timidamente, mas no último segundo a afastei. Viking levantou a cabeça. Ele olhou para mim, então seu lábio se curvou, com a sombra de um sorriso.

— Eu vou ficar com o Flame.

Viking soltou um longo suspiro.

— Maddie — Mae falou com cautela —, ninguém espera que você fique. Você já ajudou ao Flame além de todas as nossas expectativas.

No mesmo instante, endireitei as costas e fiquei de pé. Olhei para o Styx, que me observava em silêncio, os traços sombrios atentos a cada movimento meu. Mas mantive firme a minha vontade.

— Eu vou ficar — enfatizei.

Mae se levantou.

— Por quê, Maddie?

Virei para a minha irmã e disse:

— Porque é o *meu* Flame lá dentro. E ele precisa de mim. Ninguém mais, a não ser *eu*.

— Seu Flame? — ela sussurrou, inclinando a cabeça para o lado.

Senti um calor tomar conta do meu rosto e dei de ombros.

— É assim que o considero. Como o meu Flame. Desde o momento em que pude tocá-lo, e fui tocada por ele, fui reivindicada. Durante todo esse tempo, eu sempre fui dele.

Tirando a poeira da minha saia comprida, dando às minhas mãos ansiosas algo para fazer, perguntei para ela:

— Por favor, você pode nos trazer um pouco de comida? Ingredientes para fazer sopa? E produtos para limpar sua cabana?

Mae assentiu, entorpecida. Styx estendeu o braço e a puxou contra o seu peito. Os lábios dele foram até o ouvido dela. Ele sussurrou algo que apenas os dois puderam ouvir. Os olhos de Mae se fecharam, mas ela suspirou e assentiu com a cabeça.

— Trarei tudo imediatamente, Maddie — ela respondeu.

— Obrigada.

Mae olhou para Ky, AK e Viking, depois de volta para mim.

— Você ficará bem enquanto vou buscar o que me pediu?

Assenti afirmativamente.

Mae e Styx desapareceram na floresta, me deixando sozinha com os três homens. Fiquei de cabeça baixa, mexendo as mãos, quando, de repente, Viking pigarreou e falou:

— Você precisa ser direta quando fala com ele. — Curiosa com essa instrução, levantei a cabeça, apenas para ver Ky e AK se juntando a ele.

AK olhou para Viking, depois se concentrou em mim.

— Ele não entende o que é dito com sutileza. Se você quer algo dele, fale diretamente. Não insista, porque ele não entenderá. Se quer saber o que ele está pensando, apenas pergunte. Ele pode não contar pra você, já que o irmão não é de falar muito, mas pode ser que o faça. E ele é tímido, tímido de verdade. Ele vai ter problemas para estar perto de você, para saber como agir. Mas se você falar com ele ou parecer ocupada, isso o deixa relaxado. E porra, se ele sair do fundo desse poço em que está, e voltar a se cortar, não olhe. Ele fica realmente constrangido.

— Ele também não demonstra emoção. Se ele está feliz, e, honestamente, acho que nunca esteve, ou se está triste, sua expressão não muda. Mas você vai saber se ele está com raiva. Ele não consegue conter essa merda; essa porra parece consumi-lo por dentro. As chamas... queimam mais quando ele está chateado — Viking adicionou.

Soltei o fôlego que estava segurando, sem nem ao menos ter percebido que o estava retendo enquanto falavam comigo. Levantei a mão e pressionei contra a testa.

Viking se abaixou para ficar à minha altura.

— Você entendeu, Madds?

Assenti, tentando desesperadamente me lembrar de tudo o que havia sido dito, e então perguntei com timidez:

— Por que... por que ele é assim?

O rosto de AK ficou tenso, uma expressão protetora tomando conta de suas feições.

ALMA SOMBRIA

— Esse é quem ele é, Maddie. Flame é diferente. Mas isso não o torna menos importante.

— Olha, Madds. Flame apenas pensa de uma forma diferente de mim e de você. Provavelmente é alguma condição que ele tem, com a qual nasceu. Mas ele não sabe o que é, e, honestamente, mesmo se eu suspeitasse o que poderia ser, não acho que essa merda é da minha conta. Ele é o Flame. Ele é a porra do meu irmão, tendo alguma condição ou não.

Se a situação fosse diferente, eu teria sorrido com o quanto eles pareciam se importar com Flame.

Depois disso, o silêncio recaiu sobre nós três; Viking e AK foram se sentar nas cadeiras do lado de fora de outra cabana. E então meu coração doeu quando vi uma terceira cadeira vazia. Na minha mente, imaginei os três melhores amigos sentados ali à noite, antes de Flame ficar de guarda debaixo da minha janela.

Meus olhos procuraram a porta de madeira da cabana dele. E comecei a me perguntar se ele tinha consciência do quanto era amado. Eu suspeitava que ele não soubesse disso. Imaginei que aqueles pensamentos sombrios que o assombravam, o faziam prisioneiro, impossibilitando que visse o que estava diante de si.

— Você está assimilando tudo, Madds?

Inclinando a cabeça para o lado, observei Ky encostado na cabana, com o pé apoiado na parede e um cigarro entre os dedos. Assenti e fixei meu olhar na linha das árvores, desejando que Mae fosse rápida e voltasse logo.

— Você tem certeza disso? — Ky questionou.

— Sim — sussurrei e o vi entrecerrar os olhos, focando em mim. Ele deu uma tragada no cigarro e soltou uma grande baforada de fumaça. E observá-lo me fez pensar em Lilah. Na jornada deles. Lilah estava tão quebrada. Assim como eu. Tão quebrada que sabia que ficaria sozinha pelo resto da vida. E estava satisfeita com isso. Lilah também estava. No entanto, Ky conquistou o seu coração. Tão despedaçado quanto o dela, porém, mesmo depois que ela se machucou, depois que seu rosto cicatrizou, ele a continuou querendo acima de todas as outras. E tomou sua mão sob a benção de Deus.

Ky não se mexeu, os olhos focados em frente, mas ele disse:

— Apenas pergunte, Madds. O que estiver na porra da sua cabeça.

Sentindo o calor subir pelo meu rosto ao ser flagrada, reuni coragem para perguntar:

— Você ama a Lilah... — eu disse, calmamente.

Ele jogou o cigarro no chão, depois se virou para mim, com um lindo sorriso estampado no rosto.

— Isso é uma pergunta ou uma afirmação, doçura?

— Uma pergunta — respondi.

O sorriso dele desapareceu quando assentiu com a cabeça.

— Ela é a porra da minha vida, Madds. Eu amo aquela cadela além da minha própria vida.

— Mesmo que ela esteja quebrada? Mesmo depois do que aconteceu conosco, com ela, na Ordem? Não é demais para você lidar?

A mandíbula de Ky se apertou com a menção da Ordem. Por um momento, achei que ele não responderia. Então, respirando fundo, declarou:

— De maneira alguma, Madds. Se eu acredito em toda essa merda de Jesus que a Li fala? Nem um pouquinho. Mas aquela cadela tomou meu coração no momento em que vi vocês rastejando para fora daquela cela. E sim, ela estava quebrada, achava que não tinha mais valia. Mas ela sempre foi preciosa para mim. Assim como aconteceu com a Mae e o Styx. Aqueles filhos da puta daquela seita quase destruíram vocês, mas isso não significa que não possam se curar. Olhe para a Li agora, a melhor cadela do planeta. E toda minha. Ela é minha. Danificada ou não, porra. E eu sou o filho da puta mais sortudo do mundo.

Minha garganta ficou apertada de emoção ao ouvir a convicção em suas palavras. Pela primeira vez, me senti querendo saber como era. Como seria ser desejada de uma maneira tão profunda? Como seria ser amado tão intensamente?

O vento frio agitou meu cabelo, soprando-o em volta do meu rosto, quando, de repente, Ky apareceu diante de mim. Ele se certificou de que eu estivesse olhando em seus olhos azuis, enquanto falava:

— Ele não vai se importar.

Pisquei em resposta, o cenho franzido, e sem entender o que Ky quis dizer. Então ele apontou para a cabana de Flame.

— Flame. Ele não vai se importar que você tenha passado por isso. Não conheço o passado dele, porra, até AK e Viking não sabem muito. Mas ele já está doido por você, Madds. E não vou mentir, não sei o que se passa naquela cabeça fodida dele, mas aquele irmão lá dentro levou um tiro por você. Não dá para se ter mais comprometimento do que isso. Você está me entendendo?

Meu coração acelerou com as palavras amáveis, mas quando estava prestes a agradecer, Mae e Styx surgiram das sombras da floresta. Styx estava segurando três sacolas.

Quando chegaram perto, estendi as mãos e as peguei.

— Comida, material de limpeza. Também coloquei alguns vestidos para você, e outras roupas limpas. E seu bloco de desenho e lápis, para que possa desenhar. Eu sei o quanto você gosta disso. — Mae ofereceu um sorriso de apoio. Dando um beijo na minha bochecha, ela alertou: —

ALMA SOMBRIA

Tenha cuidado.

Meu coração bateu mais forte.

— Obrigada, irmã.

Dei um pequeno sorriso para ela e me virei para encarar a porta. Fechei os olhos. Voltando a abri-los, girei silenciosamente a maçaneta e entrei. Colocando as sacolas no chão, meus olhos foram direto para a figura ainda deitada na cama.

Caminhei para frente, meus passos tão silenciosos quanto a madrugada, até parar ao seu lado. A visão dele, ensanguentado e machucado, me pedindo para acabar com a sua vida miserável ainda me doía profundamente. Mas dormindo, Flame era... ele era... perfeito.

Ele sempre foi uma alma torturada. Sempre andando de um lado para o outro, murmurando ou se cortando. E vendo-o assim, tão parado e quieto, partiu meu coração.

Levantando a mão, pairei os dedos logo acima de seu rosto, em uma carícia intocável. Sem fazer contato, fingi passar o dedo pela testa, sobre o nariz levemente torto, pelos lábios carnudos e pela barba. Um sorriso apareceu nos meus próprios enquanto continuava a derivar a mão logo acima do braço dele até chegar a sua mão, que estava virada para cima, com a palma à mostra.

Copiando a imagem retratada no desenho do meu bloco de desenho, passei minha mão diretamente sobre a dele. A sua era muito maior que a minha. Muito mais áspera, coberta de tatuagens de chamas, piercings com barras de metal prateado e cicatrizes. A minha era pequena e pálida em comparação, mas nunca havia visto, na minha vida, algo tão perfeito como a visão de nossas mãos juntas.

Um gemido escapou de sua boca, e eu me afastei, sentindo no mesmo segundo a perda da imagem de nossas mãos unidas, de estar tão perto do homem que escolhi... Não, do homem que eu precisava salvar.

Flame tentou se virar, mas as amarras em suas mãos e pés o impediram. Mesmo em seu sono, uma careta frustrada apareceu em sua expressão.

Pensei no que fazer. Ele queria ser livre, havia me implorado para libertá-lo. Eu sabia, em meu coração, que ele não iria, não poderia, me machucar.

Decidida, me aproximei da cama, e com cuidado para não tocar sua pele, assumi a tarefa de soltar os laços. Quando o último pedaço de tecido rasgado caiu no chão, o corpo de Flame imediatamente se curvou, se enrolando em uma pequena bola bem no meio da cama.

Quando dei um passo para trás, não pude deixar de pensar que, deitado assim, ele parecia uma criança pequena. Tão vulnerável e com medo.

Fiquei ali por alguns minutos, imaginando o que poderia ter acontecido em sua vida para fazê-lo daquela maneira. Então meus olhos vagaram pelo resto da pequena cabana, e comecei a limpar. Eu precisava ajudá-lo de alguma maneira. E poderia limpar. Não podia fazer muito, mas pelo menos isso eu poderia fazer.

Tudo estava desarrumado; cheio de trapos ensanguentados e secos espalhados pelo chão.

Trabalhei rapidamente recolhendo tudo o que estava no chão e depois parei quando cheguei à única área limpa da sala, o único lugar que não estava cheio de coisas. Olhando para baixo, vi um alçapão no chão. Agachei para inspecionar os arranhões e o sangue seco manchando a madeira. Eu podia sentir o cheiro do balde antes de chegar até ele, e incapaz de suportar o odor, decidi que seria a primeira coisa que limparia.

Algumas horas depois, a cabana estava limpa e arrumada, e eu já começava a preparar os ingredientes para a sopa. Assim que comecei a cortar os legumes, um grito de agonia soou pela cabana.

Soltando a faca, saí da cozinha e corri para o quarto. Flame estava se contorcendo na cama, as unhas arranhando os braços. Suas costas estavam arqueadas, seu corpo virado para o lado, seus quadris balançando para frente e para trás como se alguém estivesse atrás dele... como se...

Meu estômago pesou, com a imagem que o corpo dele retratava: Flame preso, alguém atrás dele, alguém...

Não...

E ele estava gritando de dor. Incapaz de suportar o que achava que estava acontecendo em sua mente, corri para o outro lado da cama. Seu rosto estava franzido em agonia, seus olhos fechados enquanto ofegava pela boca. Então olhei para baixo. Ele estava excitado. Sua masculinidade estava ereta e pressionando contra o tecido da calça de couro. Mas, por mais excitado que parecesse, a dor em seu rosto e os gritos torturados que saíam de sua boca me disseram que ele não queria aquilo.

Ele estava preso.

Estava preso em sua própria mente.

Aproximando-me da cabeceira da cama, eu me inclinei e gritei:

— *Flame!* — Seu corpo se debateu ainda, então cheguei mais perto. — *Flame!* — tentei novamente, mas os gritos se tornaram mais altos, abafando a minha voz.

Indo até a beirada da cama, abaixei a cabeça e gritei pela terceira vez:

— Flame!

Dessa vez, o corpo forte se curvou, seus olhos se abriram e, com um rugido alto, ele pulou da cama, as mãos grandes agarrando meus braços. Sua enorme força me empurrou para trás, até minhas costas colidirem contra a parede, me fazendo perder o fôlego.

Seus dedos apertaram meus braços, trazendo lágrimas aos meus olhos.

Levantei o olhar para encontrar os seus, escuros, fixos nos meus. Este não era o Flame que eu conhecia. Este era um assassino. O Hangmen das lâminas.

Com os dentes cerrados e um rosnado baixo de raiva, suas mãos calejadas começaram a se mover para cima. Meu estômago retorceu quando percebi que ele estava vindo para a minha garganta. Ele ia me sufocar.

Ele queria matar.

Fechando os olhos, tentei pensar no que o acalmaria. Mas suas mãos chegaram aos meus ombros. Vasculhei meu cérebro, procurando uma resposta, quando tudo que conseguia pensar era naquilo que me acalmava.

Meu corpo inteiro tremia de pavor, mas consegui respirar fundo o bastante para cantar desesperadamente:

— *This little... light of mine, I'm... gonna let it shine. This little light... of mine, I'm gonna... let it shine. This little light of... mine, I'm gonna... let it shine. Let it... shine, let it shine... let it shine...*

As mãos do Flame pararam na lateral do meu pescoço assim que as palavras chegaram ao fim. Sua respiração soava ofegante, o hálito quente e errático soprando sobre o meu rosto. Eu estava completamente congelada no lugar. Mas então suas mãos começaram a tremer, e quando me obriguei a abrir o olhos, deparei com o seu olhar perdido me encarando com confusão. Prendi a respiração, enquanto os olhos do Flame rapidamente iam de um lado para o outro. E então avistei um lampejo de reconhecimento tirando-o da escuridão que possuía sua mente.

Arfando em completo choque, Flame cambaleou para trás até se chocar contra a parede oposta e deslizar até o chão. Ele levantou as mãos diante de seu rosto, e olhou para elas como se não pudesse acreditar no que acabara de fazer.

Então as abaixou.

Seus lábios tremiam.

E quando aqueles olhos escuros cansados se encheram de vida, ele parou de respirar e depois sussurrou:

— Maddie...?

CAPÍTULO ONZE

FLAME

Eu estava no Porão da Punição e ele veio atrás de mim. Estava na escuridão; estava lá há um longo tempo...

Acima de mim, ouvi o alçapão se abrir. Ele pulou ao meu lado, a luz pálida que vinha do alto facilitava para que eu visse a lâmina em suas mãos.

Ele fedia a álcool. E podia ouvi-lo respirando com dificuldade. Eu o ouvi desafivelar o cinto. Fechei os olhos quando ele começou a andar na minha direção. Desta vez, ele não deu instruções, apenas me virou, tirou minha calça, abriu minhas pernas e se empurrou contra mim.

Cerrei os dentes quando a dor veio. Minhas unhas arranharam as paredes, enquanto eu tentava não gritar. E então veio a lâmina, raspando minhas costas. Senti o sangue começar a derramar; e me senti melhor. Ainda doía, mas ele estava me libertando das chamas, do mal do meu interior. Ele disse que estava tirando o mal da minha carne.

Ele grunhiu no meu ouvido e sua respiração soprou contra o meu rosto. Fedia ao álcool que ele sempre bebia. Isso me fez sentir enjoado. Mas não podia ficar assim ou ele ficava bravo.

Então ele se moveu mais rápido. Doeu mais e mais. Minhas mãos tremiam contra a parede, mas ele não parou. Ele continuou empurrando com mais força, a lâmina cortando a minha pele, libertando as chamas. Então ele deixou cair a faca e suas mãos agarraram meus quadris, os dedos apertando com força. Eu odiava quando ele me tocava. Eu tinha o mal nas veias, e isso a tinha levado de nós. Ele me disse que foi por isso que ela se foi; por causa do meu toque. Que as chamas dentro de mim a infectaram, fazendo ela ter pensamentos ruins... obrigando-a a fazer aquela coisa pecaminosa que nos deixou sozinhos.

Eu tentei respirar. Tentei abrir a boca, dizer a ele para não me tocar ou ele também seria infectado, mas ele bateu em mim mais uma vez, gritando no meu ouvido enquanto me pressionava contra a parede.

Esperei ele se mover, não querendo que seu peito tocasse as minhas costas. Ele cambaleou para trás e eu caí no chão. Olhei em volta e podia vê-lo em pé, me encarando. Seus punhos estavam cerrados. Instintivamente, cobri a cabeça com os braços. Ele normalmente me batia. Ficava com raiva depois de me tomar, dizendo que era necessário para minha alma.

De repente, ele cuspiu em mim, a umidade atingindo minha bochecha.

— Seu retardado maldito! — gritou e me chutou, atingindo minha perna. — A culpa é sua por ela ter ido embora. Ela não suportava ter criado você.

O meu coração doeu com as palavras dele, sentindo que algo estava se partindo por dentro. Eu não queria que ela tivesse ido embora. Eu a amava, ela era gentil comigo. Não queria ter as chamas no meu sangue. Mas não consegui tirá-las. Eu tentei, mas não importava quanto sangue caísse no chão, ainda podia sentir as chamas debaixo da minha pele. O fogo ardente queimando a minha carne.

Então meu irmãozinho começou a gritar. Eu odiava seus gritos. Isso machucava a minha cabeça. Levantei as mãos para colocar sobre os meus ouvidos.

— Porra! — gritou, então abriu a porta para a casa e saiu, batendo com força para me deixar preso ali dentro. — Cala a boca, seu merdinha! — ele rugiu para o meu irmão. Mas ele apenas gritou ainda mais.

Balancei meu corpo para frente e para trás, cantarolando para tentar bloquear os sons. Mas ainda podia ouvir os gritos, não conseguia bloqueá-los. Soltando as mãos, estendi meu braço e arranhei a pele. Eu tinha que apagar as chamas. Se apagasse todas as chamas, ele me amaria. E não gritaria com o bebê. E o bebê pararia de gritar.

Então arranhei minha pele.

Arranhei até sentir sangue escorrendo pelos meus braços.

Até sentir as chamas saindo...

— Flame?

Ofeguei e abri os olhos. Minhas mãos estavam na minha cabeça e eu estava balançando contra a parede. Mas aquela voz soou novamente...

Maddie. A voz pertencia a Maddie.

— Flame? Fale comigo. — Maddie insistiu. Então me lembrei das minhas mãos na sua pele. Nos seus braços... no seu pescoço.

— Não! — Eu ia machucá-la, então... *This little light of mine, I'm gonna let it shine...*

Reconheci a voz dela. Eu ouvi sua voz. Na escuridão, ouvi sua voz. Meus olhos ardiam quando ouvi aquela voz na minha cabeça... quando a ouvi cantar.

— Flame? — Sua voz estava mais perto agora.

Eu podia ouvir passos no chão, mas a minha cabeça estava cheia. Eu podia ouvir gritos, podia ouvir o bebê gritando. Mas não podia tocá-lo. E ela se foi. Por minha causa. Então ele veio até mim noite após noite...

— Flame, olhe para mim. — Incapaz de fazer qualquer outra coisa, olhei para cima e pisquei para afastar a umidade que bloqueava minha visão, as imagens deixando a minha mente confusa. Eles desapareceram quando a vi. Quando vi seus olhos verdes.

Mas quando olhei para trás, pude *vê-lo* andando na minha direção. A raiva surgiu no meu peito. Ele não podia machucá-la. Ele não podia tocá-la, como fez comigo. Eu podia ver seus olhos focados nela.

Eu tinha que fazê-lo ir embora. Ele precisava ir embora.

Minhas mãos empurraram a madeira embaixo de mim e a atenção dele se voltou para mim.

— Flame? — Maddie sussurrou enquanto se afastava.

— Não! — gritei. Ela estava se aproximando *dele*. E ele estava tirando o cinto. Meu coração apertou quando o vi abrindo a fivela do cinto.

Cambaleei pela sala. Precisava chegar ao alçapão. Eu precisava salvá-la. Ela já tinha sido machucada o bastante. Não podia deixar que ele também a machucasse.

Minhas mãos foram para o botão da minha calça e me apressei em

ALMA SOMBRIA

abri-la. Meus dedos trêmulos e o corpo fraco não reagiam direito. Quando olhei por cima do ombro, o vi caminhando atrás de mim. Puxei a calça de couro para baixo e me desvencilhei dela nos tornozelos, com os pés, ouvindo sua voz:

— *Eu vou tirar o pecado do seu corpo, da sua carne, garoto.*

Sentei-me na frente da portinhola, meu peito curvado para frente quando abaixei a mão para tocar meu pau. Já estava duro. Estava pronto para ele. Pronto para a dor que ele infligiria.

Olhando ao redor, procurei pela faca. Estava caída no chão ao meu lado. Pegando-a, com ele pairando sobre mim, movi a mão sobre o meu pau, acariciando, fazendo movimentos para cima e para baixo. A lâmina atingiu minha carne e comecei a contar.

— Um...

Ele estava parado atrás de mim, seu peito empurrando contra as minhas costas. Eu podia senti-lo empurrando para dentro de mim. A dor sempre parecia demais, mas eu precisava. *Ele* fazia com que eu precisasse daquilo.

Continuei contando.

Algo se moveu diante de mim e levantei o olhar, meu coração batendo desenfreado. Maddie estava na minha frente, a mão sobre a boca.

Aumentei a velocidade dos movimentos da minha mão ainda mais, precisando gozar. Quando gozava, ele ia embora. Dessa forma, ele deixaria Maddie em paz. Ele empurrou seu pau contra mim com mais força. Descendo a lâmina no meu estômago, gritei:

— Onze! — E gozei sobre o alçapão.

O vômito veio mais rápido desta vez. Em segundos, me inclinei sobre o balde ao meu lado e esvaziei o conteúdo do estômago. Mas nada saiu. Minha cabeça latejava e a visão ficou turva quando me afastei.

Incapaz de permanecer sentado, me inclinei para deitar sobre o alçapão. Então ouvi passos pesados se afastando. Eu sabia que ele estava saindo da cabana. Mas sabia que ele voltaria... pelo menos por enquanto ele tinha ido embora. Respirei o mais profundamente que pude, mas a pele do meu peito ferroou, dificultando o movimento.

O som de uma fungada me fez congelar. Piscando, olhei para Maddie. Ela caiu de joelhos e agora estava a poucos metros de distância. Então senti uma dor no peito quando vi as lágrimas deslizando pelo rosto. Seu lábio inferior tremia e suas mãos estavam apertadas uma contra a outra no colo.

— Flame — ela sussurrou quando me viu olhando para ela. — Por que você fez isso consigo mesmo?

Eu queria me aproximar dela, mas meu corpo estava muito fraco. Estava tão cansado. Maddie se aproximou, até que se postou quase ao meu lado. Ela enxugou as bochechas e perguntou:

— Responda, Flame. Por que acabou de se machucar?

Minha boca estava dolorida, meus lábios mal conseguiam se mover, mas Maddie tinha feito uma pergunta e eu queria responder:

— Ele veio atrás de mim. Para libertar as chamas, o mal. Eu o vi atrás de você, então tive que protegê-la. Eu... eu tive que proteger você.

Maddie parou. Vi sua garganta se movendo para cima e para baixo, como se estivesse engolindo em seco.

— Quem veio atrás de você?

Pensei no homem em minha cabeça – olhos e cabelos escuros.

— *Ele* — respondi, a pele se arrepiando com a imagem dele na minha cabeça.

Maddie franziu a testa.

— E *ele* vem atrás de você? Para fazer... isso? — ela perguntou, sua voz vacilando um pouco enquanto falava.

Balancei a cabeça, depois encostei a bochecha no chão. Estava cansado.

Maddie baixou o olhar para encarar suas mãos. Fiquei olhando para ela. O longo cabelo negro tocava o chão. Essa era a minha parte favorita dela. Exceto por seus olhos verdes. E suas mãos pequenas. Eu sempre pensava em suas mãos pequenas.

— Eu gosto do seu cabelo — eu disse enquanto a olhava. Os olhos verdes de Maddie se ergueram. Um rubor cobriu suas bochechas e meu estômago apertou com a visão. Toda vez que eu olhava para ela, meu estômago apertava. E quando seus olhos me olhavam como estavam fazendo agora, meu coração sempre disparava. O pulso no meu pescoço sempre batia mais rápido.

— Obrigada — ela sussurrou, e vi seus lábios se curvarem nos cantos. Isso a fez parecer ainda mais bonita do que pensei que fosse possível.

A sala ficou em silêncio. Maddie respirou fundo e me disse:

— Eu gosto das suas mãos.

De repente, uma sensação de calor encheu meu corpo. Mas não eram as chamas. Isso parecia diferente. Meus músculos não estavam queimando. Minha pele não estava se arrepiando. Parecia... estranho...

...E franzi a testa. Maddie gostava de algo em mim? Ninguém nunca gostou de mim. Ninguém nunca comentou sobre a minha aparência. Forcei minha mão a se mover. Parecia um peso morto embaixo de mim, mas a movi até ela ficar esticada no chão à minha frente. Estudei a pele com tatuagens coloridas, as chamas cobrindo tudo.

— Por quê? — resmunguei e olhei para cima para vê-la me observando. — Por que você gosta da minha mão?

O rubor em seu rosto ficou mais forte. Mas seus olhos estavam fixos em minha mão no chão. De repente, Maddie se moveu. Ela começou a

ALMA SOMBRIA

se deitar, copiando a minha posição. Meu coração disparou quando ela abaixou a cabeça e pressionou a bochecha no piso frio. Assim, ela estava olhando diretamente nos meus olhos.

— Está... tudo bem? — sussurrou.

Assenti com a cabeça e respondi:

— Sim. Só... — Tentei conter meu pânico e disse: — Só não chegue perto desse alçapão. Não... não me toque.

— Eu não vou — Maddie confirmou calmamente. A mão descansando perto da sua cabeça avançou em minha direção. Parei de respirar, achando que iria me tocar. Mas a mão dela parou a um centímetro da minha.

Eu me perguntei o que ela estava fazendo, quando disse:

— Gosto de como a sua mão fica próxima da minha. É tão grande e a minha é tão pequena. No entanto, sinto que elas se encaixam.

Eu me concentrei em nossas mãos e notei que a minha era bem maior que a dela. Maddie estendeu o dedo mindinho, pousando bem próximo ao meu. Pensei em afastar a mão, mas algo me impediu. Não queria que ela me tocasse, porque não queria que ela se machucasse. Meu toque só fazia as pessoas se machucarem. Mas deixei a minha onde estava, nossos dedos um do lado do outro.

— Às vezes, imagino como seriam nossas mãos... se tocando. Como elas pareceriam com os dedos entrelaçados. Eu me pergunto se isso me faria sorrir. Às vezes, sonho que seria algo que poderíamos fazer.

A voz de Maddie era tão baixa quando ela falava. Eu não conseguia afastar o olhar de nossas mãos próximas. Tentei projetar em minha mente o que ela havia descrito. Vi a mão delicada estendida para a minha, mas depois pensei em como isso me faria sentir, e balancei a cabeça.

— Nossas mãos nunca podem se tocar. Não posso... não consigo.

Os lábios de Maddie se abriram em um pequeno sorriso, mas seus olhos ficaram úmidos e sua voz embargou.

— Por que seus olhos estão se enchendo de água? Por que sua voz está falhando? — perguntei, confuso. Eu tinha que entender o que ela estava pensando; o que estava sentindo. Eu não sabia, e *precisava* saber.

— Estou triste, Flame. Fico triste em saber que nunca poderemos nos tocar.

Os músculos da minha barriga tensionaram ao saber que a deixei triste. Então aquela sensação cálida que havia sentido, esfriou, e agora já não me sentia bem.

— Não quero deixar você triste. Não você. Eu simplesmente não posso ser tocado. Isso piora as chamas. Não posso tocar em você.

— Está tudo bem, Flame — Maddie disse em resposta. Ela olhou para mim e acrescentou: — Porque eu também não posso ser tocada por um homem. Mas sonho com isso de qualquer maneira.

Respirei fundo enquanto olhava em volta, na minha cabana. Estava diferente. Minhas coisas foram arrumadas. Estava tudo limpo. E... Maddie? Ninguém nunca entrou aqui. Mas Maddie estava dentro da cabana agora. E ela não estava fugindo. Ninguém nunca quis ficar.

Eles sempre iam embora.

Estava sempre aqui sozinho.

— Por que você está aqui, Maddie?

O corpo dela ficou tenso quando respondeu:

— Você não estava bem e eu vim para tentar fazê-lo melhorar. — Sua cabeça inclinou para o lado e ela perguntou: — Você não se lembra?

Tentei procurar na minha mente, mas tudo o que podia ouvir eram gritos e gritos. Eu podia ouvir tiros. Então podia sentir pessoas me amarrando.

— Não me lembro. Acabei de acordar e vi você. Acordei cansado, mas vi *ele* parado atrás de você. E eu tinha que te salvar.

Maddie olhou para nossas mãos e sussurrou:

— Você sempre me salva.

— Eu tenho que salvar.

Maddie parou de respirar e perguntou:

— Por quê?

Procurei na minha cabeça a resposta e disse:

— Porque penso em você o tempo todo. Você olha para mim de uma maneira que ninguém mais olha. Penso no que aqueles homens da seita do caralho fizeram com você e não posso suportar. Preciso ter certeza de que ninguém toque em você assim de novo. E... — Respirei fundo vendo uma imagem na minha cabeça.

— E o quê? — Maddie indagou.

— E você me tocou — admiti, baixinho. Na minha cabeça, eu a vi envolver os braços em volta da minha cintura quando estávamos naquela comuna. — E eu te toquei também. E você não foi ferida por mim. As chamas não arderam tão quentes sob a minha pele com o seu toque e não deixaram minha cabeça cheia de barulho.

— E eu não tenho medo de você — ela respondeu. — Eu temo o toque de um homem. Acho abominável. Mas não o seu. Eu quis abraçá-lo aquele dia. Eu precisava. Mesmo se não pudermos nos abraçar novamente.

Meu peito apertou quando ela disse não sentir medo de mim. Ela não estava com medo de mim.

Tentei levantar a cabeça, mas não consegui encontrar forças. E estava com frio. Estava com tanto frio. Meus olhos começaram a fechar, mas não queria dormir. Eu pensava *nele* enquanto dormia. Doía quando eu dormia. E queria ficar aqui com a Maddie. Eu precisava ficar acordado.

— Flame? — A voz de Maddie forçou meus olhos a abrirem. — Você precisa beber algo. Você está desidratado. Severamente desidratado. — Eu a observei quando ela se levantou. Meu corpo estremeceu, preparando-se para ficar de pé quando achei que estava indo embora, mas ela apenas caminhou até a cozinha e encheu um copo com água.

Maddie o trouxe para mim e se sentou.

— Você consegue levantar a cabeça?

Forcei a ação que ela me pediu. Com cuidado, Maddie levou o copo aos meus lábios. E eu a observei o tempo todo. Bebi toda a água do copo, em seguida, ela deixou o copo de lado.

— Você deveria dormir — ela disse, suavemente, mas meu corpo estremeceu. Maddie pulou com o meu movimento repentino, arregalando os olhos. — O que foi?

— Não quero que você vá embora.

Ela respirou fundo e corou novamente.

— Por que você cora com as coisas que digo? — perguntei, quando suas bochechas ficaram rosadas. Lutei para respirar direito com a visão. Isso fez meu coração bater mais forte.

Maddie baixou a cabeça.

— Porque gosto do que você diz. Suas palavras fazem com que eu me sinta... não sei... especial, quando estou contigo... E... — Apoiou a mão sobre o peito, acima de seu coração. — Eu sinto isso tudo aqui.

— Você é especial para mim — respondi com sinceridade.

Maddie olhou para longe, e então, quando olhou para mim novamente, estava sorrindo. Eu gostava de vê-la sorrir. Ela não fazia muito isso.

— Ficarei aqui, Flame. Enquanto você dorme, eu ficarei aqui. — Ela se levantou e caminhou até a minha cama que havia sido movida para o meio do quarto. Eu a observei tirar os lençóis ensanguentados, deixando-os no canto da porta. Ela olhou em volta e perguntou: — Onde você guarda a roupa de cama? Vou arrumá-la para que possa dormir em lençóis limpos.

— Eu durmo aqui — declarei.

Ela se aproximou cautelosamente. O cenho estava mais uma vez franzido.

— Você dorme no chão? — perguntou, baixinho. — Sobre este alçapão? — A voz enfraquecendo.

— Sim.

— Toda noite?

— Sim — respondi novamente.

— Sem lençol e travesseiro? Só você e o chão?

— Sim.

Sua expressão endureceu ao se virar.

— Tudo bem — disse ela.

Maddie foi até a única cadeira na sala e pegou o cobertor velho que havia ali, em seguida, voltou até onde eu me encontrava e o estendeu.

— Posso cobri-lo com isso? Você está tremendo por conta da exaustão. Precisa se aquecer.

— Estou sempre com frio quando durmo — admiti. A mão delicada cerrou em punhos sobre o cobertor. — Eu sempre dormi no frio.

— Não há necessidade disso. — Suas palavras me deixaram confuso. Tentei encontrar uma resposta para o motivo de estar com frio, mas não consegui. O frio era um companheiro constante em meu quarto quando criança e depois no porão. Mas não conseguia pensar por que devia sentir frio agora.

Maddie se aproximou até pairar sobre mim e disse:

— Use este cobertor, por mim? Por favor...

Assenti e me preparei para sentir o material sobre o meu corpo. Maddie o colocou sobre mim, mas não me tocou.

O cobertor parecia estranho na minha pele. Um novo sentimento invadiu meu estômago. Ela havia sido a primeira pessoa a querer que eu me mantivesse aquecido. A primeira pessoa a se importar comigo desde a minha mãe.

Eu a segui com o olhar enquanto ela permanecia imóvel, as mãos tensas, e de costas para mim. Quando se virou outra vez, sua expressão já não era mais a mesma. Achei que conhecesse cada uma de suas posturas, mas nesta, ela agia de forma diferente. Seus lábios estavam contraídos e os ombros aprumados. Então ela se deitou no chão, à minha frente, a mão pousando a apenas um centímetro da minha.

Sua bochecha pressionou contra a madeira.

— Durma, Flame. Não irei embora. Ficarei aqui até você acordar.

Meus olhos começaram a se fechar, a escuridão me inundando. No entanto, os olhos verdes de Maddie ainda me encaravam, e isto foi a última coisa que vi. E mesmo quando a escuridão que eu tanto odiava se aproximava, seus olhos brilhavam. E foram eles que afugentaram a dor.

CAPÍTULO DOZE

MADDIE

Ele dormiu profundamente.

Flame mal se mexeu. O único movimento era o de seu peito subindo e descendo com respirações profundas e pacíficas. Esse som calmante me ajudou a relaxar, mas cada vez que meus olhos começavam a se fechar, tudo que eu podia ver era Flame se balançando contra a parede, com as mãos na cabeça enquanto murmurava.

Estava convencida de que ele nem se dava conta de que se lamuriava. Parecia como se estivesse tentando bloquear algo fora de sua mente. Fiquei paralisada de medo com o que poderia ser, quando seus olhos arregalados se ergueram para olhar para mim. No entanto, eles não me viram. Ele se concentrou em algo atrás de mim. Algo que fez seu rosto empalidecer.

Cerrei os olhos com força quando me lembrei de sua caminhada trôpega até o alçapão no piso, e de como lutava para remover a calça de couro e... *Senhor*... para se tocar. De maneira rude, dolorosa, e ao mesmo tempo em que retalhava sua carne onze vezes com a faca. Todo o seu corpo estava coberto de tatuagens. Cada parte dele com perfurações. De vez em quando, meus olhos avistavam uma cicatriz estranha, que ostentava duas protuberâncias elevadas. Não fazia ideia de como alguém poderia adquirir tais ferimentos.

E ele encontrou alívio no chão, as costas arqueadas para cima. Mas não como se estivesse em um êxtase prazeroso, ao contrário, ficou extremamente aflito com a forma como seu orgasmo fez com que seu corpo expelisse sua semente.

Depois veio o vômito.

Lembrei-me do vômito. Lembrava muito bem disso. Porque essa foi minha reação logo após Moses tomar minha inocência quando criança. Sempre o fazia depois de ser amarrada e ter minha feminilidade dilacerada; quando ele me tomava de forma que pudesse me libertar do mal. Fazia parte do ritual. Minha vergonha... expulsar a vergonha que o ato causava.

Pensei em Flame na cama, as costas arqueando como se alguém o estivesse penetrando por trás. Ocorreu-me que tínhamos mais em comum do que havia pensado. Embora, tivesse certeza de que Flame sofrera algo muito pior.

Pensei nele conversando comigo. E de repente, meu coração acelerou. Enquanto estava deitada neste chão, lutei para suprimir o sorriso que se formava em meus lábios.

Eu gosto do seu cabelo...

Uma verdade tão simples, mas que tocou profundamente no meu coração. Porque eu tinha certeza de que Flame não oferecia elogios. Viking havia me informado sobre sua timidez, bem como o fato de Flame não compreender a sutileza das emoções humanas. Quanto mais conversávamos, mais conseguia ver por mim mesma que ele lutava para entender minhas emoções. Seus olhos escuros se estreitaram, focados nos meus, quando deduziu que minha expressão havia mudado. No entanto, ele não conseguiu compreender a razão, mas sentiu-se à vontade o suficiente comigo para perguntar por que meus olhos estavam cheios de lágrimas. Por que meu rosto ficou corado.

Alguns poderiam pensar na forma abrupta como questionou, como uma indelicadeza, sem compreender por que estas simples percepções não eram assimiladas tão facilmente por ele, quanto eram por muitos. Mas achei fascinante sua indiscrição. Os homens, na minha experiência, geralmente não tinham escrúpulos em se valer de inverdades para obter ganhos pessoais. Mas com Flame, estava segura de que ele nunca mentiria. Ele era incapaz disso. Isso me fazia sentir incrivelmente protegida. E para mim, me sentir segura era a coisa mais importante da minha vida.

A cabana estava escura. Eu sabia que horas e mais horas deviam ter passado. Gostaria de saber se AK e Viking permaneceram do lado de fora, vigiando. Suspeitava que eles tivessem feito isso. Sabia que deveria dizer a eles que Flame parecia ter subjugado aquilo que o mantinha preso em suas garras. Porém, recusei-me a me mover dali. Flame ainda não estava inteiramente de volta. No momento, achava-se devastado pela desidratação e pelos seus demônios interiores. Sua pele ainda estava machucada, e ele necessitava de muitos cuidados.

E, de maneira egoísta, eu queria ficar sozinha com ele. Não sabia quanto tempo poderíamos permanecer nessa existência – apenas nós dois –, no entanto, ainda não queria que isso terminasse.

Sentindo as pálpebras pesarem, a última coisa que vi antes de adormecer foi a minha mão, a apenas um centímetro de tocar a dele.

O som do canto dos pássaros fora da cabana me tirou do sono. Abrindo os olhos, meu corpo estremeceu ao me deparar com um ambiente desconhecido, até que encontrei um rosto familiar. Intensos olhos escuros encaravam os meus.

Ficamos assim, em silêncio, até que respirei fundo e falei, nervosamente:
— Olá.

Flame piscou; uma, duas, três vezes. Então seus lábios secos se separaram e ele respondeu:
— Você ficou.

A expressão em seu rosto não se alterou, mas o tom de sua voz transpareceu sua descrença.
— Eu lhe disse que ficaria.

Um suspiro deslizou entre seus lábios.
— Você dormiu bem? — perguntei, feliz por ver que, sob o sangue seco e a sujeira em seu rosto, a cor havia retornado às suas bochechas.
— Eu dormi? — questionou. Franzi o cenho para a sua pergunta, vendo que ele esperava pacientemente pela minha resposta.
— Sim, Flame. Você dormiu.
— Por quanto tempo? — Desta vez, sua voz estava rouca.

Olhei pela janela coberta da cozinha, deixando o início de um novo dia se infiltrar.
— Horas. Talvez sete ou oito? Não sei exatamente.

A respiração dele acelerou e suas narinas dilataram. Rapidamente me sentei quando seus músculos tensionaram. Receava que ele estivesse voltando à escuridão, de volta para o poço do inferno em que se encontrava quando fora amarrado à cama. Em vez disso, o olhar perdido buscou o meu quando sussurrou:
— Eu nunca durmo. Eu quero, mas nunca consigo. Sempre há muita coisa na minha cabeça. — Flame levantou a mão fraca e bateu na cabeça.

Eu temia que meu coração tivesse se partido em milhares de pedaços quando ouvi suas palavras. Ele engoliu em seco. Vendo que ainda era o mesmo Flame da noite passada, aquele que conversou comigo de forma tão dócil, relaxei e voltei a me deitar no chão. Seu corpo tenso imediatamente relaxou.

— Você nunca dorme? À noite... você não dorme?

Flame suspirou. Então estendeu um braço ferido para que eu pudesse inspecionar. Ele apontou para o pulso.

— As chamas. Elas me mantêm acordado. Elas correm pelo meu sangue. E queimam. Quando durmo, elas me acordam e ele está sempre aqui para libertá-las. Então fico acordado.

Flame arqueou as sobrancelhas.

— Eu não sinto as chamas agora. — Ele deixou cair o braço, pairando perto da minha perna. — Não sinto as chamas quando você está por perto. De alguma forma, você acalma as chamas.

Minha garganta se fechou. Jurava que podia sentir meu coração doendo. Eu me arrastei para deitar à sua frente, a meros centímetros de onde ele estava. Vi seu corpo tensionar outra vez, mas ele não protestou contra a nossa proximidade. Suas mãos se fecharam em punhos, mas ele não falou nada.

Quando vi os dedos perderem a rigidez, confessei:

— Eu também raramente durmo. No entanto, aqui, neste piso frio e duro... — Abaixei a cabeça, sentindo as bochechas esquentarem em busca de palavras, depois sussurrei: — *com* você. Ao *seu* lado, não despertei uma única vez.

Flame observou meu rosto.

— Suas bochechas estão corando de novo. Isso significa que você gostou. Você me disse que corava quando gostava de algo. Que fiz você se sentir especial. — Seus lábios se fecharam, e pude ver sua mente trabalhando. — Você gostou de dormir ao meu lado. Porque isso fez você se sentir especial.

Um sorriso aflorou em meus lábios. Lutei contra a minha timidez.

— Sim.

Flame sibilou por entre os dentes e, soltando um longo suspiro, disse:

— Eu também gostei.

Ao ouvir sua resposta, meu dedo traçou os padrões de madeira no chão, mas, por dentro, meus sentimentos eram de alegria. Uma sensação cálida e... feliz...

O silêncio se seguiu por vários minutos. Meus dedos continuavam traçando a madeira no chão, mas eu podia senti-lo me observando. Quando finalmente levantei o olhar, minhas bochechas aqueceram novamente.

Quando a luz ficou mais brilhante lá fora, notei que o cobertor de

Flame havia se amontoado em suas pernas. E sob essa luz, vi a verdadeira extensão de seus ferimentos, os cortes abertos em sua pele, o sangue seco e a sujeira que deveria ser removida.

— Flame?

Ainda lutando contra o cansaço, ele olhou para mim. Por um momento, tive que me impedir de estender a mão e tocar seu rosto. A sua expressão, quando me encarou ainda deitado no chão, era tão inocente, tão perdida, que eu não queria nada além de envolvê-lo em meus braços e dizer que ele estava seguro, que estava a salvo comigo.

Flame esperou que eu falasse, os grandes olhos escuros piscando lentamente. Pigarreando, apontei para o banheiro.

— Você precisa se limpar. Você se curará melhor se estiver livre do sangue que cobre a sua pele.

Flame olhou para os braços e franziu o cenho.

— Vou preparar seu banho — eu disse ao me levantar.

— Tem que ser gelado — afirmou com firmeza.

Parei e olhei por cima do ombro.

— Tudo bem.

— O mais gelado que puder ser. Sem água quente — instruiu quando me movi novamente.

Abaixei a cabeça, lutando contra a tristeza e o espanto diante daquela necessidade.

— Flame...

— Preciso esfriar as chamas, Maddie. Não dá pra fazer essa porra de outra maneira.

— Como desejar... — respondi e entrei no banheiro.

Quando limpei a cabana no dia anterior, levei um tempo para encontrar as toalhas. Estavam guardadas em um armário que nunca parecia ter sido aberto. Eu suspeitava que ele não as usasse.

Aproximando-me da enorme banheira, abri a torneira: apenas a fria. Passei a mão sob a água corrente e me encolhi com a temperatura gelada. Não sabia como ele era capaz de suportar isso. Não sabia como poderia ser bom banhar-se em água tão gélida. Mas então meu coração pareceu levar um tombo quando percebi que era essa a razão.

Isso infligiria dor. Ele sofreria mais dor. Meus olhos se fecharam com o pensamento de ele se sentar aqui todas as noites, obrigando seu corpo a suportar uma temperatura tão fria, de forma que pudesse acalmar as chamas que acreditava o atormentarem desesperadamente.

Do nada, uma raiva feroz tomou conta de mim. Estava com raiva do homem que fez Flame pensar dessa maneira. E com mais raiva ainda por ninguém nunca ter lhe dito que ele não era mau. Que era muito mais.

Deixando a banheira encher, voltei para a sala. O corpo de Flame agora virado na direção do banheiro. Meu coração inchou quando aqueles olhos negros pousaram em mim e ele exalou em alívio.

— Está a encher-se. — Apontei para a cozinha e disse: — Vou preparar algo para comermos. Você precisa se alimentar para se fortalecer.

A expressão indiferente de Flame não revelou nada sobre os seus sentimentos, então ele disse:

— Estou tão cansado. Meu corpo está fraco. Odeio que só a porra me sentir assim.

— Eu sei. Mas nós vamos fazê-lo melhorar. Vamos fortalecer você novamente.

— Nós? — questionou.

Entrei na cozinha, mas olhei para trás para dizer:

— Sim. Nós. Estou aqui para cuidar de você. Estou aqui para ajudá-lo a se sentir melhor. — Eu o vi me observar e perguntei: — Você entendeu?

Flame assentiu, a bochecha barbuda esfregando contra a madeira. Em seguida, ele respondeu:

— Você vai ficar aqui comigo. Até eu ficar bem. — Sorri enquanto preparava a comida, e então ele acrescentou: — Minha Maddie.

Meu coração disparou com a reverência em sua voz rouca, e lágrimas quentes queimaram meus olhos.

Ele estava me afirmando como dele. Reivindicando meu coração como eu já havia feito com o dele.

O silêncio pesado pairou sobre nós e, sem me virar, sussurrei:

— *Meu Flame.*

Escutei sua inspiração abrupta, mas mantive os olhos fixos à frente. Não tive coragem de encará-lo. Temia começar a chorar se o fizesse.

Rapidamente me ocupei em cortar os legumes que havia descascado ontem e coloquei a água da panela para ferver.

Cozinhar me ajudava a manter a mente limpa, a me concentrar.

Quando os legumes começaram a ferver, entrei no banheiro e fechei a torneira. Mergulhei a mão na água e rapidamente a puxei de volta. Estava congelante.

De repente, um som atrás de mim me fez estremecer. Recuei e vi Flame se segurando ao batente da porta. Seu corpo enorme cambaleava para frente, os dentes rangendo enquanto obrigava as pernas debilitadas a seguir adiante, um passo lento de cada vez.

E ele estava nu. Nu, a não ser pelo sangue seco que revestia seu corpo.

Eu me concentrei em seus olhos, mas quando ele tropeçou para frente, suas pernas cederam, e estendi a mão para segurá-lo. Seus olhos se arregalaram quando corri até ele.

— NÃO! — gritou severamente. A brusquidão de seu tom me fez parar na metade do caminho.

Flame arfou com o esforço, até que alcançou a banheira e suas mãos agarraram a borda. Virei-me para sair dali quando ele disse, em um tom de voz entrecortado:

— Não posso... não posso ser tocado. Eu não suporto, Maddie.

Meu coração se partiu.

— Eu sei — respondi, e saí rapidamente do banheiro.

Entrando na pequena cozinha, apoiei as mãos trêmulas na bancada e respirei fundo. Estava tremendo com o choque ante a oposição de Flame ao meu toque. Então balancei minha cabeça em descrença. *Eu* ia tocá-lo. E isso não me aterrorizou. Ele precisara da minha ajuda e meu corpo reagiu de acordo.

Respirando fundo, me afastei da bancada. Ouvi um gemido de dor vindo do banheiro. Com o coração ainda tremendo, recuei, olhando ali dentro. Flame tinha entrado na banheira. Seu corpo estava arqueado e ele tremia muito. Mas tomava banho e se forçava a suportar a agonia.

Eu não podia ver aquilo.

Verificando se a sopa estava boa, deixei o olhar vagar pela pequena cabana, meus olhos pousando na grande lareira no canto da sala. Havia toras de madeira e a pederneira estava ao lado, além de uma caixa de fósforos e uma manta.

A sala estava fria, o clima havia esfriado naquele dia de inverno. Além disso, o corpo de Flame, já fatigado, sofreria mais ainda por conta daquele banho gelado.

Em minutos, o fogo estava aceso, as chamas começando a subir. O som do crepitar da lenha e o cheiro da sopa fervendo na panela, imediatamente me acalmaram. Então olhei por sobre o ombro, para o alçapão no chão. Aquele manchado com sangue e sêmen secos de Flame. Eu me perguntava por qual razão ele tinha que dormir lá. Por que isso era tão importante para ele?

O som da água escorrendo pelo ralo me tirou dos meus pensamentos. Flame sairia em breve. Minhas bochechas esquentaram quando pensei em seu corpo nu. E, se estivesse correta em minhas deduções, ele rejeitaria a toalha que deixei para que usasse.

Pensei em como ele normalmente se vestia e me encontrei diante de um pequeno armário perto de seu quarto. Abrindo a porta, as únicas coisas penduradas ali eram algumas peças de roupas de couro. Escolhendo uma calça, voltei para o banheiro e, ainda vendo-o na banheira, coloquei-a no piso.

Voltei até a lareira e me sentei no chão.

E esperei pacientemente que Flame aparecesse.

CAPÍTULO TREZE

FLAME

Eu gritei com ela. E ela foi embora.

Movi os dedos sobre o braço para cravar as unhas nas veias, como sempre fazia na banheira, mas enquanto me concentrava em minha pele, não conseguia sentir as chamas. Em vez disso, tudo em que conseguia pensar era onde Maddie estava. Ela estava de pé na cozinha? Tudo que podia ver eram olhos verdes me encarando através de seus longos cílios, com as bochechas corando.

Eu gostava de ver suas bochechas corando. Porque isso significava que ela gostava do que eu havia dito. Isso a fazia se sentir especial.

Porque ela era especial para mim. Ela era tudo. Ela era tudo no que eu pensava, dia e noite. Eu tinha que estar debaixo da janela dela apenas para estar perto. E agora ela estava na minha cabana. Minha Maddie estava aqui comigo, agora. Cuidando de mim. Ela disse que se importava comigo. Ninguém nunca se importou comigo antes.

Colocando as mãos nas bordas da banheira, me forcei a sair. Meus braços tremiam enquanto apoiava o peso, mas consegui firmar os pés no chão, os cortes em minha pele ardendo pra caralho. Por causa do frio.

Cabisbaixo, esperei que água em meu corpo secasse. Avistei uma toalha no canto, provavelmente colocada ali por Maddie, mas não a peguei. Em vez disso, obriguei minha pele molhada a enfrentar o frio.

Passei a mão pelo rosto e fechei os olhos. Estava cansado pra cacete.

Quando meu corpo finalmente secou, fui em direção à porta e vi a calça de couro no chão. Olhei para aquela peça de roupa, sentindo meu coração bater forte.

Maddie. Novamente, Maddie.

Tive que me sentar ao lado da banheira para me vestir, mas consegui puxar a calça pelas pernas, rangendo os dentes quando o material se arrastou pelos novos ferimentos. No entanto, a dor apenas me recordou o que vivia dentro de mim. A razão pela qual Maddie nunca poderia se aproximar muito.

Segurando no batente da porta, entrei na sala e a encontrei sentada perto da fogueira acesa. O ambiente estava aquecido. A sala nunca estava quente.

O corpo minúsculo de Maddie, sentada ao chão, estava de costas para mim. Porém, quando me aproximei, sua cabeça girou e a boca abriu em choque.

Senti meu coração apertar. Ela parecia tão perfeita sentada perto da lareira. Seu cabelo preto estava solto por cima de um ombro, e seus olhos verdes brilhavam vividamente diante das chamas.

— Flame... — ela sussurrou e seus olhos varreram meu corpo de cima a baixo. Minhas pernas estavam fracas, o corpo pesado. Eu precisava me sentar.

Usando a parede como apoio, cambaleei para frente, até me sentar em frente a Maddie e cair no chão.

— Sente-se melhor? — Maddie perguntou, endireitando-se.

Minha pele rígida e entorpecida pelo frio. E as chamas se acalmaram – então, eu me sentia bem. Assenti com um aceno e seus olhos se estreitaram.

— Você parece estar com frio. — Não respondi e, aproximando-se mais, com o vestido longo arrastando pelo chão, ela disse: — Você está com frio, Flame?

— Sim.

— Mas você precisa tomar banho assim para acalmar as chamas em seu sangue?

— Sim.

Maddie suspirou e ficou de pé.

— Preparei uma sopa para ti. Você precisa comer para recuperar suas forças.

Eu a observei entrar na cozinha e servir a sopa em uma tigela, trazendo em seguida e colocando ao meu lado. Mas o peso em meus braços era tão grande que eu não conseguia erguê-los para pegar a tigela; os músculos congelados formigando dolorosamente com o calor. Como cacos de vidro arranhando minha pele.

— Flame? — Ela se sentou na minha frente, aos meus pés, e apontou para a tigela. — Você está com fome?

— Sim — murmurei e olhei para a sopa, mas era incapaz de mover os

TILLIE COLE

braços. Meus dedos dobraram e depois se endireitaram enquanto tentava me mexer. Encarei minhas mãos, querendo que reagissem, mas meu cansaço era extremo.

Então Maddie, sem dizer uma palavra, arrastou-se para o meu lado e levantou a tigela. Seus olhos estavam arregalados quando me encarou. Sua expressão mudou, mas não tinha certeza do que estava errado.

— O que você está sentindo? — perguntei e Maddie congelou.

Abaixando o olhar, ela mexeu a sopa com a colher e disse:

— É... é bom estar tão perto de você. — O lábio se curvou para um lado e ela acrescentou: — E você está limpo. Posso ver sua pele. — Olhou para mim através de seus longos cílios e deu de ombros. — Você é você de novo. Você parece... como o meu Flame.

Meu corpo ficou tenso.

— Seu Flame? — perguntei, me certificando de observar seu rosto de perto. Não queria desviar o olhar. Queria vê-la dizer isso de novo.

— Sim — ela sussurrou. — Assim, sem o sangue em sua pele, você é o meu Flame de novo. — Maddie mexeu a colher novamente e disse: — Posso alimentar você?

— Sim — respondi e me preparei para ela se aproximar.

Maddie ficou de joelhos, mas parou a poucos centímetros das minhas pernas, dizendo:

— Não vou tocá-lo. Nunca lhe daria motivos para desconfiar de mim assim.

Relaxei, e um segundo depois, Maddie levou a colher à minha boca. O líquido quente atingiu minha língua e eu gemi. Viking normalmente arrumava a minha comida. Eu não sabia cozinhar nada. Mas nunca provei nada tão saboroso assim.

Maddie ficou em silêncio enquanto me alimentava com a sopa. Meu estômago vazio, de repente, se encheu com o calor que descia pela garganta.

E eu a observei. Vi como estava calma no começo, mas quanto mais a estudava, mais sua mão tremia. Quando me deu a última colherada, ela pousou a colher na tigela e abaixou a cabeça.

Eu franzi a testa.

O peito delicado de Maddie subiu e desceu com sua respiração, que ficava cada vez mais rápida.

— Obrigado — eu disse.

Ela ergueu a cabeça.

— Pelo quê?

— Pela sopa — respondi, vendo-a inclinar o queixo para baixo outra vez. Não entendi por que não me olhava nos olhos. — Maddie...

— Você acredita que sou pecadora, Flame? Você olha para mim e

ALMA SOMBRIA

acredita que o diabo me criou para tentar os homens?

Uma raiva fervente invadiu minhas veias com sua pergunta. Cerrei a mandíbula enquanto balançava a cabeça.

— Porra, não — rosnei, minhas mãos voltando à vida quando as chamas que corriam sob a minha pele começaram a acender.

Maddie colocou a tigela no chão.

— Durante toda a minha vida, fui deixada de lado, junto com as minhas irmãs. Fizeram-me desfilar pela comuna quando criança, e as pessoas disseram aos anciões que eu era má. Que meus olhares; meu cabelo, minha pele, meus olhos... meu corpo, foram perfeitamente criados pelo diabo para tentar os homens a fazerem coisas vis.

Eu me concentrei em respirar pelo nariz, para me manter calmo. Mas estava perdendo a cabeça. Não conseguia tirar a imagem daquela comuna fodida da minha cabeça. Do filho da puta do Moses segurando a mão de Maddie, aquela mãozinha que era minha, enquanto as pessoas olhavam para ela e a odiavam.

Seus olhos se fixaram aos meus quando perguntou em voz baixa:

— Você me acha bonita, Flame?

Meu coração bateu forte no peito.

— Sim. A mais bonita — respondi.

Maddie assentiu, corou e perguntou:

— Você acha que sou má?

Incapaz de conter minha raiva, cerrei o punho e bati na tigela vazia. Ela caiu no chão e se despedaçou.

Maddie ficou tensa, mas respirando profundamente, continuou a falar:

— Nem eu... *agora*. Mas, durante anos, acreditei que era verdade, e questionava o tempo todo a razão para que Deus houvesse me escolhido para isso. Porque eu não me sentia maligna. E minhas irmãs... — sua voz vacilou e os olhos marejaram — as minhas irmãs, para mim, não eram más. Elas eram perfeitas. No entanto, toda a comuna nos desprezava. Eles cuspiam em nós quando passávamos. E recitavam passagens de libertação para nós, tentando livrar nossas almas do diabo.

As mãos de Maddie tremiam em seu colo.

— E então completei seis anos, e minha vida já não era mais à base do medo ou repugnância, e, sim, de dor e absoluto ódio. No meu sexto aniversário, o Irmão Moses foi me buscar às oito da manhã. — Ela deu uma risada desprovida de humor. — Os pássaros cantavam suas melodias do lado de fora, e me recordo de que aquele dia estava incrivelmente quente. Não havia nuvens e o céu era de um perfeito azul. Realmente era o dia mais perfeito... um dia que terminou em meio às trevas. Não sabia até então, mas seria o dia que tudo mudaria.

Ela enxugou rapidamente uma lágrima que deslizou pelo rosto, e sentindo a sua dor, minha pele se arrepiou.

— Ele me tomou, Flame. Ele me tomou de maneiras que acho que nunca serei capaz de revelar, pois dizê-las em voz alta me faz sentir tudo de novo. Ele fez coisas que sequer imaginei serem possíveis. E toda vez que ele fazia isso, mais eu acreditava que realmente era uma Mulher Amaldiçoada de Eva. Acreditava que era completamente má.

Maddie sacudiu os ombros e respirou fundo. Fiquei paralisado. Totalmente paralisado contemplando seus lindos olhos.

— E então Mae foi embora. Eu havia retornado da Partilha do Senhor e encontrei Lilah, aos prantos, sentada sozinha em nossos aposentos. Mae fora embora. Mas não apenas isso; descobri que minha irmã mais velha, Bella, havia sido morta pelo Irmão Gabriel por recusar suas investidas. Esse foi o motivo da fuga de Mae. Lembro-me de orar com Lilah, nós duas acreditávamos que Deus nos estava punindo. Levando uma a uma. Eu vivi com medo por dias. Os guardas discípulos não conseguiram encontrá-la, e isso os deixou tão enraivecidos ao ponto de me deixar aterrorizada.

A respiração de Maddie mudou, as juntas de suas mãos ficaram brancas. A cor havia sumido de seu rosto e, com os olhos desfocados, prosseguiu:

— Foi quando todos vieram atrás de mim. Todos os quatro anciões. Eles acreditavam que minha linhagem estava contaminada. Que em meu sangue corria nada além de pecado e o mal. A linhagem que compartilhava com Bella e Mae.

Respirei fundo, meu corpo agora tremendo. Mas não consegui me mexer para pegar a minha faca. Meu corpo estava enraizado no chão por conta das palavras de Maddie. Virando a mão, curvei os dedos e cravei as unhas na palma.

Os olhos de Maddie se fecharam quando comecei a contar baixinho. Mas ela continuou:

— Eu queria morrer, Flame. Não queria mais viver. Lembro-me de pensar que teria aceitado a condenação eterna em troca de ter que viver daquela forma. Não aguentava mais ser tocada. Odiava os homens. Nunca fizeram nada mais do que me machucar... — Maddie fez uma pausa e depois se inclinou para frente.

Congelei no lugar.

— Então Mae voltou, e logo atrás dela, veio o seu amado. O amado de seu coração e os amigos dele. Quando os vi ali parados, quando Mae tirou a mim e Lilah daquela cela, nunca havia sentido tanto medo antes. Todos os homens eram completamentes diferentes daqueles aos quais estava acostumada a ver. Então, quando olhei para o chão, vi os anciões mortos. Os homens que haviam passado meses exorcizando sexualmente o mal que habitava em

ALMA SOMBRIA

meu sangue. No entanto, o homem que mais me feriu não se encontrava ali. E descobri, através do amado de Mae, que outro ancião havia sido morto nas árvores. E, pela primeira vez na vida, um pensamento pecaminoso passou pela minha cabeça. Porque orei para que fosse o Irmão Moses. Orei a Deus para que ele pagasse com a vida pelos anos em que me causou tanta dor.

Respirando fundo, ela continuou:

— Corri para a floresta, e então o vi. Eu o vi empalado contra a árvore. Vi as quatro longas lâminas mantendo-o no lugar. Vi o sangue escorrendo de sua boca. Vi os olhos escuros e sem vida encarando o nada... e lembro-me de respirar. Lembro-me de ficar ali, olhando para o meu torturador, meu próprio demônio vivo, e respirar. Senti o cheiro do ar fresco. Pude sentir o cheiro das flores. Ouvi os pássaros cantando nas árvores. Naquele momento, percebi que estava viva. Por todos aqueles anos, eu não vivia.

Eu ouvi Maddie falar e vi aquele rubor cobrir suas bochechas novamente. Eu me perguntava por que, até que ela falou e eu soube.

— Voltei para a clareira onde havia deixado Mae e Lilah. Senti-me alvo do olhar de todos os homens, mas eu tinha uma tarefa. Uma pergunta importante: quem havia sido meu libertador? Qual homem me libertou? — Observei que as mãos de Maddie já não tremiam mais. E quando olhei para ela, vi que me encarava com uma nova expressão no olhar. Não entendi o porquê, mas aquilo me fez sentir bem.

— E era o homem que estava parado no canto mais afastado. Um homem coberto de desenhos coloridos e cheio de perfurações com metal. E ele tinha diversas lâminas presas ao cinto de sua calça de couro. Lembro-me de estar diante dele. Um homem tão alto que tive que inclinar a cabeça para trás apenas para ver seus olhos... olhos tão escuros que pareciam pretos. E perguntei se fora ele quem havia matado o ancião naquelas árvores. Afirmando positivamente, ele me deu uma resposta direta e verdadeira, sem o mínimo de embaraço, e soube, naquele momento, que estava diante daquele que havia me salvado. Ele havia assassinado o homem que arruinou minha vida.

Eu vi tudo na minha cabeça. Tudo o que ela disse, vi na minha mente. Porque eu revivia aquilo todos os dias. Eu via aquilo em minha mente o dia todo, todos os dias. Maddie diante de mim. Seus olhos verdes conectados aos meus. A primeira pessoa a conter as chamas.

— E quando todas as barreiras ao redor do meu coração desmoronaram, eu o abracei. Pela primeira vez na vida, abracei um homem. Senti sua pele quente contra a minha bochecha e senti seu coração disparar em seu peito. E então aconteceu um milagre: ele me abraçou. Um homem. Um homem me abraçou, e não senti vontade de afastá-lo de mim. Porque aquele homem me salvou. — Maddie fez uma pausa, os olhos inflexíveis. — O homem a quem todos chamavam de Flame.

Inspirei profundamente e expirei, para dentro e para fora, mas os olhos de Maddie não se desviaram dos meus. Ela se recusou a quebrar o contato, e não consegui me mexer.

— Eu o abracei, e você retribuiu meu abraço. — Suas mãos se moveram e gesticularam para o seu corpo. — E seu toque não me machucou. As chamas que você acredita correrem em suas veias não me queimaram. Em vez disso, você me deu vida. Devolveu a minha luz. — Outra lágrima caiu em sua bochecha e ela sussurrou: — Você, Flame. *Meu* Flame. Meu garoto torturado. Você me deu vida e luz.

— Maddie... — eu disse e ouvi minha própria voz. Estava vacilante e rouca, mas por dentro... Por dentro, me senti... calmo. Não senti nada.

Meus olhos desviaram para o meu braço. As unhas cravadas em minha pele tinham congelado. Eu não havia terminado a contagem. O sangue não tinha escorrido. Pisquei e pisquei novamente, meu corpo pesado com o cansaço e confusão.

— Sei que você sente que há chamas no seu sangue. Sei que acredita que o mal habita dentro de você. Mas estou aqui para combater essas convicções. Porque acho que, assim como o Irmão Moses fez comigo, alguém o fez acreditar nessas verdades. E talvez você nunca possa me dizer quem ou o porquê. Talvez nunca saiba, realmente, por que você só dorme no chão. Talvez nunca venha a saber por que motivo você mutila seus braços onze vezes, mas sei de algo: você não é mau, Flame. Como você pode ser mau quando traz tanta esperança para mim?

— Eu faço isso? — resmunguei.

— Toda noite que se posta em minha janela. E todos os dias quando sinto seus olhos escuros me observando com tanta intensidade.

Fechei os olhos e meus braços caíram ao lado do corpo. O calor em minhas veias sumiu. Com Maddie ao meu lado, já não sentia a necessidade de contar. Não precisava derramar sangue.

— Durma, Flame. Você está cansado.

O calor da lareia aqueceu minha pele e eu queria dormir. Queria ficar mais forte, porque então poderia estar mais perto de Maddie. Poderia ouvir mais de sua voz, provar mais de sua comida. E ouvi-la cantar.

Quando recostei a cabeça no piso de madeira, sentindo minha pele limpa e aquecida, olhei para Maddie ao meu lado e pedi:

— Cante novamente. Cante para mim novamente.

Maddie corou e meu lábio tremeu. Ela gostou do que havia pedido. Enquanto o fogo estalava e a minha pele se aquecia, a ouvi começar a cantar...

— *This little light of mine, I'm gonna let it shine...*

E as chamas me deixaram dormir.

CAPÍTULO QUATORZE

PROFETA CAIN

Comuna Nova Sião
— Então o golpe nos Hangmen foi um sucesso?
Olhei do outro lado da mesa para Judah e seu rosto se iluminou. Sentado à minha frente, com as mãos sobre a superfície de madeira, ele respondeu:
— Mais do que um sucesso. Os chechenos se prostraram quando perderam o homem. Então, como esperávamos, se voltaram diretamente para a Klan para negócios. O que significa que temos outro comprador. E isso é apenas o começo.
— E vítimas fatais? — perguntei.
Judah se sentou e deu de ombros.
— Mínimas. Os chechenos estão mortos. Uma mulher foi atingida, mas sobreviveu.
Irmão Luke se mexeu na cadeira.
— Os homens que a Klan contratou foram mortos. — Ele empalideceu e balançou a cabeça. — Assassinados e torturados, cerca de trinta quilômetros ao norte de Georgetown. Um dos Hangmen os pegou e retalhou à faca.
Meu estômago deu um nó quando um rosto familiar passou pela minha mente.
— Flame — murmurei. — Esse irmão é mortal com uma faca.

— Ele é um homem do diabo. Todos são — Judah disparou. Eu podia ouvir o veneno em sua voz. — Todos eles pagarão eventualmente. É só uma questão de tempo.

Assenti, depois olhei para o meu irmão e meu conselheiro.

— Mais alguma coisa?

Os dois assentiram, mas entrelhando-se, Irmão Luke ficou sem jeito e saiu da sala. De repente, me vi sozinho com Judah no escritório. Ele suspirou e se levantou.

— O que há de errado, Cain? Você anda tão quieto ultimamente.

Olhei para fora pelas janelas do chão ao teto e afundei mais em meu assento.

— Não sei. Sinto-me um pouco alheio. Sinto que nunca consigo compreender um sermão corretamente. Sinto que nosso povo está perdendo a fé em mim. E sinto que a batalha que deve ser travada com os Hangmen é impossível. Um acordo com os chechenos não parece ser suficiente. — Olhei para ele e disse: — Morei com os Hangmen por cinco anos. Sei até onde vai o alcance deles e sei quantos aliados têm. Um acordo com os chechenos corresponde a acertar um leão com uma flecha de plástico; isso os deixará irritados, mas não os aniquilará. Na verdade, é a pessoa que dispara a flecha que será despedaçada.

Judah caminhou até se postar ao meu lado e colocou a mão no meu ombro.

— Mas temos o Senhor do nosso lado. E a mensagem do Senhor vive dentro de você.

— Ainda tenho que receber uma mensagem de Deus. Tio David as recebia diretamente. Deus falava com ele como você faz comigo agora, mas eu mesmo não recebi palavra alguma, nenhum contato.

— Virá — Judah me acalmou. — Você é novo, a comuna ainda está sendo desenvolvida. Deus falará com você quando estivermos prontos para receber um comando.

Passando a mão pelo rosto, forcei um sorriso.

— Você está certo.

O sorriso largo de Judah era contagiante.

— Venha, tenho algo que o fará feliz — ele disse dando um passo para trás.

Levantei-me da cadeira e o segui até a sala de estar. Uma pilha de estojos de DVD estava sobre a mesa de centro diante do sofá. Judah sinalizou para que eu me sentasse, e o atendi prontamente.

Indo até o corredor, voltou em seguida com um carrinho munido de uma televisão. Eu franzi o cenho.

— Judah, o que é isso? Você sabe que evitamos a tecnologia.

Ele parou e disse:

ALMA SOMBRIA

— Então, de que outra forma poderei lhe mostrar isso? E o Senhor não desaprovaria, é certo que veja esses vídeos. Você precisa relaxar mais e parar de pensar demais em seus deveres. Jesus pediu a Maria Madalena para acalmá-lo quando a mensagem e o ministério se tornaram excessivos; você precisa de alguém para fazer o mesmo.

Uma imagem de Mae imediatamente veio à minha mente e, pela primeira vez, fechei os olhos e me lembrei de seu cabelo negro, sua pele pálida e aqueles olhos azuis da cor de gelo que sorriam para mim quando me viam.

Lembrei-me de nós sentados no sofá do meu quarto, sua cabeça no meu ombro enquanto dormia. Nunca havia sentido algo assim antes. Ou desde então. Estava convencido de que ninguém mais se compararia.

A sensação do sofá cedendo ao meu lado me tirou dos meus pensamentos. Judah se acomodou com o controle remoto em mãos, a tela da TV chuviscada, à espera do que seja lá ele pretendia me mostrar.

— O que é isso, irmão? — perguntei. O sorriso satisfeito de Judah voltou ao seu rosto.

— Suas escolhas — respondeu enigmaticamente e pressionou *'play'*.

No começo, não fazia ideia do que estava assistindo; era uma imagem de um local aberto, em algum lugar da comuna. A filmagem amadora interrompeu, voltando para mostrar uma parede clara, talvez a parede dos alojamentos de nosso povo?

Fiz um gesto para Judah com a mão, prestes a pedir que explicasse o que era aquilo, quando, de repente, a imagem de uma criança apareceu na tela. Ela não devia ter mais do que oito anos de idade. Mas não foi isso o que me fez lutar contra a náusea. Não, era o fato de ela estar nua, exceto por guirlandas floridas em seus cabelos. E ela estava dançando. Dançando ao som de uma música sedutora que tocava ao fundo. O corpo minúsculo tremia da cabeça aos pés. Tremia ante a voz que reconheci como sendo a do Irmão Luke; ele lhe ordenava que dançasse por seu Profeta. A garota tentou se mover ao ritmo, mas por causa do medo, seus movimentos eram descordenados e abruptos.

Meu peito apertou tanto que me deixou incapaz de falar. Então Judah me deu uma cotovelada. Olhei para a esquerda e vi meu irmão assistindo a tela, os dentes mordendo o lábio inferior.

Naquele momento, ele era um estranho para mim.

— O que acha, irmão? Você poderia tomá-la como esposa ou consorte. Ela está prestes a atingir a idade do seu despertar.

— Do seu despertar? — questionei.

Judah assentiu e pausou o vídeo, a imagem congelada no rosto da menina. O rosto pálido aterrorizado, os olhos arregalados.

— O Irmão Luke me ensinou tudo sobre os métodos de nosso tio

David. E um deles é o despertar de uma menina. O dia em que ela se torna uma mulher aos olhos de nossa fé, uma receptora para as meditações celestiais dos nossos homens.

Dessa vez, o vômito subiu pela minha garganta, mas o contive.

— Não há nada disso em nossas escrituras.

— Nosso tio falou de novas revelações do Senhor em seus sermões ao povo. Nem tudo foi oficialmente registrado, apenas em suas cartas particulares, portanto, não chegou a nós em Utah. — Judah se inclinou para frente, a excitação irradiando de seu corpo. — Há tanta coisa que não sabíamos. Estou aprendendo muito com o Irmão Luke e com os outros discípulos. O Senhor nos abençoou tanto, Cain. Mais do que esperava.

Ele acionou o DVD mais uma vez, a música horrível tocando, mas fui incapaz de erguer o olhar.

— Se essa não foi do seu agrado, há muitas mais. Que tal esta? — Olhei para cima e vi uma garota mais velha, mais desenvolvida, dançando sedutoramente. E ao contrário da criança pequena, seus olhos estavam confiantes, seu corpo nu se movendo lentamente ao ritmo. Ela não poderia ter mais do que catorze anos.

Quatorze.

Uma criança.

Judah começou a passar os vídeos, dezenas e dezenas de crianças nuas dançando para a câmera. E quanto mais imagens apareciam na tela, mais animado ele ficava. Pude vê-lo se remexer no sofá enquanto seus olhos se mantinham grudados à tela.

Cerrei as pálpebras, tentando acalmar meu coração, quando, de repente, uma conversa que tive com Mae surgiu em minha mente. Quando tentei fazê-la ficar comigo na comuna. O medo em seu rosto deveria ter feito com que acreditasse nela, mas pensei que estivesse mentindo, querendo voltar para Styx... mas, e se...

— *Você já participou da Partilha do Senhor? Já viu uma garotinha de oito anos de idade ser estuprada, com as pernas afastadas e presas por um aparelho por estar assustada demais para entender o que estava acontecendo com ela? Alguma vez você já se forçou para dentro de uma criança, Cain, por acreditar que o ajudaria a ficar mais*

próximo do Senhor, e por que o profeta assim o disse? Bem, você já fez isso?
Eu congelei.
— Então...? — Mae insistiu.
— Isso aconteceu com você? Aqui? — perguntei, o pensamento de Mae sendo tomada como uma criança me fazendo ver tudo vermelho. — Mae! Me responda! Você foi... tomada quando era uma criança... daquela... maneira?
Os olhos de Mae se encheram de lágrimas e ela assentiu com a cabeça.
— Você está me dizendo que nunca participou de uma união irmão-irmã? — ela perguntou novamente, desta vez incrédula.
Abaixei a cabeça, incapaz de encontrar seus olhos.
— Eu sou o herdeiro, permaneço puro.
Eu tinha vivido separado de todos a vida toda. Não tinha ideia do que acontecia na comuna, sob o domínio do meu tio...

A raiva tomou conta dos meus músculos, e quando Judah me deu uma cotovelada novamente para olhar para aquela maldita tela, fiquei de pé, de supetão, e gritei:
— PORRA!
Minhas mãos passearam pelo meu cabelo comprido, e Judah se levantou. Eu o encarei na mesma hora.
— Que porra é essa, Judah? Elas são crianças! Crianças pequenas e adolescentes dançando para eu escolher? Você acha que quero uma criança? Acha que quero foder uma criança?
O rosto de Judah empalideceu ante minha explosão, e tentei me acalmar. Respirando fundo, fui até a televisão e desliguei o aparelho. O silêncio que encheu a sala foi ensurdecedor. Eu podia ouvir os sons ásperos da minha respiração. Finalmente, reunindo um pouco de compostura, o enfrentei:
— Você acha que isso está certo? Estuprar crianças de oito anos?
Judah arqueou as sobrancelhas, confuso.
— É a vontade do Senhor.
Neguei com veemência, agitando a cabeça.
— Não acredito que o Senhor desejou que suas filhas fossem tomadas dessa forma, irmão. É bárbaro!
Então o choque encheu todas as minhas células quando Judah cerrou

a mandíbula e seu rosto endureceu.

— Os homens mais velhos casaram-se com mulheres jovens na Bíblia. Isso não é novidade para você, irmão.

Endireitando meus ombros, dei um passo à frente e disse:

— Você já tomou uma criança na Partilha do Senhor? Sei que você participa das reuniões, mas você já fez... *aquilo*?

Judah levantou a cabeça, demonstrando seu orgulho.

— Já conduzi quatro delas ao despertar.

— Não... — sussurrei, sentindo como se tivesse levado um soco no estômago.

— Na verdade — Judah acrescentou, corajosamente —, já escolhi uma criança para ser minha próxima consorte quando chegar à maioridade. Ela é tão linda... Tão linda que por um momento cheguei a temer que fosse outra Amaldiçoada. Mas tenho certeza de que não é.

Encarei meu irmão e, pela primeira vez em nossas vidas, antipatizei com ele. Estava ciente de que Judah estava ficando extasiado com esta vida e sabia que se aproximava cada vez mais do Irmão Luke. Mas não percebi o quão perto já se encontrava. Não percebi que as áreas da minha liderança que estavam sob o seu comando incentivavam o estupro de crianças.

— E sua nova consorte — perguntei, minha voz vacilando com uma mistura de raiva e nojo. — Quantos anos ela tem?

Judah olhou para mim, os olhos castanhos incendiando.

— Ela é maior de idade pelos padrões de nosso povo, Cain. Não se preocupe com isso.

— Quero conhecê-la — exigi, detectando o brilho em seu olhar.

— Com o tempo, irmão. — Foi sua resposta.

Nossos olhares permaneceram fixos um no outro, um duelo de vontades, quando finalmente desviei os meus e acenei com a mão.

— Pegue os vídeos e a televisão e saia. Eu gostaria de ficar sozinho.

Judah ficou tenso, mas fez o que pedi. Fui até a lareira e contemplei as chamas, ouvindo-o recolher todo o material. Quando estava prestes a sair da sala, perguntei:

— Quando sentenciou Delilah, a Amaldiçoada, você seguiu às nossas escrituras? Os castigos dela estavam de acordo com o que pregamos?

O silêncio de sua resposta me fez levantar a cabeça e encará-lo. Ele estava olhando para mim, o rosto impassível. Então, vendo-me observá-lo, sorriu e disse:

— Claro, irmão. Foi tudo aplicado conforme nossos ensinamentos.

Quando deixou a sala, exalei aliviado, sabendo que o que Phebe contara sobre a sentença de Delilah estava errado. Então a náusea retornou quando pensei nesses vídeos.

Minhas costas colidiram contra a parede, e deslizei até sentar-me ao chão. Tal prática me enojava, era totalmente repugnante, mas, segundo Judah, era uma prática entre o meu povo. Foi uma mensagem revelada do Senhor ao meu tio. Fechando os olhos, orei ao Senhor para que me enviasse uma mensagem, para que me aconselhasse sobre o que fazer. Então pensei em Mae novamente e em suas palavras. E agora sabia que ela não havia mentido. Não. Ela fora tomada ainda quando criança, sua inocência roubada por um Irmão da Ordem.

Ela não havia mentido para mim de forma alguma.

CAPÍTULO QUINZE

MADDIE

Três dias depois...

Pressionando o lápis na borda do papel, afastei-o e respirei fundo. Estava perfeito. O desenho, a imagem que eu tinha em mente de nós dois em um abraço, a forma como sonhava que algum dia seríamos capazes de estar. A imagem colocada naquela folha de papel saíra diretamente da minha alma.

Era totalmente perfeita para mim.

Lágrimas brotaram nos meus olhos enquanto contemplava o desenho. Era uma guerra dentro do meu coração. Por um lado, queria o que aquele desenho mostrava com cada centímetro do meu ser, mas, por outro, sentia-me mais apavorada do que qualquer coisa nesta vida.

Porque nos últimos três dias, meus pensamentos em relação ao Flame mudaram. Haviam se intensificado. E eu estava pensando em coisas que nunca pensei antes. Dormir ao lado dele todas as noites, cuidando e conversando com ele, acordara algo dentro de mim.

E isso abriu meu coração.

Ouvindo a porta do banheiro abrir, fechei rapidamente o bloco de desenho. Coloquei-o ao lado, na frente da lareira, e levantei o olhar. Flame estava saindo do banheiro, vestido com calça de couro e colete. E só em vê-lo, com uma aparência mais saudável e forte, fez meu coração disparar.

Os olhos escuros imediatamente se fixaram aos meus, e ele se aproximou, parando diante de mim. Olhei para cima e me levantei.

— Você está pronto? — perguntei e esperei por sua resposta.

O olhar de Flame disparou para a porta da frente, depois de volta para mim.

— Sim — ele respondeu, mas sua voz grave e rouca mostrava-se insegura.

— Você ficará bem, Flame. E os seus amigos estão esperando para vê-lo. Você está bem agora e precisa sair.

Ele abaixou a cabeça. Não pude deixar de encarar seu peito largo, as imagens coloridas chamando minha atenção. Especialmente as chamas alaranjadas que pareciam brilhar, subindo pelo seu pescoço.

Sorrindo para encorajá-lo, caminhei em direção à porta, quando percebi que ele não havia me seguido. Ao me virar, notei que estava focado na porta atrás de mim.

— Flame? Você está bem? — perguntei.

Seus olhos estavam arregalados, um sinal de que estava chateado.

— Quando sairmos por aquela porta, você voltará para a casa do Styx?

Meu coração apertou com o pensamento de deixá-lo.

— Maddie? — insistiu. De onde estava, o vi cerrar as mãos em punhos, ouvindo seu murmúrio em seguida: — Não quero que você me deixe.

O timbre rouco enviou arrepios de tristeza pela minha coluna. Mas então, quando sua confissão penetrou minha mente, a esperança surgiu em meu peito.

Ele *queria* que eu ficasse.

Fiquei em silêncio, tentando controlar esses novos sentimentos que dominavam meus sentidos, quando disse meu nome outra vez:

— Maddie?

Desta vez, sua voz diminuiu de intensidade, um sinal de que ele estava triste, derrotado... perdendo a esperança.

Inspirando profundamente, levantei a cabeça e confessei, nervosa:

— Também não quero ir embora.

As narinas de Flame se alargaram e ele se aproximou até que, com uma respiração muito profunda, nossos peitos se tocaram. Flame ficou imóvel. Assim como eu. E lutei em combater o calor que, de repente, rugiu através do meu corpo.

— Então você vai voltar *aqui*. Para *mim* — ele disse sem dar magem à dúvida.

Senti um sorriso surgindo nos meus lábios e respondi:

— Sim. Eu quero ver as minhas irmãs. Não as vejo há dias, mas... mas voltarei *aqui*. Para você.

Pelo canto do olho, avistei os dedos de Flame tensionarem e os olhos se fecharem. Eu sabia o que esses movimentos significavam, e toda vez que ele os fazia, eu simultaneamente me sentia paralisada pelo medo e intoxicada pela antecipação. Pois sabia que isso significava que ele estava lutando contra o seu desejo de me tocar. Muitas vezes me perguntava o que ele via em sua mente. Seria algo como eu registrava em meus esboços – inocentes e doces? Ou era algo mais? Era relacionado à forma que um homem tomava uma mulher?

Esperei pela devastação que esses pensamentos trariam. De ser tomada dessa maneira por um homem. Mas isso não me deixou paralisada, como eu temia. Em vez disso... esse pensamento... me aqueceu.

Erguendo o olhar, deparei com Flame me observando. Precisando reunir um pouco de compostura e inalar ar fresco, me afastei e fui para a porta. Uma luz brilhante encheu a sala assim que a porta se abriu, e uma brisa quente acariciou meu rosto.

E senti o cheiro das árvores.

Ouvi o farfalhar das folhas.

Senti o sol quente nas minhas bochechas.

Flame estava atrás de mim, sua estrutura grande, protetora, me enchendo de paz.

— Flame! Puta merda!

Uma voz à esquerda chamou nossa atenção. Atravessando a clareira em direção à cabana de Flame estava AK.

— Vike! Vem aqui pra fora agora, porra! — ele gritou por cima do ombro.

A porta da cabana do meio se abriu e um Viking meio vestido saiu correndo. Seu longo cabelo ruivo estava úmido e solto e a calça de couro estava aberta. Mas quando correu descalço na direção do Flame, seu estado de nudez não me perturbou, porque o olhar de puro alívio ao ver seu irmão quase me deixou de joelhos.

Ele era amado.

E me perguntei se ele sabia que esses dois homens fariam qualquer coisa por ele. Gostaria de saber se ele entendia que nunca esteve realmente sozinho.

AK parou à nossa frente, com Viking logo atrás. AK passou a mão pelo cabelo e disse:

— Porra, cara, pensamos que tínhamos perdido você.

Olhei para cima, vendo que Flame os encarava sem entender. AK e Viking não pareciam perturbados com isso. Viking estudou Flame da cabeça aos pés.

— Você está bem, irmão? Você está se sentindo bem?

— Sim — Flame respondeu e o lábio de Viking se curvou em um sorriso.

— Porra, cara! É muito bom ter você de volta. Nada tem acontecido por aqui sem você. Eu e AK tivemos que fazer umas corridas, só eu e ele, e foi muito chato sem você lá para assustar todo mundo. AK é muito bonzinho para fazer as pessoas se mijarem só de vê-lo. Vai ser bom ter todos de volta.

Flame assentiu com a cabeça e AK disse:

— Temos a *church* logo mais. Você vem? Todos os irmãos querem te ver.

Os olhos de Flame se viraram para mim. Eu podia ver seus dentes roçando o piercing em sua língua. Ele estava ansioso.

— Irei ao encontro de minhas irmãs. Esperarei pelo seu retorno ao lado delas.

Flame exalou e disse:

— Eu vou levar você até lá.

Corando sob o peso do olhar penetrante, me virei para ir embora quando Viking disse:

— Pequena?

Eu me virei, sabendo que aquele era o nome com que se dirigia a mim. Ele sacudiu o queixo e disse:

— Não sei o que você fez. Realmente não me importa, mas você o trouxe de volta, sabe-se lá de onde, e, por isso, tem nossa gratidão eterna. Ouviu?

Acenando rapidamente, virei-me para caminhar até a linha das árvores. Flame caminhou ao meu lado e perguntei:

— Você está feliz em ver os seus amigos?

Flame manteve os olhos focados à frente e respondeu:

— Sim.

Franzi meu cenho, sabendo que ele estava pensando em outra coisa.

— Em que mais você está pensando? — perguntei.

Flame, sem hesitar, respondeu:

— Que eu preferia estar na cabana perto da lareira, com você. — Meu coração pulou no meu peito, quando acrescentou: — Você desenha e eu gosto de observar você. Gosto de ter você perto de mim. É melhor do que ficar debaixo da sua janela. Eu gosto de poder te ver de perto.

Não havia percebido que estaquei em meus passos até que Flame parou e olhou para trás. Quando os olhos escuros como a meia-noite caíram sobre mim, senti meu corpo tremer. Estava tão confusa com os sentimentos que envolviam as reações do meu corpo. Não entendia o que estava acontecendo comigo e isso me assustou. Mas ouvi-lo confessar seus pensamentos para mim, me deixou chocada.

— Por que paramos? — Flame perguntou, e pude ver suas mãos acariciando o cabo da faca ao seu lado.

Obrigando-me a seguir em frente, lutei contra o sorriso que queria dominar meus lábios.

— Desculpe, eu precisava recuperar o fôlego — respondi quando ele deu um passo ao meu lado. Ao subirmos a colina, surgiu uma pergunta:

— Flame?

— Sim — ele retrucou.

— Sei que você gosta de afiar suas facas, mas o que mais gostas de fazer?

— Eu não entendo... — ele disse, calmamente.

— Eu desenho, e isso me faz feliz. Queria saber o que faz você feliz?

Observei seu rosto enquanto seus olhos voavam de um lado para o outro, quando ele disse:

— Eu observo você.

O calor encheu o meu corpo, e eu sussurrei:

— É isso que o faz feliz? Me observar? Isso não o deixa entediado? Estar perguntando o que faz *você* feliz? O que mais gosta de fazer?

Flame balançou a cabeça, então seus olhos, que eu tanto adorava, encontraram os meus.

— Estar perto de você. Observar você. — Engoli em seco quando sua resposta me manteve congelada no chão, e ele olhou de um lado para o outro novamente. — Paramos de novo.

Desta vez, o sorriso em meus lábios não pôde ser contido.

— Eu sei. Vamos... — eu disse e senti suas palavras assentarem dentro de mim a cada passo que dávamos, a cada respiração enquanto nos dirigíamos à cabana de Mae e Styx. *Estar perto de você. Observar você...*

Vozes soaram mais à frente, e quando saí das sombras das árvores rumo à casa, ela, Lilah, Beauty, Letti e Sarai estavam sentadas no jardim. Quando viram minha chegada, Mae e Lilah se levantaram em um pulo.

— Maddie! — Mae exclamou, aliviada, e correndo na minha direção, me envolveu em seus braços. Ela me afastou e passou os olhos pelo meu corpo. — Você está bem? Está tudo bem? — Seus olhos se voltaram para Flame, que estava parado rigidamente ao meu lado.

— Estou bem — respondi, abaixando a cabeça, sentindo as bochechas esquentarem.

Um novo par de mãos me envolveu, e eu sabia que era Lilah; reconheci o cheiro de seu cabelo.

— Irmã — ela murmurou —, senti tanto a sua falta.

Lilah se afastou e sorriu, a boca ligeiramente mais curvada a um lado por conta de sua cicatriz. Seu olhar, então, pousou em Flame.

— Flame. Você está se sentindo melhor?

— Sim — ele respondeu.

Olhei para ele, cujos olhos se mantinham fixos aos meus. Beauty e Letti estavam atrás de Lilah. Beauty se dirigiu a Flame:

ALMA SOMBRIA

— É muito bom ter você de volta, Flame. Ficou tudo muito quieto por aqui sem você.

Flame não respondeu, e Beauty, parecendo não esperar uma resposta, acenou para mim.

— Ei, Madds. É bom vê-la, querida.

Sorri para ela e Letti, que me cumprimentou inclinando a cabeça por trás de sua melhor amiga. Em seguida, olhei para o único lugar ocupado e vi Sarai me observando.

— Bom dia, Sarai — eu a cumprimentei e ela sorriu.

— Olá, Maddie. É bom ver você novamente.

Ela parecia melhor, pensei. E fiquei feliz. Ela era muito nova. Tão inocente.

A porta da cabana de Styx se abriu e ele e Ky saíram. Seus rostos se iluminaram quando viram Flame parado ao meu lado, completamente como um Hangmen, vestindo sua calça e colete de couro, o peito nu tatuado e o torso à mostra.

— Flame, caralho! — Ky falou e começou a bater palmas. Styx sorriu ao lado do marido de Lilah. Os dois homens se aproximaram e o vice-presidente ficou na frente de Flame. — Você está bem, meu irmão? Por um tempo vocês passaram por umas merdas bem sinistras...

Flame tirou a faca do cinto e passou o dedo pela borda. Era o que ele fazia quando estava ansioso. Ky, não recebendo resposta, virou-se para Styx.

— *Church, Prez?*

Styx assentiu, depois caminhou até Mae e colou seus lábios nos dela. Mae o abraçou. Ky então fez o mesmo com Lilah, e sem registrar o pensamento, meu olhar se voltou para Flame. Como sempre, ele estava me observando, mas desta vez suas narinas estavam dilatadas enquanto ele corria a ponta da faca pelo pulso. O pânico tomou conta de mim. Algo o estava incomodando em sua cabeça.

— Flame, vamos lá. Tem uma cacetada de irmãos que ficarão aliviados por você não ter nos abandonado para sempre. — A voz de Ky me trouxe de volta ao momento e eu pigarrei.

Flame olhou para Ky, depois para mim. Forcei um sorriso para disfarçar minhas pernas trêmulas. Aqueles beijos... o olhar intenso de Flame...

— Maddie? — Flame chamou, e notei que todos ao nosso redor ficaram em silêncio.

Odiando ser alvo de tal atenção, cheguei mais perto dele.

— Volte para mim depois da sua reunião e iremos para sua cabana. Você ainda precisa descansar.

Flame assentiu uma vez e se juntou a Styx e Ky, que já havia se distanciado. No entanto, ele olhou para trás. Olhou para trás onze vezes. Onze. Eu contei.

— Maddie? — A voz de Mae atraiu minha atenção. Seu rosto mostrava uma expressão de preocupação quando disse: — Voltar para a cabana do Flame? Você pretende ficar com ele mais um tempo?

— Sim — respondi, me sentindo envergonhada ao ser o foco de todas.

O som de uma tosse suave soou, e ouvi Beauty dizer:

— Bem, preciso ir abrir a loja. Tenho um dia ocupado pela frente.

Mantive meu olhar baixo enquanto ela se despedia de Lilah e Mae.

— Sarai, querida. Levarei você para loja em breve, okay? Você precisa conhecer mais do mundo.

— Obrigada — ouvi Sarai dizer em resposta.

Momentos depois, levantei a cabeça e vi-me sendo observada por Mae e Lilah. Um calor subiu pelo meu corpo e perguntei:

— O quê? Por que estão olhando para mim?

Os olhos de Lilah se arregalaram ante minha pergunta abrupta.

— Nós nos preocupamos com você, Maddie. Porque a amamos.

Parte de minha irritação abandonou meu corpo e apenas declarei:

— Não há com o que se preocupar. Eu estou bem. — Ela não disse nada, mas mesmo assim continuei: — Sim, devo voltar com o Flame. Ele precisa de mim.

A tensão da nítida desaprovação de minhas irmãs fez o clima ficar estranho. Mantive a atenção no chão. Não ficaria nervosa por causa disso. Elas não o conheciam como eu.

Lilah acabou se sentando e vi Mae fazer o mesmo.

— Maddie, você se importa de se juntar a nós? — perguntou Lilah.

Avistando a cadeira livre entre as duas, me sentei.

— Maddie, iremos com Sarai até a igreja esta tarde. Você gostaria de nos acompanhar?

Levantei a cabeça e olhei para a garota. Seu rosto jovem exibia uma expressão esperançosa quando olhou para mim.

— Mae e Lilah me falaram de sua igreja. Que é pura e não compartilha das mesmas crenças que a Ordem dita sobre as mulheres e nossos deveres. Gostaria muito de conhecer tal lugar como este. No momento, não consigo compreender que isso seja real.

Minha barriga se contraiu ao ver tanta descrença em seu rosto e, inclinando-me para frente, eu disse:

— Adoraria ir contigo. A pastora James é uma mulher adorável. Ela lhe mostrará o que descobrimos sobre a fé fora da comuna.

O sorriso ofuscante de Sarai poderia ter iluminado uma sala escura.

— Obrigada — agradeceu com os olhos repletos de lágrimas; então se levantou, chamando a nossa atenção. — Vou descansar para que possamos ir logo mais à tarde.

— Tudo bem — respondi, vendo-a entrar na cabana.

Segundos se passaram logo depois que a garota se ausentou, e, de repente, soltei:

— Qual é a sensação disso?

Concentrei-me em ocupar as mãos sobre o colo, sentindo o rosto esquentar de vergonha, quando Mae perguntou:

— Do quê, irmã?

Levantando a mão aos meus lábios, passei a ponta do dedo ao longo deles. Piscando para Mae, perguntei:

— Juntar os lábios. Beijar.

Os olhos de Mae se arregalaram, desviando-se em seguida para Lilah, que se levantou e se sentou aos meus pés, na grama. Sua mão pressionou meu joelho, os olhos azuis questionadores.

— É como nada no mundo — Mae disse, fazendo com que observasse seu rosto. Um sorriso misterioso surgiu em seus lábios e sua respiração acelerou. — É uma das minhas coisas mais favoritas na vida.

— E você, Lilah? — perguntei timidamente.

— É tudo para mim — ela admitiu com uma voz suave. — Porque nunca sonhei que teria um homem que me amasse por mim mesma. Mas Ky o faz. Ele me ama mais do que acho que mereço. — Ela ergueu a mão e a passou pela cicatriz. — Mesmo quando me machuquei, quando cortei meu cabelo, ainda assim, ele me queria. E quando ele me beija, é minha confirmação de que conquistei seu coração. De que ele é meu. Para a vida toda.

A mão de Lilah apertou meu joelho e, com uma expressão cautelosa, ela perguntou:

— Por que a pergunta, irmã? Isso é algo em que está pensando... em tentar com o Flame?

Abaixei a cabeça, simplesmente tentando respirar, e confessei:

— Temo que seja algo que nunca poderei fazer. — Eu me recompus e acrescentei: — Deparo-me sonhando em beijar Flame. Sonho com ele tocando meu rosto e me tomando com seus lábios. E em meus sonhos, não tenho medo. Não sinto medo do seu toque. E não tenho medo de nunca ter sido beijada antes. Porque Flame faz com que eu me sinta segura. Não existe medo em sua presença.

Respirei fundo e senti meu coração se partir em pedaços.

— Mas a realidade é que temo o toque dele, apesar de ser um desejo recente de uma parte em mim que acreditava ter morrido. Tenho medo do que o toque de um homem, em minha pele nua, possa provocar. Das lembranças que tentei com tanto esforço abafar. — Olhei primeiro para Lilah, depois para Mae e não desviei o olhar. — E se o toque do Flame, de repente, se tornar o de Moses em minha mente? E se eu ficar presa lá novamente? Incapaz de falar através do medo paralisante? Um simples beijo valeria a pena por tudo isso?

Concentrei-me no belo rosto de Lilah e bufei sem humor algum.

— Temo que Flame tenha sido mais afetado pelo toque de uma pessoa do que eu. Acho que ele nunca será capaz de colocar a mão sobre a minha, muito menos me beijar.

Mae suspirou e, afastando uma mecha de cabelo do meu rosto, disse:

— Você merece ser amada, Maddie. Sei que não sofri tão brutalmente quanto você, nem Lilah ou Bella, mas Lilah e eu encontramos homens que nos permitiram seguir em frente. Para encontrar a felicidade ao longo da vida.

Meus lábios tremeram.

— Não acho que Flame poderá, em algum momento, agir dessa forma comigo.

— Então ele é realmente o único para você?

Segurando a mão de Lilah, pressionei-a sobre o meu peito.

— Esta batida, esta nova vida batendo forte dentro do meu peito? É dele. O despertar do meu coração pertence ao Flame — confessei, contendo as lágrimas.

— Maddie — Lilah sussurrou. Ficando de joelhos, com as mãos na lateral da minha cabeça, beijou minha testa. — Não sei o que acontecerá no futuro, mas sou grata por ele ter trazido essa possibilidade a você.

Ela se sentou no chão e Mae foi para a cadeira.

— Quando faço amor com Ky, não é nada parecido com o que tivemos que suportar nas mãos daqueles homens. Ele é gentil e doce, e não acho que poderia me sentir mais perto dele em nenhum outro momento do que quando estamos juntos. — Fiquei tensa com suas palavras, mas recebi um sorriso tranquilizador quando concluiu: — É a manifestação física do que sinto em meu coração. — Lilah respirou fundo, nunca desviando o olhar, e então ela expressou o seu desejo: — Espero que um dia você possa saber como é isso. E espero que, quando o fizer, não sinta nada além de felicidade. Felicidade sem medo.

Eu não disse nada em resposta.

CAPÍTULO DEZESSEIS

FLAME

Meus irmãos já estavam esperando na sala de reuniões quando chegamos. Styx e Ky entraram primeiro, e eu os segui. Quando entrei, Hush e Cowboy foram os primeiros a levantar.

— Porra, Flame! — Cowboy disse, animado, quando parou na minha frente. — Você voltou!

Assenti, vendo seu rosto sorridente, e então Hush disse:

— Que bom que você está bem, irmão. Você nos assustou por um momento. Nunca vi alguém daquele jeito antes.

Cerrei a mandíbula, enquanto tentava não pensar na mulher sendo baleada. Na porra daquele bebê chorando, e no garotinho sentado na calçada. O corpo enorme do Tank se moveu, de repente, na minha frente, me cumprimentando e me fazendo voltar ao presente. Então Bull, Smiler e, por fim, Tanner fizeram o mesmo.

Tanner abaixou a cabeça e passou a mão pela barba.

— A mulher sobreviveu. Entrei nos registros do hospital e verifiquei. Os filhos dela também.

O alívio tomou conta do meu corpo.

— Obrigado — disse e ele balançou a cabeça.

— Eu deveria ter imaginado algo assim vindo da Klan. — Ele fez uma pausa enquanto cerrava os dentes. — O maldito do meu pai, é bem a cara dele fazer algo assim. E não consigo prever o que os filhos da puta vão fazer. Nada está sendo movimentado no sistema interno deles, o que significa que é tudo no boca a boca. O meu pai sabe que eu daria um jeito de descobrir seus planos em um segundo, se estivesse em um sistema em algum lugar. O desgraçado está sendo esperto.

AK e Viking entraram na sala no momento em que Tanner se afastava. Viking estendeu os braços.

— Ouviram as boas novas? O infame *Psycho Trio* está de volta ao jogo!

O som do martelo de Styx batendo na madeira da mesa cortou o barulho da comemoração. Ky apontou para as cadeiras.

— Sentem-se, senhoritas. Quanto mais rápido começarmos, mais rápido terminará.

Todos fomos para nossas cadeiras habituais, a minha entre a de AK e Vike. Styx se sentou no final. As mãos dele se levantaram. Puxei minha faca. Ky começou a falar de negócios, mas tudo o que eu podia ver era a lâmina que mantinha pressionada contra a minha pele. Eu repassava as tatuagens das minhas chamas. Podia senti-las queimando, o fogo crepitando por baixo, mas quando fui cortar a pele, pensei no rosto de Maddie. Contive a lâmina e respirei fundo. Queria cortar, apagar as chamas. Mas pensar em Maddie as mantiveram calmas. Adormecidas.

Segurei a faca pelo cabo e a coloquei sobre a mesa, no instante em que ergui o olhar, percebi que todos me observavam. Aquilo me deixou inquieto na cadeira.

— Que porra vocês estão olhando? — sibilei, fechando as mãos em punhos.

Ky balançou a cabeça e falou pelos irmãos:

— Nada. — As sobrancelhas dele se ergueram. — Você está bem?

— Sim. Por que diabos eu não estaria?

Ele balançou a cabeça, com as mãos no ar.

— Por nada. Apenas perguntando.

Minha mão foi para a lâmina. Desta vez a empurrei contra a minha pele. O sangue escorreu pelo meu braço, mas não senti nada. Porque era o rosto de Maddie que estava na minha cabeça novamente, Maddie me dizendo que não iria me deixar.

— AK, Vike, vocês estão em uma corrida de dois dias — disse o VP.

Levantei meu olhar.

— E o Flame? — AK perguntou. — Nós sempre vamos juntos.

Observei Styx sinalizar enquanto Ky interpretava.

— O irmão ainda está fora. Ele pode estar melhorando, mas não vai para merda nenhuma de corrida. Tivemos que cobrir todos os lados quando o Klan atacou na última corrida, e nosso irmão aqui virou uma bomba nuclear. Hush e Cowboy vão com vocês.

ALMA SOMBRIA

AK se inclinou para frente.

— Você está bem com isso, Flame?

Olhei para minha faca manchada de sangue, e então me senti muito bem com a decisão do *Prez*, porque isso significava que poderia ficar com a Maddie.

— Estou bem com isso — respondi. AK me olhou de maneira estranha e depois se recostou na cadeira.

Peguei AK olhando para Viking, que murmurou:

— *A pequena.*

Meus olhos se ergueram para encontrar os de Vike e ele me deu um sorriso.

— Só estou dizendo que você gosta de estar com a pequena. De conversar, ou olhar para ela. Ou o que diabos você faz.

— Vike! Cala a porra da boca! — Ky falou ao fundo e todos se concentraram nele. — Agora, mais alguma outra coisa?

Ninguém falou, e meus pés coçaram para voltar para a cabana.

— Bom — Ky disse —, tenho que voltar para a minha senhora.

Uma tosse soou ao meu lado e Viking falou baixinho:

— *Chave de boceta.*

Os irmãos começaram a rir. Ky apontou o dedo para Viking.

— Irmão, o dia em que uma bocetinha fizer você chorar, será o melhor dia da minha vida.

Viking arqueou as sobrancelhas ruivas.

— Isso nunca vai acontecer, *VP*. Eu tenho uma porra de anaconda dentro dessa calça de couro e não há como ela querer uma boceta só pelo resto da vida. Minha anaconda gosta de variedade. Muita variedade; úmida e apertada.

— Anaconda, meu cú — Tank disse do outro lado da mesa. — É uma minhoquinha, na melhor das hipóteses.

Viking ficou de pé e começou a abrir o zíper da calça.

— Você quer que eu prove, irmão?

Styx bateu o martelo na mesa. Todos os irmãos saíram rapidamente da sala. Tank foi o primeiro, e Viking foi logo atrás dele.

— Tank, volte aqui, caralho! Tenho a porra de alguém que quer conhecer todos vocês!!

A sala esvaziou e, pegando a minha faca, me levantei. AK bloqueou meu caminho.

— Você tem certeza de que está bem de ficar de fora dessa corrida? O velho Flame faria um belo banho de sangue por ficar no banco de reserva.

— O velho Flame não tinha a Maddie.

As sobrancelhas escuras arquearam.

— Você é dono dela agora?

— Ela é minha dona. Isso é tudo o que importa, porra.

AK suspirou e passou a mão pelo rosto. Quando afastou a mão, me encarou e perguntou:

— Você pode lidar com essa merda, irmão? Você pode realmente dar a ela o que ela pode querer de você?

A fúria aumentou e com os dentes cerrados, respondi:

— Não é assim. Eu não... ela não...

— Você consegue manter as chamas sob controle? Pode se manter firme quando as coisas não forem do jeito que você quer? Porque Styx vai acabar contigo se ela sair disso machucada.

Sentindo as chamas começarem a arder sob a minha pele, balancei a cabeça e prendi AK contra a parede. Levantando a faca, passei a lâmina no meu braço, precisando liberar as chamas antes que subissem ao nível onde acabasse arrancando a cabeça dele. Meu irmão apenas ficou lá parado e me deixou extravasar. No minuto em que a lâmina retalhou minha carne e o sangue correu livre, fixei meus olhos aos dele e rosnei:

— Eu não vou machucar a Maddie, porra. Eu morreria primeiro. Ela vai ficar comigo para sempre. Na minha cabana, ao meu lado. E nenhum filho da puta vai tirá-la de mim.

— Ela vai morar com você?

— Ela é minha — rosnei.

O peito de AK quase tocou o meu, e recuei em meus passos, com a faca em punho.

— Flame, você está parecendo muito louco agora. Mais louco do que o normal.

— Eu preciso da Maddie — disparei. Então, vendo o rosto dela em minha mente, vendo-a sorrindo, abaixei a faca e acrescentei: — Ela está na minha cabeça o tempo todo. — Olhei para AK e confessei: — Eu dormi. Com ela ao meu lado, consigo dormir sem os demônios na minha cabeça. E ela canta para mim. Para *mim*. Ninguém nunca cantou para mim antes.

— Porra, irmão — AK sussurrou, abaixando a cabeça.

— Eu preciso dela. — Bati a mão na minha têmpora. — Aqui, eu preciso dela. — Então bati meu punho sobre o meu coração. — E aqui. Eu a sinto aqui também.

Os ombros dele tensionaram e relaxaram.

— Você não se cortou durante a *church*. Você sempre se corta — comentou. Olhei para ele, sem dizer nada, e vi quando acenou com a cabeça. — A pequena, não é?

Meus olhos pousaram no meu braço manchado de sangue, e engoli em seco.

ALMA SOMBRIA

— Ela as acalma. Com ela, as malditas não queimam. Eu durmo, elas sossegam... eu não posso ficar sem ela.

— Porra — AK praguejou outra vez e estalou os dedos para me fazer olhar para cima. — Preste atenção em mim, Flame. Você me escutou quando era um garoto de dezessete anos, esquelético e perdido, e preciso que me escute agora. Se achar que vai se perder outra vez, venha me procurar. Se você enlouquecer de novo, como fez com os chechenos, me procure. A pequena quer estar perto de você, quando a maioria das cadelas estaria correndo na porra da direção oposta. Isso é algo importante pra caralho para os dois. Ninguém precisa ser gênio para se dar conta dessa merda. E não quero que você a machuque, ou se machuque, de novo. Porque se você machucá-la, Styx vai botar você pra fora deste MC, e nós dois sabemos que você precisa da gente. Você não vai se sair tão bem por conta própria. Então, temos um acordo?

Ouvi suas palavras. Sabia que nunca poderia machucar Maddie, mas concordei de qualquer maneira.

AK soltou um suspiro.

— Odiei vê-lo daquele jeito, irmão. Não faço a menor ideia do que desencadeou esse surto do caralho, e tenho certeza de que não vai querer me falar sobre o assunto, mas é bom pra cacete ter você de volta.— Ele sorriu e disse: — Preciso de você de volta no trio. Viking é um pesadelo que só a porra por si só.

— Alguém disse meu nome? — Quando nos viramos para a porta, o vimos chegar, fechando a calça.

— Falando no diabo... — AK murmurou enquanto Viking colocava o braço sobre os seus ombros. Ele olhou para a mão apoiada no ombro e disse: — É melhor você não ter tocado nessa cobrinha com essa mão.

Viking afastou a mão e deu um soco no braço de AK.

— É a porra de uma *anaconda*, e você sabe disso.

AK balançou a cabeça, o ignorando.

— Estamos entendidos, Flame?

Segurando minha faca com mais força, eu podia sentir a pele formigar. Eu precisava da Maddie. Eu precisava dela agora mesmo.

— Flame? Estamos entendidos? — ele repetiu.

— Estamos — respondi, depois me virei e saí da sala.

Passando pelo clube, nem olhei para os irmãos que se preparavam para ir embora. Em vez disso, fui pela saída dos fundos e peguei a estrada de terra que levava à cabana do Styx.

Andando rapidamente, atravessei as árvores até o lugar onde vi Maddie pela última vez. Mae e Lilah estavam sentadas em cadeiras, mas a Maddie, não.

Meus olhos vasculharam a clareira, no entanto, ela não estava em lugar nenhum à vista.

— Onde está Maddie? — perguntei.

— Ela foi esperá-lo em sua cabana — Lilah respondeu.

Afastei-me para a sombra das árvores e corri até ver minha pequena cabana aparecer. Empurrei a porta, e meus olhos a encontraram na mesma hora, sentada na única cadeira que eu possuía, próxima à grande janela da sala.

Ela estava desenhando novamente. Havia trocado de roupa... Desta vez, usava um vestido branco sem mangas, e o longo cabelo negro estava preso na nuca.

Quando entrei pela porta, sua cabeça se levantou. Ela pulou, os olhos verdes arregalados.

— Flame... — sussurrou o meu nome e seu corpo relaxou.

Meus músculos tensionaram quando suas bochechas coraram.

Maddie fechou o bloco de desenho e colocou o lápis no peitoril da janela. Então se levantou e veio na minha direção. Ela cheirava a morangos. Algo com o qual ela havia se lavado a deixou com cheiro de morangos.

— Você está aqui — confirmei. Maddie olhou para mim e sorriu.

Meu pulso acelerou com aquele sorriso.

— Eu queria estar aqui quando você chegasse em casa. — Apontou para a cozinha com o dedo. — Fiz comida para você esta noite. Não estarei aqui para fazer isso por você e queria ter certeza de que se alimentou.

Meu corpo congelou.

— Onde você vai?

O sorriso de Maddie diminuiu quando respondeu:

— Lilah e Mae levarão Sarai à igreja. Irei com elas.

Como uma onda gigante de labaredas, as chamas correram através do meu sangue; inclinei a cabeça para trás, soltando um longo silvo. Com as mãos trêmulas, levei a lâmina ao meu braço e cortei com força. Ao sentir a ponta afiada rasgando a carne, sorri, sentindo o alívio do sangue fluindo do meu braço.

— Flame! — Maddie gritou.

— Não... — rosnei. Ela não podia ir. Não podia me deixar.

Maddie deu um passo para trás, com as mãos à frente do peito.

— Flame, pare...

— Você não vai para aquela merda de lugar! — Comecei a andar de um lado para o outro. Tudo o que eu via na minha cabeça eram fileiras e fileiras de bancos. Gritos. Pessoas deitadas no chão. E a voz do pastor Hughes, falando: *"...Em meu nome, elas expulsarão demônios; elas falarão em novas línguas..."*

As cobras, as amarras, o veneno, a dor, a incapacidade de me mover...

— *PORRA!* — gritei, enquanto as chamas corriam pelas minhas veias.

ALMA SOMBRIA

Eu não conseguia suportá-las. Não suportava a queimadura em minha pele. Prendendo a respiração, tirei meu *cut* e cortei meu peito. Suspirei e me dobrei ante a dor aguda. Mas então, ele estava na minha cabeça.

Cerrando uma mão em punho, comecei a esmurrar a lateral da minha cabeça, tentando bloquear sua voz.

— *SAI DAQUI, PORRA!* — gritei. Mas ele estava atrás de mim, segurando a parte de trás do meu pescoço, me levando para aquela igreja.

— Flame! Olhe para mim... por favor... — Eu podia ouvir a voz de Maddie bem à minha frente. Mas era fraca. Fechei os olhos tentando afastá-lo, afastar as vozes. Mas elas não foram embora. Estavam lá. Elas estavam sempre lá, esperando. Esperando atacar quando as chamas retornavam. Quando o mal voltava ao meu sangue.

Um gemido escapou por entre os meus dentes cerrados com força. Meus olhos voltaram a se abrir. Maddie se recostou na parede da sala, encarando-me com os olhos arregalados. Seu peito subia e descia rapidamente, e meu estômago revirou.

— Você não pode ir — rugi novamente, piscando agitadamente. Então senti o deslizar pelo meu peito. Senti o couro gosmento e escorregadio rastejando pela minha pele, as chamas a seguindo pelo caminho. E eles não podiam fazer isso com ela. Eles não poderiam machucá-la assim. Ela já sofreu o suficiente.

— Flame?

"E eles pegarão em serpentes; e se beberem algo mortal, isso não os machucará..." O veneno. Eu podia sentir o veneno escorrendo pela minha garganta. E então queimando. E não conseguia me mexer.

— Flame... por favor... você está me assustando.

Lutei para conter o calor nas minhas veias. Estaquei em meus passos e olhei para Maddie.

— Sem igreja. Não posso deixar você ir lá. Você não vai para aquela porra de igreja!

Maddie deu um passo na minha direção, mas pude ver suas mãos trêmulas, os lábios tremendo. Eu não queria machucá-la...

— Eu preciso salvar você...

Maddie parou. Ela respirou fundo e perguntou:

— Salvar-me do quê?

— Deles — sussurrei, a mão se erguendo para alcançar seu rosto. Os olhos de Maddie se arregalaram enquanto observava minha mão, então a afastei, apertando a ponta da lâmina na pele para impedi-la de tocar sua pele. O mal que habitava dentro de mim, queria machucá-la com as chamas.

Eu não podia deixar isso acontecer.

— Eles vão te machucar. Com as serpentes e o veneno e...

Uma batida na porta interrompeu minhas palavras. Maddie me observou. Eu a observei.

— Você não vai, porra! — disparei, ríspido, e enfiei as unhas afiadas na palma da minha mão.

A batida soou novamente.

— Maddie?

Mae. Era a voz da Mae.

— Flame... — Maddie disse, baixinho.

Cheguei mais perto, encurralando-a contra a parede.

— Você não vai.

Outra batida soou, desta vez mais forte.

— Maddie? Você está bem?

Não desviei o olhar do rosto de Maddie. Ela agora encarava a porta, e depois olhou para mim.

— Preciso falar com ela.

Eu me aproximei até que suas costas colidiram contra a parede; minhas mãos pairavam acima de sua cabeça, pressionadas à parede.

— Não — ordenei em voz baixa. — Ela vai te obrigar a ir. E não posso entrar lá. Não posso entrar lá, porra!

O olhar de Maddie procurou o meu. Finalmente, seus ombros cederam.

— Eu não irei — ela sussurrou. — Eu juro. Mas tenho que informar isto a Mae. Tenho que dizer que não vou acompanhá-las ou ela trará Styx. E... e não quero que você se machuque.

Meus braços não se moveram, mas Maddie avançou e saltei para trás antes que ela pudesse tocar o meu peito. Ela caminhou até a porta, as mãos ainda tremendo. Segui logo atrás.

A mão delicada pairou sobre a maçaneta da porta e, ao inspirar profundamente, a abriu. Mae, Lilah e uma jovem estavam do outro lado.

Mae olhou para a irmã, depois para mim.

— Maddie? Você está pronta?

— Eu... eu não irei — Maddie informou.

As sobrancelhas de Mae franziram.

— Por que não? — perguntou Lilah.

— Eu decidi não ir.

A outra garota, evitando olhar para mim, disse:

— Maddie. Gostaria muito que você viesse. Eu... eu me sentiria melhor com todas vocês lá.

Vi quando os ombros de Maddie enrijecerem. Antes que concordasse em ir, eu respondi:

— Ela não vai, porra!

A garota se escondeu atrás de Lilah.

ALMA SOMBRIA 137

— Preciso chamar o Styx? — Mae perguntou à irmã.

Maddie respirou fundo.

— Não. Por favor. Apenas me deixe ficar. — Maddie olhou para trás. — Apenas me dê o dia e a noite de hoje. — Sua atenção se voltou para a garota. — Poderemos ir amanhã.

— Não! — eu rugi e pressionei minha lâmina em meu peito, cortando a pele acima do meu coração.

— Por favor, vão embora — Maddie implorou às irmãs. Então a porta se fechou.

Mas tudo o que conseguia pensar era em sua ida à igreja, no dia seguinte. Ela iria para aquele maldito lugar.

"Ele é um maldito retardado, Mary. Eu preciso falar com o Pastor Hughes... Ele tem o mal vivendo dentro de si... Ele tem chamas no sangue..."

A voz dele estava na minha cabeça. Suas mãos já desafivelavam o cinto. Minha pele formigou e meu pau endureceu com o som. Meus pés se moveram, e então me levaram para o alçapão do porão.

"Ela foi embora por sua causa. Seu sangue maligno a afastou, seu pirralho retardado..."

— Não... — rosnei, tocando meu pau por cima da calça. Deixei a faca cair no chão de madeira, ao lado do alçapão do porão.

— Flame, não... — A voz calma de Maddie soou do outro lado da sala. Mas eu já podia senti-lo atrás de mim, sua calça jeans abaixada. Podia sentir o cheiro do álcool em sua respiração, e a lâmina deslizando pelas minhas costas.

— Flame, por favor. Não faça isso. De novo, não. Não se volte para aquele lugar. Para a escuridão.

Erguendo a cabeça, rosnei:

— Eu sou a escuridão. Eu sou a dor. Eu sou a porra da morte.

— Não! — Maddie chorou, cambaleando para frente quando me ajoelhei e abri o zíper.

Um grito saiu pela minha garganta quando senti sua lâmina afiada cortar minhas costas. *As chamas. Vamos tirar as chamas do retardado...* ouvi em minha mente.

Abaixando a calça, puxei meu pau, acariciando-o em minhas mãos.

Um grito soou diante de mim e, quando olhei para cima, a vi com a mão cobrindo sua boca, as lágrimas banhando seu rosto.

— Maddie... — sussurrei, sentindo a garganta apertar quando seus olhos verdes marejaram. Eu podia sentir que ela estava chateada. Podia sentir o que estava fazendo com ela.

Mas não consegui parar o que já havia começado. Eu precisava colocar a calça no chão. Ele ficaria bravo se não me livrasse dela para que pudesse me tomar. Porque ele sempre me tomava. Sem falta.

Sentindo-o perto, ouvi Maddie se movimentando. Levantei o olhar, querendo que ela ficasse, precisando que ficasse, para ajudar a bloqueá-lo. Mas ela se afastou em direção ao banheiro.

— Maddie... *por favor*... — resmunguei quando uma mão alcançou a faca no chão e a outra se moveu mais rápido sobre o meu pau.

Ela balançou a cabeça.

— Não posso... eu não posso ver isso de novo, Flame... eu simplesmente não posso... — Correu para o banheiro e fechou a porta.

Assim que me agachei no chão, ele investiu para dentro de mim. E a dor veio. Na minha mente, a dor veio, depois no meu corpo quando a ponta da minha faca se arrastou pela coxa.

Minha mão trabalhou mais rápido quando ele estocou dentro de mim, rasgando meu interior. Fechei os olhos, ouvindo sua voz a cada impulso. *"Ela foi embora por sua causa"*. Estocada. Dor. *"Ela foi embora e esse seu irmão fedelho grita porque ela foi embora"*. Impulso. Dor. *"Foi embora porque o filho dela é um filho da puta retardado do mal"*. Arremetida. Dor. *"Há veneno e escuridão em sua alma corrompida"*.

A lâmina afundou ainda mais na minha carne quando ouvi o ritmo de sua respiração mudar. Seus impulsos aumentaram e eu sabia que ele estava perto. Eu me acariciei ainda mais rápido, até que, com um corte na minha pele e seu gemido baixo na minha orelha, gozei no piso. Contive o rugido por conta do orgasmo por trás dos meus dentes entrecerrados. Então, finalmente, ele me soltou.

Soltando a faca, caí no chão, recuperando o fôlego. No silêncio, eu podia ouvir a minha respiração ofegante. E pude ver o sangue e o sêmen espalhados na madeira.

Então a náusea veio. Mas dessa vez foi pior, pois com ela veio a vergonha. Vomitei, virando o corpo bem a tempo de alcançar o balde ao lado da portinhola do porão. E a cada regurgitada, meus olhos se mantinham fixos à porta do banheiro, ciente de que Maddie estava ali dentro. Levantando a cabeça, com o estômago vazio, limpei a lâmina com o pano ao lado do balde. Mas meu olhar ainda estava fixo na porta do banheiro. Subi a calça de couro e engatinhei, com meus membros enfraquecidos, até a porta fechada.

Meu coração disparou quando levantei a mão e pressionei a palma contra a superfície fria.

— Maddie... — sussurrei, repassando a imagem dela com a mão sobre a boca e as lágrimas escorrendo pelas bochechas. Não havia um só ruído do outro lado. Eu queria entrar, queria dizer a ela que sentia muito. Mas não sabia como.

Abaixando a mão, consegui me colocar de pé, olhando em seguida pelo quarto. Meus olhos focaram no sangue e sêmen se infiltrando pelas ranhuras da madeira do alçapão, e senti meu estômago revirar novamente. Seguindo em frente, peguei o pano ao lado do balde e o cobri. Não suportava olhar para aquilo.

Então senti um frio na barriga mais uma vez quando olhei para a cadeira ao lado da janela; o lugar onde Maddie esteve sentada. E eu sabia, apenas sabia que quando ela saísse daquele banheiro, iria embora.

Sabia que ela iria embora. Porque todo mundo me deixava. Ninguém nunca me quis por muito tempo.

Arrastei-me até a cadeira. O suéter de Maddie estava sobre o encosto. Peguei o tecido em minhas mãos e o levei até o nariz, inalando profundamente. E cheirava a ela. Cheiro de morangos e... da minha Maddie.

Então, sobre o assento, vi o bloco de desenhos. Olhei de relance para o banheiro, mas a porta ainda estava fechada. Maddie continuava lá dentro. Provavelmente, ainda assustada. Provavelmente já prestes a sair.

Estendendo a mão, me sentindo exausto – algo que acontecia toda vez que ele me tomava novamente em minha mente –, peguei o bloco de desenho e o abri na primeira página.

Minha respiração ficou presa na garganta quando vi o rosto sorridente de Maddie olhando para mim. Movendo meu dedo, deslizei sobre o contorno de sua bochecha. Minha mão tremia enquanto se movia sobre seu cabelo, seu longo cabelo negro que caía pelas costas.

— Maddie — sussurrei enquanto meus dedos pincelavam sobre seus lábios.

Virei a página e a vi andando lá fora, sob o sol. Suas mãos erguidas para o alto como se pudesse sentir o calor do sol. Virando a página novamente, a vi sentada com três garotas, com os braços em volta de uma, a cabeça apoiada em seu ombro. Reconheci Mae e Lilah, mas não a terceira. Embora ela se parecesse com Mae e Maddie. O mesmo cabelo preto. Os olhos de Maddie estavam fechados enquanto ela a abraçava. E a garota que a abraçava, sorria.

Então, quando virei outra página, todos os músculos do meu corpo retesaram. Era... eu, meu rosto, meus olhos me encarando da página.

Com as mãos trêmulas, rapidamente virei a folha, e o que vi me deixou de joelhos. Era a minha mão, minha mão envolvida à dela. Tracei o contorno dos nossos dedos entrelaçados, e então afastei a mão. Eu a levantei no ar e me perguntei como seria segurar a mão da Maddie. Meus olhos voltaram para o desenho e senti o aperto na garganta.

Finalmente, virei a página uma última vez e um gemido aflito escapou da minha boca. Era eu, e ela, nós dois de pé. E eu a estava abraçando. Meus braços envolviam a cintura dela. Sua mão e bochecha repousavam no meu peito. Nossos olhos estavam fechados, mas parecíamos... felizes. Felizes por estarmos nos tocando.

Incapaz de continuar olhando para aquela imagem, segurei o bloco de desenho contra o meu peito, assim que o rangido da porta do banheiro indicou que ela estava saindo dali.

Virei a cabeça naquela direção, ainda abraçado ao bloco de desenho. Os olhos de Maddie se arregalaram quando viu o que estava em minhas mãos.

— É isso o que você quer? — sussurrei.

O rosto lindo ficou vermelho, e, inclinando a cabeça, ela sussurrou:

— É com o que tenho sonhado. Tudo o que gostaria que pudesse acontecer comigo... está desenhado nessas páginas. — Encolheu os ombros. — Vivo a minha vida através destas folhas, porque tenho muito medo de vivê-las na vida real.

Minha respiração parou, então me apressei em dizer:

— Você... você quer me tocar? Quer que eu toque você? Como no seu desenho?

Seu olhar, então, se fixou ao meu e ela colocou a mão sobre o coração.

— Bem aqui, sonho que poderia ser verdade. E oro... oro para talvez algum dia, isso possa acontecer conosco.

Afastando o bloco, olhei para o perfeito desenho a lápis que me retratava abraçando-a, e balancei a cabeça.

— Eu machucaria você — resmunguei. — As chamas, o mal...

— Não estão lá — Maddie me interrompeu. Mantendo-se cabisbaixa, com o rosto ainda corado, ela se aproximou e disse: — Eu já abracei você e fiquei bem. Você colocou suas mãos em mim e fiquei bem.

Abri a boca para discutir, mas algo me fez parar. Maddie continuou se aproximando.

— E não há nada que você possa fazer comigo que não tenha sido feito antes.

Meu estômago apertou. Eu queria muito acreditar no que ela afirmava. Maddie deu os últimos passos até que ficou ao meu lado e perguntou, timidamente:

— Você... pensa em mim também? Você também já se perguntou como seria me tocar?

Cerrei os dentes e assenti com a cabeça.

— O tempo todo — confidenciei. — Eu penso nisso o tempo todo.

Maddie se abaixou no chão, à minha frente. Com as mãos firmemente apertadas no colo, ela manteve a cabeça baixa e sussurrou:

— Você gostaria... você gostaria de tentar?

CAPÍTULO DEZESSETE

MADDIE

Senti que meu coração sairia do meu peito enquanto esperava por sua resposta. Por mais que achasse que era incapaz de fazer isso, que nem mesmo conseguiria tocar sua mão, ou até mesmo mais do que isso, eu queria muito tentar. Nesse momento, depois de vê-lo tão dilacerado, voltando às lembranças que o mantinham cativo atrás de grades mentais e emocionais, eu queria tanto poder abraçá-lo. Ele merecia meu carinho.

E acreditava que eu *também* merecia carinho.

As narinas de Flame inflaram quando ele olhou para o meu desenho. Fiz o mesmo, contemplando aquela esperança que permeava minha mente na maior parte do tempo.

Então, na mesma hora em que senti que Flame não seria capaz de tentar, ele abaixou o bloco de desenho e respirou fundo. Quando seus olhos negros encontraram os meus, um arrepio percorreu meu corpo. As sobrancelhas dele se ergueram.

— Por que você está tremendo?

— Estou com frio — respondi, passando as mãos sobre os meus braços nus.

Flame olhou por cima do ombro para o fogo que havia acendido pouco antes de ele entrar, e se levantou. Ainda era bem visível o quanto ele se sentia fraco depois do que acontecera. E também imaginei que a seriedade do que estávamos prestes a tentar o deixava tão nervoso quanto eu.

— Vamos ficar perto da lareira, ali é mais quente — Flame disse e fez um gesto para frente com a mão. Eu me levantei e, devagar, me aproximei da lareira, sentindo minhas reservas de energia se esvaindo a cada passo.

A cada passo, tudo o que eu via à minha mente era a mão de Moses deslizando pela minha perna. Senti sua mão em meu centro, enfiando o dedo em meu interior. Pude ver todos os discípulos, depois da fuga de Mae, vindo para cima de mim. Podia sentir as mãos deles em meus pulsos e tornozelos, me segurando sobre uma mesa, e podia sentir o ar frio tocando minha pele enquanto rasgavam minha roupa, abriam minhas pernas, me tomando uma e outra vez. Desmaiei, apenas para ser despertada por um forte impulso dentro de mim, os discípulos se esforçando arduamente para erradicar o pecado da minha alma.

Mas eram as mãos deles — as mãos ásperas e calejadas que apertaram a minha carne — que eu não suportava. Dedos que apalparam meus seios, arranhando minha pele, dilacerando entre minhas pregas e me apunhalando por dentro.

— Maddie? — A voz baixa e grave interrompeu meus pensamentos. Quando levantei o olhar, ele estava sentado diante da lareira, o corpo enorme curvado, como se estivesse devastado, como se seu medo fosse tão intenso quanto o meu.

E meu coração se despedaçou ante a injustiça. A injustiça para ambos, com tanto medo dos pesadelos que o toque recíproco, de um ao outro, poderia evocar.

— Eu... o pensamento de tocar... me dá medo — sussurrei.

Os ombros de Flame se curvaram ainda mais.

— Em mim também — ele admitiu, a voz quase inaudível.

Inspirando profundamente, eu me aproximei e sentei à sua frente. O calor do fogo imediatamente aqueceu a minha pele.

Sob o calor, me ajeitei para que pudesse deitar de lado, com a mão espalmada no chão, diante do meu rosto. Mas meus olhos nunca deixaram Flame, e ele também me observava o tempo todo, a cabeça levemente inclinada, como se estivesse em transe.

Fiquei em silêncio, o crepitar das toras de madeira sendo o único som no ambiente, até que Flame moveu seu corpo enorme e deitou-se à frente, espelhando minha posição. Sua mão se esticou no chão, descansando a meros centímetros da minha. Mas nossos olhares estavam fixos um no outro.

— Você está com medo? — perguntei, sentindo meu coração dançar no peito.

O queixo forte cerrou e ele assentiu com a cabeça.

— Sim — murmurou. — Estou com um medo da porra de te machucar. — Ele soltou um suspiro reprimido, acrescentando: — Mas quero saber como é tocar você. Quero saber qual é a sensação da sua mão na minha. Como no seu desenho. — Flame abaixou os olhos e disse: — Não consigo tirar o desenho da porra da minha cabeça.

ALMA SOMBRIA

Meus dedos flexionaram e se endireitaram, tocando cuidadosamente o chão de madeira. E, sentindo que precisava falar, eu disse:

— A não ser por ti — respirei, lutando contra o nervosismo para continuar —, só fui tocada por homens que queriam me machucar.

Flame ficou tenso, e pelo movimento acelerado de seu peito, sabia que estava ficando com raiva.

— Toda noite, quando durmo, posso senti-los me tocando. Acordo suando frio, com a camisola encharcada porque revivo o que fizeram comigo. Sinto a dor, sinto os toques indesejados em meu corpo, minha pele, as queimaduras, as chibatadas... a dor aguda. — O nó apertou minha garganta, mas obriguei-me a prosseguir: — Mas quero que isso acabe. E não sei como. Vejo Mae e Lilah com Styx e Ky, e vejo que eles encontraram uma maneira. Através do amor, eles encontraram uma maneira.

Olhando para a minha mão, aproximei os dedos dos de Flame, sentindo a forte tensão emanando dele em ondas. Analisei a proximidade de nossos dedos mindinhos e acrescentei:

— Quero substituir o toque deles pelo seu. Quero acordar com seu braço em volta da minha cintura, me mantendo segura.

— Maddie — Flame gemeu, mas foi doloroso e aflito. — Não sei se...

— No entanto, me contentarei com seus dedos entrelaçados aos meus. Sentir-me-ei feliz em acordar ciente de que você, de alguma forma, estaria me segurando.

Os olhos dele se desviavam de um lado ao outro, perdido em pensamentos. Arrastei meu corpo para mais perto até nossos rostos estarem a meros centímetros de distância. Pude sentir o hálito tremulante e cálido sobre minha bochecha. Resisti ao desejo súbito de me afastar.

— Não sei quem vem atrás de você todas as noites. E não sei o que *ele* lhe fez. Mas acredito... — balancei a cabeça, lutando contra o buraco escuro que se formava em meu coração — mas acredito que é semelhante ao que foi feito comigo. E acredito que com o meu toque, talvez ele também desapareça do seu mundo.

Flame respirou fundo e fechou os olhos, lutando claramente contra algo em sua cabeça. Quando voltou a abri-los, estavam marejados ao dizer:

— Ele me chamou de retardado. Porque... — ele respirou fundo — porque não vejo as coisas como todo mundo. — Congelei, ouvindo-o atentamente. Ele continuou: — Eu sei que sou diferente. E sabia que ele me odiava porque eu era diferente. Outras crianças riam de mim. Elas riam de algo que eu dizia ou fazia. E toda vez que acontecia, isso me perturbava, porque não sabia o que havia feito de errado. E então, eu era punido. Uma e outra vez, eu era punido. Então parei de falar com as pessoas, porque não queria que elas rissem. E não queria ser punido. Mas isso deixou ele ainda mais louco.

Ele ficava bravo quando eu falava, mas depois ficou mais bravo quando me calei. Se eu ficava sozinho brincando com meus brinquedos, ele ficava bravo. Mas as outras crianças não brincavam comigo, porque eu era *eu*.

Meu coração apertou e tive que lutar contra as lágrimas, ouvindo sobre as coisas que precisou suportar quando criança. Um brilho de suor surgiu em seu rosto.

— Ele ficou cada vez mais irritado comigo, até que um dia, eu soube por que era diferente. Porque eu tinha o mal em minha alma e chamas correndo no meu sangue. — Flame balançou a cabeça. — Eu tentei tirá-las para mostrar a ele que estava tentando melhorar. Tentei me livrar delas para que ele não me odiasse mais, mas não consegui. Não consegui expulsá-las.

— Flame... — sussurrei enquanto lágrimas corriam pelo meu rosto.

— Então ele me levou ao pastor Hughes. E o pastor Hughes trouxe as cobras. Eles me seguraram e as serpentes deslizaram na minha pele. Eles precisavam ver se eu era mau.

Eu lutei por respirar, sem entender do que ele falava.

— Cobras? Eles colocaram cobras em você? — perguntei.

— O pastor Hughes dizia que as cobras eram a personificação do diabo. Se elas picassem, significava que você era um pecador. — Os olhos de Flame ficaram vidrados e a sua pele arrepiou. — E elas me picaram. Elas me machucaram. Elas sentiram as chamas no meu sangue. Elas foram atraídas pelo mal em meu sangue.

— Não... — sussurrei.

— A igreja machuca as pessoas. Eles prendem e machucam as pessoas. E então, ele me disse que tinha que libertar as chamas. Ele vinha todas as noites para liberar as chamas.

O corpo de Flame enrijeceu.

— Mas nada funcionou. As chamas ainda estão aí. Eu ainda sou diferente. Não entendo as pessoas e elas não me entendem.

Respirei fundo, concentrando-me em todas as suas palavras. Então, encontrando meus olhos, ele disse:

— Eu sei que sou diferente. Sei que não vejo o mundo como todas as pessoas veem. Mas quero ver o seu mundo, Maddie. Mesmo que seja o único que serei capaz de entender.

Meu coração bateu acelerado quando seus olhos escuros penetraram a minha alma, e então nós dois paramos quando sentimos.

Comecei a respirar mais rápido, nossos olhares conectados um ao outro, e quando olhei para baixo, minha mão já estava cobrindo a dele. Delicadamente acima, um pequena sobre uma muito maior. Lutei para manter a calma, tentei desesperadamente não sentir medo.

Quando olhei para cima, os olhos de Flame estavam totalmente arregalados e sua cabeça balançou em um tique nervoso.

— Maddie... — ele disse, baixinho, e então suspirou.

Seus olhos se voltaram para nossas mãos unidas, depois levantaram novamente.

— Você é quente — eu sussurrei, sentindo o calor irradiando de sua pele.

Meu coração trovejava em meu peito, mas quando olhei para nossas mãos, deslizei o dedo mindinho levemente sobre sua pele. Flame congelou e gemeu ao mesmo tempo, mas não afastou a mão.

— A sua pele é suave — acrescentei e fixei meu olhar ao seu. Flame já estava me observando. Engoli de volta o nervosismo que começava a surgir enquanto Flame me fazia refém sob seu olhar. Então ele fechou os olhos e respirou pelo nariz.

Eu o observei, meu coração apertando quando acreditei que se afastaria. Para minha completa surpresa, num instante, sua mão virou e encontrou a minha. Ofeguei com a sensação cálida e desconhecida. Até que Flame abriu os dedos e os entrelaçou aos meus. Seu aperto, no início, era suave, depois intensificou... e simplesmente respiramos.

Encaramos um ao outro.

Mas respiramos.

Encantada com a visão, e dominada por tamanha emoção, fiquei em silêncio. Mas, em seguida, Flame disse:

— É como o seu desenho.

Meus olhos se ergueram até deparar com os dele, fazendo com que eu engolisse em seco.

— É como o meu desenho — sussurrei, sentindo o calor inundar o meu interior. Um sentimento de esperança tomou conta de mim e apertei nossas mãos unidas com mais força.

Flame não reagiu.

— Eu posso respirar — Flame disse, de repente.

Meu corpo ficou leve. Eu podia ver claramente a descrença em seu olhar.

— Eu posso respirar — ele repetiu.

E então ouvi em silêncio quando deu início à contagem, bem baixinho; onze apertos sutis da sua mão na minha. Eu o deixei contar, observando fascinada quando um arfar chocado escapou dos seus lábios ao chegar ao número onze.

Então seus olhos se arregalaram e ele murmurou:

— Você não está machucada... eu... eu não machuquei você...

Precisando estar mais perto, aproximei-me um pouco mais, tão perto que nossos peitos quase se tocavam.

— Não estou machucada — assegurei. Sentindo meu rosto corar com o calor, confessei: — Na verdade, nunca me senti tão... contente... na minha vida.

— Maddie — Flame sussurrou, e meu coração derreteu quando seu polegar desajeitadamente se moveu para roçar no meu. A sensação do dedo áspero, acariciando minha pele, enviou arrepios pelo meu corpo.

Então ofeguei em choque quando senti aqueles arrepios se acumularem entre as minhas pernas. Baixando a cabeça, olhei para baixo e vi a mão livre de Flame ajustando suas partes na calça de couro.

Esses sentimentos... esses sentimentos eram tão novos para mim. Eu não sabia o que deveria fazer com eles. E tudo isso a partir de um toque.

— Maddie — Flame gemeu, mas o tom de seu gemido havia mudado. O gemido aflito já não estava mais lá, dando lugar a um gemido baixo e rouco de desejo.

— Flame — sussurrei em resposta. Então meus olhos focaram em sua boca assim que ele umedeceu o lábio inferior.

Inclinei a cabeça para frente, procurando instintivamente o que meu coração ansiava. A respiração dele acelerou quando perguntou:

— Maddie... O que você está fazendo?

— Eu... eu quero sentir seus lábios contra os meus — admiti, calmamente. A mão de Flame apertou um pouco mais.

— Eu nunca fiz isso antes — confessou. — Nunca fiz nada assim antes. — Então fechou os olhos e vi seus lábios murmurando até chegar ao número esperado.

Quando chegou ao onze, seus olhos se abriram, mas a descrença ainda estava lá. Ele se afastou e examinou meu corpo, como se estivesse procurando por ferimentos.

— Estou bem, Flame — assegurei novamente e ele abaixou a cabeça, sua testa recostando-se à minha. Ambos congelamos com o novo contato, mas nenhum de nós se afastou.

Então mexi minha mão, ainda segurando a dele. O corpo de Flame estava tenso como se fosse puro aço. Mas, precisando tocar seu rosto, pincelei a ponta do meu dedo indicador ao longo de sua bochecha barbada. O olhar arregalado e em pânico nunca se desviou do meu, e pude ver as imensas veias protuberantes em seu pescoço.

Quando cheguei à sua mandíbula, afastei o dedo e repeti a ação. Repeti onze vezes. No número onze, quando nada aconteceu, os lábios de Flame tremeram.

— Você não está machucada — ele afirmou com a voz rouca, cheia de alívio.

— Não estou machucada — confirmei com um sussurro.

Flame virou levemente para o lado. Com as mãos ainda entrelaçadas, meu peito pressionado levemente contra o dele, congelamos.

Nós respiramos.

Encaramos um ao outro.

ALMA SOMBRIA

Erguendo a mão livre, Flame deixou pairar logo acima do meu rosto. Era nítido em seu olhar desesperado o quanto ansiava em tocar minha pele. Então foi a minha vez de usar minha mão livre, colocando-a suavemente sobre o dorso da sua e fazendo com que ele, finalmente, pressionasse a palma sobre a minha bochecha.

Assim que senti seu toque no meu rosto, algo dentro de mim se libertou. Anos e anos de medo. Livre do medo dos homens, de viver uma mentira.

Não pude deixar de desfrutar da imagem diante de mim. Nossas mãos unidas pressionaram a bochecha de Flame, enquanto o gesto se espelhava com o toque no meu rosto. Meus olhos pousaram sobre a boca de Flame, uma vez mais. Como se pressentisse onde minha atenção agora estava, seus músculos abdominais tensionaram e o quadril se mexeu. Independente disso, eu não conseguia desviar o olhar.

A mão dele, que segurava a minha sobre minha bochecha, apertou, e quando vi seus ardentes olhos escuros focados na minha boca, um novo tipo de tensão surgiu entre nós.

— Maddie — Flame gemeu, o peito agitado com a respiração acelerada.

— Flame — sussurrei em resposta, seu nome saindo como um gemido ofegante dos meus lábios.

E então ele estava me puxando contra si. Com a mão no meu rosto, ele me puxou até meus seios pressionarem contra o seu tórax. Com o contato, nós dois paramos.

— Respire — instruí em voz alta, tanto para mim quanto para ele.

Flame inalou profundamente e eu fiz o mesmo. Quando parei para aproveitar este momento, percebi o quanto seu peito era largo. Ele era maior do que parecia... mas me fez sentir segura.

Quando sua mão acariciou minha mandíbula, seus lábios voltaram à minha atenção. Isso fez com que eu soltasse seu rosto e traçasse o contorno de seus lábios com a ponta do meu dedo. Seus quadris arquearam ante meu toque, embora seus olhos estivessem entreabertos.

Com o corpo tenso, ele me puxou para ainda mais perto, até que meus lábios pressionaram os dele; meus olhos se fecharam com a sensação estranha. No primeiro toque, nós dois permanecemos imóveis, meu rosto pairando sobre o dele, seus lábios quentes e úmidos pressionados contra os meus.

Então, seu dedo acariciou minha bochecha e seus lábios começaram a se mover suavemente contra os meus. E senti esse beijo alcançar minha alma.

A boca de Flame continuou a explorar, então, para minha surpresa, senti sua língua suave, hesitante e nervosa, deslizar em minha boca enquanto ele soltava um gemido silencioso.

Minhas bochechas inundaram com calor, meu corpo reagindo de forma totalmente diferente – aceso e incendiado, mas seguro e confiante.

Deixando meu nervosismo de lado, encontrei a língua de Flame com a minha, timidamente. Tremores sacudiram meu corpo enquanto nossas línguas duelavam, acanhadas, ambos tentando compreender as sensações novas e desconhecidas. Gentil e suave a princípio, até que um gemido longo e mais ardente ressoou de Flame. Sua língua encheu ainda mais a minha boca, aumentando a intensidade de seu toque. E senti como se estivesse flutuando, enquanto nossas bocas se fundiam em uma só. Parecia que aquela já não era eu.

Eu não era Maddie.

Ele não era Flame.

Entretanto, meu coração inchou quando me lembrei que realmente *éramos* nós. A mão no meu rosto era dele, e a boca tomando a minha com tanta devoção, era de Flame.

Meu Flame.

Outro gemido escapou dele, o som enviando fisgadas no centro de minhas pernas. Apertei as coxas, tentando me livrar do calor. Porém, sem sucesso algum, já sem fôlego e completamente confusa, interrompi nosso beijo com um suspiro.

Inspirando profundamente, Flame abriu os olhos, e me tornei o foco de sua atenção. Nada foi dito enquanto nos encarávamos. Nossas mãos não se afastaram. E nem mesmo deixamos de nos tocar.

Então meu coração se despedaçou e se rendeu totalmente a este homem, quando ele murmurou com admiração:

— Maddie... eu posso tocar em você... eu posso...

Com um breve grunhido, Flame deslizou a mão e envolveu minha nuca, puxando-me contra o seu peito. Eu podia ouvir o seu gemido doloroso enquanto ele lutava contra a aversão ao meu toque assim que nossas peles colidiram uma à outra. Flame passou os braços ao meu redor, me abraçando com firmeza. Ele estava duelando contra sua repulsa ao toque. Estava guerreando para que pudesse me segurar em seus braços.

O imenso corpo de Flame praticamente engolia o meu, seu forte aperto me esmagando com força. Minha bochecha estava corada contra a sua pele, e ainda trêmula, enlacei sua cintura com meus braços, segurando-o contra mim também. Ele enrijeceu quando sentiu meus braços sobre sua pele nua, mas, felizmente, me abraçou com mais força e respirou profundamente no meu cabelo.

Ficamos em silêncio.

Enquanto eu temia que meu coração fosse explodir de felicidade, por essa libertação que havíamos acabado de vivenciar, Flame sussurrou:

— Assim como o seu desenho, Maddie. Estou abraçando você exatamente como no seu desenho.

CAPÍTULO DEZOITO

FLAME

Eu a estava abraçando.
Eu a beijei.
Ela estava nos meus malditos braços.
E eu não podia acreditar. Não podia acreditar que as chamas não a machucaram. Contei até onze quando minha mão tocou a dela, quando seu dedo tocou minha bochecha e quando a puxei contra os meus lábios.
Mas nada aconteceu. Ela estava viva. Estava nos meus braços e estava viva.
Respirando fundo, as mãos de Maddie se moveram sobre a pele da minha cintura. Eu gemi, dividido entre o desejo de me afastar de seu toque e a vontade de mantê-la mais perto.
Precisando de mais.
Meu pau estava empurrando contra a minha calça de couro ao sentir Maddie acima de mim. Seus dedos minúsculos acariciavam minha pele e tive que cerrar os dentes contra a necessidade de girar nossos corpos e tomá-la.
Mas eu não sabia como poderia fazer isso. Tocá-la e beijá-la era uma coisa, mas transar com ela?
Não tinha certeza se qualquer um de nós seria capaz.
Maddie suspirou, e esfregando a bochecha contra o meu peito, e disse:
— Eu nunca... nunca pensei que isso pudesse acontecer. Para nós... co-nosco... — Maddie levantou a cabeça e olhou diretamente nos meus olhos. Suas bochechas estavam vermelhas. Afastei a mão que estava apoiada em

suas costas e a levei até seu rosto. Os olhos verdes se fecharam quando finalmente pressionei a palma contra a sua pele.

E então ela sorriu, esfriando as chamas no meu sangue e substituindo o calor por... nada. Eu queria esse nada. Não queria sentir qualquer coisa rastejar por baixo da minha pele.

A bochecha de Maddie roçou minha palma; eu não conseguia deixar de contemplá-la em cima de mim. O quão suave era a sensação de sua bochecha delicada contra minha mão enorme.

— Você gosta disso? — perguntei, concluindo que devia ser verdade, por causa do rubor em sua pele.

— Sim — ela sussurrou de volta, e parou. Meu coração saltou uma batida, em pânico. Pensei que algo estava errado, mas então Maddie se abaixou lentamente e roçou seus lábios nos meus. Ela rapidamente se afastou e manteve a cabeça baixa. — Mas gostei mais disso.

Meu pau latejou em minha calça, e eu sabia que ela deve tê-lo sentido contra a perna. Maddie sacudiu a cabeça.

— Eu... n-não a-acho que... não s-sei... se... — ela gaguejou e acrescentou: — se posso ir tão longe.

Meu corpo relaxou quando respondi:

— Eu também.

Maddie levantou o olhar para encontrar o meu e assentiu com a cabeça.

— Mas gosto de você me tocando. Você me faz sentir segura.

— Você acalma meu sangue — retruquei.

A mão de Maddie tocou minha bochecha e seus dedos começaram a passear pela minha barba.

— A sua barba é mais macia do que imaginei. E sua pele é mais suave. — A cabeça dela inclinou para o lado. — Quando desenho, tento imaginar como é a sensação ao meu toque. Eu passava horas olhando pela janela tentando imaginar a sensação e como seria sentir isso tão de perto. Nunca, nos meus sonhos mais loucos, pensei que conseguiria fazer isso. Meus desenhos sempre retrataram eventos que desejava fazer, mas acreditava serem impossíveis. Agora... agora estou muito feliz que isso tenha se tornado realidade.

Pensei nos esboços em preto e branco, lembrei-me daquele específico onde estávamos ambos de pé, envolvidos em um abraço enquanto sua cabeça repousava no meu peito.

— Eu gosto dos seus desenhos — declarei e percebi que minha testa estava franzida. — Nunca sei o que as pessoas estão sentindo até que me digam. Não sei dizer o que significa quando suas expressões mudam, até que me digam o que se passa. É o mesmo com você, mas assim que vi seus desenhos, soube o que estava querendo de mim. Pude ver o que você queria da vida, que desejava poder me tocar e caminhar lá fora sem sentir medo. Que você quer ficar ao meu lado, segurando minha mão, lá do lado de fora.

Aproximei-a de mim, com a mão no seu rosto, e disse:

— Quero entender você, Maddie. Quero entender o seu mundo.

Seus olhos buscaram os meus quando ela disse:

— É simples, na verdade. Sou apenas eu, meu amor por desenhar, o amor que tenho pelas minhas irmãs... — ela engoliu em seco e abaixou a cabeça — e a maneira como me sinto a seu respeito — ela sussurrou a última parte tão baixinho que quase não ouvi.

Meu coração batia forte no peito.

— E o que você sente ao meu respeito? — perguntei.

O dedo de Maddie se moveu do meu rosto para seguir as tatuagens de chamas que cobriam meu pescoço, depois as que eu possuía no meu peito. Ela traçou ao longo da tinta até que parou sobre o meu coração.

— Sinto que você é a minha âncora. Você é quem eu deveria encontrar nesta Terra. — Seu dedo parou e ela olhou nos meus olhos. — Que você é a pessoa certa para mim. Só você pode me entender, Flame. Ninguém mais. Você passou a vida inteira perdido, sem entender o que as pessoas querem, mas comigo, você sempre sabe como me fazer feliz. Como fazer com que me sinta segura.

Meu estômago doeu com essas palavras. *Só você pode me entender...*

Ela não estava rindo de mim. Estava sorrindo para mim, porque ela me queria.

Porra, eu não podia acreditar.

E ela era tão linda. Seus grandes olhos, seus lábios carnudos, suas bochechas coradas. Eu sabia que sempre iria querer olhar para ela. Mas o cabelo dela estava preso e eu sempre quis tocá-lo.

Estendendo a mão, coloquei-a sobre o coque preso à nuca e pedi:

— Solte o cabelo.

Maddie levantou a mão e começou a tirar os grampos. Em segundos, seu longo cabelo negro caiu por sobre os ombros. As pontas macias se espalharam pelo meu peito. Passei meus dedos pelos fios, sentindo a textura e maciez.

Maddie suspirou. Eu podia senti-la olhando para mim, a cabeça inclinada levemente para o lado. Peguei um punhado em minha mão e inalei o cheiro que se desprendia. Morango.

Ficamos em silêncio por alguns minutos enquanto acariciava seu cabelo, então Maddie disse:

— Eu gostaria de me deitar em sua cama.

O corpo delgado se endireitou acima de mim e ela levou minha mão aos lábios.

Quando beijou meu peito, eu disse:

— Eu não durmo na cama. Eu durmo no chão. — Respirei fundo, pensando no porão. — Eu tenho que dormir sobre o alçapão.

Maddie piscou, confusa, olhando para mim.

— Você não precisa dormir no chão frio. Você merece mais. Merece dormir em uma cama... comigo...

Balancei a cabeça, lembrando-me dos anos em que fiquei sentado no chão imundo do porão, na escuridão, na faca e ele, quando se enfiava dentro de mim. E então naquela noite, os gritos... a noite em que meu toque machucou meu irmão, quando o mal veio à tona.

A mão de Maddie pousou na minha bochecha, me assustando.

— Não, Flame. Não deixe a sua cabeça ir para lá. Venha comigo ao invés disso. Confie em mim. — Ela colocou a minha mão sobre o seu coração. — Não estou machucada. Seu toque não me feriu.

Olhei por cima de seu ombro, na direção do quarto e, com a mandíbula cerrada, assenti. Maddie exalou um longo suspiro. Ficamos de pé, seguindo até a porta; Maddie me fez entrar lá dentro.

Suas mãos tremiam enquanto ela subia na cama estreita. Maddie se arrastou para trás até que suas costas pressionaram contra a parede. Eu a segui até o colchão. Deitado de lado, concentrei meu olhar sobre ela, tentando afastar o maldito desconforto por estar ali.

— Flame — Maddie chamou. — Concentre-se na minha mão na sua — ela continuou, entrelaçando nossos dedos. Encarei nossas mãos unidas, até que senti um dedo sutilmente acariciando a cicatriz alta sobre a minha barriga.

— Do que é isso? — ela perguntou.

Fechei os olhos com força, sentindo as presas da cascavel afundando na minha carne; o pastor Hughes declarando que eu era um pecador, que o mal corria em minhas veias porque eu era lerdo. Por causa do meu comportamento.

— Flame? — Maddie chamou novamente.

Abri os olhos e ofeguei.

— A cobra — resmunguei. — A serpente que colocaram sobre mim na igreja. A cobra que me fez ver que era um pecador. Que mostrou que o fogo do inferno corria em meu sangue.

— Não consigo imaginar... — Maddie balançou a cabeça.

— E as pessoas gritavam. Eles caíram de joelhos ao meu redor, orando pela minha alma. Porque eu era mau. Porque possuía o mal em minhas veias.

— Eles estavam errados — Maddie atestou.

Ela se aproximou e, com os dedos acariciando meu rosto, declarou:

— Foi por isso que correu até minha igreja naquele dia? Você temia

ALMA SOMBRIA

que estivessem me machucando, da mesma forma que foi machucado?

Minhas sobrancelhas arquearam. Eu não entendi...

— Eles não fazem isso na sua igreja? — Encarei atentamente os olhos de Maddie, em busca de alguma mentira.

— Não — ela disse, baixinho. — Nesta igreja, eles não me tocam. Somente na... — ela respirou fundo — somente na Ordem havia dor e sofrimento. Mas esta igreja é melhor. Fico sentada e ouço músicas entoadas por um coral. Não sou machucada. Sou deixada em paz.

Balancei a cabeça, cada músculo tensionado com suas palavras.

— Eu não entendo. A igreja é onde você é machucada.

Maddie acenou em negativa.

— Não, Flame. Acredito que a sua igreja e a comuna eram diferentes. Eles nos machucaram. Mas a maioria das igrejas não é assim. — Minhas sobrancelhas ergueram quando Maddie deu uma risada desprovida de humor. — A verdade é, Flame, que nem acredito mais em Deus. Pelo menos, acho que não. Muita coisa aconteceu comigo, em minha vida, que me faz questionar se realmente há um Ser Todo-Poderoso me observando e protegendo. Perdi minha fé. Mas fui à igreja como um alívio à solidão sufocante do meu quarto na casa de Mae. — Seus grandes olhos verdes estavam focados nos meus ao admitir: — Você ficou fora por semanas. Não estava mais na frente da janela do meu quarto e não consegui lidar com isso. Você se tornou o centro do meu mundo. Tornou-se o meu dia e noite enquanto se postava à janela do meu quarto. Mas, então, você levou um tiro e desapareceu da minha vida. Eu não sabia o que fazer. Então me juntei a Lilah e Mae na igreja. Tentei orar pelo seu retorno, mas todos os dias perdia a fé quando chegava em casa e descobria que ainda não estava lá, me vigiando. Então continuei frequentando o templo. Fui até lá para ouvir as músicas entoadas. Para me sentar e contemplar as pessoas vivendo suas vidas, enquanto eu apenas existia em meio às sombras.

Maddie puxou minha mão para o seu rosto e descansou a bochecha quente nela.

— Até o dia em que o ouvi gritando meu nome do lado de fora. E você estava de volta. Meu sol, minha luz... Você voltou. — O lábio de Maddie se curvou no canto. — E aqui estamos agora. Tocando um ao outro. Juntos.

Meu coração parecia querer explodir em meu peito.

— Mas devo ir à igreja amanhã, por Sarai — informou, e a porra do meu coração foi esmagado.

— Não — rosnei, sentindo meu corpo inteiro gelar. — Você não vai voltar para lá. Não posso ir a esses lugares. Não posso proteger você, porra.

— Não há nada do que me proteger, Flame. Acompanharei Mae e

Lilah, para mostrar a Sarai que há mais na fé do que aquilo que fomos ensinadas na Ordem. Entendo o que ela está sentindo. Ela é tão jovem e amedrontada. E ela é mais como eu; quieta e retraída. Sinto que devo ir.

O dedo de Maddie levantou para circundar as tatuagens de chamas no meu peito.

— Prometo que não vou me machucar. Ficarei lá apenas por algumas horas e depois voltarei para casa. — Ela fez uma pausa e depois sussurrou: — Voltarei para casa, para... você... para esta cabana... e nunca voltarei para aquele lugar. Porque você voltou. Você fez a minha fé despertar.

Minha garganta apertou.

— Maddie — sussurrei e me inclinei para a sua boca. A respiração dela estava tão agitada quanto a minha, então pressionei meus lábios aos dela com mais força.

Ela era tão macia.

Eu não queria me afastar.

Quando finalmente recuei, Maddie perguntou:

— Qual é o seu nome?

Meus músculos congelaram.

— Meu nome? — Senti uma dor perfurando o meu crânio.

— Sim — ela respondeu, calmamente. — Qual era o seu nome antes de se tornar Flame?

Meus olhos se fecharam e afastei minha mão, agora arranhando meu braço. Assobiei quando as chamas se acenderam... Eu odiava esse maldito nome. ODIAVA esse maldito nome!

— Shhh... Flame, calma — Maddie tentou me tranquilizar. Olhei para cima, deparando com sua mão estendida para mim. — Esqueça o que perguntei, isso não é importante, assim como meu antigo nome agora não significa nada para mim.

Eu queria arranhar minha pele, quando ouvi a voz dele rosnando esse nome na minha cabeça, mas Maddie se aproximou ainda mais e, contendo o próprio nervosismo, lentamente passou os braços ao meu redor. Congelei quando suas mãos tocaram minhas costas, quando a voz dele desapareceu sob o toque de Maddie, e passei meus braços em volta dela também. Inspirei profundamente no seu pescoço, relaxando enquanto seus dedos subiam e desciam ao longo da minha coluna.

Cerrei os olhos com força, abraçando-a apertado, e então ela sussurrou:

— Eu sou Maddie e você é Flame. Não somos mais quem éramos antes.

Puxei-a para mais perto enquanto ela falava essas palavras. Em minutos, relaxei na cama em que nunca dormi, abraçando a minha Maddie...

...Caindo no sono enquanto a segurava, como fazia em seu desenho.

ALMA SOMBRIA

CAPÍTULO DEZENOVE

MADDIE

Eu podia sentir os olhos do Flame me observando enquanto escovava meu cabelo e o prendia de volta em um coque.

Passei as mãos sobre o vestido e calcei os sapatos. Conferindo as horas, vi que Mae, Lilah e Sarai estariam aqui para me buscar a qualquer momento. Ao me virar, avistei Flame sentado contra a parede, os olhos escuros me observando.

Meu coração acelerou, e um rubor cobriu minhas bochechas quando me lembrei de acordar esta manhã, com a cabeça repousando em seu peito e seu braço em volta dos meus ombros.

Não tive pesadelos. Nenhuma lembrança indesejada do meu tempo na comuna. E pela primeira vez, acordei não somente sem sentir o medo intenso de que minha nova liberdade não passasse de um sonho e nada mais, como também com a inebriante consciência de que estava na cabana do Flame, a salvo. E seus braços estavam me segurando.

Ficamos em silêncio, envolvidos em nosso abraço, durante a maior parte da manhã. Até que levantei a cabeça e sorri para o rosto inexpressivo de Flame. Meu sorriso satisfeito se desfez na mesma hora.

— O que foi? — perguntei.

A mandíbula forte ficou tensa e ele disse:

— Ontem à noite, deitei nesta cama, com você em meus braços, te ouvindo dormir. Mas mal peguei no sono. Não consegui dormir pensando em sua ida àquela igreja. Não consegui dormir preocupado, achando que depois de encontrar isso com você, de ser capaz de te tocar e beijar... posso acabar perdendo você. — Flame agora me mostrava as cicatrizes em seus braços, seus pulsos. — Você acalma as chamas. Mas sem você, elas voltam. Quando estou com raiva, elas voltam. E quando penso em você entrando naquela porra de igreja, posso senti-las despertando. Posso senti-las começando a correr pelas minhas veias.

Sentando-me na cama, segurei seu rosto entre as mãos, sentindo a barba macia pinicar as palmas.

— Ficarei bem. E as chamas não estão aí. Pense em mim se elas voltarem. Lembre-se de me abraçar e de que o seu toque não pode me machucar.

Flame assentiu com a cabeça, mas seus olhos se mantiveram fixos aos seus pulsos. Desde então, ele não falou muito.

Quando me endireitei, Flame levantou o olhar.

— Elas estarão aqui em breve — informei, estendendo minha mão. Flame a pegou e suas narinas se dilataram. — Não vou me demorar. Nesse meio-tempo, acho que você deveria dormir. — Passei o dedo suavemente sobre as olheiras escuras. — Você está cansado.

Flame olhou para o outro lado do quarto, e eu sabia que somente em pensar em minha ida à igreja, já o deixava assustado. E quando pensei no que lhe foi feito quando criança, em sua igreja, tive que conter a raiva que sentia pelo que ele havia sofrido.

Uma batida soou na porta. Flame ficou tenso. Eu me levantei, assim como ele, sua grande estrutura se elevando sobre mim. O silêncio era sufocante enquanto ele olhava para mim. Colocando as mãos em meu rosto, se inclinou e suavemente pressionou seus lábios nos meus.

Eles eram tão macios. Tão gentis. Meus olhos se encheram de lágrimas, porque sabia que aquele beijo simbolizava o que ele sentia por mim. E era nítido que aquele beijo indicava que ele se importava comigo de uma maneira incomensurável. Que eu era preciosa para ele. E que ele não queria que eu o deixasse.

Afastando-se, Flame recostou a testa à minha e soltou um suspiro.

— Também sentirei sua falta — sussurrei, acariciando seu braço.

O ritmo de sua respiração me mostrava que minha interpretação daquele beijo havia sido correta.

Uma segunda batida soou, seguida pela voz de Mae:

— Maddie?

Fechando os olhos, respirei pelo nariz e declarei:

— Eu preciso ir.

Flame não disse nada, apenas afastou as mãos do meu rosto e me seguiu até a porta. Ao abri-la, encontrei Mae, Lilah, Sarai e Ky. Os olhos de Mae imediatamente me examinaram de cima a baixo, e o rosto de Ky estava severo quando ele olhou para mim e para o Flame.

Os olhos dele se estreitaram.

— Você está bem, irmão?

— É melhor você cuidar da Maddie, caralho. Não deixe ninguém machucá-la. Porque eu vou matar quem fizer isso, VP. Eu vou matar qualquer um.

Sarai deu um passo atrás perante o tom ameaçador. Ky cruzou os braços sobre o peito.

— Sossega essa porra, Flame — ele rosnou.

— Prometa — Flame grunhiu de volta.

Ky cerrou a mandíbula e disse:

— Você acha que vou deixar alguma coisa acontecer com a minha cadela?

Sentindo o ar estalar de tensão, me virei para Flame e me aproximei para segurar sua mão. Ouvi os suspiros chocados atrás de nós, mas ignorei minhas irmãs e Sarai, para dizer:

— Ky cuidará de mim, Flame. Ele protege Lilah da mesma forma que você faz comigo.

Os olhos escuros estavam focados nos meus, suas pupilas dilatadas demonstrando toda ansiedade que minha partida lhe causava. Apertei seus dedos e assegurei:

— Ficarei fora apenas por algumas horas. Então logo voltarei para você.

Flame abaixou a cabeça e soltei sua mão para me juntar às minhas irmãs. Pude ver seus olhares especulativos, mas mantive a cabeça baixa, seguindo direto para a caminhonete do Ky. A porta estava destrancada, então sentei-me e aguardei que os outros se juntassem a nós.

Mae e Sarai sentaram-se ao meu lado, e Lilah e Ky se acomodaram à frente. Olhei pela janela, e vi Flame parado à porta, me observando.

Meu coração acelerou novamente, e um sorriso apareceu nos meus lábios, ciente de que ele era meu. Ele tinha olhos escuros como a meia-noite. Perfurações. Tatuagens. Era forte. E cheio de pura raiva. Mas era meu. E quando estava comigo, ele era gentil, carinhoso e tão quebrado quanto eu. E adorava que fosse a única que testemunhava esse lado dele. Apenas eu.

Ele era especial para mim, como eu era especial para ele.

— Prontas? — Ky perguntou.

Em uníssono, Mae e Lilah responderam "sim". Quando nos afastamos, acenei para Flame, vendo-o sair pela porta, observando nossa partida. Quando vi seu rosto inexpressivo, quase gritei para que me deixassem descer, mas depois pensei em Sarai ao meu lado e me forcei a ficar.

A tranquilidade reinava dentro da cabine da caminhonete, até que Mae perguntou:

— Você está bem, Maddie?

Meus olhos se levantaram para encontrar os dela, e assenti com um aceno de cabeça.

— Sim.

Seus olhos perscrutadores estavam sobre mim, mas eu não queria falar. Sabia como se sentiam a respeito de Flame. E o que mais partia meu coração, era que ele tinha ciência do que as pessoas pensavam dele. Era por isso que ele mal falava quando havia alguém por perto. Ninguém entendia o verdadeiro Flame.

Ninguém além de mim.

— Você está nervosa, Sarai? — Mae perguntou. Olhei para a pequena adolescente loira. Suas mãos estavam apertadas no colo, mas ela ergueu o olhar.

— Sim — ela respondeu, suavemente.

Lilah se virou no assento, com sua mão entrelaçada à de Ky.

— Não há necessidade, Sarai. A pastora James é gentil. Ela fechou a igreja para que ninguém esteja lá para deixá-la nervosa. — Lilah sorriu e suspirou. — E você verá que o Senhor ainda pode ser adorado. Apenas puramente, sem ser contaminado por homens maus e falsas verdades.

Sarai suspirou e balançou a cabeça.

— Não consigo imaginar um lugar assim, embora esteja animada para vê-lo.

Meu peito apertou quando olhei para essa jovem. Eu estava além de agradecida por ela ter encontrado a coragem de fugir. Sabia que nunca teria partido se Mae não tivesse retornado. Eu teria passado toda a minha vida trancada naquele inferno. Até o dia em que o Irmão Moses me matasse. Porque ele teria feito isso. Agora sei que o Irmão Moses acabaria me destruindo, da mesma forma que Gabriel havia feito com Bella. E eu nunca teria conhecido Flame.

E se ele também nunca tivesse me conhecido, poderia se encontrar condenado a uma vida inteira de solidão. Abafei a emoção que subiu pela garganta e me concentrei em lembrar de seus lábios contra os meus.

Sem perceber o que estava fazendo, toquei minha boca com a ponta dos dedos, sentindo o sorriso que se formava em meu rosto.

Meu coração se encheu de esperança. Esperava que, talvez juntos, não fôssemos tão quebrados. Que de alguma forma poderíamos fazer um ao outro inteiros.

O caminho foi feito com mais rapidez do que o usual, meus pensamentos ocupados por Flame. Então Ky parou a caminhonete.

Mae segurou a mão de Sarai e saiu do veículo. Saí quando vi Ky se inclinar para Lilah, esmagando sua boca contra a dela, que se derreteu em seus braços; quando os dois se separaram, seus olhos estavam pesados.

— Amo você, amor — Ky sussurrou.

Lilah se inclinou para frente mais uma vez para pressionar um beijo rápido nos lábios do marido.

— Eu também amo você. Muito — acrescentou ela, e meu coração deu um pulo de inveja.

— Ligue para mim quando quiser ir embora. Estarei aqui, no centro da cidade, cuidando de alguns negócios.

— Tudo bem — ela respondeu e saiu da caminhonete.

Juntei-me a Mae e Sarai na calçada, que observava, boquiaberta, a imensa construção.

— Bonita, não é? — Lilah perguntou, enquanto a caminhonete se afastava de volta para a estrada.

— Sim... — disse Sarai, claramente admirada.

Subimos os degraus da escadaria da igreja. Lilah entrou primeiro pelas grandes portas de madeira, com nós três em seu encalço. A igreja estava completamente silenciosa. No final, a pastora James se levantou, obviamente aguardando nossa chegada.

Ao nos ver entrar, desceu do altar e a encontramos no meio do corredor central. Seu rosto se abriu em um sorriso quando abraçou Lilah e Mae. Quando me alcançou, apenas acenou com a cabeça. Então seus olhos pousaram em Sarai.

— Você deve ser Sarai — ela disse. A garota se aproximou de Mae, obviamente tímida em encontrar a pastora pela primeira vez.

Mae a abraçou, assentindo.

— Esta é a Sarai. Ela é um pouco tímida, mas está ansiosa para ver por si mesma como as pessoas aqui adoram o Nosso Salvador.

A pastora James sorriu diretamente para ela, e indicou os assentos do templo.

— É aqui que nós O adoramos. A congregação geralmente se reúne para o sermão aos domingos, mas a igreja está aberta para o seu povo vir a qualquer momento, para adorar em particular ou para ter um lugar tranquilo para contemplação.

Observei Sarai olhando para a pastora James, e meu coração apertou quando notei seu rosto absorvendo cada palavra. Eu entendia o quão estranho tudo isso era para ela. E aos catorze anos, ela devia se sentir tão perdida e sozinha...

Meus dedos estavam tensos com o que estava prestes a fazer; respirei fundo, estendi a mão e segurei a de Sarai. Seus olhos azuis dispararam para mim, que lhe dava um sorriso de apoio. Os olhos de Sarai mergulharam no aperto firme de nossas mãos, e pude sentir Mae afagar meu ombro.

— Obrigada — ela murmurou.

Segui a pastora James, de mãos dadas com a garota perdida ao meu lado. Chegamos ao altar e nos viramos para o corpo da igreja. A pastora James foi até a frente e apontou para a galeria no alto.

— Ali é onde o nosso coral pratica e se apresenta aos domingos. — Ela se virou e apontou para o altar. — É aqui que ministro meus sermões, e ofereço o pão e vinho, que simbolizam o corpo e sangue de Cristo.

A mão de Sarai estava trêmula contra a minha. Olhei para suas mãos, vendo-a cabisbaixa, quando, de repente, ela soltou minha mão para colocá-la dentro do bolso de seu vestido. O que se seguiu pareceu acontecer em câmera lenta.

Sarai sacou uma arma. Em segundos, ela a apontou para a cabeça da pastora James e apertou o gatilho. O som do disparo ecoou como um trovão na igreja. Mae, Lilah e eu saltamos para trás, na mesma hora em que a bala atravessou a têmpora da pastora. Nossas roupas agora estavam banhadas em sangue, enquanto seu corpo sem vida caía no chão.

Um grito saiu da garganta de Lilah. Meu coração trovejou no peito. Sarai então se virou para nós, a arma apontando em nossa direção.

— Sarai... — Mae sussurrou, a mão pairando sobre a boca. — O que você fez? O que está acontecendo?

O rosto sempre tímido da garota se transformou em uma expressão tão severa que meu coração pesou em meu peito.

— Calem a boca! — sibilou, irritada, enquanto apontava a arma para nós três. — Putas do diabo! — cuspiu e balançou a cabeça. — Vocês são pecadoras, as Mulheres Amaldiçoadas de Eva. Vocês estão contaminadas pelo diabo e precisam pagar.

Minhas mãos começaram a tremer. Mae segurou uma delas, enquanto a outra se agarrou à de Lilah. Quando apertei meus dedos aos dela, Sarai indicou com o queixo que fôssemos para os fundos da igreja.

— Vão para lá.

No entanto, ficamos paradas.

— Por favor, Sarai... — Mae implorou.

— *Mexam-se!* — Sarai gritou. Mae nos guiou até os fundos. Sarai deslocou os pesos nos pés, os olhos presos à porta de saída.

— Por que está fazendo isso, Sarai? — Lilah reuniu coragem para perguntar.

Os olhos dela se estreitaram ao dizer:

— Vocês são uma praga para o nosso povo e devem ser levadas para Nova Sião. Fui enviada para recuperá-las. Para levá-las de volta ao Profeta. — Seu olhar se iluminou quando disparou: — Para enfrentarem a penitência por suas traições.

Todo o sangue foi drenado do meu rosto.

ALMA SOMBRIA

Seríamos devolvidas ao nosso povo.

Mae respirou fundo.

— O Profeta Cain ordenou isso? Ordenou que você tirasse a vida de um inocente e nos recuperasse? Você é uma criança!

Sarai congelou e disse, sombriamente:

— Tenho idade suficiente para servir a Deus e ao meu Profeta. Estamos em uma guerra santa. Sangue inocente será derramado. Mas os justos prevalecerão.

A porta dos fundos se abriu repentinamente e dois homens entraram. Eles usavam máscaras pretas de esqui que cobriam a maior parte de suas fisionomias. Olharam para Sarai através das fendas no material de lã. Ela ainda empunhava a arma.

— Você é Sarai? — um deles perguntou.

A garota assentiu com a cabeça e então os homens se viraram para nós.

— Estas são as prostitutas?

— Sim — Sarai respondeu.

O aperto de Mae se intensificou.

— Estamos com a van no beco, lá atrás. Precisamos chegar ao ponto de encontro.

Os homens deram um passo à frente e um grito escapou dos meus lábios. Um dos homens agarrou meu braço e o outro segurou Mae e Lilah. Em segundos, os grandalhões nos arrastavam pela igreja. Nós três nos debatemos contra o agarre firme, mas eles nos superavam em força. Não adiantava. Olhei para trás e vi Sarai nos seguindo, e além dela, pude ver o corpo da pastora James caído no chão, o sangue inundando o piso de madeira.

Sentindo-me nauseada, contive o vômito que subiu pela garganta. Então deparei com os olhos de Sarai e meu sangue gelou. Seu olhar era o mesmo que o Irmão Moses me lançou quando me tomou quando criança. O olhar que demonstrava a crença cega de que o que fazia era o correto. Que estava sendo suprido pelo poder do Profeta. Que era alimentado pelo próprio Deus.

— Sarai — sussurrei, meu coração batendo acelerado com seus feitos. Ela era tão jovem, mas acabara de matar um inocente, sem remorso algum. — Repense isso! *Por favor!*

Seus olhos azuis se estreitaram e ela balançou a cabeça.

— Você se desviou, prostituta. As três. E todas vocês dormem com o inimigo. Cada uma de vocês se deita com um dos homens do diabo. — Sarai apertou com mais força a arma e disse: — Ele me disse que vocês estavam corrompidas, mas ouvir e ver com os meus próprios olhos são duas coisas completamente diferentes. Mas ele verá que vocês serão punidas. Ele verá que todas pagarão pelo que fizeram.

O homem segurando meu braço me jogou para frente, me fazendo cair na parte de trás de uma van. Lilah e Mae sentaram-se à minha frente. Então fomos deixadas na escuridão, apenas uma pequena fenda de luz esgueirava-se pelas portas do veículo. O motor ligou. Meu coração batia muito rápido e senti que não podia respirar enquanto a escuridão nos envolvia.

— Senhor... — ouvi Lilah sussurrar, sua voz vacilando pelo terror. — O que vai acontecer conosco? Como isso foi acontecer?

— Sarai — eu sussurrei de volta. — Ela estava mentindo o tempo todo. Sua aparição no complexo foi uma armadilha montada pelo Profeta. Ky e Styx estavam certos em duvidar das intenções dela, no final das contas.

O silêncio se seguiu, e então Mae disse com a voz entrecortada:

— Eu convenci Styx a deixá-la ficar. Lilah a levou e cuidou dela. — Mae apoiou a cabeça entre as mãos e disse: — Sempre acreditei que Cain fosse verdadeiramente, por baixo de tudo isso, o homem que conheci como Rider. Que estava tão perdido quanto nós três. Que fora submetido a uma lavagem cerebral, criado para acreditar em coisas erradas e más. Mas Sarai disse que seríamos levadas até ele. Eu... eu... — Mae parou. Mesmo nessa escuridão, era capaz de sentir a tristeza tomando conta do seu corpo.

O silêncio reinou enquanto a van começava a se mover, então Lilah disse:

— Nenhuma de vocês viu Nova Sião. Não é nada como a nossa antiga comuna. E os Anciões e Discípulos do Profeta Cain... Eles são piores, se isso for possível. — A voz de Lilah ficou rouca com a emoção. — Temo que não veremos Ky ou Styx novamente.

Meu coração perdeu uma batida com o sofrimento perceptível em sua voz.

— Ou o meu Flame — acrescentei.

Mae e Lilah não disseram nada em resposta, e sentindo lágrimas escorrerem pelo meu rosto, confidenciei:

— Ele me beijou. Ontem, nos beijamos... — Um soluço se formou na minha garganta, mas consegui acrescentar: — e ele segurou a minha mão. E me tocou e eu gostei. Ele me beijou. Contra todas as probabilidades, nós nos beijamos... e foi exatamente como vocês duas descreveram... foi tudo, e agora, eu o perdi...

— Maddie... — Mae sussurrou.

Então meu medo disparou quando pensei no que poderia estar à nossa espera. Senti meu corpo retesar quando a minha mente me levou de volta às memórias que havia empurrado para os cantos escuros da minha mente. De volta à comuna. De volta ao momento exato quando Mae fugiu e as pessoas entraram em pânico. De volta ao dia em que os quatro anciões vieram atrás de mim, para me livrar do pecado original da minha família...

Corri para o canto quando ouvi passos se aproximando de nossos aposentos. Mas não era um único conjunto de passos. Eu podia ouvir vários. Vários passos se aproximando da nossa porta.
 — Maddie? — Lilah chamou do outro lado do quarto. Mas não olhei para onde estava sentada. Não pude. Meus olhos estavam paralisados na porta, nas muitas sombras que se moviam no corredor.
 Meus braços envolveram minhas pernas, e segurei com firmeza. Por um momento fugaz, tive o pensamento bobo de que, se me tornasse pequena o bastante, se me pressionasse contra a parede o máximo possível, os anciões poderiam me deixar em paz.
 Mas quando ouvi as vozes profundas ecoando atrás da porta, soube que nada do que fizesse poderia me esconder. Desde que Mae partiu, eles focaram em mim – a sua irmã de sangue – com crescente raiva e suspeita. Eu tinha ouvido seus sussurros silenciosos enquanto discutiam o pecado inato encontrado em nossa linhagem familiar. E os ouvi decidir que era um problema que precisava ser sanado através da irmã que ficou para trás.
 Eu sabia que eles viriam atrás de mim, para ser punida no lugar de Mae.
 A maçaneta girou, de repente, e, ouvindo minhas respirações profundas e meu coração rugindo em meus ouvidos, a porta se abriu para revelar a ampla silhueta do Irmão Moses.
 Seus olhos imediatamente me procuraram.
 Quando me encontrou, firmemente encolhida contra a parede dos fundos, ele sacudiu a mão, seu comando silencioso para que ficasse de pé. Sentindo que minhas pernas podiam falhar, usei as mãos para me apoiar na parede e me ajudar a levantar.
 O Irmão Moses se virou sem dizer uma palavra e saiu pela porta. Eu fui logo atrás, incapaz de sequer olhar para Lilah quando passei. Eu temia não poder suportar o medo e a compaixão que estariam estampados em seu belo olhar azul.
 Irmão Moses se virou para caminhar pelo corredor, para o quarto em que sempre íamos quando ele me tomava na união irmão-irmã. Mas, ao arriscar um olhar para o resto do corredor, me perguntei onde os outros Anciões se encontravam.
 Quando chegamos ao quarto de Moses, minha pergunta foi respondida.
 Os Irmãos Jacob, Noah e Gabriel estavam no centro do quarto de Moses, ao lado da mesa de mármore. A mesa sobre a qual eu era tomada todas as noites, chicoteada e acorrentada, enquanto Moses exorcizava minha alma pecaminosa. A mesa sobre a qual ele me tomou quando criança.

Cada Ancião havia tirado suas camisas e calças, e todos estavam me observando, suas mãos se movendo para cima e para baixo sobre suas masculinidades eretas. E o medo, como nunca havia experimentado antes, tomou conta de mim.

Meus pés, parecendo se mover por vontade própria, tropeçaram para trás, tudo dentro de mim me dizendo para correr. Porém, enquanto me apavorava com o que pretendiam fazer comigo, uma mão agarrou meu braço – o Irmão Moses. Gritei de dor quando ele me arrastou para trás, batendo a porta, me prendendo dentro do quarto.

Girando-me, ele me puxou para ficar à sua frente, meu pescoço estalando com a força. Aumentando seu aperto no meu braço, estendeu a mão e passou o dedo calejado no meu rosto e pescoço. Minha pele se arrepiou com seu toque áspero familiar, e eu me encolhi.

O dedo de Moses parou quando deparou com o decote alto do meu vestido. Ofeguei, tentando respirar através do meu medo, quando ele disse:

— Vejam, irmãos, a alma contaminada dela se afasta do toque do Senhor.

E meu coração apertou com a determinação em todos os olhares dos irmãos. A determinação de exorcizar o meu pecado.

Lutei contra um gemido quando o Irmão Moses começou a se aproximar do meu corpo, seu cheiro de tabaco se infiltrando em meu nariz. Seu hálito soprou no meu rosto quando alcançou minha cintura e lentamente abriu o zíper do meu vestido.

Em segundos, minha vestimenta atingiu o chão, junto com a minha modéstia. E fui exposta aos Anciões. Nua e tremendo. Moses nunca me permitia usar roupas íntimas, uma lei que eu desprezava. Ele não gostava de ter trabalho para me tomar.

O Irmão Gabriel deu um passo à frente e o Irmão Moses se afastou. Eu queria cobrir meu corpo. Queria me virar e fugir, queria ficar sozinha, mas lutei contra o meu instinto e permaneci completamente imóvel.

Esses homens me tinham sob seu controle. Eu sempre obedeci a todos os seus comandos.

A mão de Gabriel levantou, e ele lambeu o lábio inferior enquanto seus dedos corriam sobre o meu mamilo. Lágrimas encheram meus olhos, por ser tocada pelo segundo no comando do Profeta, mas as afastei, forçando-me a suportar sua exploração.

Mas esse dedo começou a se mover para baixo, para a minha área mais privada. Quando o dedo de Gabriel empurrou por entre minhas dobras, um grito de dor escorregou dos meus lábios. Eu não aguentava a sensação do seu toque. Queria bater em sua mão, queria dizer para ele parar. Mas sabia que não tinha tal poder.

E eu seria punida ainda mais. Eu não aguentaria ser punida ainda mais.

Os olhos de Gabriel brilharam quando ele esfregou o dedo entre as minhas pernas, e seu rosto se aproximou do meu. Pouco antes de sua boca encostar no meu ouvido, ele enfiou o dedo profundamente dentro de mim, me fazendo gritar de dor.

— Eu vejo Jezebel e Salome em seu semblante, Magdalene. Vejo a impureza de Satanás possuindo sua alma tão claramente quanto as delas. — Inclinando a cabeça para trás, seus olhos correram sobre o meu rosto e ele gemeu. — Aqueles olhos, aqueles

ALMA SOMBRIA

lábios, aquele cabelo. É a maldição da sua família. A maldição de Eva.

Fechei os olhos, respirando pelo nariz quando o rosto dele se afastou. Então, com a mão no meu braço, Gabriel me virou e dobrou meu torso sobre a mesa, meus seios colidindo com a pedra. Quando minha bochecha atingiu a mesa, senti a dor aguda em meu rosto ao mesmo tempo que o sentia às minhas costas. Minhas pernas foram afastadas e antes que tivesse tempo de me preparar para a sua intrusão, ele se enfiou em mim. Um grito saiu da minha boca, sentindo-me como se estivesse sendo rasgada ao meio; mas o aperto de Gabriel apenas aumentou em minha nuca, forçando-me a suportar.

— Grite, prostituta de Satanás. Grite enquanto livramos a sua alma do mal — Gabriel rosnou enquanto aumentava a velocidade, as unhas cravando na minha nuca.

Tentei bloquear tudo, tentei pensar em outra coisa, mas um movimento ao lado chamou minha atenção. O resto dos Anciões estava se aproximando. E naquele momento, perdi toda a esperança. Pois sabia que todos eles iriam me tomar. Todos os quatro estavam aqui para me tomar. Um por um.

Lágrimas escorreram dos meus olhos enquanto Gabriel rugia com a sua libertação. Antes que tivesse tempo de me preparar para o que viria a seguir, fui arrastada para a parede pelo meu braço já machucado e meus pulsos foram amarrados em correntes curtas que pendiam do tijolo exposto.

E desta vez, Moses se aproximou. Porque era isso o que ele sempre fazia. Ele me tomava amarrada nessas correntes que tanto apreciava e me causava inúmeras horas de sofrimento e agonia.

Meus braços doíam enquanto me debatia contra as correntes, mas Moses simplesmente levantou minhas pernas, ignorando minha luta. Certificando-se de que meus olhos estavam fixos aos seus, arremeteu dentro de mim, a agonia me fazendo ver manchas escuras.

E ele não parou. Ele avançou em um ritmo implacável, mordendo minha pele, até que gritei para que parasse. Até que implorei. Ele sempre queria que eu implorasse.

Quando lançou sua semente dentro de mim, ele se afastou. Meu corpo estava debilitado e cansado, pendurado pelas correntes, as pontas dos dedos dos pés mal tocando o chão. Minha cabeça pendeu para frente, a dor aguda entre as pernas tornando-se intensa demais para suportar. Então minhas pernas doloridas foram levantadas novamente e abertas. Levantando a cabeça, vi o rosto do Irmão Jacob, enquanto ele se forçava para dentro de mim.

Só que desta vez, não gritei.

Não gritei quando cada um deles me tomou repetidamente contra a parede. Quando cada um deles me acorrentou à mesa e se forçou em mim novamente.

E não pararam. Esses quatro homens voltavam atrás de mim todas as noites, para me tomar de novo e de novo e de novo, até que eu não aguentasse outro toque.

Até que não aguentasse ver a mim mesma.

Eles me fizeram sangrar. Eles torturaram minha alma. Eles arrancaram o meu pecado, vezes e mais vezes...

— Maddie! Não! Não. Não faça isso consigo mesma. Maddie!

Pisquei na escuridão, minha cabeça se afastando do meu pesadelo, para ver Mae diante de mim.

A mão dela passou pelo meu rosto, minha cabeça e meus braços.

— Maddie. Fale comigo. Você está suando e tremendo. Por favor, não deixe esses homens ganharem. Não deixe que as memórias recuperem seu poder sobre você. Você chegou tão longe. Seja forte. Lute contra elas.

Abri a boca para falar, mas nenhuma palavra saiu. Meu corpo tremia e Mae segurou meu rosto entre suas mãos. Olhando para mim, ela disse:

— Por favor, Maddie. Fale comigo. Eu preciso que seja forte por mim.

Desta vez, quando abri a boca, falei com toda a seriedade do meu coração. Sabendo que apenas uma pessoa poderia apaziguar meu pedaselo. Somente uma pessoa era capaz de entender a sensação de algo assim. E quando consegui proferir as palavras, acredito que expressei o que mais precisava naquele instante:

— Flame... — eu sussurrei. — Eu... eu preciso do meu Flame.

CAPÍTULO VINTE

PROFETA CAIN

— Você está pronto, Cain?

A mão de Judah pousou no meu ombro enquanto esperávamos do lado de fora da mansão. Judah vestia seu suéter preto, calça cargo e botas, assim como eu. O que quer pretendesse me mostrar, um tal projeto secreto em que vinha trabalhando, estava fora de Nova Sião.

— Estou pronto — respondi, seguindo-o até a van que nos aguardava. Franzi o cenho na mesma hora. Estaquei em meus passos e encarei meu irmão, que me encarava de volta. Os olhos brilhando de emoção. — Uma van? — questionei. — Por que precisamos de uma?

Judah soltou meu ombro e entrou no veículo. O Irmão Luke estava ao volante. Ele se curvou em uma reverência quando entrei.

Minha atenção ainda estava em Judah, esperando que respondesse à minha pergunta.

— A van? — Bati na porta repetindo a pergunta.

Judah olhou para o Irmão Luke e sorriu.

— Você vai ver, irmão. Precisamos pegar uma coisa. E sem dúvida você ficará satisfeito. O que fiz, fiz por você e só por você. Você *ficará* feliz. E essa surpresa nos aproximará um pouco mais da nossa visão.

Franzi a testa, sem saber qual poderia ser a tal surpresa, mas sua resposta me satisfez. Desde a nossa pequena discussão sobre os vídeos infantis, alguns dias antes, não estávamos conversando tanto quanto o normal.

168   **TILLIE COLE**

Ele não me visitou na mansão e, pela primeira vez em muito tempo, me senti completamente sozinho.

Sem ele, eu me sentia perdido.

— Obrigado — falei um minuto depois, quando saímos pelo portão dos fundos da comuna e entramos por uma estrada isolada.

Judah se virou para olhar para mim. Então um sorriso se espalhou em seu rosto. Eu podia ver o quanto meus agradecimentos significaram para ele. A sua mão cobriu a minha.

— Sei que, às vezes, você não vê o objetivo em nossos caminhos, mas saiba que estou fazendo isso por você. Nosso povo acredita em ti, Profeta Cain. Eles vêem seu rosto e sabem que Deus está com eles. Assim como também sou capaz de ver. Esses primeiros meses, talvez até anos, serão um período de adaptação.

Apertei sua mão e me recostei no assento. Irmão Luke pigarreou e disse:

— Agendei uma Partilha do Senhor para o final desta semana. O Profeta David costumava liderá-las na antiga comuna, mas sei que Judah tem liderado em Nova Sião, já que você ainda precisa de uma consorte ou esposa. — O Irmão Luke mudou de posição e disse: — As pessoas estão começando a questionar por que não acontecem com mais frequência. Deveríamos fazer pelo menos três por semana. É essencial que os homens alcancem sua meditação celestial. Nosso povo perde a fé se esses atos não forem realizados.

Fiquei tenso quando as palavras do Irmão Luke chegaram aos meus ouvidos e pude sentir Judah retesar o corpo ao meu lado.

A Partilha do Senhor. A união de irmão-irmã. Balancei a cabeça, tentando apagar o que Mae havia me dito sobre essas cerimônias, e também o que Judah disse sobre seu envolvimento no despertar de meninas.

Depois que ele e eu discutimos sobre os vídeos, procurei as cartas particulares do Profeta David e lá, em preto e branco, estavam suas palavras reveladas de Deus. Ele pregara sobre a idade não ser relevante para tomar uma esposa ou consorte, assim como não fora na Bíblia. Mas, ao ler essas palavras e imaginar as meninas dançando nos vídeos, fiquei nauseado; sabendo que homens – homens adultos –, as aceitariam carnalmente em uma união de irmão-irmã.

— Irmão — Judah interpelou, a mão apertando meu joelho com força. — Não dê ao nosso povo motivos para duvidarem de você. Nós os conclamamos de todas as partes ao redor do mundo, para nos unirmos como uma comuna, uma comunidade sob o olhar e os desígnios de Deus, contigo à frente como Seu mensageiro. Depois que os homens do diabo atacaram, aqueles com quem esteve vivendo por cinco anos, nosso povo procurou orientação em você. — Judah se inclinou para frente até que nossos olhares se encontraram, e enfatizou: — Precisamos de ordem. Precisamos que nossas crenças e costumes sejam respeitados, ou nosso povo não confiará no seu julgamento. Com a Klan do nosso lado, estamos crescendo financeiramente. Estamos protegidos do mundo exterior. Agora é hora de focar nos limites em nossa comuna. Milhares de pessoas estão esperando sua liderança. Sermões não são suficientes. Você precisa liderar mais os Círculos Sagrados e finalmente aparecer nas Partilhas do Senhor.

Ele estava certo em suas palavras. Meu tio liderou essas cerimônias e nosso povo nunca duvidou dele. E eu sabia que, de acordo com as nossas tradições, tinha que liderar essas práticas. Nossas crenças eram baseadas no prazer sexual, mesmo que eu nunca tivesse experimentado.

— Irmão? — Judah chamou e assenti com a cabeça.

— Vou assumir a liderança — concordei, lutando contra os meus instintos que desejavam o contrário.

Seu rosto se iluminou com um sorriso enorme.

— Perfeito — ele suspirou em alívio. — E acredite, você vai querer participar depois de hoje.

Franzi o cenho novamente. Mas tudo que pude repetir na minha cabeça foram as palavras de Mae... *Você já estuprou uma criança... você já tomou uma criança em uma união de irmão-irmãs...?*

Enquanto a van seguia, olhei pela janela e fechei os olhos. Orei ao Senhor para que me ajudasse a enfrentar esse pesadelo.

Uma hora depois, o irmão Luke entrou em uma estrada secundária, de terra, que levava a um lugar que me era familiar.

— Por que estamos aqui? — perguntei a Judah.

— Você conhece este lugar? — indagou, surpreso.

Assenti.

— Judah, o que...

— Você esperou tanto tempo, irmão. Só mais alguns minutos e verá o que fiz por você.

Olhei pela janela, deparando com a cidade fantasma que costumávamos usar para acertos de pagamentos com os Hangmen, e meu estômago revirou de ansiedade. Não havia nada ali. Nada além de prédios abandonados e sujeira.

Fiquei em silêncio enquanto nos aproximávamos de um moinho velho e sombrio. Havia uma van estacionada bem em frente, e nada mais. Quando paramos nosso veículo, dois homens saíram do moinho.

Estavam vestidos de preto, e não pertenciam à comuna. E também não os reconheci.

O maior dos dois inclinou a cabeça quando descemos.

— Judah? — perguntou, mas balancei a cabeça e apontei para o meu irmão. O homem sorriu. — Porra. Difícil diferenciar vocês dois.

Meu irmão deu um passo à frente e assumiu a liderança.

— Tudo correu bem?

— Pontual como um relógio — respondeu o homem. — Nossos homens entraram e saíram. Nada foi deixado para trás e que possa ser usado como pista. Desaparecimento total. Foram apagados os registros que indicavam com quem ela se encontraria. Nenhum vestígio, como o Grande Mago da Klan nos pagou para fazer. Ele sabe como trabalhamos, por isso nos colocou nessa fita.

Mercenários, pensei. Mas por qual motivo Judah precisava de mercenários?

— E o estoque? — Judah perguntou.

— No moinho. Junto com a garota.

Os olhos de meu gêmeo brilharam novamente. Eu me perguntava o que o deixara tão animado. Então ele se virou para mim.

— Pronto para sua surpresa?

Assenti com a cabeça, cautelosamente. Nós dois seguimos os homens em direção ao moinho. O silêncio pairava ao nosso redor quando nos aproximamos e quando o homem com quem Judah havia falado destrancou a grande porta. Em questão de segundos, ele a abriu. A luz fraca das lamparinas a óleo se espalhou pela estrada de terra e entramos. No começo, não via nada além de um antigo moinho vazio. Depois, vi uma jovem segurando uma arma, apontando para alguém escondido atrás de uma divisória de madeira.

Senhor, pensei. A garota parecia ter treze ou quatorze anos. E era uma das nossas mulheres; o típico vestido cinza da comuna e a touca branca.

Os mercenários se viraram e sorriram.

— Se recusou a se mover mesmo que por um segundo. Disse que era um soldado na guerra santa e que manteria seu posto até vocês chegarem.

Estreitei meus olhos na garota, tentando reconhecê-la. Não consegui, mas quando me virei para Judah, ele a estava observando. Observando-a como se ela fosse tudo para ele. Como costumava olhar para Phebe...

Não...

— Irmão Judah. — A voz feminina soou. Quando concentrei-me outra vez nos fundo do moinho, a jovem veio correndo em direção a Judah e imediatamente passou os braços em volta da cintura dele. Meu irmão a abraçou e deu um beijo em sua testa.

ALMA SOMBRIA

Meu coração afundou quando olhei para ele, meu irmão gêmeo de *vinte e quatro anos*, que se afastou da garota só para colar seus lábios aos dela. Observei em choque, apenas para ele interromper o beijo ardente e virá-la para mim. Seus olhos azuis imediatamente baixaram e ela inclinou a cabeça.

— Profeta, estou mais do que honrada em conhecê-lo.

Meu olhar se voltou para Judah, que sorria com orgulho.

— Esta é Sarai, irmão. Minha consorte. Ela não é linda?

Eu não tinha palavras em resposta, e Judah se aproximou.

— Ela fez parte do meu plano, para a surpresa que preparei para ti. — Ele estendeu a mão e segurou a de Sarai. — Você foi muito bem, meu amor.

Seus olhos azuis brilharam para o meu irmão e depois seus lábios se curvaram.

— Elas são prostitutas. Todas elas. Os homens com quem moram, os homens do diabo, são impuros, pecadores da pior espécie. Fiquei doente o tempo todo em que estive com eles. Mas continuei firme pela causa. Eu mantive o foco no nosso plano. E elas nunca duvidaram de mim, nem por um segundo.

Judah beijou a cabeça da garota e, com o braço em volta dos seus ombros, prometeu:

— Elas serão exorcizadas pelas suas apreensões quando voltarmos para casa. Serão punidas e você será elogiada. Apenas espere até nosso povo ouvir o que fez por eles.

Ouvi Judah falar com Sarai e vi quando ele a levou para a divisória de madeira. Mas tudo o que conseguia ouvir na minha cabeça era: *Elas são prostitutas. Todas elas. Os homens com quem moram, os homens do diabo, são impuros, pecadores da pior espécie...*

Não, pensei, enquanto meu coração retumbava. Ele não agiria contra minhas ordens. Ele não se infiltraria e as recuperaria, não até que estivéssemos fortes o bastante, não até estarmos prontos; certamente, ele não...

— Irmão, venha — Judah disse, sorrindo para mim enquanto olhava para algo atrás da divisória. — Eu tenho algo que você precisa ver.

Minhas pernas pareciam pesar mais de uma tonelada enquanto caminhava para frente. E quando passei pela divisória de madeira, ouvi um suspiro e meus olhos se voltaram para a esquerda.

Perdi totalmente o fôlego quando a vi, e meu pulso disparou loucamente no meu pescoço. Ela parecia exatamente a mesma. Cabelo preto e longo, a pele mais pura e clara e olhos azuis cor de gelo. Olhos que estavam enormemente arregalados enquanto me encaravam agora.

E parecia que havia sido ontem desde que a vi. Parecia como se fosse ontem, quando nos sentamos juntos no meu quarto, assistindo filmes e descansando no sofá.

— Mae — sussurrei, dando um passo à frente.

No entanto, ela se encolheu com o meu movimento, e as irmãs ao seu lado se aproximaram ainda mais. Levei um instante para perceber que todas estavam aterrorizadas. Que Mae sentia medo de mim.

De mim.

Uma mão tocou o meu ombro e Judah se postou ao meu lado. Vi quando ela olhou de mim para ele, como se não pudesse acreditar no que estava vendo.

— Este é seu presente? — perguntei a ele, calmamente. — Você recuperou as Amaldiçoadas dos Hangmen, sem a minha permissão?

A mão sobre meu ombro ficou tensa, e percebi quando inspirou profundamente ante o tom da minha voz.

— Você precisa de uma esposa, irmão. E eu sabia que você tomaria apenas a ela — ele apontou para Mae e disse: — *Salome*. A esposa destinada do Profeta. — Judah suspirou, mas acrescentou: — Sei que você disse para esperar, mas estamos protegidos por Deus. E você precisa de uma esposa. — Ele apontou para Mae. — Você precisa *dela*.

Os olhos de Mae se fecharam quando ouviu essas palavras, e dei um passo à frente novamente, me afastando do toque de meu irmão.

— Deixe-nos — ordenei tanto a ele quanto ao Irmão Luke, que nos aguardava logo atrás.

— Mas, Cain...

— Eu disse, deixe-nos! — gritei, olhando para trás e encontrando os olhos do meu irmão. Sua mandíbula apertou quando retribuiu meu olhar, mas ele se virou e saiu do moinho, levando a criança e os homens com ele.

Quando eles se foram, passei as mãos pelo cabelo. O que ele estava pensando? Mandar aquela criança – uma criança que ele estava tomando sexualmente –, para o complexo dos Hangmen para recuperar as Amaldiçoadas. Ainda não éramos fortes o suficiente. E Styx traria toda a fúria de Hades para a comuna quando percebesse que Mae sumira. Todas as três estavam aqui, e não demoraria muito para o *Prez* descobrir para onde haviam sido levadas. Eu tomaria Mae para mim, no devido tempo. Mas ainda não.

Ainda não, porra!

— Cain? — O som suave da voz trêmula de Mae me deteve, e, suspirando, virei e deparei com seu olhar. As mãos de suas irmãs seguravam firmemente as dela, mas ela as soltou para se levantar.

— Mae, não! — a loira exclamou. E quando olhei para ela, meu estômago revirou. Seu longo cabelo loiro havia sido cortado, e, com a cabeça erguida, pude ver uma longa cicatriz descendo pela sua bochecha.

Mas, de repente, Mae estava diante de mim e senti meu coração apertar. Ela era o foco de toda a minha atenção. Ela levantou a mão para colocar uma mecha do longo cabelo atrás da orelha. Então, aqueles olhos azuis se focaram aos meus, congelando-me no lugar.

— O que... O que você vai fazer conosco? — perguntou e pude ver que estava aterrorizada. Sua voz tremia... seu corpo *inteiro* tremia. — Nós seremos mortas? Seremos levadas de volta à comuna e julgadas?

Abri a boca para falar, mas era Mae. Era ela que estava à minha frente.

— Por favor... por favor, deixe-nos ir. Não nos machuque — implorou e engoliu em seco.

Meu coração disparou quando suas mãos pousaram sobre seu ventre. Ela abaixou o olhar, e quando o ergueu, pude ver suas lágrimas. Eu não podia acreditar no quão linda ela ainda era, e como meu corpo ainda reagia à sua proximidade. Mas meus olhos se concentraram em suas mãos, colocadas cuidadosamente sobre sua barriga.

E então notei o anel. Sentindo como se tivesse levado um soco no estômago, perguntei:

— Você está casada? Você se casou com o Styx?

Piscando quando mencionei seu homem, ela balançou a cabeça.

— Ainda não — respondeu, com medo, o corpo trêmulo ante o meu tom de voz. — Mas um dia estaremos. Por enquanto, estamos felizes por estarmos noivos. — Mae apontou para Lilah atrás dela. — Mas Lilah está casada com Ky. E Maddie... — ela apontou por cima do outro ombro — agora pertence ao Flame.

Meus olhos se arregalaram quando olhei para a pequena irmã de Mae. Ela agora estava com o Flame? O Flame...? Flame, que viria diretamente atrás de nós quando descobrisse que ela se fora. Flame, que iria matar todos nós.

Mae olhou para mim, mas desta vez pude ver descrença em seu olhar. Podia enxergar seu medo, bem como sua bravura diante das irmãs quando insistiu em dizer:

— Eu sempre acreditei em você, Rider. Quero dizer, Cain — corrigiu-se, rapidamente.

Mae balançou a cabeça.

— Eu sabia que você estava destinado a ser o Profeta. Mas sempre acreditei que, lá no fundo, você era um homem bom. — Ela olhou para Delilah, cujos olhos azuis pareciam estar focados no vazio, como se estivesse paralisada pelo medo. — Mesmo quando seus homens vieram atrás de mim e levaram Lilah por engano, ela me disse que você implorou para que ela confessasse seus pecados. Disse que sabia que você estava tentando salvá-la. Que foram os outros homens, da sua confiança, que a machucaram.

Delilah choramingou atrás de Mae com essa revelação. Meu sangue esfriou como se fosse água gelada correndo pelas veias.

— Mas enviar uma jovem... Uma jovem inocente, completamente sob o controle da Ordem, para a nossa casa; uma garota que matou uma pessoa inocente para nos trazer até aqui, para você... Bem, isso não é nada como o Rider que conheci.

— Mae — interrompi e dei um passo adiante. Mas suas mãos agarraram sua barriga com mais força. — Por que você está segurando a sua barriga dessa forma? — questionei.

Mae inspirou fundo e endireitou os ombros, dizendo:

— Não posso me casar com você, Cain. Não sou pura como as escrituras proclamam que preciso ser. — Ela engoliu em seco e, lutando contra as lágrimas, revelou: — Estou grávida. Estou grávida do bebê do Styx.

Delilah e Magdalene ofegaram, mas tudo o que senti foi um soco no estômago. Meus pulmões ficaram sem ar, mas meus olhos não conseguiam se desviar das mãos de Mae em seu ventre.

Um soluço escapou de sua boca.

— E ele nem sabe... Acabei de descobrir e ainda tenho que contar a ele. — Seus olhos azuis se encheram de lágrimas, que deslizaram pelo rosto. — E agora fomos sequestradas. Estou grávida. Finalmente estou feliz com a minha vida e agora fomos levadas e entregues a você! — Mae sacudiu a cabeça e disse: — Quando isso vai acabar? Quando todos nessa comuna perceberão que não pertencemos a vocês?! Nós não professamos mais esta fé. Saímos dali e nunca mais desejamos voltar! E quando você perceberá que não estou destinada a ser a esposa do Profeta?!

— Não... — Balancei a cabeça e dei um passo para trás. — Você nasceu para ser minha. As escrituras dizem isso!

Mae olhou para mim com absoluta descrença e sussurrou:

— Não, Cain. Eu sou do *Styx*. Sempre fui e sempre serei do *Styx*. A profecia não era para mim. Não é comigo que você deve se casar. Nem Lilah, nem Maddie. Você não consegue ver isso? Não consegue finalmente ver que nós não pertencemos a você?! Nós não somos especiais. Não somos diferentes de nenhuma outra mulher neste planeta. Era um velho senil que proclamava algo do nada. Algo puramente baseado em nossa aparência. Deus não nos escolheu. Ele não escolheu nenhum de nós!

Agachando, senti como se minha cabeça estivesse dominada por ruídos ensurdecedores, meu coração vazio, assim como o meu papel nesta vida. Sentindo o olhar pesado de Mae, levantei o olhar. A mão dela sobre a testa.

— Está tudo dando errado. Nada disso é o que fui criado para acreditar. E todos eles olham para mim. Todos seguem a minha liderança. E eles creem que eu deveria me casar com você.

Mae abaixou a cabeça em derrota.

O cabelo loiro de Delilah chamou minha atenção por trás de Mae. Levantando, me aproximei de Delilah, que se encolheu contra a parede de madeira, sua expressão de puro terror.

— O que fizeram com você? — perguntei. Delilah recuou e começou a tremer. Olhando por cima do ombro, vi Judah andando fora do moinho, e eu sabia que tinha pouco tempo. — O que foi feito no seu julgamento? O que aconteceu contigo na Colina da Perdição?

Lágrimas deslizaram pelo rosto de Delilah, mas Mae falou por trás de mim:

— Eles a estupraram, Cain. Uma e outra vez, antes de amarrá-la a uma estaca e atear fogo. Eles pretendiam queimá-la como uma bruxa. Seu irmão lhe deu trinta e nove chicotadas, cujas cicatrizes ainda lhe doem. Basicamente, Cain, eles a torturaram por horas, e você não fez nada para detê-los. Você lavou as mãos e deixou que a brutalizassem, por diversão, por nada além de diversão sádica. Nossa escritura não ensina nada disso pelo qual ela passou. Nem sequer faz referência a isso.

Meus olhos focaram em Delilah enquanto as palavras de Mae me despedaçavam.

— Isso é verdade? É verdade o que Mae está me dizendo? — insisti.

Delilah levantou a cabeça.

— Sim — ela sussurrou, mas eu não precisava ouvir a resposta para saber que era verdade. Estava nítido em seus olhos. Judah, meus homens, fizeram com ela exatamente o que Phebe havia revelado.

Passei as mãos pelo cabelo e olhei para Mae. Seus olhos azuis mostravam apenas dor e decepção.

— Eu não sabia que eles fizeram isso. Não declarei isso como o castigo dela.

Os olhos de Mae se voltaram amorosamente para Delilah e ela afirmou:

— Mas você não fez *nada* para impedir. Você deixou o seu irmão conduzir a sua própria forma de punição, pelo menos foi o que Lilah me disse. E assim ele fez. Você deu a *ele* liberdade para torturar uma mulher inocente.

— Não teria permitido que isso acontecesse se soubesse que ele se desviaria das escrituras. Judah e eu fomos criados juntos. Compartilhamos as mesmas crenças. Confiei que ele faria exatamente o mesmo que eu teria feito.

Mae olhou para baixo, depois com o rosto pálido e mortal perguntou:

— Então você também tem uma criança como consorte? Você também tomou crianças? — Ela enxugou uma lágrima. — Como todas nós fomos tomadas... Você também participou do despertar de uma criança pequena? Sarai tem apenas catorze anos, mas, pelo que parece, é a principal consorte do seu irmão. Você também compartilha dessas crenças? Depois de tudo o que contei sobre mim, sobre o que todas nós tivemos que suportar ali dentro? Você pode, honestamente, acreditar que Deus quer isso do seu povo escolhido?

Abaixando a cabeça, as verdades proferidas por Mae apunhalavam com mais profundidade do que qualquer espada.

— Você sabe que não fiz isso. — Acenei uma negativa, sentindo-me tolo. — Eu estava esperando por você. Sou puro e estava esperando por você. Mas agora... — Parei, olhando para o seu ventre.

Mae passou os braços em volta de si mesma, protetoramente, e disse:

— O que você fará conosco agora? O que fará com o meu bebê? Por favor, deixe-nos ir, Cain... por favor, se ainda houver algo de bom em você, deixe-nos ir. Não tire minha família de mim... por favor...

A raiva cresceu dentro de mim enquanto a encarava. Raiva por ela estar ali comigo, mas sem verdadeiramente estar. Raiva por meu irmão ter mentido na minha cara quando lhe perguntei a respeito da punição que infligiu a Delilah. E raiva de mim mesmo, por não conhecer todas as partes do dia a dia da comuna. Por não saber o que Judah estava permitindo quando liderava a Partilha do Senhor. Por não saber que ele havia tomado crianças. Por não saber que sua companheira era uma criança de catorze anos, que ele infiltrara nos Hangmen, sem a minha permissão. E por este plano de trazer as Amaldiçoadas para mim, sabendo que ainda não tínhamos força suficiente para nos defender contra os Hangmen caso nos atacassem — como, certamente, agora o fariam.

Então me dei conta de outra coisa... notei uma bolsa perto da parede de madeira e meu estômago afundou. Correndo até lá, peguei ao lado de Delilah e abri o zíper. Enfiei a mão e vasculhei atrás de um celular.

Empalideci.

— Judah! — gritei, minhas mãos agora cerradas em punhos.

Ele veio correndo, sendo seguido pela garota. Apontei o dedo para ela e ordenei:

— Saia! Não a chamei aqui! Você não tem que responder ao meu chamado!

Sarai empalideceu, mas se afastou e saiu do moinho. Judah olhou para mim, e um sorriso orgulhoso começou a se espalhar em seus lábios. Isso me irritou ainda mais, até que me aproximei dele.

— Prepare a van — ordenei.

— E elas? — Judah questionou, olhando para as irmãs.

Quando tentei passar por ele, seu agarre firme em meu braço me interrompeu.

— O que você está fazendo? — perguntou, baixinho, mas eu pude

ALMA SOMBRIA 177

detectar a raiva em sua voz.

— Vou deixar que se vão... — respondi, brevemente.

— Você, o quê? — Judah perguntou, exasperado, passando as mãos pelo cabelo.

— Vou deixá-las livres. Elas não pertencem mais a nós em Nova Sião. Estão casadas e têm filhos com outros homens. Se o Senhor as quisesse conosco, Ele nunca tornaria isso possível.

Judah agarrou meu braço novamente.

— Então os homens do diabo venceram. Se não pudermos usá-las como esposas, então nos vingaremos através de suas vidas. Eles invadiram a nossa terra sagrada, mataram nosso tio. Eles devem pagar. Estamos em guerra!

Com uma onda de fúria no meu sangue, pressionei minhas mãos em seu peito e o empurrei contra a parede de madeira próxima.

Ele arregalou os olhos e viu o celular que agora lhe mostrava.

— Você sabe o que é isso, irmão?

Seus olhos focaram no aparelho.

— É um telefone.

Aproximei-o ainda mais do seu rosto e rebati:

— É um telefone celular. Um celular com GPS. Um GPS que os Hangmen rastrearão, sem sombra de dúvida. Um GPS que mostrará aos Hangmen exatamente onde estamos, e se eu estiver certo, eles chegarão aqui a qualquer momento.

O rosto dele empalideceu quando o soltei. Ele olhou para as irmãs e disse:

— E daí? Destrua o celular e vamos levá-las para casa. Não podemos simplesmente devolvê-las!

Olhei para meu irmão como se isso fosse algo simples.

— Você acha que eles não virão atrás de nós? Eles sabem onde estamos, Judah! Certamente você não pode ser tão ingênuo assim!

O rosto dele congelou.

— O Senhor está do nosso lado. Se eles vierem atrás de nós, nós prevaleceremos.

Nesse ponto, percebi o quanto meu irmão estava realmente alienado. Ele não tinha noção do que havia feito. Não fazia ideia! Olhando diretamente nos seus olhos, eu disse:

— Eu sou o Profeta, Judah. *Eu*. E *eu* tomo as decisões. Você fez muito mal em agir pelas minhas costas e colocar sua vagabundinha no complexo dos Hangmen. Você fez muito mal em acreditar que sabe o que é melhor para o nosso povo, acima de mim.

Ouvindo os gemidos aterrorizados das irmãs se tornando mais altos atrás de nós, segurei o braço do meu irmão e o arrastei para fora. Passei pelo Irmão Luke, que tinha Sarai ao seu lado, e sinalizei com o meu queixo para que entrassem na van. O Irmão Luke franziu a testa, mas algo na minha expressão deve tê-lo convencido a não fazer perguntas.

Ao ouvi-los entrar na parte de trás da van, a raiva tomou conta de mim e empurrei Judah na lateral da van.

— Cain! O que... — ele começou a falar, mas o interrompi colocando a mão ao redor de sua garganta.

— Você fez muito mal em pensar em mentir na minha cara, porra. Perguntei se você tinha seguido as escrituras em relação à punição de Delilah, a Amaldiçoada, e você jurou que sim. — Inclinei-me, apertando a mão com mais força. Vendo as bochechas de Judah ficarem vermelhas, eu disse: — E você mentiu. Meu irmão gêmeo, minha própria carne e sangue mentiu na minha cara.

Sua boca abriu e fechou, incapaz de pronunciar uma única palavra, até que finalmente disse, arfando:

— Precisávamos enviar uma mensagem forte ao nosso povo. Precisávamos mostrar o que acontece quando eles se afastam do verdadeiro caminho, como ela fez.

Bati a cabeça dele contra a lataria da van.

— E essa não era sua decisão para tomar. Era minha. Como Profeta de Nova Sião, isso dependia de mim. — Afrouxando um pouco o aperto, declarei: — Eu amo você. Você é a minha única família. Mas não me traia, irmão. E nunca mais minta para mim.

Afastei-me, soltando sua garganta. Judah caiu contra a van e ofegou. Ao recuperar o celular, joguei o aparelho no chão e o esmaguei com minha bota até que estivesse completamente destruído.

Virei para voltar ao moinho, quando Judah rosnou:

— Não as deixe ir, irmão. Não estrague tudo pelo qual trabalhei.

Congelando no lugar, lentamente me virei e balancei a cabeça.

— Você não sabe de nada, Judah. Acreditou que estava fazendo o bem, trazendo aquelas mulheres para cá, mas a sua ingenuidade nos trouxe diretamente para uma armadilha mortal. — Apontei o dedo para o seu rosto. — Isso é com você. Você agiu de maneira tola e precisamos ir embora agora, ou, acredite em mim, não restará nada de nós pela manhã.

Voltei em direção ao moinho, quando ele gritou:

— Você os teme, Cain. Posso ver isso em você. Você teme os homens do diabo.

Parando com tudo, mas sem me virar, eu disse:

— E você também deveria, Judah. Você não os conhece. Nunca andou entre eles. E não tem ideia de quão facilmente eles tirariam sua vida. — Respirando fundo, continuei: — Como eu disse antes, Judah. Você é ingênuo. Não sabe nada deste mundo exterior.

ALMA SOMBRIA

Caminhando novamente, acelerei o ritmo e me aproximei de Mae e suas irmãs. Todas elas me encararam confusas e aterrorizadas. A mais nova estava tremendo. Olhando em volta do antigo moinho deserto, ela perguntou:

— Você vai nos matar?

Seu medo irradiava em ondas, e eu me perguntava como diabos ela poderia pertencer ao Flame. Passando a mão pelo rosto, balancei a cabeça.

— Não.

Submetendo-me a olhar para o rosto dela mais uma vez, virei para Mae e, de repente, me senti completamente esgotado. Seus olhos estavam cheios de lágrimas, e ela perguntou, incrédula:

— Você vai nos deixar ir? De verdade?

Meus ombros cederam com a felicidade e o alívio em sua voz.

— Meu plano nunca foi levá-las para a comuna. — Joguei a bolsa vazia no chão. — Com certeza havia um GPS no seu celular. E imagino que seus homens estarão aqui em breve.

Observando as feições de Mae uma última vez, virei-me para a van quando ouvi seu chamado:

— Rider?

Meus olhos se fecharam ao som desse nome, porque, naquele momento, eu teria trocado tudo para ser aquele cara novamente. Olhei para trás, vendo-a de pé, usando o *cut* escrito *"Propriedade do Styx"*, como se fosse um tapa na minha cara, enviando uma onda de raiva feroz que percorreu meu corpo. Seu longo cabelo negro estava esvoaçando com a brisa, e pensei que ela nunca pareceu mais linda do que naquele instante.

— Ainda há esperança para você — ela disse com a voz trêmula.

Soltei uma risada desprovida de qualquer humor e balancei a cabeça.

— É verdade. — ela insistiu. — O caminho para sua redenção está logo à frente. — Ela apontou para as irmãs. — Isso, ao nos libertar, já é um começo. — A mão dela esfregou a barriga e acrescentou: — Seja quem você realmente for, sei que não é esse homem que está lutando para ser. Porque o seu eu verdadeiro é melhor do que isso. Ele é um homem bom.

Meu coração pulou uma batida com as palavras dela, mas sem responder, eu me afastei e saí do moinho.

Andando até os homens, eu disse:

— Mais dos nossos homens estão vindo buscar as mulheres, nossa van está cheia.

Eu os peguei franzindo a testa e um deles se adiantou para dizer:

— Você recebeu o dinheiro? O negócio era que você faria o pagamento na entrega.

Sabendo que precisávamos sair desse lugar o mais rápido possível, orei a Deus para que me perdoasse pelo que estava prestes a fazer.

— Os homens que estão vindo trarão. Você receberá o dinheiro quando eles levarem as mulheres.

Uma imagem repentina de Flame veio à minha cabeça. Se a irmã de Mae era sua cadela, esses homens sofreriam uma morte horrível.

Os homens acenaram em concordância, acreditando em todas as minhas palavras. Entrei às pressas na van. O banco do motorista estava vazio, à minha espera.

Não olhei para trás quando saí pela estrada escura. Não olhei para os homens que certamente havia acabado de condenar à morte. E não falei com Judah, Irmão Luke ou com a criança durante todo o caminho de volta à comuna.

Aquela foi a primeira vez, em vinte e quatro anos, em que odiei Judah.

CAPÍTULO VINTE E UM

FLAME

Eu sabia que havia algo errado.

Sentei-me à janela, no lugar que Maddie sempre ficava e sabia que algo estava errado. Duas horas se passaram e depois três, depois quatro. E quando a noite caiu, tornando impossível que continuasse observando seu desenho, aquele em que estávamos abraçados, soube que algo estava seriamente errado.

Incapaz de ficar sentado nesta cabana por mais um minuto, peguei meu *cut* e minhas facas, e fui para a porta. Entrei em meu galpão e montei em minha moto, acelerando até chegar ao complexo.

O lugar estava em silêncio. Não havia música tocando, som saindo pelas portas da frente e não havia putas de clube do lado de fora. Descendo da moto, passei pelas portas e encontrei meus irmãos parados em um maldito silêncio. Meus olhos focaram em AK, Viking, Hush e Cowboy e franzi o cenho. Eles deveriam estar em uma corrida, não era para já estarem de volta.

Então vi o *Prez* e o *VP* de pé na frente da sala. Suas expressões eram diferentes das habituais. Ky começou a andar de um lado para o outro, xingando, fumando um cigarro atrás de outro. Seu longo cabelo loiro estava desgrenhado.

As chamas começaram a se elevar. Rugindo pelo meu sangue, tornando impossível ficar de pé. A sala estava muito quieta. Estava tudo muito quieto.

Peguei uma faca e olhei para cima, apenas para ver todos os irmãos me observando.

— Porra! — Ky rosnou.

Styx silenciosamente se levantou.

Meus olhos foram de irmão para irmão — Tank, Smiler, Bull, *Prez*, Ky, Hush, Cowboy, depois AK e, finalmente, Viking.

AK passou a mão pelo cabelo escuro e deu um passo à frente. Tank agarrou seu braço e balançou a cabeça.

— Eu tenho que contar pra ele, caralho — AK sussurrou.

Ele deu quatro passos na minha direção. Contei cada um deles, então perguntei:

— O que infernos aconteceu, porra?

AK suspirou e disse:

— É a sua pequena, irmão. Maddie e as irmãs desapareceram daquela igreja que foram visitar. Ky voltou para dar uma olhada quando a sua *old lady* não telefonou para que fosse buscá-las, e a igreja estava deserta. A pastora, as cadelas, a menina, todas elas desapareceram. Achamos que elas foram levadas. É por isso que fomos chamados de volta mais cedo. Infringimos todas as leis de trânsito só para voltar, caso precisemos ir atrás de alguém. E nós sabemos quem será. A Klan ou os malucos da Bíblia.

— Não — sussurrei, sentindo meu coração bombear o fogo do inferno mais rápido pelo meu corpo. Meus músculos retesaram quando pensei no que ele disse. Maddie. Minha Maddie. A Igreja. Aquela maldita igreja. Eles a machucaram. Eles a machucaram, como eu sabia que fariam.

— Eles vão machucá-la — rosnei, sentindo meu corpo tremer. — Eles a tiraram de mim. E eles vão machucá-la.

AK deu um passo para trás e vi todos os irmãos me observando. Eu podia sentir todos os olhos me observando. Tirando sarro de mim.

Mas a raiva, a raiva estava tomando conta. Fechando as mãos em punhos, meu corpo se encheu de ira, então inclinei a cabeça para trás e soltei um rugido alto. Mas não foi suficiente, as chamas ardiam ainda mais escaldantes, meu sangue era como lava, grosso e quente.

Colocando a faca no cinto, pulei para frente e agarrei a borda da mesa. Virei com tudo, vendo-a tombar no chão, mas não foi suficiente. Uma cadeira veio a seguir. Eu a levantei acima da cabeça e arremessei contra a parede, vendo a madeira se espatifar. Mas a raiva ainda estava lá. Peguei outra cadeira, depois outra, quebrando uma a uma. Mas nenhum alívio veio. Tudo o que podia ver na minha cabeça era a mão da Maddie na *minha*. Seus lábios pressionando os *meus*. Seus braços envolvendo o *meu* corpo. E foi tudo o que pude ver. Enquanto andava, enquanto pisoteava o chão de madeira, seu rosto era tudo que podia ver.

Então a vi amarrada naquela igreja. Naquela maldita igreja! E podia vê-la gritando na minha cabeça. Podia vê-la com dor. E eu não aguentava. Não aguentava, porra!

Então pensei nela desaparecida, afastada de mim e parei. Sem Maddie na minha cabana. Sem Maddie deitada ao meu lado, me ajudando a dormir. E sem Maddie segurando a minha mão, acariciando meu rosto, cantando para mim...

Incapaz de suportar a sensação arrasadora que tomava conta do meu corpo, caí de joelhos e todo o fogo foi drenado do meu sangue.

Balancei para frente e para trás, de joelhos, meu coração doendo com o fato de que ela se foi. Peguei a faca, mas esse sentimento dentro de mim era novo e não consegui tirá-lo. Não eram as chamas. Não era algo que pudesse ser libertado pela minha lâmina. Era o meu coração, sem ela. Meu coração estava escuro e vazio sem ela. E nada que pudesse fazer afastaria esse sentimento.

Meu peito se apertou tanto que senti que não conseguia respirar, então os sons saíram pela minha boca. Sons até então desconhecidos para mim.

A sala ficou em silêncio, exceto pelos sons que eu mesmo fazia. Então ouvi:

— Porra, Flame... Irmão...

AK e Viking se ajoelharam à minha frente.

— Flame. Merda...

Balancei para frente e para trás, segurando minha mão sobre meu coração.

— Ela se foi — sussurrei, olhando para os meus melhores amigos —, e eu não consigo respirar. Aqui, está escuro e vazio, e ela se foi. Não consigo fazer essa sensação ir embora.

— Que merda está acontecendo? — ouvi alguém perguntar.

— Ele reivindicou a Madds — AK disse sem desviar o olhar de mim, afastando a mão estendida que quase me tocava. — Eles estão finalmente juntos e ela se foi. Como você pode ver, ele não está lidando muito bem com essa merda.

— Porra. Flame e Madds? — alguém murmurou.

Olhei para cima e vi Ky e Styx se aproximando.

— Ela é minha — eu disse e vi o *VP* acenando com a cabeça.

— Nós sabemos, irmão — ele murmurou.

— Precisamos recuperá-las. Eu preciso dela de volta. Não posso viver sem ela.

Styx virou-se, as mãos agarrando as laterais de sua cabeça, e Ky disse, rouco:

— Eu sei. Eu me sinto da mesma maneira. Todos nós sentimos a mesma coisa. — Mas ele não podia. Eles não podiam. Porque ele não possuía as chamas. Ele não possuía aquele fogo incandescente que queimava as minhas veias e que somente Maddie era capaz de acalmar.

A sala ficou em um silêncio profundo, quando, de repente, Tanner entrou correndo.

— O quê? — Ky disse, áspero.

— Eu as encontrei. O GPS está desligado agora, provavelmente foi destruído, mas pelo menos as rastreou para cerca de uma hora ao norte. A última leitura foi feita alguns minutos atrás. Eu verifiquei no mapa, é uma merda de cidade fantasma. O sinal veio do moinho.

— Merda. É o lugar onde costumávamos fazer as entregas com os russos — Ky disse para Styx, enquanto olhava para o mapa que Tanner mostrava.

Em segundos, eu estava de pé.

— Espera! — Tank gritou e olhei para trás, meus pés inquietos. — Pode ser a porra de uma armadilha, Flame.

— Como se eu me importasse com isso, caralho — rebati. — Eu vou buscar a minha Maddie. E tenho prioridade na hora que encontrarmos os filhos da puta responsáveis por isso. Eu quero o sangue deles. Quero a morte deles nas minhas malditas mãos.

Nunca tinha conduzido minha moto tão rápido na minha vida. Minha Harley voava na estrada como um maldito demônio.

Eu podia ouvir meus irmãos vindo logo atrás de mim, mas estava liderando essa corrida. Eu não dava a mínima para formações do clube e Styx estar na frente. Tudo o que conseguia pensar era na Maddie. Imaginando se estava machucada. Imaginando se ainda estava lá. Se a mataram...

Minhas mãos tremiam no guidão enquanto eu aumentava a velocidade da moto, mas estava perto, a estrada principal começou a dar lugar à cidade fantasma. A cidade fantasma onde ela estava me esperando.

Casas vazias e abandonadas começaram a surgir – casas antigas, lojas e igrejas. O moinho estava mais ao longe. Aumentei a velocidade e forcei a moto até o limite enquanto descia pela avenida principal, depois vi à distância o contorno do antigo moinho cinza.

Meu coração começou a bater forte quando me aproximei. Diminuí

ALMA SOMBRIA

a velocidade, meus olhos procurando por Maddie. Parados ali, descaradamente, havia dois filhos da puta vestidos de preto.

E então, deixei as chamas assumirem.

Deixei a maldita necessidade de matar tomar conta de mim.

Parando na estrada de terra que levava ao moinho, desliguei o motor e desci da moto. Ouvi as outras motos desligando atrás de mim, mas minhas pernas me levaram adiante. Os homens vestidos de preto começaram a se aproximar, máscaras de esqui cobrindo seus rostos, mas não parei para ouvir que porra eles começaram a falar para mim. O barulho do meu sangue rugindo nos meus ouvidos abafava qualquer som, a não ser a porra do meu coração e a minha respiração.

Só a alguns metros de distância, peguei as facas do cinto e as segurei, uma em cada mão. Saltando para frente, cortei a garganta do primeiro filho da puta e apunhalei o outro no peito.

Aquele com a garganta cortada cambaleou para trás e caiu no chão. Em segundos, pulei sobre seu peito. Arranquei sua máscara de esqui para que pudesse ver o rosto do maldito. Quando seus olhos moribundos encontraram os meus, levantei a lâmina e, colocando a ponta na sua testa, apunhalei diretamente em seu crânio.

Arrancando a faca do defunto, fui para o próximo – ele já estava indo para o Hades com o barqueiro.

Retirei a lâmina de seu peito, e com uma faca em cada mão, comecei a retalhar seu corpo: *Um, dois, três, quatro, cinco, seis, sete, oito, nove, dez, onze...*

Ofeguei, meus olhos concentrados vendo nada além de um peito aberto, quando um movimento chamou minha atenção.

Styx e Ky no moinho. Styx e Ky abraçando suas cadelas. Ficando de pé, limpei minhas lâminas na grama e as coloquei de volta no cinto, então gritei:

— Maddie!

Corri em direção ao moinho, quando uma pequena figura avançou na minha direção. *Maddie...* e ela estava vindo para mim.

— Flame! — Ouvi sua voz chorosa. Meu coração bateu mais rápido ao perceber que a voz dela estava rouca e triste. Ela levantou a saia do vestido e correu sobre a grama alta e, segundos depois, seu rosto ficou visível.

Ela parecia pálida. Seus olhos verdes estavam cansados e vermelhos, mas não aparentava estar machucada. Ainda bem. Ela não parecia machucada. Então meu pulso acelerou quando ela se aproximou. Quando ela estava a poucos metros de distância, eu parei de andar. Maddie também.

Lágrimas rolaram pelas suas bochechas, mas só de vê-la, meu coração ficou livre de qualquer sentimento ruim. E pude respirar. Ficamos parados na grama, apenas olhando um para o outro. Minhas mãos se fecharam em punhos ao lado do meu corpo. Fechei os olhos e me forcei a dar um passo à frente.

Então, quando estava bem diante dela, me abaixei e peguei a sua mão na minha. Ofegando com o contato, Maddie apertou a própria mão. Quando olhei para o rosto dela, minha garganta quase se fechou. Ela era tão linda. E a expressão em seu rosto... Era a mesma expressão de quando a segurei em meus braços. Quando meus lábios encontraram os dela.

— Flame... — ela sussurrou. Maddie respirou fundo e disse: — Eu preciso que você me abrace agora. Preciso sentir seus braços ao meu redor, para me sentir segura. Porque, neste momento, não me sinto segura.

Gemendo baixinho, segurei seus braços e a puxei para o calor do meu peito. No minuto em que ela estava envolta em meus braços, me preparei para o desconforto, mas nada veio. As chamas ficaram afastadas, e senti que ela me enlaçava pela cintura, sob o meu *cut*, até que suas mãos tocaram a minha pele.

Sibilei por entre os dentes cerrados, ante a sensação desconhecida, mas eu... eu gostei... eu não queria afastá-la...

— Flame... — Maddie sussurrou. Eu a abracei mais forte. — Pensei que nunca mais o veria. — Ela se afastou e, com olhos brilhantes, disse: — Tudo em que conseguia pensar quando nos levaram, era em *você*. — Segurou minha mão e a levou até sua boca, depositando um beijo suave no dorso.

Meus olhos se fecharam, e com o toque, meu pau estremeceu dentro da calça de couro.

— Abra os seus olhos — ela ordenou, e assim eu fiz. Ela se aproximou, olhando para mim. — Me beije — sussurrou, enquanto outra lágrima rolava pela sua bochecha. — Me beije, para provar que você está aqui.

Subindo as mãos pelos seus braços, segurei seu rosto em seguida e levei meus lábios aos dela.

Maddie gemeu baixo quando nossas bocas se tocaram e ela segurou as barras do meu *cut*, me puxando para mais perto. Aquele barulho que saía de seus lábios tocou direto no meu coração, fazendo-o retumbar como a porra de um tambor.

Ela se afastou, piscando uma, duas, três vezes.

— Maddie — murmurei, e um pequeno sorriso surgiu em seu rosto.

Uma tosse soou ao nosso lado, e levantei a cabeça, mantendo-a ao meu lado. Meus olhos perscrutaram ao redor para descobrir que todos os irmãos estavam à nossa volta, me observando com a boca aberta, obviamente em choque. Maddie enfiou a cabeça no meu peito e pude sentir o calor de suas bochechas contra meu peito desnudo.

Mostrei os dentes, pronto para dizer a todos para irem se foder, quando Styx e Ky se aproximaram com Mae e Lilah.

Mae se virou para Styx.

— Não! Por favor! Não vá atrás dele. Ele não planejou isso. E nos deixou ir. Eu conversei com ele... vi que parecia confuso e perdido... mas ele nos deixou em paz.

— Por que caralhos ele deixou vocês livres? — Ky exclamou.

Mae, que estava debaixo do braço de Styx, deu de ombros.

— Foi o irmão gêmeo dele quem organizou para Sarai fingir ter escapado da comuna. Tudo o que ela disse era mentira, tudo foi feito para que ela descobrisse uma maneira de nos deixar sozinhas e longe do complexo. A igreja era a desculpa perfeita. Eu acho... parecia que Cain não sabia de nada. Ele estava com raiva de seu irmão. Estava lívido com Sarai por nos trazer aqui.

— E Sarai matou a pastora James. Ela atirou contra a cabeça dela, sem remorso algum — acrescentou Lilah, a voz baixa e trêmula de choque.

Ky segurou-a contra o peito.

— Então agora temos que lidar com a porra de crianças soldados? Era só o que me faltava!

As mãos de Styx se moveram para Mae e o observei perguntar:

— *Eu simplesmente não entendo por que infernos Rider deixou você ir?! Ele a quer de volta há meses. Não é por isso que estamos sendo atacados nas porras das entregas? Qual é a dele?*

A atenção de Lilah se voltou para Mae. Ela se afastou de Styx e afastou o cabelo do rosto. O *Prez* focou o olhar em sua cadela.

— Porque eu disse a ele algo que mudou a profecia que declarava que eu deveria me tornar sua esposa. De fato, destruiu completamente com a teoria.

— E que porra foi essa? — Ky perguntou, franzindo a testa.

Mae respirou fundo e, estendendo a mão para Styx, colocou-a sobre a barriga.

— Que estou grávida.

Meus olhos dispararam para Styx e seu rosto estava sem expressão. Seus olhos baixaram para observar a mão sobre a barriga de Mae. Ele engoliu em seco.

— Porra, Styx — Ky sussurrou.

Styx então olhou de volta para o rosto de Mae. Sua boca se abriu no maior sorriso que eu já tinha visto, e então ele a enlaçou pelo pescoço, puxando sua cadela contra si. Eu podia ouvi-lo sussurrar algo em seu ouvido e, logo em seguida, Mae começou a soluçar.

Abracei Maddie com mais força, sentindo cada gota de sua emoção no meu peito. Então meus olhos se fecharam quando a mão pequenina começou a acariciar minha barriga, e congelei quando seus lábios quentes pressionaram um único beijo acima do meu coração.

Todos os irmãos abraçaram Styx, menos eu, e mesmo que pudesse tocar o *Prez*, não estava disposto a soltar Maddie tão cedo. Eu queria levá-la para casa, para a nossa cabana e queria beijá-la um pouco mais... eu queria... Eu queria...

— Então precisamos esperar que eles ataquem de novo? — Ky perguntou a Mae. Ela balançou a cabeça.

— Não acho que Rider virá atrás de nós. Eu o conheço e pude ver em seus olhos. Não acho que a vida dele em Nova Sião seja tudo o que deveria ser. — Mae respirou fundo e, olhando para Styx, que ainda mantinha a mão sobre sua barriga, com o rosto inexpressivo, disse: — Acho que finalmente acabou para nós e para a Ordem. Sinto que Rider não virá atrás de nós. Sinto que ele finalmente viu o próprio erro.

— O filho da puta ainda merece morrer — Ky disse, sombriamente.

Assenti em concordância, meus dentes rangendo apenas imaginando esfaquear o rosto daquele filho da puta.

Mas Styx não respondeu, em vez disso, passou o braço em torno de sua cadela e foi em direção de sua moto.

Ky se virou para os irmãos.

— Acho que essa é a nossa deixa para voltar para a estrada. *Prez* quer sua cadela em casa e na porra da cama dele!

Não perdi tempo. Levantando Maddie em meus braços, caminhei pela grama até a minha moto e a coloquei no chão. Smiler e Bull arrastavam os corpos para longe, e eu estava feliz por ela não ter visto a chacina que fiz ali.

Subindo na moto, inclinei o queixo, indicando o banco.

— Suba.

Maddie olhou para o assento e balançou a cabeça.

— Nunca estive em uma moto antes.

Peguei sua mão e disse:

— Apenas suba e envolva seus braços em volta da minha cintura. Eu vou andar devagar. Você estará segura. Não vou deixar você se machucar.

Os ombros de Maddie cederam e, encontrando meus olhos, ela disse, baixinho:

— Eu sei.

Meu coração começou a bater forte novamente quando Maddie subiu atrás de mim. Seu vestido longo levantou e suas pernas nuas ficaram expostas ao lado das minhas. E não consegui desviar o olhar. Não conseguia parar de olhar para as suas pernas nuas; meu pau endureceu e empurrou contra a minha calça. E então, suas pequenas mãos envolveram minha cintura e eu gemi alto.

Ouvi Maddie soltar um suspiro agudo. Então ela depositou um beijo no meu ombro e agarrou minha cintura com mais força. Meus olhos se fecharam e tive que cerrar meus punhos para me acalmar.

Eu estava tão confuso. Não entendia esses sentimentos tomando conta

ALMA SOMBRIA

da porra do meu corpo. Tudo o que sabia era que Maddie nunca esteve tão perfeita como agora, abraçando minha cintura. E agora meu sangue estava quente por outro motivo. Não havia chamas, mas havia calor. Calor disparando direto para o meu pau.

Maddie respirou profundamente e sussurrou:

— Flame... — Fiquei tenso quando o tom da sua voz mudou e perdi o fôlego.

Dando partida na moto, disparei para a estrada. Dirigi devagar com Maddie em minha garupa. Meus irmãos já tinham desaparecido há muito tempo, e aqui nesta estrada havia apenas Maddie e eu. As mãos dela estavam abertas sobre a pele nua da minha barriga, seu hálito quente soprando no meu ouvido.

Cerrei os dentes, tentando me concentrar e recuperar o fôlego, mas tudo que conseguia pensar era em colar os lábios de Maddie nos meus... em sentir aquelas pernas nuas. As pernas que nunca tinha visto sob seus vestidos compridos. Então me perguntei como ela seria sem o vestido. Se a sua pele seria lisa em todos os lugares, e como seria a sensação do seu corpo nu pressionado contra o meu.

Gemi quando essa imagem encheu minha mente, então meu coração afundou quando pensei no que teria acontecido se Rider não as tivesse libertado. Se ela nunca voltasse para mim.

Minhas mãos começaram a apertar o guidão. Ainda tínhamos quilômetros até chegar em casa, mas eu precisava parar, precisava parar.

Virando para a esquerda, parei em um pedaço escuro de terra e desliguei o motor. Inspirei e expirei, enchendo e esvaziando os pulmões, Maddie ainda na minha garupa. Mas o sentimento não desapareceu, e tive que descer da moto. Comecei a andar ao lado da Harley, e depois olhei para cima. E os enormes olhos verdes de Maddie estavam fixos em mim, suas bochechas rosadas e seus lábios cheios. E aquelas pernas, aquelas pernas estavam à mostra.

Gemi e passei a mão pelo meu moicano, depois parei. Meu coração estava batendo tão forte quanto um trovão, e eu não conseguia parar de olhar para Maddie... para aquelas pernas nuas.

Então, com um longo gemido, me aproximei e joguei minha perna por cima do banco da moto, com as costas voltadas para o guidão, meus olhos focados em Maddie. Ela engoliu em seco quando me sentei diante dela, e me aproximei mais, minhas mãos subindo para pousar em suas bochechas. Maddie estava respirando com dificuldade, e, sentindo o calor de sua pele sob as palmas das minhas mãos, me inclinei e levei meus lábios aos dela.

Maddie suspirou contra a minha boca. Eu gostava da sua boca na minha, mas não era o suficiente, eu queria estar ainda mais perto. Queria chegar o mais perto possível dela. Não havia chama alguma me queimando, e eu precisava preencher a escuridão que havia em meu coração com a porra de sua luz.

Quando a boca macia se abriu, empurrei minha língua contra a dela, ouvindo-a gemer quando se tocaram. Ela estava quente e molhada e movi minha língua mais rápido ainda, mas não parecia ser o suficiente. Soltando uma mão do rosto dela, passei-a pelo braço, pela cintura e a coloquei na parte superior de sua coxa. Então a arrastei mais para baixo, até encontrar sua pele nua.

A língua de Maddie parou, e ao me afastar, encarei seus olhos. Nós dois estávamos respirando rapidamente, então olhei para baixo. Minha mão repousava sobre sua coxa desnuda. E eu não conseguia desviar o olhar daquela imagem. Sua pele era tão macia, tão pálida, e tive que mover minha mão. Eu precisava sentir a sua pele.

Minha mão começou a descer, e quando cheguei ao joelho de Maddie, voltei a subi-la até que estivesse no topo de sua coxa, meus dedos deslizando sob o vestido. Os quadris de Maddie rebolaram para frente e um suspiro chocado escapou de sua garganta. Seus olhos verdes estavam brilhando e meu coração apertou.

— Não tenha medo — eu disse enquanto passava meu dedo pela sua bochecha.

Seus olhos se fecharam com um suspiro, mas quando se abriram, ela respirou fundo e sussurrou:

— Não estou com medo. Eu... não posso explicar o que estou sentindo neste momento.

Meu pau estremeceu novamente, e gemendo, balancei a cabeça.

— Maddie, eu... eu... eu preciso...

— Eu sei — ela murmurou. Sua mão pousou no meu rosto. — Eu entendo você, Flame. E estou começando a me entender. O que você e eu somos um para o outro.

— E o que somos? — perguntei, rouco.

Maddie inclinou a cabeça.

— Tudo. — Meu coração pulou uma batida, então ela levantou a cabeça e disse: — Amor. — A mão de Maddie caiu sobre seu coração acelerado, e ela sussurrou: — Você, para mim, é o único a quem eu poderia amar.

Lutei contra minha garganta obstruída, mas com o que acabou de sair da boca de Maddie e minha mão tocando sua coxa, não consegui. Eu não conseguia respirar, porra. Gemendo, colei meus lábios aos dela mais uma vez, mas a mão delicada empurrou meu peito para trás.

— Flame. Leve-nos para casa — ela disse com firmeza.

Suas bochechas estavam vermelhas, mas assenti com a cabeça. Tirei minha mão de sua coxa e a fechei em um punho. Parecia diferente. Tocá-la com tamanha intimidade parecia diferente.

Então a mão de Maddie tocou a minha e ela disse:

— Vamos para casa. Eu quero... — ela respirou fundo e, inclinando-se para mais perto, com a testa tocando a minha, disse: — Eu quero ficar sozinha com você. Eu quero... tocar mais em você. Quero ver mais de você... Quero, eu acho... que preciso mostrar meu amor.

Soltando sua mão, eu me virei no banco. Minha pele estava em chamas. Minha alma estava em chamas. Mas desta vez, queria que aquele calor permanecesse. Porque estava incendiando as lembranças ruins na minha cabeça e me enchendo com a luz de Maddie.

Na minha cabeça, só havia a luz de Maddie.

Quando liguei o motor, suas mãos retornaram ao lugar de antes, ao redor da minha cintura, e meu pau estremecendo com o seu toque. E com a boca colada em meu ouvido, ela disse:

— Vamos para casa, Flame. Leve-nos para casa.

Ela não precisou me pedir novamente.

CAPÍTULO VINTE E DOIS

MADDIE

Eu não sabia o que estava acontecendo comigo. Mas era ao mesmo tempo aterrorizante e libertador. Meu corpo estava vivo com o toque de Flame. Na minha coxa havia uma marca, a marca abrasadora do toque de Flame.

E meu coração inchou quando percebi que seu toque não se parecia com o do Irmão Moses. Parecia... especial, certo, e me passava apenas coisas boas.

E, depois de temer que nunca mais o veria, quaisquer barreiras que ainda tinha ao redor do meu coração se desintegraram quando o vi correndo na minha direção. Esqueci de respirar, vendo seus olhos escuros se fixarem nos meus. Naquele momento, eu não tinha um passado, nem ele, éramos apenas *nós*. Um garoto e uma garota aliviados com o inebriante reencontro após uma separação.

E tudo o que eu queria que ele fizesse quando estava diante de mim era me abraçar. Queria me sentir pequena e protegida sob o peso de seus braços tatuados e perfurados. Queria sentir sua pele quente sob as minhas bochechas, e sentir seus lábios macios nos meus.

E ele fez o que pedi. Cuidou de mim tão suavemente. E pude ver o mesmo desespero para sentir o meu toque, refletido em seus olhos. E então outra coisa surgiu. Uma sensação entre as minhas pernas. Um desejo de ter mais dele. Porque – e eu tinha certeza disso –, eu nunca me sentiria assim por mais ninguém. Tão irracional e livre com o meu corpo e toque, tão à vontade e disposta de me jogar em seus braços.

E foi aí que eu soube. Soube que o que estava sentindo era amor. Tinha que ser. Porque era enorme e irracional, mas, ao mesmo tempo, parecia perfeito e verdadeiro.

E tinha que ser verdadeiro, porque na minha frente estava o meu Flame... e eu era a sua Maddie. Duas almas sombrias e dilaceradas, que se tornavam inteiras com o amor incondicional que um sentia pelo outro.

Meus braços se apertaram ao redor da cintura de Flame, e dei um beijo em seu ombro, sentindo o cheiro do couro do seu colete, enquanto a lágrima que rolava dos meus olhos era levada pela brisa fresca.

Flame ficou tenso, mas eu sabia que não era por aversão ao meu toque. Não, ele também estava sentindo a mesma sensação abrasadora que passou por mim, correndo por ele. E era inebriante, assustadora e deliciosa, da maneira mais bonita possível.

O complexo dos Hangmen apareceu à esquerda, e meu coração disparou, sabendo que em poucos minutos chegaríamos à cabana. E sabia que depois desta noite, nossas vidas mudariam para sempre.

Porque elas tinham que mudar.

Não havia como deter o que estava por vir, com a força de um furacão. E também não desejávamos que nada nos detivesse. Isso finalmente nos libertaria. Da única maneira possível – um com o outro.

Flame virou para o caminho de terra que levava à sua cabana. Ele parou e desligou o motor.

A noite estava quieta e as corujas piavam das árvores. Minhas mãos ainda estavam na cintura do Flame enquanto ele respirava profundamente. Contei até onze, e quando chegou ao doze, a mão dele soltou o guidão e se apoiou acima da minha em seu torso.

Por alguma razão inexplicável, meus olhos se encheram de lágrimas. Deitei a cabeça em seu ombro largo e respirei. Um vento suave nos envolveu. Inalando seu perfume natural, decidi descer logo da moto e me dirigir ao interior da cabana.

Eu podia senti-lo logo atrás de mim, e quando a porta se fechou, e ele a trancou, senti a temperatura da sala se elevar. Flame estava às minhas costas, e fechei os olhos, respirando fundo.

Minhas mãos tremiam de nervosismo, mas jurei a mim mesma que faria isso. Eu faria isso; não apenas para mim, mas por Flame também. Embora ainda presos pelo peso excruciante dos nossos demônios, precisávamos ser libertados. Precisávamos fazer isso, para, finalmente, sermos livres.

Forçando minhas pernas a seguir adiante, entrei no quarto. Quando cruzei a porta, a pequena cama pareceu dominar todo o ambiente. Os lençóis brancos que eu havia lavado e passado ainda estavam perfeitamente estendidos sobre o colchão. Engoli em seco, ansiosa.

Passos pesados entraram no quarto atrás de mim e pude sentir a presença de Flame às minhas costas, como se eu estivesse parada sob o calor do sol do meio-dia.

Respirando fundo, virei-me silenciosamente, apenas para ver o enorme corpo bloqueando a porta, as mãos fechadas firmemente ao lado.

Dando um passo para frente e sem olhar para cima, coloquei minha mão aberta na pele nua de sua barriga musculosa, movendo suavemente a palma para percorrer os desenhos dos seus músculos abdominais. O corpo inteiro de Flame tensionou e um longo silvo escapou pela sua boca.

Levantando a outra mão para também tocar sua pele quente, levei-as até o peito e tirei o colete de couro que ele sempre usava. O material pesado caiu no chão, deixando apenas seu torso nu totalmente tatuado e perfurado. Minhas mãos acariciaram seu corpo rijo, passando pelas cicatrizes e marcas de mordida de cobra de quando ele era jovem. Enquanto as pontas dos meus dedos traçavam essas cicatrizes, Flame respirou fundo, a pele se arrepiando. Mas ele não me deteve. Então, enquanto subia mais ainda em minha lenta exploração, me preparei para olhar para cima. E quando o fiz, deparei com seus olhos escuros me observando com uma expressão tão confiante que quase me deixou de joelhos.

Os lábios de Flame se separaram e ele sussurrou:

— Maddie...

Aproximando-me até que meu corpo encostou ao dele, levantei minha cabeça, procurando por um beijo seu.

Flame observou minha boca, depois ergueu as mãos frias e segurou meu rosto entre elas, inclinando a cabeça até alcançar meus lábios. Quando nossas bocas se uniram, seu toque era leve e suave sobre os meus.

Nunca me senti tão amada, tão segura, como naquele exato momento.

Sua boca se afastou e sua testa recostou-se à minha. Respirando fundo, ele murmurou:

— Você está com medo?

Meu coração pulou uma batida.

— Sim — sussurrei, sinceramente.

— Eu também — retrucou, tão suavemente que quase não escutei a sua voz.

Colocando as mãos em sua cintura, me banhei no seu calor e depois dei um passo para trás. Os olhos de Flame se concentraram nos meus o tempo todo.

Levando minhas mãos trêmulas ao meu longo cabelo bagunçado, comecei a retirar os grampos que ainda restavam, os que seguravam o que ainda sobrara do meu coque. Depois de seis grampos descartados no chão, os fios se esparramaram sobre meu ombro. Flame se moveu de um lado para o outro enquanto me observava, narinas dilatadas e mordendo os lábios.

Era estranho. Sempre me ressenti pela minha beleza. Sempre odiei o fato de os homens me acharem atraente. Mas agora, diante de Flame tão sem censura e sem barreiras, eu queria que ele me desejasse. Queria que ele perdesse o fôlego. Queria que ele ansiasse em tocar o meu corpo, me amar da forma como sempre sonhei que poderia acontecer. Sem o sofrimento e sem a crueldade.

— Maddie — Flame murmurou.

Estimulada pelo seu pedido, alcancei a parte de trás do meu vestido. Encontrando o zíper, o puxei para baixo. Os olhos de Flame brilharam quando a parte de cima deslizou pelos meus ombros agora nus.

Meus olhos se fecharam quando um súbito nervosismo invadiu meus sentidos, mas então ouvi sua aproximação, sentindo o calor do seu corpo vindo em minha direção.

Senti um dedo correndo ao longo do meu pescoço, depois descendo pelo meu ombro recém-descoberto. Ele viajou pela minha clavícula, depois parou no decote do meu vestido.

Com uma inspiração profunda, abri os olhos para ver a cabeça de Flame inclinar para o lado enquanto ele me observava. Embora seu rosto exibisse uma expressão vazia, seus penetrantes olhos escuros me diziam tudo o que eu precisava saber, tudo o que precisava sentir.

Ele queria isso.

Ele me queria.

Sem afastar o olhar de Flame, deixei meus braços caírem ao lado do meu corpo. O vestido deslizou até o chão em consequência, aterrissando em uma pilha disforme. Exalei um suspiro nervoso quando o ar frio na cabana tocou meus seios nus. A única coisa que protegia as minhas partes eram as pequenas roupas íntimas brancas.

O dedo de Flame ainda estava na minha garganta, e tremi ante seu olhar especulativo e atento. Ele estava imóvel como uma estátua. Mas seus olhos me exploravam, se deliciando com o meu corpo.

Um gemido baixo acabou escapando dos seus lábios, e ele murmurou:

— Porra... Maddie... — Então seus olhos se voltaram para os meus e ele sussurrou: — Minha. Minha Maddie... Minha linda Maddie...

Sentindo lágrimas nos meus olhos, o dedo de Flame se moveu suavemente e deslizou pelo meu peito para descansar entre os meus seios. Respirei fundo com a falta de familiaridade de um toque tão suave, então parei e soltei um gemido quando seu dedo foi para o meu seio direito, os dedos roçando a carne e circulando o mamilo.

— Flame — sussurrei quando seu toque acendeu faíscas entre as minhas pernas.

— Maddie — ele gemeu em resposta, movendo o dedo para o outro seio, repetindo a ação. Eu me senti pegando fogo enquanto ele explorava, sentindo-me perdida. Perdida em seu toque gentil; o mais gentil dos toques.

Então, quando Flame se aproximou ainda mais, senti seus lábios pressionando um beijo no canto da minha boca enquanto sua mão viajava para baixo. Virando a cabeça, capturei sua boca com a minha, exatamente quando suas mãos se detiveram no meu quadril, seus dedos enganchando nas laterais da minha calcinha.

Fiquei parada contra seus lábios quentes, enquanto as mãos de Flame puxavam minha roupa íntima pelas minhas pernas. Com nossas bocas ainda conectadas, olhei para cima e deparei com as pálpebras cerradas de Flame; suas narinas dilatadas enquanto ele respirava lentamente.

Então, como se estivesse sentindo meu olhar, aqueles belos olhos se abriram e uma vermelhidão intensa tomou conta de suas bochechas. Sentindo minha roupa íntima cair aos meus pés, afastei o material e estremeci diante da minha realidade. Eu estava nua, com um homem.

Assim que o medo começou a surgir, tentando assumir seu domínio, as mãos de Flame seguraram minhas bochechas e ele pressionou seus lábios suavemente contra os meus. Seu quadril pressionou ainda mais o meu, e pude sentir a evidência de sua excitação contra a minha coxa.

Então, murmurando contra a minha boca, Flame sussurrou:

— Eu quero você, Maddie. Eu quero você pra caralho...

Estimulada pela sua confissão e pelo desejo ardente que crescia entre minhas coxas, passei as mãos sobre seu peito largo, até o cós de sua calça de couro.

Flame sibilou, mas suas mãos estavam no meu cabelo, seus olhos me observando quando lentamente abri o botão superior.

Ele cerrou a mandíbula quando minhas mãos trêmulas foram até o zíper. Encontrando a peça de metal, puxei para baixo, sentindo a carne dura e quente tocar minha mão.

Dessa vez, Flame se moveu. Com um gemido alto, jogou a cabeça para trás e cerrou os dentes. A esta distância, eu podia ler claramente a tatuagem escura em suas gengivas, a que dizia Dor.

Hesitando em meu toque, quase afastei minhas mãos quando as de Flame se fecharam em punhos em meu cabelo.

— Continue — ele ordenou. — Maddie... continue...

Engolindo em seco com o tom gutural de sua voz rouca, continuei com a minha tarefa. Enganchando os dedos no cós da calça, puxei lentamente o material de couro, até que estivesse caído aos seus pés.

Nós dois paramos. Apenas respiramos enquanto percebíamos que agora estávamos nus, completamente nus, um para o outro. Flame inclinou a cabeça para a frente; seus lábios tremiam sob a sombra da barba por fazer, mas eu podia ver o desespero em seus olhos.

— Nós podemos fazer isso — sussurrei nervosamente ao me inclinar para frente.

Abafando um gemido, Flame assentiu e terminou de tirar a calça de couro. O medo me manteve cativa, de pé em frente a ele. Mas me forcei a dar um passo para trás e, quando o fiz, meu coração e minha esperança dispararam.

Flame estava diante de mim, com seus músculos grossos e tatuagens, com a sua masculinidade ereta e úmida. Mas o que me deixou sem fôlego foi o fato de sua presença iminente não me encher de pavor e medo. Porque esse homem diante de mim, aquele que minha alma amava, era minha segurança. O único homem com quem eu poderia ser tão livre e confiante.

O homem que estava consertando minha alma sombria e fraturada.

Recuando ainda mais, minhas pernas atingiram o colchão macio da cama. Pressionando a mão no lençol frio, deitei-me ali. Flame estava no centro do quarto, parecendo tão nervoso quanto eu. Estendi a mão e olhei em seus olhos, sussurrando:

— Venha para mim, Flame... por favor...

Com o corpo tenso, Flame caminhou lentamente adiante até se sentar no colchão. Nos deitamos em nossas posições habituais. Só que não havia nada de "habitual" dessa vez, nem neste momento.

Repousando a cabeça no travesseiro, levei minha mão para frente, com a palma virada para o colchão ao lado da cabeça de Flame. Ele, observando cada movimento que eu fazia com os olhos ardentes, refletia meu movimento. Um sorriso surgiu em meus lábios e, arrastando meus dedos para frente, os posicionei acima dos seus, suspirando com a conexão.

Os olhos de Flame se fecharam e, quando voltaram a se abrir, ele se aproximou ainda mais de mim, e colocou a mão calejada em volta da minha cintura, me puxando contra o calor de seu abraço. Ofeguei quando meus seios nus encontraram os músculos duros de seu peito.

Ficamos nos encarando até que Flame se inclinou e roubou um beijo. Seus lábios colaram nos meus, e, em segundos, sua língua entrou na minha boca. Encontrei sua doce invasão com a minha, gemendo com a sensação inebriante da minha pele nua contra a dele, bem como a de nossas bocas unidas.

Com um gemido baixo, as mãos dele me empurraram contra o colchão, e ele rolou seu corpo musculoso sobre o meu. Um grito escapou de meus lábios quando interrompi o beijo. O pânico percorreu meu corpo, a sensação do corpo forte de Flame trazendo lembranças dolorosas, até que meus olhos frenéticos se concentraram em seu belo rosto, e, imediatamente, me acalmei.

Uma lágrima escorregou do canto do meu olho. Flame se inclinou para capturá-la com seus lábios. Meu coração disparou pelo ato tão doce vindo de um homem tão poderosamente constituído. Então me acalmei; esse era o Flame. Esse era o *meu* Flame.

Relaxando no colchão, meus braços trêmulos se levantaram para se apoiar nos ombros fortes. Ao meu toque, ele também relaxou, e pude sentir seu comprimento duro pressionando contra a minha coxa. Mas desta vez não senti medo, apenas uma simples necessidade de me unir a ele, de todas as maneiras possíveis.

Os olhos de Flame se fecharam de repente e sua cabeça começou a se agitar em espasmos. Eu sabia que isso significava que ele estava tão nervoso quanto eu. Só que ele não sabia como expressar.

Passando as mãos pelo pescoço dele, enlacei meus dedos em seu cabelo. Flame suspirou, e quando seu olhar encontrou o meu, perguntei em voz baixa:

— Você está pronto?

Ele entrecerrou as pálpebras, e, franzindo a testa, confessou:

— Eu nunca fiz isso antes. Nunca estive com ninguém assim. Só com... forçado pelo... — Ele parou de falar quando seus braços enormes começaram a tremer. Meu coração deu um pulo quando soube o que ele estava me dizendo.

— Shh... — eu o acalmei e acariciei seu cabelo. — Eu também. Porque também nunca fiz isso antes. Não assim. Só com você. Para sempre, só com você. — Engoli de volta as lágrimas que queriam se derramar e sussurrei: — Só por você...

— Maddie — Flame disse. Chorei quando uma lágrima caiu de seus olhos. Inclinando-me para a frente, beijei a gota salgada, exatamente como ele fizera comigo. Afugentando os demônios dos nossos passados.

Por vários segundos, apenas respiramos, até que me obriguei a abrir as pernas, aninhando Flame ali dentro. O queixo dele se apertou quando seu comprimento pesou entre minhas coxas.

Eu podia sentir o medo, o nervosismo nos ameaçando. O ar crepitou com temor e tensão. Deslizando minha mão entre nossos corpos unidos, meus dedos encontraram o comprimento de Flame. Parei quando envolvi seu membro e ele gemeu alto. Então vi nos olhos dele, a pura necessidade.

— Faça amor comigo — murmurei contra seus lábios.

Flame gemeu e abaixou o quadril. Eu o direcionei para dentro de mim, e minha boca se abriu em um suspiro silencioso quando me penetrou com suavidade.

Nossos corpos tremeram enquanto nos tornávamos um só. Então, quando os braços grandes de Flame ficaram tensos, tremendo com a enormidade do que estávamos prestes a fazer, suas pálpebras se fecharam e ele sussurrou:

— Você é a minha Maddie... — E seu quadril investiu para frente, seu comprimento me enchendo por completo.

Precisando me manter neste momento, minhas mãos tocaram o pescoço de Flame. Um gemido agonizante surgiu de sua garganta. Então nós paramos enquanto ele estava dentro de mim.

Esperei que se movesse novamente, esperei seguir seus movimentos, mas quando olhei para cima, seu rosto parecia tomado pela agonia. Sua respiração estava descontrolada e o suor escorria pela sua testa. Minha mão levantou para acariciar a sua testa, e ele ofegou. Seus braços tensos tremiam e os olhos escuros assombrados se arregalaram.

— Flame? — sussurrei, sentindo meu nervosismo rastejar, olhando para o homem por quem me apaixonei tão profundamente.

Minha mão ficou em seu rosto e chamei sua atenção para mim.

— Flame? O que foi?

Cerrou as pálpebras e seus lábios empalideceram. Sua respiração parou, então, com um suspiro agudo, ele abriu os olhos e sussurrou:

— Não sei se consigo fazer isso.

Meu coração afundou com o tom sofrido de sua confissão.

— Por quê? Me diga o que está errado? — perguntei, gentilmente.

O olhar de Flame foi para os seus braços e ele disse:

— Eu preciso da dor. Para gozar... eu preciso da dor. — Ele piscou, depois piscou novamente. — Eu só sei como gozar sentindo dor. — Ele respirou fundo. — Não assim. Nunca fiz isso antes. — A atenção dele voltou para mim. — Eu quero, Maddie. Porra, eu quero muito isso. Eu preciso disso... mas preciso da dor. Sou fodido e preciso da dor para continuar com isso.

Flame levantou a mão e segurou a minha e as moveu lentamente para o braço. Tomando meus dedos, ele pressionou minhas unhas contra a pele do seu antebraço e as arrastou profundamente.

Flame sibilou e senti seu comprimento inchar dentro de mim enquanto minhas unhas marcavam sua pele. A cor surgiu em seu semblante. Com os olhos ainda fechados, ele soltou minha mão e exigiu severamente:

— De novo. Faça isso de novo.

Com uma mão receosa, movi meus dedos para o topo do braço de Flame e arrastei as unhas para o seu pulso em um movimento lento e forte. O quadril de Flame se chocou com força contra o meu, um grito agressivo deixando seus lábios.

Fiquei tensa pelo medo. Fiquei congelada no colchão, minhas mãos caindo para os lados. Tentei respirar, mas parecia que o ar não conseguia entrar nos meus pulmões.

Os olhos de Flame se abriram, no exato segundo em que uma lágrima escorreu pelo lado do meu rosto. Ele viu a gota cair no meu cabelo e recuou um pouco.

— Maddie? — murmurou. — Você está chorando.

Olhei para os arranhões que havia feito em seus braços, o vergão intenso e vermelho, e me senti enjoada. Balancei a cabeça no travesseiro.

— Eu não posso, Flame — disse em um som quase inaudível. — Não posso associar a dor a este ato. Não entre nós. — Afastei o rosto de Moses da minha cabeça e, encontrando seus olhos aflitos, disse: — Quero isso com você. Quero tanto isso com você... Mas não posso. Não posso lhe causar dor. Não está em mim... Não é como deve ser a nossa união. Precisamos que isso signifique mais. Precisamos que seja apenas nós, e não que seja sobre o nosso passado. — Tentei abafar a emoção que ameaçava me dominar.

Os músculos rígidos do peito de Flame ficaram tensos e estremeceram, e, devastado, ele disse:

— Não posso fazer isso sem que haja dor. Eu sou fodido da cabeça e preciso da dor. — Sua expressão entristeceu, e com o olhar perdido, sussurrou: — Maddie... Como fazemos isso? Eu quero tanto... mas acho que não... PORRA! — Flame rangeu os dentes e suas mãos agarraram os lençóis de linho.

Inspirando fundo, levantei minhas mãos para acariciar seu rosto barbado e sombrio. Flame suspirou derrotado, os ombros largos caídos. Seus olhos não encontraram os meus, seus olhos sempre se focavam aos meus, e quando se esquivou, meu coração despedaçou.

— Flame? — sussurrei. — Olhe para mim. — Flame olhou para mim através dos seus longos cílios pretos e eu disse: — Temos que fazer isso. Nós dois temos que fazer isso para seguir em frente. Sem medo. Sem demônios. Só nós. Você e eu. Flame e sua Maddie.

— Maddie — ele respondeu, abrupto, quase dolorosamente. — Eu não sei... não posso... a dor, eu preciso dela...

— Você me tem — interrompi, sentindo a força dessa afirmação ressoar em todas as minhas células. Flame parou, me observando com uma intensidade profunda. Corajosamente, rebolei o quadril e disse: — Precisamos fazer isso pela primeira vez. Precisamos fazer deste o primeiro ato de amor que já conhecemos. *Esta* é a noite em que perdemos a inocência, sem a dor. — Outra lágrima caiu do meu olho e acrescentei: — Ficamos sozinhos por muito tempo.

— Não sei como fazer isso sem dor — Flame disse em um tom desesperado.

Abaixando a cabeça, sua testa recostou-se à minha.

— Concentre-se em mim. Faça de mim seu único pensamento. Substitua a dor pela imagem do meu rosto. Meu toque... meu amor...

Flame deu um beijinho no lado da minha boca. E desesperada para passarmos por isso, passei a mão pelo braço dele sobre os arranhões que fiz. A culpa me envolveu e sussurrei:

— Sua dor me causa dor. Sua angústia me causa angústia.

Flame congelou, e olhando para minha mão, ele disse:

— Não quero lhe causar dor. Eu não suportaria lhe causar dor. Não a você.

A esperança encheu meu coração.

— Então tente. Tente fazer amor comigo sem os arranhões ou os cortes... sem as lembranças dolorosas do seu passado. Só *eu* e *você*.

Os olhos de Flame se fecharam, seu corpo completamente imóvel, então, entrelaçando os dedos aos meus, ele começou a se mover.

E as lágrimas caíram.

A cabeça de Flame estava aninhada no meu pescoço, e ao som dos meus suaves soluços, ele olhou para cima e em seus olhos também havia lágrimas. Meu coração se partiu ao ver esse homem se desfazendo na minha frente.

E então ele se moveu, soltando dolorosos gemidos frustrados, meu nome saindo pelos seus lábios. Onze vezes.

— Maddie, Maddie, Maddie, Maddie, Maddie, Maddie, Maddie, Maddie, Maddie, Maddie... — Um soluço seguiu quando ele gradualmente aumentou a velocidade, sua mão segurando firmemente a minha.

E as lágrimas não cessaram. Elas não pararam quando os gemidos de dor de Flame deram lugar a gemidos de prazer. Elas aumentaram junto com as minhas, sua masculinidade dentro de mim acendendo algo no meu sangue, em uma *crescente*, um acúmulo de sussurros sob a minha pele, uma luz brilhando atrás dos meus olhos.

A respiração de Flame mudou, e quando olhou para mim, seu rosto tinha uma expressão de descrença, meu dedo acariciou sua bochecha barbada.

— Maddie! — rosnou, seus quadris rebolando mais rápido enquanto seus braços grandes se levantaram para me prender na cama, nossos dedos ainda entrelaçados. Meu pulso aumentou quando as faíscas no meu sangue aumentaram com o calor. Incapaz de fechar os olhos, um grito saiu dos meus lábios quando um sentimento intenso tomou conta do meu corpo. Minhas costas arquearam, erguendo meus seios para roçarem contra o peito duro de Flame. Entrei em pânico com a sensação desconhecida, mas tudo o que podia sentir era Flame; na minha frente, em cima de mim... dentro de mim... dentro de mim...

Assim que meus olhos se abriram, o grande corpo do Flame ficou tenso, e, soltando um rugido ensurdecedor, estocou mais uma vez dentro de mim. E o calor encheu o meu corpo... O calor do Flame.

Apenas Flame.

Sem dor.

A respiração dele era irregular, os braços instáveis enquanto sua cabeça descansava na curva de meu pescoço. Depois, levantando a cabeça, seus olhos vidrados entraram em foco enquanto suas lágrimas se perdiam em sua barba.

Era como se o estivesse vendo pela primeira vez. Este homem, meu Flame, que pairava em cima de mim, havia me consertado novamente. Um soluço saiu de sua boca e ele murmurou:

— Maddie... minha Maddie... *minha*...

Meu coração parou quando olhei para o seu rosto incrédulo. Sem restrição, ou qualquer falsidade no meu coração, confessei:

— Eu amo você...

CAPÍTULO VINTE E TRÊS

FLAME

A mão da Maddie estava no meu rosto enquanto ela falava essas palavras. Então engoli em seco, balançando a cabeça.

— Não — respondi, meu corpo congelando de medo.

Maddie se afastou e sussurrou:

— É verdade, Flame. Eu amo você. Com todo o meu coração, eu sou sua. Tudo o que sou, é seu.

Engoli o nó que se formava, mas não podia acreditar nela. Eu queria, mas a voz *dele* estava na minha cabeça. *Ninguém nunca vai amar você, garoto. Você é um retardado. Ninguém nunca vai querer você.*

Meus olhos se fecharam e saí de dentro dela, gemendo com o movimento. Deitei de costas e olhei para o teto de madeira.

Flame... Eu amo você...

— Não — falei mais uma vez enquanto voltava a ouvir a voz de Maddie na minha cabeça me dizendo essas palavras. Levantei o braço e cobri meus olhos, bloqueando o mundo, então senti Maddie se mover. Senti seu peito pressionado contra o meu, seus seios firmes roçando a minha pele. Então seu dedo estava acariciando a extensão do meu braço, e suspirei ao perceber como o toque dela era capaz de me fazer sentir bem.

Abaixando meu braço, vi o rosto de Maddie focado em mim. Seus olhos verdes estavam brilhando, e ela sussurrou:

— Eu não minto. — Inclinando-se, ela pressionou seus lábios nos meus. Assim que nossas bocas se encontraram, as chamas no meu sangue esfriaram, e envolvi meus dedos em seu longo cabelo.

Quando Maddie interrompeu o beijo, seu dedo acariciou meu rosto e ela disse:

— Não sei por que você não acredita que é digno de ser amado, mas eu amo você, tão pura e honestamente que mal posso acreditar. — Seus olhos abaixaram quando a ponta do dedo traçou as tatuagens de chamas no meu peito. — Você me trouxe de volta à vida. — Ela riu e disse: — Você *me deu* a minha vida.

Meu coração batia forte, meu pulso disparou e, levantando as mãos, eu as abri, dizendo:

— Mas tudo que faço é machucar as pessoas. Eu faço elas irem embora. Ninguém consegue me amar. Não é possível.

— Flame, você tem que me dizer. O que aconteceu no seu passado para fazer você pensar isso? — Maddie perguntou ao se inclinar para frente até seu rosto pairar logo acima do meu. O dedo dela acariciou minha barba e ela disse: — Para fazê-lo pensar que seu toque faz mal... Para fazê-lo medir sua vida em onze... Eu quero conhecer você. Eu quero saber *tudo* sobre você.

Fiquei tenso quando ela pediu isso e pude sentir o suor brotando na minha testa.

— Maddie — sussurrei, abrindo meus olhos e os fechando novamente, tentando não voltar para lá. A pequena mão de Maddie estava unida à minha. Meus olhos se abriram e focaram em nossas mãos.

Maddie engoliu em seco e confidenciou:

— Eu tinha seis anos quando o Irmão Moses foi me buscar pela primeira vez. — A respiração de Maddie parou e sua voz voltou a sussurrar: — Eu estava sentada sozinha no meu quarto. Bella, Mae e Lilah já haviam sido levadas pelos anciões que lhes foram designados, porque eram mais velhas. — Ela desviou os olhos e continuou: — Lembro que estava sentada à janela, observando as pessoas da comuna cumprirem com as suas tarefas diárias. Lembro que estava sorrindo para uma borboleta flutuando pelo pátio do lado de fora.

A boca de Maddie se abriu em um sorriso gentil, que logo em seguida desvaneceu.

— Lembro-me de ouvir alguém na porta. E quando olhei, um homem alto e mais velho estava parado ali, olhando para mim, com os braços cruzados sobre o peito. Ele estava todo vestido de preto, e lembro-me de suas botas pretas. — Maddie sacudiu a cabeça. — Não sei por que me lembro daquelas botas. Talvez fosse o som que fizeram no chão, ou como o fizeram parecer tão alto e assustador... Mas me lembro de sentir tanto medo que fiquei paralisada. Durante anos, vi minhas irmãs sendo levadas pelos anciões e, toda vez que voltavam, elas sentiam dificuldades para caminhar. Elas ficavam caladas. Muito quietas.

Maddie fungou, mas não havia lágrimas em seus olhos. Então sua mão apertou a minha.

— Ele me disse que eu deveria ir com ele. Mas não consegui me mexer. Então ele se aproximou, suas botas soando como trovões no chão. E estendendo a mão, agarrou meu braço com muita força. Lembro de gritar com a dor, e ele sorriu para mim, com os dentes brilhando sob a barba comprida e escura. Pensando bem, sempre vejo esse sorriso quando fecho os olhos. Porque ele gostava que eu sentisse dor. Ele gostava de me causar dor.

— Maddie — sussurrei, mas ela olhou para longe e não pude detê-la. Sabia que ela estava perdida em suas memórias, assim como eu me perdia nas minhas.

— Ele me levou por um longo corredor até chegarmos a um quarto no final. Eu o observei abrir a porta e, quando ela se abriu, lembro de não conseguir compreender o que estava vendo. Havia cordas e correntes penduradas no teto. Algemas e correntes grossas presas às paredes, e no centro do quarto havia uma mesa. Uma mesa com algemas de todos os tamanhos para prender os pulsos e pés.

Fechei os olhos, incapaz de tirar essa cena fodida da cabeça. As mãos de Maddie começaram a esfriar.

— Ele me levou lá, Flame. Ele me levou pela mão e trancou a porta assim que entramos. Lembro de pular ao som da fechadura estalando, e então ele ficou na minha frente. Lembro que levantou a mão e acariciou minhas bochechas. Ele me chamava de sua linda menina má. Então ele se inclinou para frente e tirou minha touca. Lembro de ter medo de que fosse pecado expor meu cabelo — Maddie respirou fundo e, com uma voz embargada, disse: —, mas essa era a última coisa que deveria temer. Porque o que veio a seguir marcou o curso da minha vida, até que fui libertada há apenas alguns meses.

Os olhos de Maddie pareciam perdidos. Eu queria dizer algo para ela, mas as chamas no meu sangue estavam de volta com o pensamento de alguém a machucando. As chamas estavam no meu sangue, queimando minha carne com o pensamento daquele filho da puta machucando minha Maddie, levando-a para aquela câmara de tortura.

A mão pequenina apertou ainda mais e ela deixou escapar:

— Ele rasgou meu vestido pelas costas, Flame. Arrancou as minhas roupas íntimas. Ele me levantou nua e me colocou na mesa. Em segundos, me prendeu com o menor conjunto de algemas. Lembro de entrar em pânico porque não conseguia me mexer. Lembro de tentar me libertar. E

ALMA SOMBRIA

então me lembro de Moses estar, de repente, diante de mim, nu, segurando sua masculinidade nas mãos. Agora, olhando para trás, na época ele devia ter uns trinta anos. E eu tinha seis. Ele era muito mais velho que eu, mas me queria de uma maneira carnal.

A respiração de Maddie ficou presa na garganta. Eu a puxei para o meu peito para tentar acalmá-la. Então percebi sua tensão aumentar:

— Ele começou a me dizer que eu era má. Que minha aparência tentava demais aos homens, tornando impossível que resistissem, e que ele fora encarregado de purificar minha alma. Lembro dele subindo lentamente na mesa, seu corpo grande pairando em cima do meu, sua mão erguida e deslizando sobre o meu peito nu, seus dedos apertando meus pequenos mamilos. Eu estava tão confusa. Não entendia por que ele estava tocando nos meus lugares íntimos.

Maddie respirou fundo e continuou:

— E então ele estava deitado em cima de mim, entre minhas pequenas pernas abertas. Mas não consegui me libertar; e eu tentei me libertar. Mas não adiantou. Estava presa, e o Irmão Moses gostou daquilo. — O corpo inteiro de Maddie ficou tenso e seus olhos tremularam. — E então ele se empurrou para dentro de mim. Com tanta brutalidade e rudeza que me lembro de gritar tão alto que meus ouvidos tiniram. Temi estar sendo partida ao meio perante a dor intensa. Mas meu grito apenas o estimulou a estapear meu rosto, ordenando-me que calasse a boca. Ele não parou. Presa naquela mesa, ele me tomou várias vezes. Tantas vezes, que desmaiei. Quando acordei, estava de volta aos meus aposentos com Bella, Mae e Lilah, todas em volta da minha cama. E quando acordei, lembro de sentir a dor agonizante que provinha de minhas pernas. Olhando para baixo, vi sangue. Tanto sangue. — As lágrimas caíam livremente dos olhos de Maddie, mas ela as enxugou para acrescentar: — E isso nunca mais parou. De qualquer forma, os seus "ensinamentos" pioraram. Aprendi instantaneamente a temer aquele quarto. Depois de um tempo, aquilo se tornou a minha vida. E foi aí que morri por dentro.

Maddie piscou rápido e olhou para mim. Seu lábio tremeu e um sorriso triste surgiu em seus lábios carnudos.

— Até você aparecer, o mais improvável dos salvadores. Flame, você me salvou dele. Daquela vida... de nunca saber como era segurar a mão de alguém. Beijar e fazer um amor tão doce que ainda parece um sonho. Você não tem ideia de quão especial és para mim. — Maddie levantou as mãos unidas e disse: — Mesmo agora, olhando para as nossas mãos, estou aterrorizada com tudo isso na minha cabeça, de que estar aqui com você seja apenas mais uma fantasia que nunca será realizada. Que estou sentada à janela, desenhando um futuro que rezo para que aconteça, antes de piscar e dar-me conta de que está tudo na minha cabeça, que devo ficar contente em simplesmente observá-lo de longe.

Maddie se inclinou e pressionou os lábios na minha testa. Quando ela se afastou, suas mãos acariciaram meu cabelo.

— Mas então, sinto esse novo e desconhecido sentimento avassalador em meu coração, e sei que tudo isso *é* real. Que *fui* salva, novamente. Porque sinto medo e esperança pulsando ao mesmo tempo pelo meu corpo. Eu me sinto tonta e também nervosa. E não consigo respirar com o pensamento de ficar sem você, nem por um segundo. — A mão de Maddie baixou para descansar em meu rosto, e ela disse: — Então você pode até pensar que não pode ser amado. Mas no meu coração, na minha alma curada, apenas uma pergunta se repete: *como você pode não ser amado?* Porque para mim, você é a verdade. A minha verdade. Meu coração, é tudo você. — Maddie sorriu, a visão magnífica era como um soco direto no coração. — Eu amo você, Flame. E passarei o resto da minha vida tentando fazê-lo acreditar que é digno de ser amado.

Eu gemi ao ouvir essas palavras. Coloquei meus braços em volta do pescoço de Maddie, trazendo-a para o meu peito.

— Eu não suporto a ideia desse filho da puta fazendo o que fez com você — falei, rouco, abraçando-a firme.

Os braços delicados enlaçaram minha cintura e, com a bochecha pressionada ao meu peito, ela admitiu:

— E não posso suportar o pensamento de que alguém também machucou você. Mesmo agora, não consigo entender o que realmente aconteceu contigo. Sei que eles o machucaram na sua igreja. Sei que é porque você não vê o mundo como as outras pessoas. Mas... quem é *ele*? Quem é o homem a quem você se refere? Aquele que entra na sua mente? Quem o leva para a escotilha e lhe machuca? Acredito que foi algo como o Irmão Moses fez comigo.

Eu a abracei mais apertado enquanto pensava no rosto dele. A expressão séria e aqueles olhos que me encaravam com tanto ódio. Pensei na escuridão, no chão imundo... e nos gritos... nos filhos da puta gritando...

— Flame? — Maddie falou, me chamando da escuridão com um simples beijo no meu peito.

Eu a segurei mais apertado e confessei:

— Eu... Eu nunca contei isso a ninguém... — O ar saiu dos meus pulmões, eu podia ouvir a voz dele se aproximando: *"Seu merdinha do inferno. Você a tirou de nós e agora tudo o que ele faz é gritar. Aqui, cuide dessa porra..."*

— Shhh, Flame. Está tudo bem — Maddie me acalmou.

Eu me concentrei nas mãos dela em volta da minha cintura e em sua respiração suave no meu peito.

ALMA SOMBRIA

— As cobras não funcionaram — eu murmurei.

Maddie ficou tensa e seus braços se apertaram mais. Olhei para o teto e disse:

— A igreja, o veneno; nada disso funcionou. Por meses e meses ele continuou me levando de volta à igreja, de volta ao pastor Hughes. Mas nada do que fizeram adiantou. Ele disse que as chamas nunca iriam embora. Que eu era mau, e tudo o que tocasse também seria arruinado. Eu nunca fui bom em entender as coisas, em ser como as pessoas normais. E, com o tempo, eles desistiram de me levar à igreja. Mas os castigos *dele* pioraram.

— Quem é *ele*, Flame? — Maddie perguntou, e o rosto *dele* surgiu de novo na minha cabeça.

— Meu pai — eu sussurrei em resposta. Meu estômago doía ao falar seu nome em voz alta. — Ele disse que eu era mau. Que as chamas do inferno corriam em minhas veias. Ele tentou expulsá-las através de Deus. Em vez disso, ele me disse que eu pertencia ao diabo. Que eu era uma maldição para toda a família, porque o diabo me deixou lento e idiota.

— Flame — Maddie sussurrou, e ela levantou a cabeça para encarar meus olhos.

— Eu tentei, Maddie. Eu tentei muito falar com as outras crianças, mas nunca falava nada direito. Eu... eu não entendia o que dizia e que as faziam rir de mim, ou chorar ou fugir. Nunca entendi. Toda vez que acontecia, meu pai ficava mais furioso. E ele me batia, me mandava para o meu quarto porque disse que não suportava ficar perto de mim. — Respirei fundo e continuei: — Ele me via brincando no chão com meus brinquedos, e gritava comigo que eu era mau, gritava que era retardado. E a minha mãe... ele também gritava com ela. Ela tentava fazê-lo parar. Ela sempre tentava fazê-lo parar. Mas ele também a machucava. Quando meu irmãozinho nasceu, meu pai também gritava, para que ele parasse de chorar. Mas ele era um bebê, e os bebês choram o tempo todo.

— Você tem um irmão? Uma mãe? — Maddie perguntou, levantando a cabeça.

Meu estômago afundou e eu balancei a cabeça. Eu podia sentir o tique nervoso se intensificando. Meu corpo estremeceu e eu precisava me levantar, mas Maddie se moveu para deitar sobre o meu peito e suas mãos acariciaram meu rosto.

— Eles não estão vivos? — perguntou quando olhei para baixo, meu braço estava estendido, as unhas afiadas arranhando minhas veias.

Senti-me sufocar, a garganta muito apertada quando sussurrei:

— Maddie... eu matei eles. Eu os machuquei... eu os matei...

Maddie engoliu em seco e perguntou:

— Como assim? Fale comigo, Flame. Não guarde isso para si, onde causa dor. Compartilhe comigo. Deixe-me compartilhar a sua dor.

Meus olhos se fecharam e ouvi meu pai gritando na minha cabeça.

— Flame... fale comigo, por favor... — Maddie implorou, me levando de volta para aquele dia. De volta ao inferno...

Papai foi embora. Eu ouvi o bater da porta. Relaxei e deitei no chão sujo. Eu estava tão cansado. Com tanta fome. Mas não ousei me mover, ouvindo seus passos acima de mim. Se ele me pegasse dormindo, eu seria punido. E meu corpo doeria. O cinto doía e eu não queria mais sentir dor.

No momento em que recostei na poeira, ouvi pés se movendo acima de mim e depois parei. Eu me sentei e me arrastei de volta para o canto daquele buraco.

Meu coração começou a bater muito rápido, pensando que era meu pai, e arranhei meus pulsos para apagar as chamas antes que ele pudesse fazer isso por si mesmo. Eu não queria suas facas no meu braço novamente. Elas machucavam muito.

Então, enquanto eu cortava meu braço com as unhas afiadas, alguém deitou em cima da portinhola do alçapão. Eu congelei, meus olhos tentando ver através das rachaduras. Mas eu não conseguia ver nada.

Então uma voz desceu até o porão onde eu estava sentado.

— Filho, você pode me ouvir?

Meu corpo relaxou quando ouvi a voz da minha mãe.

— Mamãe? — sussurrei e a ouvi soluçar.

— Sim, sou eu. Você está bem?

— Dói — admiti, baixinho, e levantei meu braço para as rachaduras no teto do alçapão, apenas no caso de ela poder enxergar. Eu podia ver o sangue na minha pele. — Estou tentando, mamãe. Estou tentando apagar as chamas para que o papai não me leve de volta à igreja. Eu não gosto das cobras. O pastor me amarra e elas me mordem.

Mamãe fungou.

— Eu sei, querido. Eu sei que você não gosta delas. Eu também não.

Abaixei meu braço e disse:

— Papai diz que sou retardado. Eu acho... eu acho que isso é ruim. Porque ele me machuca quando me chama assim. Mas não entendo o que é isso.

Minha mãe soluçou de novo.

— Me escute, querido. Você não é retardado. Não importa o que digam, você não é retardado. Okay?

Assenti com a cabeça. Eu me levantei e tentei alcançar as tábuas do piso acima de mim, mas não consegui.

— Mamãe? — chamei. — Você pode me deixar sair? Está escuro e frio, e fico assustado aqui sozinho.

Minha mãe continuou chorando, porém mais alto desta vez. Minhas sobrancelhas se ergueram.

— Mamãe? Por que você está chorando?

Ela não disse nada por um tempo, então vi seus dedos aparecendo por uma grande fenda no chão.

— Você pode ver meus dedos, querido?

— Sim — eu respondi.

— Toque os meus dedos, querido... deixe-me tocar a sua mão.

Olhei em volta e vi um pouco de sujeira acumulada perto da parede. Movendo-me, coloquei meu pé na ponta e me levantei para tocar seus dedos. Assim que nos tocamos, respirei fundo. Eu amava a minha mãe. Ela era gentil e nunca me xingava.

Mamãe chorou mais alto e apertou os dedos ao redor dos meus.

— Mamãe? Você pode me tirar daqui agora?

— Eu não posso — ela chorou. — Seu pai trancou você aí e eu não tenho a chave.

Meu coração afundou.

— Okay — eu sussurrei.

— Querido... — minha mãe chamou.

Olhei para cima, tentando vê-la, mas não consegui. A voz dela mudou. Eu notei.

— Sim, mamãe?

— Eu preciso... preciso que você saiba que amo você. Eu o amo muito, querido... mas estou cansada. Estou tão cansada.

Os dedos da minha mãe apertaram os meus e percebi que eles estavam tremendo.

— Mamãe, por que sua mão está tremendo? — perguntei.

Mamãe chorou. Ela chorou e chorou, e não parou por um bom tempo. Então sussurrou:

— Eu amo você, querido, tanto... Você é tão especial para mim. Mesmo se for diferente, você ainda é o meu garotinho. Mas... — Ela respirou fundo. — Mas não posso ficar. Eu não posso ficar...

Meu coração pulou de medo e agarrei seus dedos com mais força.

— Não, mamãe. Não me abandone. Não me abandone. Eu não quero que você vá. — Mas seus dedos começaram a se afastar. — Não! — gritei e tentei segurá-los com mais força. Mas não consegui.

— Cuide do seu irmão, querido. Proteja-o e o mantenha a salvo — ela sussurrou, depois seus dedos desapareceram.

— Mamãe! — gritei, mas meu pé escorregou no amontoado de sujeira e eu caí no chão duro.

Os passos da minha mãe se afastaram do alçapão e a ouvi dizer:

— *Eu amo você, querido. Me desculpe... me desculpe...*

Dobrei os joelhos e os pressionei ao peito e comecei a me balançar. Então a casa ficou em silêncio. E eu chorei. Chorei porque ela me deixou. Ela me tocou e depois foi embora.

E me deixou aqui com ele...

Abrindo os olhos, coloquei a mão no rosto de Maddie.

— Ela estava na cama. Ela nunca saiu da casa, como pensava. Ouvi meu pai gritando do quarto deles quando chegou em casa. Então ele foi até ao alçapão e me arrastou para fora. Ele não disse nada, apenas me arrastou para o quarto deles. E lá estava ela, coberta de sangue, ainda deitada na cama. — Mexi as mãos e apontei para os meus pulsos. — Sangue estava saindo dos seus pulsos. E havia uma faca ao lado dela. Uma faca longa e afiada.

— Ah, não, Flame...

— E o meu irmãozinho estava no berço ao lado da cama, gritando a plenos pulmões. Meu pai estava andando de um lado para o outro, as mãos segurando a cabeça. Mas eu não conseguia parar de olhar para a minha mãe. Eu não conseguia parar de olhar para o sangue... então vi os olhos dela. Eles pareciam estranhos. Estavam olhando diretamente para mim, mas não havia vida neles. Isso me fez sentir tão triste. Lembro do meu peito apertando e minhas mãos começando a tremer, por causa do sangue, porque ela não estava se mexendo e por causa dos olhos.

Suspirando, continuei:

— Um som saiu da minha garganta enquanto olhava para o rosto pálido dela. Quando meu pai escutou, ele se virou. O seu rosto ficou vermelho e ele apontou para mim: *"Isso é culpa sua, seu retardado de merda. Você fez ela fazer isso. O mal em suas veias a fez fazer isso. Você é uma maldição, uma maldição sobre a porra dessa família!"*

— Eu não sabia como eu tinha feito aquilo, mas depois lembrei que a havia tocado. Meu pai não me permitia tocar em ninguém. Eu tinha muito medo de tocar em alguém, no caso de machucá-los, mas eu segurei os dedos da minha mãe. E sabia que meu toque a matou. Então ele veio até mim e agarrou minha nuca. Ele me arrastou pela sala, machucando meu pescoço, até chegarmos ao alçapão. Ele abriu a portinhola e, quando olhei para baixo, tudo o que pude ver foi a escuridão. Balancei a cabeça, porque não queria entrar ali novamente. Eu tinha medo do escuro e queria estar com a minha mãe e meu irmãozinho no outro quarto. Não queria que minha mãe se fosse. Eu a queria de volta. Porque ela foi a única pessoa que sorriu para mim. E eu não queria deixar de vê-la sorrir novamente. Não queria ficar sozinho com o meu pai. Porque ele me odiava.

Maddie se inclinou para frente e deu um beijo na minha mandíbula. Mas não consegui parar, eu precisava que ela soubesse o resto. Precisava que ela soubesse tudo.

— Ele me jogou lá de novo, Maddie. Ele me jogou no porão e fechou a porta. Eu gritei para ele me deixar sair, mas ele não voltou. Ele me deixou lá, sozinho. Estava muito frio, mas ele me deixou lá de novo.

— Por quanto tempo? — A voz de Maddie vacilou. Eu balancei a cabeça.

— Eu não sei. Mas estava com fome, cansado e com frio. Eu podia ouvir meu irmãozinho gritando o tempo todo. E podia ouvir meu pai berrando com ele, ordenando que calasse a boca. Eu me balancei para frente e para trás, tentando bloquear os gritos, tentando me aquecer. Então a porta se abriu. Corri para o lado do pequeno porão, a luz brilhante ferindo meus olhos. Meu pai pulou lá para baixo. Eu podia sentir o cheiro do álcool em sua respiração, e na mão ele segurava a faca que tinha visto na cama da minha mãe. Aquela com a qual ela cortou os pulsos.

— Flame, você não precisa continuar — Maddie disse, suavemente. Quando olhei para seu rosto, lágrimas deslizavam em abundância.

— Eu preciso — resmunguei em resposta e levantei a mão de Maddie para o lado da minha cabeça. — Quero que você me entenda. Que saiba tudo sobre mim. — Bati na minha têmpora. — Aqui.

— Flame — sussurrou, chorando, mas continuei. Eu precisava.

Mesmo agora, quando fecho os olhos, ainda consigo sentir o cheiro do álcool no hálito do meu pai. Meus músculos ficaram tensos, mas eu tinha que continuar:

— Tentei me esconder no canto, mas meu pai estendeu a mão e me puxou para ficar em pé. Ele me empurrou contra a parede e usou a faca para cortar minhas roupas. Eu queria gritar, mas não suportava o som de gritos. Então mantive a boca fechada. E então senti. A lâmina cortando as minhas costas, a dor fazendo minhas pernas tremerem. E meu pai começou a contar: "Um..." Ele contou cada um dos cortes que fez. E senti a dor, mas não gritei. Não aguentava os gritos. Mas meu pai ficou com mais raiva e continuou cortando. Continuou contando até chegar em onze cortes. Ele sempre parava no onze, nunca chegava a doze. A contagem nunca chegou a doze.

Respirei fundo e continuei:

— Então ele deu um passo atrás e pensei que tinha terminado. Pensei que tivesse terminado de tentar apagar as chamas. Mas então ouvi o zíper da sua calça jeans abaixar e senti o calor do peito dele nas minhas costas.

Passei os braços em torno de Maddie, tentando não voltar até lá. Tentando não sentir o hálito fétido e quente dele no meu rosto. As mãos dele no meu quadril.

— Estou aqui com você, Flame — Maddie sussurrou. — Estou aqui. Você não está lá com ele.

— Maddie — gemi, tentando aguentar firme.

Mas eu precisava contar para ela. Precisava seguir em frente:

— Ele abriu as minhas pernas e primeiro usou o dedo. Segurei meu grito, mas isso apenas o deixou mais irritado. *"Eu vou tirar o diabo da sua carne pecaminosa e contaminada."* E assim ele fez, porque depois do dedo, ele me penetrou completamente. Ele me penetrou incontáveis vezes. E voltou noite após noite. Ele cortava minhas costas com a faca, sempre contando até onze. Eu nunca soube por que ele contava até onze. Então ele me fodia. Me fodia até que eu não conseguisse andar, então me deixava no escuro, nu e com frio no chão imundo; sozinho na escuridão.

Maddie soltou um soluço.

— Meu Deus, Flame. Eu sinto muito... Sinto tanto... — Mas não terminei, meus braços se apertaram com tanta força ao redor do pequeno corpo de Maddie que ela ofegou e olhou para cima. — O que foi, Flame? O que mais tem para contar?

— Meu irmão — sussurrei, sentindo uma dor fervilhante percorrer meu corpo. — Meu irmão mais novo, Isaiah.

Comecei a contar a pior parte de todas. Era tudo muito vívido na minha cabeça. Real pra caralho, tanto que era como se eu estivesse de volta no tempo e lugar. Logo quando fiz oito anos, e tudo mudou. De volta à porra da escuridão, revivendo cada minuto...

Eu podia ouvi-lo gritando novamente. Ele estava chorando há dias. Algo estava errado. Algo tinha que estar errado. Mas papai não o levou ao médico; ele não acreditava nos médicos. Dizia que o Senhor nos curaria se nossas almas fossem puras o suficiente

ALMA SOMBRIA 213

para serem salvas. Mas meu irmão não parava de gritar. Eu o ouvia gritar por dias enquanto me sentava naquele porão, na mais completa escuridão.

Meu corpo ficou tenso quando ouvi a porta da frente se abrir e os passos pesados do meu pai soando no assoalho. Eu podia ouvir o barulho das garrafas e sabia que ele tinha saído para beber ainda mais. Minhas pernas pressionaram juntas quando soube o que aquilo significava; que ele viria atrás de mim hoje à noite, ou agora, ou a qualquer hora que fosse.

Estremeci quando escutei meu irmãozinho chorando de novo. E então ouvi um estrondo e o meu pai gritando:

— Cala a boca! Cala. A. Porra. Da. Boca!

Mas meu irmão chorava mais e mais.

Cobrindo os ouvidos com as mãos, comecei a me balançar; contando até onze enquanto me balançava para frente e para trás. Para frente e para trás.

Uma luz acendeu no andar de cima, o brilho doloroso entrando através das pequenas rachaduras da portinhola. Quando a luz reluziu sobre a minha barriga nua, olhei para baixo e fiz uma careta. Eu podia ver minhas costelas. Minha barriga tinha sumido e os meus dedos pareciam pequenos e finos.

Pulei quando meu irmão chorou de novo. Ouvi meu pai gritar:

— Estou cansado de vocês dois arruinando a porra da minha vida. O retardado e o maldito que não para de gritar!

Meu coração começou a acelerar quando o choro do meu irmão soou mais próximo. Os passos do meu pai chegaram cada vez mais perto, então a fechadura da porta acima de mim se abriu e corri para o canto da cela.

Minhas unhas arranharam a pele por cima das veias quando meu pai saltou para baixo.

A luz do andar de cima inundou minha pequena cela e, quando olhei para cima, gemi. Meu irmão estava gritando nos braços do meu pai. Isaiah estava todo vermelho e o suor cobria seu corpinho. Meu pai estava com uma faca na mão. Quando encontrei seus olhos, ele se abaixou e jogou a faca aos meus pés.

Era a faca que minha mãe tinha usado para cortar os pulsos.

Encarei a faca, tentando imaginar o que ele queria que eu fizesse. Andando para frente, ele colocou meu irmão ao meu lado. Olhei para Isaiah e me pressionei ainda mais na parede sem reboco. Eu não podia tocá-lo. Não podia tocá-lo. Eu o machucaria, como fiz com a mamãe.

Meu pai levantou e olhou para baixo.

— Você matou a sua mãe, agora vai cuidar desse fedelho que só sabe gritar. Estou cansado de vocês dois.

Entrei em pânico quando ele começou a se afastar.

— Não, não vá... — implorei. Levantei meus braços para que ele visse os arranhões e o sangue que havia tentado expulsar do meu corpo. — Vou me esforçar mais para tirar as chamas. Vou me esforçar mais... eu... eu amo você — sussurrei e levantei

TILLIE COLE

ainda mais meus pulsos ensanguentados.

Mas meu pai não respondeu, e saiu pela porta, tão bêbado que quase caiu. Ele bebia ainda mais desde que a mamãe morreu.

— O nascimento de vocês dois foi a pior coisa que já aconteceu comigo. Eu nunca poderia amar você. Ninguém jamais poderia amar um pecador como você.

Então a porta se fechou, prendendo a mim e meu irmãozinho lá dentro. E então, ele começou a chorar. E então, ele começou a gritar. O barulho dos seus gritos feriu meus ouvidos. Mas ele não parou. Ele nunca parou de chorar.

Horas e horas se passaram e ele não parou. A luz ainda estava acesa no andar de cima, mas eu não ouvia meu pai desde quando nos deixou aqui. Estava com fome, com sede, mas ele não voltou.

E Isaiah piorou.

Quando me inclinei, ele estava olhando para mim, mas sua respiração mudou. Era profunda e lenta, mas seus olhos escuros, como os meus, estavam olhando para mim, seus braços finos estendidos para mim.

Meu estômago doía quando eu disse:

— Eu não posso tocar você... eu vou te machucar... — Mas ele continuou chorando. Ele continuou gritando até eu não aguentar mais.

Fechei as mãos em punhos enquanto lutava contra as chamas dentro de mim. Enquanto orava a Deus para que elas não o machucassem. Mas meu pai já tinha desaparecido há tanto tempo que não achei que voltaria tão cedo. Então a respiração de Isaiah se tornou mais superficial, mas ainda podia vê-lo olhando para mim. E eu tinha que segurá-lo. Ele estava assustado e machucado... como eu.

Eu tinha que abraçá-lo.

Prendendo a respiração, soltei um grito e estendi a mão, pegando-o em meu colo, embalando-o em meus braços.

Mas sua pele não estava quente agora. Meu irmãozinho estava muito frio. Seus olhos eram estranhos; vidrados. Mas ele continuou olhando para mim, e comecei a balançar, como a mamãe costumava fazer. E eu cantei: "Brilha, Brilha, Estrelinha", como a minha mãe costumava fazer. Minha garganta doeu ao cantar. Eu estava com muita sede, mas cantei para fazer Isaiah se sentir melhor.

Eu queria que ele se sentisse melhor.

— Brilha, Brilha, Estrelinha... Quero ver você brilhar... Lá no alto, lá no céu... Num desenho de cordel...

Mas não ajudou.

— Eu não quero machucar você — sussurrei quando parei de cantar e ouvi seu peitinho magro crepitar. *Mas mamãe me pediu para cuidar dele, para protegê-lo.*

Então comecei a contar. Contei sua respiração, e o tempo todo, nunca desviei o olhar do seu rosto minúsculo.

— Um — sussurrei, enquanto ele respirava fundo e lentamente *—, dois —* continuei, abraçando-o mais forte no meu peito *—, três —* contei, mas as suas respirações

ALMA SOMBRIA

estavam diminuindo —, quatro, cinco, seis, sete, oito, nove, dez... — Notei que seus bracinhos ficaram flácidos, a pele mais gelada, mas seus olhos ainda estavam abertos e olhando para mim. Então esperei sua próxima respiração. Contei: — onze... — E esperei. Esperei um pouco mais. Mas nada aconteceu. Meu corpo começou a tremer. Os olhos escuros de Isaiah estavam imóveis, seu corpo estava muito parado.

Movi meus braços, tentando fazê-lo respirar. Mas ele não se mexeu.

— Doze — sussurrei, desesperado para ele chegar ao doze.

Meus braços começaram a tremer. Mas Isaiah não se mexeu. Comecei a balançar para frente e para trás como tinha visto minha mãe fazer quando ele estava em seus braços.

— Doze... por favor... chegue a doze... — Mas quando me mexi, seus braços finos penderam. Ele inclinou a cabeça para trás, os olhos ainda arregalados, mas ele não me encarava mais.

Isaiah tinha ido embora... assim como a mamãe...

Ele também me deixou.

Eu o machuquei... eu o fiz me deixar também...

Virei a cabeça e meus olhos estavam embaçados ao lembrar do pequeno Isaiah. Pisquei para afastar as lágrimas. De repente, Maddie estava na minha frente e chorando, seus braços enjaulando meu rosto.

— Meu toque o matou, Maddie — confessei em um sussurro, e enlacei seu corpo.

— Shh... — Maddie disse com a voz entrecortada, enquanto ninava minha cabeça em suas mãos. — Você não fez isso. Foi o seu pai. Ele deixou você lá para morrer. Seu irmão estava doente e ele o deixou com você. Sem ajuda médica. Você não o matou, Flame. Seu toque não machucou o seu irmão ou a sua mãe. Foi a negligência do seu pai.

Maddie se inclinou para trás.

— Mas ele não foi até doze. Onze. Eram sempre onze. Onze cortes nas minhas costas e depois onze respirações do Isaiah. Por que são sempre onze? Por que ele sempre contava até a porra do onze? Nunca consegui tirar o número onze da cabeça. Tudo é onze.

Maddie me abraçou e disse:

— Eu não sei. — Abaixei a cabeça, ouvindo-a sussurrar: — Era um nome tão bonito. Isaiah.

Eu respirei fundo.

— Meu nome era *Josiah* — confidenciei, pela primeira vez na vida. — *Josiah William Cade*.

Levantando o olhar, vi uma lágrima rolar pela bochecha de Maddie. Seus dedos acariciaram minha barba e sua boca entreabriu.

— Josiah William Cade — ela sussurrou e se inclinou para pressionar um beijo nos meus lábios.

— Eu odeio esse nome... *Josiah* — rosnei.

Maddie assentiu em compreensão.

— Eu entendo, como também odeio meu nome, Magdalene. Estou feliz por você ter compartilhado seu nome de batismo comigo. Estou feliz que tenha compartilhado tudo. Porque agora, Flame, sabemos tudo o que há para saber um sobre o outro. Tudo.

Sentindo-me esgotado, recostei a cabeça, puxando Maddie para o meu peito. O quarto estava silencioso. Tentei bloquear as memórias novamente. Mas não pude. Elas não iriam embora. Então, quando meus olhos se fecharam, senti o beijo suave de Maddie, acima do meu coração.

— Eu amo você, Flame — ela sussurrou.

Respirei fundo e fechei os olhos com força, as imagens desaparecendo. Eu a abracei, abri a boca e sussurrei em resposta:

— Eu... Maddie... eu também amo você...

CAPÍTULO VINTE E QUATRO

MADDIE

Quando a manhã chegou no dia seguinte, a luz se infiltrou através das finas cortinas da janela. Abri os olhos e, instantaneamente, me senti quente. Dois braços grandes me rodeavam com força e minha bochecha estava contra a pele cálida.

E eu sorri.

E meu coração inchou.

Flame. Eu estava dormindo ao lado do Flame. E melhor ainda, ele estava dormindo comigo. Ele estava dormindo... em uma cama, como ele merecia. Fechei os olhos, ouvindo sua respiração lenta e ritmada, e me senti contente.

Fiquei deitada, encarando a luz que entrava no quarto e pensei na noite passada. Em tudo o que aconteceu. O Profeta Cain nos libertando, ver Flame chegando para me levar para casa, seu beijo na moto, depois fazendo amor; Flame parando, mas depois ambos encontrando uma maneira de seguir adiante. Meu estômago apertou quando me lembrei dele explicando sobre seu irmão, sua mãe e aquele homem horrível que ele tinha como pai. Não era de se admirar que ele acreditasse tanto que o seu toque poderia ferir alguém. Sua mãe tirou a própria vida, provavelmente devido aos maus-tratos sofridos, e seu irmão morreu por negligência. A única coisa que ele ouviu a vida inteira, era que era mau. E Flame era muito mais. Muito mais do que ele sequer imaginava.

Pensei naquele primeiro dia em que acordou nesta cabana. Acreditando que alguém estava atrás de mim, se preparando para me machucar. E Flame o distraiu, para me salvar. O distraiu, cambaleando, sem forças, até o alçapão que construíra no chão, onde passara a se masturbar e se cortar ao mesmo tempo. Embora não tivesse prazer algum nesse ato. E agora eu sabia que ele revivia o que sofrera nas mãos do pai, tomando-o todas as noites, fazendo os cortes no próprio corpo. Ele cresceu acreditando que seu orgasmo deveria ser alcançado através da dor. Sua libertação; apenas mais uma expulsão do mal que vivia dentro de seu corpo.

E o número onze. Sempre onze vezes. Sua vida era medida até aquele número. Flame sempre revivia os cortes da faca do seu pai e as últimas onze respirações da curta e trágica vida do seu irmão mais novo.

Meus braços em volta de sua cintura instintivamente o seguraram mais apertado. Acordado com o meu toque, o senti se mover sob as minhas mãos, seu peito imóvel enquanto agora ele tocava freneticamente as minhas costas. Ele estava se certificando de que eu realmente estava aqui.

Levantei a cabeça, apenas para encontrar os intensos olhos escuros que tanto adorava.

— Bom dia — cumprimentei, sentindo um rubor correr pelas minhas bochechas. Os olhos de Flame correram sobre o meu corpo nu e ele mudou de posição.

— Maddie... — ele respondeu. Eu lentamente subi pelo seu corpo para alcançar sua boca. Certificando-me de que meu beijo era bem-vindo, e vendo seus lábios um pouco separados, abaixei-me e timidamente pressionei meus lábios aos dele.

Parecia tão precioso quanto na noite anterior, o mesmo frio na barriga como senti na primeira vez em que nos beijamos. Eu me afastei e, acariciando seu cabelo, perguntei:

— Você está bem?

Os olhos de Flame continuaram observando a minha boca e ele assentiu com a cabeça.

— Sim.

Um sorriso apareceu na minha boca quando questionei:

— E você dormiu?

Flame soltou um suspiro aliviado.

— Sim. Eu sempre durmo quando você está aqui.

— Então isso sempre acontecerá... — sussurrei.

Senti Flame gemer quando seu comprimento ereto pressionou contra a minha coxa. Meu coração acelerou, fazendo-me ansiar pelo seu toque.

— Flame? — eu disse, baixinho, e vi sua mão na minha. — Você quer tomar banho comigo?

Suas narinas inflaram, acompanhadas por um único aceno com a cabeça. Soltei-me de seu abraço e saí da cama. Quando a brisa fresca da manhã me envolveu, de repente, me senti muito nua. Cobri meus seios com os braços, mas a mão de Flame as puxou para baixo.

— Não — ordenou, e eu corei novamente.

Sentindo os olhos de Flame me observando, fui direto para o banheiro e abri a torneira. O vapor da água quente enevoou o ambiente. Distraída, encostei-me à pia enquanto esperava a banheira encher. Flame apareceu na entrada do banheiro. Seu grande corpo coberto de tatuagens estava nu, os músculos trabalhados se moviam a cada passo.

Perdi o fôlego quando seu olhar focou no meu. E aquela sensação familiar de necessidade voltou a crescer entre as minhas pernas. Flame entrou no banheiro e parou na minha frente. Sua mão levantou e afastou meu cabelo do rosto. Ele segurava uma mecha entre os dedos.

— Sempre gostei do seu cabelo.

Eu sorri. Estendi a mão e tracei a pele sob seus olhos.

— E eu sempre gostei dos seus olhos. — Flame soltou um suspiro rápido pelo nariz.

— E agora eu os amo... assim como amo você — declarei, me aproximando ainda mais.

Sua mão ficou imóvel no meu cabelo, e seus olhos se fecharam, como se estivesse desesperado por ouvir essa confissão dos meus lábios. Com o coração cheio, segurei sua mão. Os olhos de Flame se abriram e eu o levei à banheira agora cheia.

Guiando-o ao meu redor, gesticulei para que entrasse na banheira primeiro. Ele entrou, reduzindo o espaço consideravelmente e depois estendeu a mão para mim. Não hesitei. Segurei sua mão e fiz exatamente o que me pedia. Flame me puxou para o calor de seus braços na mesma hora, suspirando profundamente tamanha a felicidade que sentia.

Ficamos em silêncio por alguns minutos, saboreando a água relaxante, então peguei o sabonete e ensaboei as mãos.

— Posso cuidar de você? — perguntei ao me virar para ele.

Flame assentiu com a cabeça e, tocando seu corpo repleto de tatuagens e cicatrizes, comecei a lavá-lo, mostrando através daquele gesto o quanto ele significava para mim. Passei sabonete em seus braços e tórax. Durante todo o tempo em que fazia aquilo, seus olhos nunca se afastaram dos meus. Então, quando minhas mãos desceram para o abdômen rígido, ele segurou o meu pulso. Olhei para cima, em pânico, mas a expressão suave em seu rosto rapidamente aliviou qualquer preocupação. Esperei que ele falasse alguma coisa, até que finalmente murmurou:

— Ninguém nunca cuidou de mim assim antes.

Meu coração se partiu porque, por mais que minha vida tenha sido difícil, e por mais que eu tivesse evitado o afeto delas, ainda assim, tive a presença de minhas irmãs. Mas para o Flame... não havia ninguém.

Inclinando-me, até que meus seios pressionassem contra seu peito musculoso, eu disse:

— Isso é passado. Porque agora cuidarei de você todos os dias pelo resto de nossas vidas. Você é o meu Flame. Sempre vou valorizar você. Mais do que jamais saberá.

Os olhos de Flame brilharam e, com as mãos firmes no meu cabelo, ele me puxou até sua boca. O beijo começou doce e tímido, mas não demorou muito para que um calor incrível crescesse entre nós. As mãos de Flame deixaram a segurança do meu rosto e desceram pelas minhas costas, foram para o meu quadril, e pararam sobre as minhas coxas. Eu podia sentir seu comprimento duro pressionando contra mim enquanto ele se remexia. Quando um longo gemido saiu de sua boca, eu o deixei guiar minhas pernas para os lados do seu corpo, montando-o. Afastando minha boca de Flame com um gemido ofegante, pressionei a testa à dele, e com as mãos trêmulas, acariciei suas bochechas.

— Vá em frente, Flame. Quero senti-lo dentro de mim novamente. Preciso sentir você dentro de mim.

Apreensão se fez nítida em seu rosto.

— Concentre-se apenas em mim, Flame. Nenhuma dor é necessária. Sem medo. Só nós, lembra?

Ele gemeu e depois se moveu, com uma mão segurando minha cintura. Quando o senti na minha entrada, ele parou, seus músculos tensos. Observei quando cerrou suas pálpebras, e me abaixei sobre ele. Os olhos de Flame se abriram enquanto ele me enchia por completo.

— Maddie — gemeu enquanto se enfiava por inteiro em mim. Sentei-me em cima dele, minhas mãos segurando seu rosto, minha cintura envolta por seus braços fortes.

Nós respiramos.

Então senti. A paz e o amor que Lilah alegou sentir quando estava com Ky. E eu sabia que nada tão precioso assim poderia ser errado. Sabia que ninguém tão carinhoso e amoroso quanto Flame poderia ser um pecador. Nenhuma chama corria em seu sangue. Apenas o seu amor por mim, e isso era o suficiente, e sempre seria.

Levantando meu quadril, comecei a me mover. A incrível sensação dele dentro de mim aqueceu a minha alma. Flame começou a dar de encontro aos meus movimentos, a expressão de dor e prazer em seu semblante me fazendo ansiar mais ainda pelo seu toque.

Movendo meus lábios nos dele, fundi nossas bocas; a língua quente de Flame imediatamente encontrou seu caminho para o calor da minha. E continuou suavemente a partir daí. Nossos corpos se movendo em perfeita sintonia, a boca de Flame me possuindo...

E em pouco tempo, a tensão aumentou na base da minha coluna. Nossas bocas se afastaram. Ele soltou um longo gemido, sua semente cálida me aquecendo por dentro enquanto uma luz ofuscante explodia por trás dos meus olhos. Enlacei seu pescoço, com medo de flutuar para longe se me soltasse do seu abraço.

Abrindo os olhos, recostei-me em seu peito e respirei o perfume fresco de sua pele. Flame imediatamente me puxou para mais perto, e o senti relaxar enquanto sussurrava:

— Eu amo você.

— E eu te amo, Flame — respondi, sorrindo contra o seu peito.

— Minha — Flame murmurou e soltou um suspiro.

Meu sorriso se ampliou.

Minutos se passaram enquanto permanecíamos deitados na banheira. Então, algo que estive pensando há algum tempo me veio à mente.

— Flame? — Tracei a tatuagem em seu peito.

— Mmm? — respondeu enquanto suas mãos passavam preguiçosamente pelo meu cabelo.

— O que aconteceu depois?

Flame ficou imóvel, e eu sabia que o seu silêncio significava que não havia compreendido minha pergunta. Inclinando a cabeça para olhar em seu rosto, perguntei:

— Depois que o seu pai o deixou e... e o seu irmão morreu... o que aconteceu?

Seu olhar entrecerrou. Eu sabia que ele estava tentando se lembrar.

— Não é muito claro, mas alguém veio e nos encontrou. Acho que ficamos naquele buraco imundo por um tempo. E lembro que era alguém que conhecíamos, mas não tenho certeza de quem, minha mente fica embaçada quando tento me lembrar daquele dia. Eles tiraram meu irmão dos meus braços. Lembro de tentar segurá-lo, porque não queria perdê-lo, mas não tinha forças para lutar. Então eles me colocaram em um carro. Dirigimos por um longo tempo, mas eu estava cansado e com fome demais para lembrar da maior parte do caminho.

Meus olhos se fecharam, imaginando-o segurando o corpinho sem vida do irmão, recusando-se a soltá-lo. E só Deus sabe o estado em que foram encontrados. Em que estado o bebê se encontrava nos braços finos e débeis de Flame.

As carícias que ele fazia em meu cabelo, com sua mão, aumentaram. Na hora, soube que algo o estava afligindo. Sabia que ele acariciava meu cabelo quando precisava de força.

— Eles me levaram para um edifício grande. Estava escuro e eles me deixaram na porta. Acho que devo ter adormecido, porque quando acordei, estava em uma cama que não reconheci. Um homem entrou e tentou falar comigo. Mas ele colocou a mão no meu braço e eu gritei. Eu o empurrei e contei tudo sobre as chamas. Contei a ele sobre o mal que corria em minhas veias, e arranhei meu pulso para mostrar que estava tentando expulsá-las.

Os olhos de Flame estavam vidrados, completamente imersos em suas memórias.

— Mas ele não me entendeu. Não consegui fazer ele entender o que estava errado. Assim como acontecia com todo mundo, eu sempre dizia algo errado. Algo que os deixava assustados, chateados ou com raiva.

— Flame — sussurrei, mas ele ainda estava lá, dentro de sua própria mente.

— Eles me levaram a um lugar diferente. Um hospital, eu acho? Mas não gostei de lá. Eles injetaram drogas que me entorpeceram, porque eu tentava me livrar das chamas. Então não as sentia mais, porém sabia que ainda estavam lá. Eles me amarraram para que eu não pudesse libertar as chamas. Passei o dia todo, todos os dias, durante anos e anos, queimando por dentro. Eu odeio ser amarrado.

O olhar de Flame se moveu para encontrar o meu e ele explicou:

— As chamas machucam o tempo todo. Eles não me deixaram liberá-las. Eles me deixaram sozinho em um quarto, amarrado a uma cama, deixando as chamas me queimarem vivo.

— Então como você se libertou? — perguntei. Minhas lembranças me levaram até semanas atrás, em sua cama, se debatendo para tentar se libertar. Então me recordei do olhar em seu rosto quando o cortei com sua faca. Porque ele estava deitado, sentindo as chamas o queimarem vivo.

— Eles colocaram alguém no quarto comigo. As pessoas vinham visitá-lo. E tinha esse cara que sempre se aproximava de mim. Os médicos tinham me drogado, mas eu sempre me lembrava do rosto dele. Ele tinha o cabelo escuro e sempre usava roupas de couro. Eu conseguia sentir o cheiro do couro. — Flame respirou fundo, e eu podia ouvir seu coração batendo forte no seu peito. — Então, uma noite, o cara de couro apareceu e libertou o outro homem que dividia o quarto comigo. Eu o ouvi abrir a janela do nosso quarto e os ouvi sair. Mas então senti alguém me desamarrando e, quando consegui olhar para baixo, estava solto das amarras. E a janela ainda estava aberta.

— Então, o quê? O que aconteceu depois? Quem foi o homem que libertou você? — perguntei, com o corpo tenso ao ouvir sua história.

O dedo de Flame correu pela minha bochecha e ele disse:

— O que aconteceu depois não é muito claro por causa das drogas, mas lembro de sair pela janela e correr. Não sei por quanto tempo corri, mas acabei em um beco porque precisava dormir. Mas quando acordei, não havia mais lugar algum para onde pudesse ir. Mas eu tinha a minha faca. A faca que consegui esconder por todos aqueles anos, a que eu escondia embaixo do colchão. A faca que meu pai usava para fatiar minhas costas todas as noites. Estava cortando meus braços quando ouvi passos se aproximando; fiquei tenso, segurando a faca. Quando olhei para cima, vi o cara que me libertou. Ele e um cara mais alto, com um longo cabelo ruivo. Os dois estavam vestidos com roupas de couro, com o diabo desenhado nas costas.

— Viking... O homem de longo cabelo ruivo? Era o Viking? — sussurrei com os olhos arregalados.

Flame assentiu e acrescentou:

— E AK. AK foi quem me libertou. O homem na outra cama era o seu irmão mais velho. Eles eram dos Hangmen.

— E ele o encontrou de novo. Ele foi atrás de você?

Flame assentiu.

— Sim. Eu tinha dezessete anos. — Seu olhar se fixou no meu. — Eu tinha dezessete... dezessete anos, quando abracei a escuridão. Dezessete quando me tornei Flame. O pai do Styx me deu o nome, porque eu disse a ele que cortava meus braços para expulsá-las do meu corpo. Ele nunca perguntou mais nada. Apenas me aceitou.

— Flame — murmurei, beijando a tatuagem de uma chama em seu peito. Mas, quando o fiz, perguntei, curiosamente: — Como você conseguiu todas essas tatuagens e piercings se não pode ser tocado?

— Eu as queria para que as pessoas não chegassem perto de mim. Para que pudessem ver do lado de fora, o que vivia do lado de dentro. — Flame ficou tenso e acrescentou: — E foi doloroso. Tank que fez. Ele fez o meu corpo todo durante três dias sem parar. Viking e AK me mantiveram apagado. Então, quando acordei, eu era *essa* versão minha. Eu era Flame. Não mais Josiah William Cade.

Olhei para as tatuagens e entendi. Elas mantiveram as pessoas afastadas. Para que não o tocassem. As tatuagens distanciavam as pessoas antes mesmo que elas tivessesm chance de fazer isso por conta própria.

Cada palavra nova que saía de sua boca, me doía.

— Flame... — sussurrei e dei um beijo em sua pele. Então perguntei: — E o que aconteceu depois que AK e Viking o encontraram?

— AK me levou até o pai do Styx, o *Prez* naquela época, e eles me acolheram. Eles não se importavam que eu me cortasse. Eles não se importavam que eu fosse diferente. Eles me aceitaram. E nunca mais fui embora.

— E AK e Viking...?

— São meus irmãos. Eles... me entendem; sabem como falar comigo. Eles me salvaram. E devo tudo a eles. Mesmo quando AK estava fora, ele sempre mantinha contato comigo. Checava como eu estava, sempre que podia.

Um nó se formou na minha garganta, e rastejando pelo corpo de Flame, pressionei meus lábios aos dele. De repente, o som das vozes irrompeu do lado de fora. Eram gargalhadas. De felicidade e irmandade. E era a família do Flame. O que os tornava minha família também.

— Eles são barulhentos — comentei, sorrindo.

Ele assentiu com a cabeça e meu coração inchou quando vi seu lábio tremer, segurando um sorriso.

— Eles sempre são. Especialmente Viking. Ky bate muito nele para fazê-lo calar a boca. Isso nunca funciona por muito tempo.

Então, me surpreendendo, risos explodiram no meu peito. Flame parou de respirar, então se sentou e me esmagou contra seu corpo. Soltando um grito de surpresa, segurei sua cabeça em minhas mãos e perguntei:

— Você está bem?

Flame assentiu e disse:

— Eu gosto de ouvir você rir.

— E eu simplesmente amo você de todas as maneiras — sussurrei e suspirei.

Flame me abraçou ainda mais forte.

Saí do quarto, trajando meu longo vestido branco, com o cabelo preso para trás. Vi Flame sentado contra a parede, próximo à lareira, com a faca na mão. Ele estava olhando para o alçapão no chão, nos fundos da sala. Estava vestido mais uma vez com a calça de couro, botas pretas e o colete. Ele parecia tão bonito que pensei que meu coração fosse explodir.

Outra rodada de gargalhadas irrompeu do lado de fora. Flame levantou a cabeça. Eu levantei minha mão, tentando não transparecer minha preocupação. Minha preocupação por ele estar encarando aquela portinhola.

Flame levantou e se aproximou. Sem hesitar, sua mão deslizou na minha.

— Você realmente quer ir lá fora? — perguntou, e eu assenti com a cabeça.

ALMA SOMBRIA

— Fiquei dentro de casa por muito tempo. Eu me sinto segura com você ao meu lado e eles são seus amigos. Seus irmãos.

Flame nos levou até a porta. Quando entramos na clareira em frente às três cabanas, notei que todo o clube estava lá, incluindo Mae e Lilah, com Styx e Ky.

Estavam todos bebendo e comendo a comida da churrasqueira, quando Viking olhou para nós.

— Flame! — gritou e piscou para mim. — Pequena.

Todo mundo ficou quieto, e sentindo o constrangimento por ser o centro de sua atenção, encolhi-me ao lado de Flame, seu grande e forte braço se colocando ao redor do meu ombro para me abraçar. Eu imediatamente me senti segura.

Flame começou a nos guiar para frente. Quanto mais nos aproximávamos, mais as vozes se faziam ouvir outra vez.

— Maddie? — Olhando para cima, vi Mae e Lilah sentadas com Beauty e Letti. Acenei, cumprimentando-as.

— Você está com fome? — Flame perguntou olhando para mim.

Balancei a cabeça em seu peito e disse:

— Vou esperar com Mae e Lilah.

O braço forte pareceu retesar, como se relutasse em me soltar, até que Viking o chamou:

— Flame, deixe a sua cadela por um minuto e venha comer o seu maldito bife! Você perdeu peso, cacete, e não quero a responsabilidade de ser o maior maldito filho da puta deste clube.

— Não se preocupe com essa porra, Vike. Tanner tem esse título de qualquer maneira — Tank disse em resposta.

Viking começou a arrancar a camiseta.

— É sério? Vamos fazer isso de novo, irmão? Eu juro... você continua dizendo essa merda só para me fazer ficar pelado. Você tá ficando com tesão pela minha bunda branca? Beauty não está dando o que você precisa?

Todos os irmãos começaram a rir, e Flame, relutantemente, me soltou para caminhar até a churrasqueira. Eu me virei para me juntar a minhas irmãs, quando avistei AK saindo da sua cabana à direita. Cheia de gratidão por esse homem, corri até onde ele estava andando, corando quando seu rosto se abriu em um sorriso.

— Ei, Madds...

Cortei sua saudação ao envolver meus braços em volta de sua cintura. AK parou. Incapaz de suportar seu toque por muito tempo, dei um passo para trás e, com os olhos baixos, disse:

— Obrigada.

AK se agachou um pouco para nivelar nossos olhares, o semblante confuso.

TILLIE COLE

— Pelo quê?

Senti a expectativa silenciosa atrás de nós. Avançando, sussurrei:

— Por salvá-lo. Por lhe dar uma família... Por salvá-lo para que um dia ele pudesse me salvar.

Os olhos escuros se arregalaram e ele engoliu em seco.

— Ele contou pra você? — perguntou, claramente surpreso.

Acenei afirmativamente.

— Ele me contou *tudo*.

AK passou a mão pelo cabelo.

— Uau, caralho... — ele exclamou.

— Ele... Ele tem sorte de ter você em sua vida — acrescentei, depois me virei rapidamente.

De repente, a mão de AK segurou meu braço. Quando meu olhar disparou até o dele, disse:

— Ele está bem agora, Madds? Ele está fora daquele inferno do caralho em que estava?

Olhando por cima do ombro, vi Flame observando a mão de AK no meu braço. Seus punhos estavam cerrados ao lado do corpo, mas ele não se mexeu.

Recuando, AK me soltou.

— Quase, creio eu — assegurei. No momento em que respondi, a imagem de Flame sentado, olhando para o alçapão, com aquela faca em particular, surgiu na minha mente.

— Merda. Aquele irmão merece se livrar do passado dele. De uma vez por todas, porra. — AK sorriu e comentou: — Pelo menos agora ele está com você, Madds. Pelo menos ele, finalmente, reivindicou você.

Com isso, ele se juntou a seus irmãos. Flame começou a vir ao meu encontro, mas estendi a mão e balancei a cabeça.

— Estou bem — murmurei. Flame parou no meio do caminho.

— Maddie? — Segui o som da voz e me aproximei de Mae e Lilah.

Minha irmã apontou para um pedaço de grama longe de todos os outros e me sentei. As duas se juntaram a mim. Mae olhou por cima do ombro para Flame, depois me encarou novamente, sorrindo.

— Você não vai voltar para a minha casa, não é?

Corando, acenei em negativa.

A mão de Lilah encontrou a minha.

— Estou realmente feliz por você, Maddie. Você merece ser tão feliz.

Senti a ardência das lágrimas em meus olhos.

— Eu sou. — E olhei para cima, meu lábio inferior tremendo. — Sou muito feliz. E Flame também. — As duas compartilharam minhas lágrimas. Rindo de alegria, me inclinei e gentilmente coloquei minha mão sobre a barriga de Mae. — Especialmente agora que me tornarei tia.

— Tia Maddie — Mae sussurrou e levou minha mão à boca, dando um beijo.

Então perguntou:

— Ele foi gentil com você, Maddie? Sei que não é da minha conta, mas conheço você. Sei que não vai falar sobre isso. Mas eu só... só preciso saber se ele foi gentil.

Meu coração pulou uma batida ante sua pergunta, mas levantando os olhos, assenti e sussurrei:

— Sim. Ele foi perfeito.

As lágrimas de Mae atingiram o couro de sua calça e ela respondeu:

— Isso é bom, irmã. Isso é muito bom.

Olhei de uma para a outra, sentindo o coração exultante porque agora conhecia o amor. Levantei a cabeça para o céu e fechei os olhos, enviando um desejo a Deus para que minha Bella também estivesse feliz. Feliz que as irmãs por quem lutou tanto para salvar, finalmente encontraram o verdadeiro amor.

Amor do tipo... perfeito.

CAPÍTULO VINTE E CINCO

FLAME

Três dias depois...

Acordando, descobri que ainda estava escuro lá fora. Minhas mãos procuraram por Maddie; em pânico ao descobrir que ela não estava ao meu lado, pulei da nossa cama. Meus pés frios bateram no chão, levando-me imediatamente até a sala. Então meu coração quase parou. Maddie estava sentada sobre o alçapão no chão, *aquele* maldito alçapão, segurando *aquela* maldita faca.

— Não! — arfei e me aproximei rapidamente dela.

Maddie olhou na direção do som da minha voz. Em um segundo ela se afastou da porta, as costas colidindo contra a parede. Então, pela primeira vez em três dias, senti as chamas despertando sob a minha pele.

E comecei a caminhar de um lado ao outro, sentindo a necessidade de pegar a minha lâmina. Então...

— Flame? — A voz suave de Maddie me deteve. Lutei para respirar, para me acalmar. E olhei para o lugar onde estava sentada. Em vez disso, deparei com ela de pé. Segurando *aquela* maldita lâmina na mão.

E por alguma razão, o pensamento dela segurando *aquela* faca maldita inflamava meu sangue. Porque era *dele*. E tudo o que fez foi causar mal. Era a porra da minha maldição.

— Me dê a faca — rosnei, mas ela deu um passo para trás, levando a faca com ela. — Maddie...

— Você voltou lá alguma vez? — questionou, me distraindo.

Eu franzi o cenho. Maddie respirou fundo e se aproximou.

— Você já voltou alguma vez até a casa onde cresceu?

O ar deixou meus pulmões com a menção daquela casa do caralho. Minhas mãos estavam fechadas em punhos ao lado do corpo e balancei a cabeça.

Maddie se aproximou ainda mais.

— Você sabe para onde o seu pai foi? Sabe o que aconteceu com ele?

Eu me encolhi quando a lembrança do meu pai passou pela minha mente. Neguei em um aceno de cabeça.

— Não. Não faço a menor ideia do que aconteceu com aquele filho da puta — rosnei. Então Maddie levantou a faca e a estendeu para que eu pegasse.

Ela voltou para o quarto, e a observei se afastar. Olhei para a velha faca com a lâmina enferrujada na minha mão. Todos os sentimentos, sobre estar preso naquela porra de inferno, voltaram rapidamente. Olhei para o alçapão que foi instalado quando a cabana foi construída. A porta que me lembrava que eu era mau. Um lugar para afastar as chamas.

Um lugar onde *ele* poderia continuar *me* tomando...

De repente, me senti enjoado.

Jogando a faca no chão, voltei cambaleando para o quarto, encontrando Maddie na cama. Ela estava sentada, nua, com os braços em volta das pernas dobradas. E estava chorando.

— Maddie — sussurrei enquanto me aproximava.

Ela levantou a cabeça e falou:

— Na minha vida, eu tinha duas coisas pelas quais orava. Duas coisas que imaginei, que se pudesse conseguir, eu faria. — Maddie enxugou as lágrimas. — Eu queria que Moses morresse. Queria olhar para o rosto dele e saber que estava morto. E queria me sentir segura. Eu queria me sentir segura, em meu coração. Saber que nunca mais seria machucada. — Ela fungou. Olhando-me nos olhos, enfatizou: — E *você* me deu essas *duas* coisas. Na verdade, você me deu mais do que eu desejava. Porque também me deu *você*. Eu me apaixonei por você. E posso tocar em você. Posso fazer amor contigo e tenho certeza absoluta de que não vou me machucar.

Meu estômago revirou e meu peito apertou. Então ela disse:

— Você está vivendo em um mundo onde não sabe se o seu torturador está vivo ou morto. Você morou em uma casa que ecoa os métodos sob os quais você sofreu. — Ela levantou a cabeça e perguntou: — É claro que sua alma fraturada não pode ser totalmente... completamente... *restaurada*. Porque você vive com a incerteza, não é verdadeiramente livre.

Odiando vê-la chorando, eu, hesitantemente, me aproximei e sussurrei:

TILLIE COLE

— Maddie...

Eu podia ouvir minha voz soar fragilizada nos meus ouvidos. Maddie abaixou as pernas dobradas e abriu os braços.

— Venha para mim — ela sussurrou.

Corri até a cama e me deitei ao lado dela, abraçando-a contra o meu peito.

Eu a segurei enquanto ela chorava nos meus braços. Mas tudo em que conseguia pensar era no que ela disse. Nunca soube o que aconteceu com o meu pai. Nunca soube o que aconteceu com ele depois que fui embora. O que aconteceu com a nossa casa... O que aconteceu com o corpo de Isaiah...

Então pensei no alçapão na minha sala, que nunca tive coragem de abrir ou entrar. Mas que mantinha para me lembrar do que eu era... Mau. Que eu era escuridão. Que eu era a porra da morte.

Mesmo depois que saí daquela casa, depois do hospital, ele ainda me tomava, fodia o pecado da minha carne, na minha cabeça... até Maddie aparecer. Porque ela fez tudo ficar melhor. Sem ser fodido no alçapão pelo meu pai. Sem igreja. Sem cobras. Sem gritos... Sem dor...

Abraçando-a mais apertado, ela finalmente caiu no sono. Mas eu não consegui. Tudo o que vi na minha mente era a escuridão: Isaiah morrendo em meus braços, minha mãe agarrando meus dedos pelas frestas das tábuas do chão, depois sangrando naquela cama, a faca ao lado, o hálito de uísque do meu pai soprando no meu pescoço.

E meus músculos ficaram tensos, meu sangue correu mais quente e eu tinha um único pensamento...

... Aquele filho da puta merecia morrer...

Morrer pela minha mão, sob as minhas lâminas...

— Mais dois compradores estão fora. Isso significa que a Klan está aumentando a área de ação. Estamos aguardando para ver qual será o próximo passo, mas se continuar assim, então teremos uma guerra chegando, não importando se o Rider soltou as mulheres ou não.

Observei Styx sinalizar e ouvi Ky traduzir:

— Tanner, você tem mais informações?

Tanner balançou a cabeça.

— Eles estão agindo com pouca tecnologia. Mas o cara novo não conseguiu esconder todas as contas. E há muito dinheiro vindo de uma conta privada no exterior. De Israel. — Tanner encolheu os ombros. — Tem que ser essa seita. E eles estão colocando armas pesadas aqui no país.

Meu corpo ficou tenso com a menção daquela seita do caralho. Styx olhou para Ky. Eu também podia ver a raiva deles em seus rostos.

Então os dois olharam para mim.

Porque agora eu também tinha uma cadela da seita. Eu tinha Maddie. Eu tinha tanta vingança no meu sangue por aquela seita pedófila quanto o *Prez* e o *VP*.

— *Vamos continuar observando o nosso território. Mas o jogo agora mudou. Landry e o governador Ayers entraram em contato. Eles têm metade dos federais nas suas folhas de pagamento, nós temos a outra metade. Podemos ter algo interessante vindo por aí.*

Todos os irmãos assentiram. Então Styx sinalizou:

— *Algo mais?*

Sentindo minha pele arrepiar, assenti com a cabeça.

— Preciso ficar fora por uma semana, talvez mais, *Prez*. Tenho umas coisas fora do estado que preciso cuidar.

Mantive os olhos grudados em Styx, mas podia sentir todos os outros irmãos me observando. Durante todo o tempo em que estive aqui, eu nunca saía do complexo, a menos que fosse por negócios dos Hangmen. Esta era a primeira vez.

Styx franziu a testa e depois sinalizou:

— *Onde?*

— West Virgínia — disse entredentes.

Ky se recostou na cadeira.

— E que caralho é esse que vocês querem fazer nos Apalaches? Não consigo pensar em nada que me atraísse para aquele maldito lugar.

— Meu pai — respondi, virando-me para o *VP*.

Os olhos azuis de Ky se arregalaram, mas nada saiu de sua boca. Na verdade, quando olhei ao redor da mesa, descobri que todos os irmãos estavam olhando para mim, boquiabertos.

Tank se mexeu na cadeira.

— Você tem pai, Flame?

Pisquei quando a imagem do filho da puta surgiu na minha mente.

— Tinha — respondi.

Tank assentiu lentamente com a cabeça.

— *Maddie vai junto?* — Styx sinalizou, se inclinando para frente.

— Sim — respondi, apertando as mãos na mesa.

Styx olhou para Ky e perguntou:

— *Ela estará segura? Você vai derramar sangue?*

— Talvez. Provavelmente. Com certeza, porra — respondi. — Mas

Maddie vai comigo, do meu lado, na minha moto, dormindo do meu lado. Ela é a minha cadela, ela é minha e agora eu decido o que diabos acontece com ela, não você. Isso é o suficiente?

O rosto duro de Styx não mudou, então ele levantou as mãos e respondeu:

— *Okay. Pode ficar o tempo que precisar. Só não coloque a Madds em risco. Não quero que minha cadela grávida fique chateada porque a irmã dela acabou ferida no meio da sua raiva psicótica. Entendeu?*

Assenti. Bem quando Styx foi levantar o martelo, AK e Viking se inclinaram para frente. AK levantou a mão e disse:

— Também vamos precisar desse tempo fora, *Prez*.

— *Já imaginava* — Styx respondeu, sarcasmo explícito em seu rosto.

Quando bateu o martelo sobre a mesa, todos os irmãos saíram. Mas minha atenção estava em AK e Vike, que me aguardavam em seus lugares.

Vike bateu na mesa com os nós dos dedos e disse:

— Você não tava achando que ia sem a gente, não é mesmo? Nós somos a porra do *psycho trio*. Você não vai a lugar nenhum sozinho.

— É uma longa viagem — informei.

— Para a porra do seu passado, ao que parece — AK acrescentou rapidamente. Observei seus olhos castanhos se estreitarem. — Seu pai, Flame? No caralho da West Virgínia? Como diabos você veio parar no Texas, de uma cidade no meio do nada?

Olhei para a mesa e disse:

— Acho que os médicos especialistas da minha cabeça estavam em Austin. Eu não sei. Não estou certo. Remédios pesados demais estavam circulando nas minhas veias. Mas, ao que parece, eles me mandaram para cá entre oito e dezessete anos.

AK assentiu e fez outra pergunta:

— Então vamos fazer picadinho do seu pai? Esse tipo de corrida?

Cerrei os dentes e respirei pelo nariz.

— Sim — era tudo que conseguia responder. — O pior tipo de corrida.

Viking chamou minha atenção e passou a mão pela barba.

— Ele é o motivo dos... — Ele apontou para a faca na minha mão, depois para as cicatrizes nos meus braços. Eu assenti com a cabeça e ele se sentou. — Então quando vamos? De repente, senti uma imensa vontade do caralho de ir para West Virgínia.

— Hoje — anunciei.

— E sua cadela...? — Vike perguntou.

— Vai junto — eu rosnei.

AK balançou a cabeça.

— Essa é uma estrada difícil e uma longa viagem, porra. E pelo que

ALMA SOMBRIA

entendi, a reunião com o "pai do ano" não vai ser a porra de um piquenique. Você está bem com a garota vendo você assim? Surtado totalmente no modo Flame?

Pensei em Maddie e meu peito inchou de orgulho.

— Ela me entende. Ela entende o que tenho que fazer. Ela é mais forte do que parece. Ela aguenta. — Meu dedo traçou um risco na mesa. — Ela sabe quem eu sou... os meus dois lados. Ela é forte o suficiente.

AK balançou a cabeça e soltou uma risada.

— Isso ela é, irmão. Uma porra de uma guerreira em miniatura.

— Sim, com seios e bunda perfeitos. Porra, você ganhou na loteria com ela, irmão — Viking acrescentou, arqueando as sobrancelhas. — Quem diria que o mais louco de nós ficaria com a cadela mais gostosa? A vida é injusta pra caralho.

Abaixei a cabeça pensando nos suaves olhos verdes de Maddie e admiti:

— Preciso tê-la comigo o tempo todo. O tempo todo, porra. — Bati o punho no meu peito. — Não consigo respirar sem ela por perto. Preciso que ela durma comigo. Preciso que mantenha a merda das chamas afastadas. — Arrastei as unhas sobre as cicatrizes no meu braço. — Ela nunca mais vai me deixar. Para a vida toda, irmãos. Ela é minha para a porra da vida toda.

— Caralho — Viking sussurrou —, o psicopata levou uma chave de boceta.

Levantei a cabeça, mas o idiota estava sorrindo abertamente. AK se levantou, arrastando Viking com ele.

— Então, Flame, vamos logo para a terra das montanhas e sonhos desfeitos?

Ficando de pé, saí do clube. Minha cabeça em um tique enquanto cerrava os punhos ao longo do trajeto até a minha cabana.

CAPÍTULO VINTE E SEIS

MADDIE

— Eu me sinto estranha — sussurrei enquanto olhava para o meu reflexo no espelho.

— Você está gostosa, querida! Flame vai pirar quando te vir toda vestida de couro.

Olhei para a garota no espelho. A garota usando uma calça justa de couro, um suéter preto e uma jaqueta de couro confortável, junto com botas da mesma cor. Meu cabelo estava preso em uma trança francesa. Eu não conseguia parar de contemplar meu reflexo.

— É um longo caminho até West V, Madds. Você precisa de toda a proteção que conseguir. — Eu me virei e deparei com Letti descansando no sofá da Mae.

Beauty me entregou um alforje cheio de mais roupas do mesmo material e outras vestimentas limpas.

— Isso deve ser mais do que suficiente pra você, querida.

— Obrigada — respondi e me virei para o sofá oposto onde Lilah e Mae estavam sentadas. Lilah sorria para mim, mas pude ver a preocupação no cenho franzido de minha irmã.

— Eu vou ficar bem, Mae — falei, baixinho.

Mae se levantou. Estava pálida por conta do enjoo matinal, mas forçou um sorriso.

— Eu sei que vai. Eu apenas sinto... você sabe. Acho que sempre me senti protetora contigo, Maddie. E vê-la saindo assim, com Flame, para o outro lado do país me deixa nervosa demais e não consigo controlar.

Meu estômago deu um nó ao vê-la preocupada.

— Eu tenho que ir, Mae. Ele precisa disso. Precisa disso para seguir em frente. Assim como todas nós fizemos. E farei qualquer coisa para que isso aconteça. Você faria o mesmo por Styx. — Virando-me, olhei para Lilah, Beauty e Letti. — E vocês fariam isso por Ky, Tank e Bull, não é mesmo?

— Sim — elas responderam em uníssono.

Mae colocou as mãos nos meus braços e encarei seus olhos azuis.

— Mae. Você e Bella sempre me trataram mais como uma filha do que uma irmã. O que é estranho, porque você não é muito mais velha que eu.

Vi lágrimas surgirem em seus olhos, mas ela conseguiu dizer:

— Era porque você era muito jovem quando foi despertada. Moses era... ele era...

Segurei suas mãos nas minhas e disse:

— Eu sei, irmã. Sei que a minha falta de afeto e o meu constante silêncio fizeram com que se preocupasse. — Abaixei a cabeça e tentei me lembrar da garota que fui, na comuna. Meu coração se apertou e eu confessei: — E sei que estava quebrada. Agora sei disso. — Um calor encheu meu peito, mas consegui afirmar: — Não estou mais quebrada. Eu sou forte... *forte* com Flame ao meu lado.

Mae olhou para mim e depois sussurrou:

— Eu posso ver isso, irmã.

Lilah se juntou a nós e seus olhos azuis cintilaram.

— Você sempre foi forte, Maddie. Nós sempre soubemos disso. Mas agora você também sabe.

Ela me deu um beijo na bochecha. Só então ouvimos as fungadas atrás de nós. Nos viramos para ver Beauty enxugando os olhos. Quando nos flagrou a encarando, lançou um olhar de incredulidade.

— O quê? — perguntou, exasperada. — Por causa de vocês vou ter que fazer um estoque de rímel à prova d'água. Porra, nunca chorei tanto na minha vida!

— Manteiga derretida — Letti murmurou atrás de Beauty, ganhando uma careta de sua melhor amiga.

Uma batida soou à porta e Lilah foi abri-la. Eu tinha acabado de pegar o alforje do chão, quando Flame entrou na sala. Como sempre, ao ver seus ombros largos e o torso nu, esqueci que precisava respirar. A expressão de Flame sempre se iluminava quando me via. Mas desta vez, seu olhar viajou lenta e deliberadamente pelo meu corpo. Suas narinas se alargaram, as mãos se fecharam ao lado do corpo.

Por vários segundos, ele não se mexeu.

— Flame — sussurrei, sentindo o tremor pulsante entre minhas coxas.

O som do seu nome escapando dos meus lábios foi o incentivo que precisava para percorrer o pequeno espaço que nos separava, e ficar bem diante de mim. Inclinei a cabeça para trás para observar a sua impressionante altura. Ele respirava com dificuldade. Suas mãos desceram devagar para descansar gentilmente no meu rosto. Ele abaixou a cabeça, aos pouquinhos, para pressionar com cautela seus lábios macios nos meus. Fechei os olhos ante o contato. Senti meu corpo se enchendo de luz quando o estrondo de um gemido reverberou dentro do seu peito largo.

Quando Flame interrompeu o beijo, sua testa gentilmente tocou a minha, e ele murmurou:

— Você está... Merda, Maddie, você está *linda*.

E a luz dentro de mim brilhou ainda mais forte.

Sentindo um rubor surgir nas minhas bochechas, coloquei a mão em seu peito e sussurrei:

— Obrigada.

Inspirando profundamente, Flame abaixou os braços e segurou minha mão.

— Está pronta? — perguntou, e eu assenti. Pegando o alforje, nos viramos para sair.

Beauty estava enxugando mais lágrimas e, animada, murmurou:

— É, *realmente* preciso dessa porra de rímel à prova d'água.

— Vejo vocês quando voltar — prometi a Mae e Lilah. Depois que ambas deram um beijo em meu rosto, saímos da casa de Mae e caminhamos em direção à nossa cabana.

Eu podia sentir Flame olhando o tempo todo para mim. Toda vez que ele fazia isso, sua mão apertava a minha. Lutando contra um sorriso ao saber que ele me achava tão desejável com essas roupas, perguntei:

— Styx aceitou a nossa saída?

— Sim — Flame resmungou. — AK e Viking também vão. Eles não ficariam para trás.

Eu permiti que aquele sorriso escapasse; meu rosto se iluminou ao ouvir esta notícia. Inclinando a cabeça para descansar em seu braço, confirmei:

— Claro que não. Eles também amam você. — O braço de Flame ficou tenso e depois, aos poucos, relaxou.

Quando passamos pelas árvores, AK e Viking estavam fumando e esperando ao lado das suas motos. Quando nos aproximamos, Viking se sentou e retirou o cigarro da boca.

— Eita, porra, pequena... — Ele parou quando apontou o dedo para mim, da cabeça aos pés, com o cigarro. — Você e couro são uma combinação feita no paraíso dos couros.

Os músculos de Flame ficaram tensos com o comentário, mas antes

ALMA SOMBRIA

que ele pudesse avançar, AK agarrou o braço de Viking e o lembrou:

— Só porque o irmão não está mais se cortando, não significa que ele não possa se divertir cortando *você*, cacete. Agora, *sobe na moto*, espertalhão. Temos que cair na estrada.

Flame prendeu meu alforje na moto dele e montou. Eu subi atrás dele e passei meus braços em volta de sua cintura. Só então ligou o motor. Pouco antes de partirmos, ele virou a cabeça e pressionou seus lábios nos meus no mais breve dos beijos.

Quando saiu para a estrada de terra, coloquei meu queixo no ombro dele e sussurrei:

— Eu também amo você.

Viajamos por dois dias. Acampamos ontem à noite e faríamos a mesma coisa esta noite. Meu corpo doía com a pouca familiaridade de andar de moto. Toda vez que queria parar, toda vez que queria voltar para casa, eu me lembrava que isso era tudo pelo Flame. Era pela esperança e pela paz que ele proporcionou a mim. Ele também merecia essa paz. E toda vez que eu repetia esse mantra para mim, conseguia abafar as dores do meu corpo.

Mas temia o que estava por vir.

A noite tinha caído, as estrelas brilhavam intensamente contra o pano de fundo de um céu escuro. Flame virou à esquerda em uma estrada isolada e sombria. Eu o segurei mais apertado enquanto a moto sacudia sobre a estrada de cascalho. Então meus olhos cansados se arregalaram quando pousaram em um amplo lago. A lua cheia pairava no céu e lançava raios de luz que brilhavam nas águas tranquilas.

Flame nos levou um pouco mais longe, sob a cobertura das árvores, e depois, lentamente parou a moto. Minhas coxas latejavam pelas longas horas na mesma posição. Ele desceu primeiro da moto, depois se virando, me levantou do banco. Seus braços fortes me seguraram no ar e, quando me colocou no chão, puxou-me para seus lábios. Quando se afastou da minha boca, minhas bochechas estavam quentes.

Flame levantou as mãos enluvadas e seu dedo acariciou o meu rosto.

— Você gostou disso — murmurou. Era uma afirmação que ele agora sabia ser verdade.

Virando a cabeça para descansar a bochecha em sua mão, respondi:

— Gosto cada vez mais.

Flame se inclinou e me beijou novamente. Minhas mãos foram para a sua nuca.

— Então farei mais — ele disse quando se afastou.

— Ei, Flame! Acendi uma fogueira e já botei a grelha. Vamos comer, e depois dormir. Chegaremos ao endereço que Tanner nos deu para ver o seu velho no início da manhã. Todos nós sabemos que vai ser um dia de merda — Viking falou de perto da água.

Comemos em silêncio próximo à fogueira. Depois, Flame abriu um saco de dormir para nós. Ele me puxou para os seus braços assim que nossos corpos exaustos deitaram na cama improvisada. Em questão de minutos, pude ouvir a respiração pesada de AK e Viking, dormindo do outro lado da fogueira. Mas o corpo tenso de Flame, e sua respiração acelerada, me disseram que ele estava acordado.

Sentindo seu coração disparar, levantei a cabeça e deitei sobre seu peito para encontrar seus olhos. Flame estava olhando para o céu sem nuvens, mas quando percebeu meu movimento, olhou para mim. Ele estava preocupado.

— O que foi? — perguntei ao mesmo tempo em que meu dedo percorria as linhas de preocupação na sua testa.

Flame abriu os lábios, exalando uma respiração lenta e controlada. Seus braços se fecharam às minhas costas e me puxaram para ainda mais perto. A princípio, não achei que ele fosse falar, até que, inesperadamente, confessou:

— Eu já matei antes.

Congelei e, franzindo o cenho, falei:

— Eu sei. Você matou o Irmão Moses.

— Mas matei um monte de merdas também. Um monte de filhos da puta, Maddie. — Seus olhos se desviaram, e depois voltaram a me encarar. — E eu gostei. Eu... porra... eu gosto disso. Eu *gosto* de matar. Há algo em mim, Maddie, que quer matar. Que precisa fazer isso. Não consigo imaginar que isso algum dia desapareça. Eu acho... acho que tudo o que foi feito comigo quando criança me fez precisar matar.

Abaixei minha mão, e me levantei ainda mais sobre o seu corpo.

— Mas apenas pessoas más, certo? Você só precisa matar aqueles que fazem coisas ruins, não é? — indaguei.

Flame encolheu os ombros.

— São sempre nossos inimigos do clube. Homens que usamos para obter informações. Pessoas que tentam foder com a gente. — Ele inclinou a cabeça na minha direção. — Pessoas que machucaram você.

Meu estômago revirou com o pensamento de tirar a vida de uma pessoa. A mão de Flame tocou meu rosto, seu olhar procurando o meu.

ALMA SOMBRIA

— O que você está pensando, Maddie? Seu rosto mudou, mas não sei o que diabos a sua expressão significa.

Suspirando, respondi com a verdade:

— Não consigo imaginar tirar a vida de outra pessoa. Sei que é a maneira como os Hangmen lidam com os inimigos; Mae e Lilah me explicaram isso várias vezes. Mas... não sei. Não sei se... se fosse o caso, eu seria capaz de tirar a vida do Irmão Moses. Não acredito que esteja dentro de mim matar outro ser humano, por mais merecido que seja. Acho... Acho que isso me faz pensar no que está dentro de você para realmente sentir essa necessidade. O que passa pela sua mente para *querer* fazer isso?

Flame ficou em silêncio por um tempo. O braço que permaneceu na minha cintura aumentou seu aperto, e então ele sussurrou:

— *Ele*. Toda vez que eu mato alguém, estou matando *ele*. Eu vejo *ele* no lugar deles. Eu acabo com eles. Eu os corto em pedaços com a minha faca, mas só vejo ele. Toda vez que eu mato... mato o filho da puta na minha cabeça... pela minha mãe... pelo Isaiah... por mim... pelo que ele me transformou. Pelo que fez comigo naquele porão.

E assim, meu coração se confrangeu com a sua confissão. Com a dor que ele devia abrigar em sua alma, causada pelo homem em quem pensou poder confiar.

— Você é um bom homem, Flame. Você só teve um início de vida ruim — falei, passando a mão pelo seu cabelo.

Ele balançou a cabeça.

— Não mesmo, Maddie. Eu sou um *assassino*. No fundo, eu gosto de matar, *por causa* dele. Sou tão fodido quanto ele. Eu gosto de causar dor nas pessoas.

— Não — argumentei, mas Flame congelou embaixo de mim. — Flame! — sussurrei um pouco mais alto.

— E se ele estiver lá amanhã? — perguntou com a voz entrecortada no instante em que seus olhos finalmente se voltaram para mim.

E meu coração despedaçou novamente. Flame estendeu a mão e segurou meu pulso.

— E se chegarmos na porra daquela casa amanhã e ele estiver lá? E se ainda estiver naquela merda de moquifo? Ainda vivendo e respirando como se nada tivesse acontecido? Será que ele ainda frequenta aquela maldita igreja? Sem se importar com a merda que fez? Sem se importar no que me *transformou*?

Os olhos de Flame se arregalaram e ele engoliu em seco. E foi então que me dei conta... De que ele estava acordado e preocupado, porque estava *aterrorizado*. Embora não demonstrasse a emoção em seu rosto ou em sua voz, eu sabia que um medo real corria por suas veias. E percebi que, provavelmente, era a primeira vez em muitos anos que ele sentia essa emoção. Ele era o Flame dos Hangmen. Era o irmão mais temido por seus inimigos. Aquele que retalhava as pessoas com suas lâminas ágeis.

Mas agora ele estava assustado.

Tentei imaginar como me sentiria se o Irmão Moses saísse, de repente, de trás das árvores, neste exato momento. Pude sentir os arrepios percorrendo meu corpo só com esse breve pensamento. Mas para Flame, logo mais pela manhã, havia a possibilidade de seu abusador ficar frente a frente com ele. E ele estava assustado. Flame, meu forte e enorme protetor, estava *aterrorizado* com esse pensamento.

— Shhh... — eu o acalmei, ao perceber que sua respiração se tornou irregular. — Estou aqui para você. Além disso, AK e Viking estão aqui contigo, porque eles querem ajudá-lo. Você o enfrentará e aniquilará a influência que ele ainda exerce sobre ti.

Flame desviou o olhar.

— Na minha cabeça, eu o matei um milhão de vezes. Os homens que matei pelo clube, o sangue que derramei por essas malditas mãos foram todos dele. Mas não sei se posso *realmente matar* aquele filho da puta. Aquela merda de casa, o rosto dele... aquela porra de porão.

— Então não faça — respondi. — Acabar com a vida dele não precisa ser o objetivo desta viagem. Estamos indo para que você possa tomar de volta o controle da sua vida. Enfrentar o mal que lhe causou tanta dor e sofrimento. Deixar tudo no passado. — Segurei seu rosto entre minhas mãos, com força, atraindo sua atenção para mim. Engolindo em seco, acrescentei: — Para que possa ter um futuro comigo. Para que possamos começar uma nova vida. Felizes... Com as nossas vidas repletas de amor, de um pelo outro.

— Felizes? — Flame perguntou, sua voz cheia de emoção. Assenti com a cabeça, temendo que, se falasse algo mais, caísse em lágrimas. Depois de me puxar contra o seu peito, ele admitiu: — Não me lembro de já ter sido feliz algum dia.

— Então é isso o que ansiaremos. Felicidade... Porque... Flame? — sussurrei, lutando contra as lágrimas.

— O quê? — perguntou, a voz mal passando de um sussurro.

— Você é a minha felicidade.

Ele me abraçou ainda mais apertado, então, quando percebi que adormecia em seus braços, o ouvi dizer:

— Eu tenho que matá-lo, Maddie. Tenho que matá-lo pelo que ele fez com todos nós. Esse filho da puta tem que morrer.

Não respondi, apenas fechei os olhos e tentei entender que, para ser livre, ele precisava matar.

Entender que esse era quem ele era.

E isso nunca iria mudar.

CAPÍTULO VINTE E SETE

FLAME

Parecia exatamente a mesma.

Exatamente. A. *Mesma.*

A velha casa cinza de madeira ainda parecia o pedaço de merda que era. A grama e as ervas daninhas que cercavam o lugar continuavam altas e sem cuidado algum. Carros velhos e incendiados se empilhavam pelo terreno, e não havia vizinhos por quilômetros e quilômetros de distância.

Isso aí... tudo exatamente a mesma porra.

Parei a moto e apenas olhei. Minhas mãos apertavam o guidão com força, e eu mal conseguia me mexer. Estava congelado no lugar. Meus olhos se fecharam e lembrei de ter sido tirado da casa depois que ele nos abandonou. Então os abri quando pensei no rosto, em minha mente, da pessoa que nos encontrou – Pastor Hughes. Foi o maldito pastor Hughes quem nos encontrou. E ele levou Isaiah. Levou meu irmãozinho e me largou em uma espécie de orfanato.

As mãos em volta da minha cintura me trouxeram de volta à casa em frente. Inclinei o corpo para recuperar o fôlego e me afastar do toque.

— Flame. Shhh... sou eu.

Suspirei e relaxei o corpo ao ouvir a voz da Maddie atrás de mim. Então suas mãos se moveram novamente e respirei fundo.

Olhei à esquerda, deparando com AK sentado em sua moto, de braços cruzados.

— É com você, irmão. Entramos quando você quiser.

Assenti e depois olhei para a direita. Viking me observava atentamente.

— Faço das palavras do AK, as minhas, cara. Esta é a porra do seu show. Quem manda é você. Aconteça o que acontecer, você tem o nosso apoio, caralho.

Inclinei a cabeça para trás. Maddie se mexeu às minhas costas e desceu da moto. Ela virou para mim e estendeu a mão.

— Você não está sozinho.

Sentindo meu peito apertar, também desci da moto. Segurei sua mão e a puxei para o meu peito, dando um beijo em sua testa antes de soltá-la. Em seguida, deixei que as malditas chamas me incendiassem. Estava na hora daquela porra acabar.

— Você fica aqui fora — instruí Maddie.

Ela assentiu em concordância. Então me virei para AK.

— Você fica na porta. Cuide dela, tá bom? Não deixe que ela se machuque.

AK desceu da moto e caminhou até ficar do lado de Maddie.

— Fica tranquilo, irmão. — AK puxou sua 9mm do *cut* e segurou a arma em punho. — O filho da puta não vai a lugar nenhum se estiver lá dentro. — Eu sabia. AK era um ex-atirador de elite. O irmão era incomparável com a porra de uma arma.

No instante seguinte, Viking estava ao meu lado. Fixei meu olhar ao dele, antes de dizer:

— Você vem comigo.

Viking deu uma piscadela e segurou suas Berettas favoritas, vindo logo atrás.

Então encarei aquela porta de madeira do caralho. A mesma porta pela qual fui puxado pela nuca quando criança, e arrastado, enquanto gritava, para aquela igreja maldita, dia após dia.

Sem pensar, meus pés avançaram, minha mão empunhando com firmeza a maldita faca que pertencia a esse buraco infernal.

E não consegui me conter. As chamas que há muito estavam sossegadas, começaram a arder cada vez mais, subindo como labaredas pelas minhas veias. O tique nervoso na minha cabeça se intensificou, minhas mãos cerraram. Soltei toda a porra da ira que sentia por esse buraco de merda e pelo filho da puta que poderia estar lá dentro.

E abracei as chamas. Deixei aquela merda queimar.

Aproximando-me da porta velha e decadente, levantei meu pé e chutei aquela merda. Invadindo aquele inferno, senti Viking vindo logo atrás de mim, protegendo a retaguarda. Estaquei em meus passos.

Nada havia mudado. O lugar estava ainda mais sujo e degradado. Era uma merda, mas tudo parecia o mesmo: o mesmo piso manchado, as cortinas desbotadas, até os móveis antigos. Meu coração disparou enquanto eu examinava a sala. Meu corpo tremia de raiva, tanta raiva por estar de volta a este lugar que mal conseguia pensar.

Então ouvi que alguém se movimentava no quarto.

Senti o fedor de álcool.

Então *ele* apareceu cambaleando.

Todo o ar saiu dos meus pulmões quando ele entrou na sala, com uma faca afiada e longa pra caralho em suas mãos. Seus olhos escuros pousaram em mim e seus dentes cerraram.

— Cai fora daqui! — rosnou, as roupas encharcadas de suor, a pele amarelada e pálida. — Cai fora antes que eu chame a polícia. Não tenho nada pra você aqui!

— Porra... — Ouvi ao meu lado, mas estava enraizado no chão. — Esse é o filho da puta?

Observei enquanto os olhos do meu pai disparavam de um ao outro. Ele ergueu a faca nas velhas mãos trêmulas.

— Eu disse para *saírem* daqui, porra!

Mas não nos mexemos e, de alguma forma, seus olhos continuavam voltando para mim. E então se focaram. Examinaram meu corpo, a faca na minha mão, depois se voltaram para focar de novo no meu rosto.

Um dos cantos de sua boca curvou para cima, como se estivesse entendendo tudo.

— Ora, quem é vivo sempre aparece. Me perguntei se algum dia veria seu rosto inexpressivo novamente, Josiah. E *aqui* está você. Parecendo tão maligno quanto sempre soube que você era.

Olhei para o meu pai, ouvindo aquele maldito nome cheio de veneno saindo da porra da sua boca nojenta. E eu sentia que estava tremendo. Podia sentir cada músculo do meu corpo tremendo. Não conseguia falar, não conseguia me mexer.

Estava preso em um maldito pesadelo.

— Não tenho nada pra você aqui, Josiah. Então, você e seus amigos pecadores podem dar meia-volta e ir embora, caralho. Não tenho grana, então, dá o fora daqui. Não quero que você traga seus demônios para esta casa novamente.

Algo dentro de mim estalou, e, finalmente, falei:

— Você tem as respostas que eu quero, velho. É isso o que eu quero, porra!

Incapaz de me segurar por mais tempo, dei um passo adiante. Segurando minhas lâminas na frente, corri na direção do meu pai. Seus olhos brilharam quando me aproximei. Ele levantou a faca, mas estava tão bêbado que mal conseguia segurá-la em sua mão trêmula. Com facilidade arranquei a lâmina das malditas mãos envelhecidas – o aço aterrissando no chão com um ruído –, e o imprensei contra a parede.

Usando meu antebraço, pressionei sua garganta e perguntei, encarando-o:

— Que merda aconteceu com o Isaiah? Por que infernos você sempre contava até onze? — Inclinei-me mais perto e rosnei: — E por que você me estuprou? Por que diabos me estuprou e fodeu com a minha cabeça?

Meu pai tossiu e seu rosto ficou vermelho, incapaz de respirar. Mas o filho da puta não teria uma morte assim tão fácil. Eu o faria pagar, porra. Pagar por tudo.

Afastando-me, abaixei o braço e o vi cair no chão. Senti o espasmo intenso na minha cabeça e a tensão dolorida nos músculos do pescoço. Mas virei as lâminas na minha mão e gritei:

— Viking! Segure o filho da puta em cima da mesa.

Viking entrou em ação, pegando o bastardo pelo cabelo e o arrastando para a mesa no centro da sala. A mesa em que minha mãe costumava colocar a comida. Andei de um lado ao outro, lutando contra a memória da minha mãe em pé nesta sala, me defendendo desse maldito doente. Minhas mãos agarraram os cabos das minhas facas e bati na lateral da cabeça quando inúmeras lembranças malditas inundaram minha mente.

— Pronto, irmão — Viking anunciou do outro lado da sala. Quando me virei, ele estava segurando os braços do meu pai, que esperneava para tentar se soltar. Viking sorriu. — O filho da puta não vai a lugar algum, irmão.

— AK! — chamei. Em pouco tempo, ele entrou na sala, com sua 9 mm em punhos. Ele acenou com a cabeça. — Segure as pernas do filho da puta — instruí.

Ele guardou a arma em seu *cut* e fez o que pedi. Fui para o lado da mesa e, quando olhei para baixo, o rosto do meu pai estava virado para mim. Segurando o cabo da minha faca, avancei com um grito e golpeei seu rosto com o punho da lâmina. O sangue jorrou pela boca do meu pai. Colocando a faca no cinto, levantei sua cabeça segurando a gola da camisa fétida e manchada, e perguntei:

— O que diabos foi feito com Isaiah? Que porra você fez com o corpo do meu irmão?

Meu pai tossiu e engasgou, mas não respondeu. Puxei o rosto para mais perto do meu e rosnei:

— Para onde ele foi levado, caralho? Que porra foi feito com o corpo dele?

— Eu responderia se fosse você. Responda ou ele vai cortar a porra da sua língua. Seu filho é um maldito assassino, papaizinho. Não acho que vai querer continuar fodendo com ele — Viking advertiu e os olhos do meu pai alargaram. E então compreendi... ele estava *assustado*. Eu não conseguia interpretar as expressões das pessoas, mas conhecia o rosto dele. Conhecia todas as suas expressões. E sabia que nunca o tinha visto assim antes. Nunca antes o vi assustado.

ALMA SOMBRIA

E amei pra caralho o fato de que fui eu quem o fez sentir medo.

— Pastor Hughes — ele tossiu. — O pastor Hughes e o Ancião Paul vieram buscar vocês dois. Vieram me procurar e encontraram vocês. Eles sabiam do porão e sabiam onde procurar. Eles cremaram seu irmão e jogaram suas cinzas no rio. Era melhor mesmo que estivesse morto, para não ter que conviver com você e a sua alma contaminada.

As chamas sob a minha pele queimavam pra caralho, elas atearam fogo por dentro de mim. Inclinando a cabeça para trás, rugi e gritei alto. Isaiah. Eles o queimaram. A porra do pastor e do ancião que me amarraram e encheram a cabeça do meu pai com toda aquela merda sobre cobras, esconderam a morte do meu irmão.

Segurando minha faca, desci até começar a arrastar a ponta da lâmina pela superfície da pele do peito, rasgando a carne. Meu pai gritou e, antes que tivesse tempo de gritar novamente, exigi:

— Por que onze? Por que onze vezes? Por que tudo sempre tinha que ser onze malditas vezes?

Seus dentes rangeram com a dor e, pegando a lâmina, recoloquei a ponta no início do corte que acabara de lhe dar e comecei a arrastá-la para baixo.

— Eu disse, por que onze?

Meu pai ofegou e exclamou:

— Há dez mandamentos, onze é zombaria de tudo que é puro. É para os perturbados e pecadores. Você tem o mal em suas veias, a escuridão em sua alma. Onze era digno do pecador que você é!

Parei e, incapaz de recuperar o fôlego através da neblina vermelha da ira, bati na minha cabeça.

— Eu não era um maldito pecador. Eu era diferente, porra. Eu *sou* diferente. Minha cabeça não funciona direito, como as das outras pessoas. Mas não era um maldito pecador, não era mau, só era *diferente*. Mas a porra da sua igreja disse que eu era demoníaco. Você pensou que todos eram malignos: eu, mamãe, Isaiah. Quando, na verdade, *você* era. Era você quem era o fodido da cabeça!

Soltei um suspiro alto. Essa respiração se transformou em um grito de ódio, e então, cortei sua barriga. A lâmina não cortou fundo, mas o filho da puta com certeza sentiu. Ele sentiu a porra da dor da minha lâmina.

— Você é um pecador, Josiah. Veja o que você se tornou. O que você teria se tornado, de qualquer maneira — ele engasgou. — Um maldito retardado com as chamas do inferno no seu sangue. O retardado com o maligno correndo em suas veias.

— Cala a boca! — rosnei. — Cala. A. Porra. Da. Boca!

Seus olhos escuros me observavam. Então, apontando minha faca para o rosto dele, rosnei:

— *Você* me colocou naquele maldito porão. — Indiquei a portinhola do porão, que sabia ainda estar lá. — *Você* me cortou com uma faca, noite após noite, por sabe-se lá quanto tempo. *Você* me deixou passando fome. *Você* me deixou no maldito frio de congelar os ossos. — Então meu corpo ficou tenso quando me forcei a dizer: — Você me estuprou. *Você me estuprou*. Seu maldito filho da puta. — Fiz uma pausa para conseguir respirar, depois continuei com a voz baixa: — Mamãe, Isaiah... *você* arruinou *eles*. Eles morreram por causa do que você fez com todos nós. Você e aquela porra de igreja.

Desta vez, ele não disse nada para mim. Apenas me olhou. Ele me encarou com aqueles malditos olhos. Isso me irritou pra cacete. Meu corpo aqueceu e as facas pesaram em minhas mãos. Olhei para Viking, que parecia tão imóvel quanto uma pedra, e ordenei:

— Mantenha os braços dele presos.

Viking forçou os braços do meu pai para baixo. De pé, acima dele, virei a lâmina nas mãos e depois cortei seu braço.

— Um — rosnei, vendo o sangue escorrer de sua ferida enquanto ele respirava fundo. Cortei novamente. — Dois — assobiei quando seus dentes se apertaram com a dor. Cortei de novo, e de novo, e de novo, meu pau endurecendo com a visão de cada esguicho de sangue que atingia meu rosto. — Três. Quatro. Cinco. Seis. Sete. Oito. Nove. Dez... — Contei lentamente. Os braços do desgraçado estavam retalhados, o sangue pingando no chão. Então, sentindo o latejar da minha pulsação no pescoço, passei a lâmina sobre a sua coxa e rugi: — *Onze!*

Meu pai caiu sobre a mesa, os olhos atordoados.

Lutando contra o enjoo, me aproximei e perguntei:

— Por que você me estuprou?

Meu pai congelou sobre a mesa. Pressionei a lâmina na sua bochecha e repeti:

— Por que você me *estuprou*?

Minha lâmina pressionou ainda mais a pele fina, conforme seu silêncio foi se prolongando. Então ele disse, de repente:

— Para livrar sua carne completamente do pecado. Para puni-lo por tirar sua mãe de mim.

Fiquei quieto, a faca empunhada contra seu rosto, depois me afastei. Ele era um doente de merda, cujo tempo estava acabado.

Olhei para o fundo da sala. Apontei para o alçapão e pedi:

— Vike, arraste ele para lá.

Dei um passo para frente, depois estaquei. Olhei para aquela porra de alçapão e, enquanto olhava, não conseguia me mover nem um centímetro. A madeira se achava arranhada e desgastada pelos anos de uso. A fechadura estava enferrujada, mas ainda permanecia lá.

— Porra, cara — Viking disse ao meu lado. — Que tipo de merda você passou ali dentro? Já *tô* querendo quebrar o pescoço deste pedófilo do caralho. Essa merda de porão vai me deixar louco.

Sem responder, fechei os olhos e respirei fundo, tentando me acalmar. Agachei e me forcei a abrir a fechadura, abrindo a portinhola; a madeira velha e podre rangeu quando escancarou facilmente.

O familiar cheiro de bolor, sangue e esperma do porão imediatamente atingiu meu nariz. Tive que lutar para não vomitar com o fedor. No momento em que estava prestes a ordenar que Viking jogasse meu pai lá, de cabeça, um movimento lá embaixo chamou minha atenção.

Meu coração parou, e depois disparou adoidado quando vi um par de olhos escuros olhando de volta para mim. Pisquei, achando que estava vendo coisas, mas então um rosto pálido emergiu lentamente na luz. Joguei-me contra a parede, o peito ofegando em choque.

AK correu para o meu lado.

— O que foi? — perguntou.

Viking largou o corpo bêbado e retalhado do meu pai no chão, atrás de si, e se juntou a nós.

Balancei a cabeça e disse:

— Tem alguém lá... Tem alguém lá, porra!

Viking e AK se aproximaram do alçapão e olharam para baixo. Meu estômago revirou quando Viking gritou:

— Porra! Caralho, irmão, tem um garoto aqui!

Observei, congelado contra a porra da parede, enquanto os dois se curvavam. AK se virou.

— Porra, Flame. Vem aqui agora.

Movi as pernas, lutando contra as memórias sombrias de ser fodido naquele buraco, então olhei para trás... e meu pai já não estava lá.

— Para onde ele foi, porra? — rosnei, ficando de pé.

Então um grito veio do lado de fora.

— *Flame!*

Maddie...

NÃO!

— Caralho! — Viking praguejou. Mas eu já estava correndo para a porta, meu sangue bombeando como malditas corredeiras de fogo. Voei pela porta, e vi meu pai, com aquela maldita faca na mão, segurando Maddie contra o seu peito. E a porra da lâmina estava pressionada no pescoço dela.

Uma névoa vermelha cobriu meus olhos e eu gritei, o barulho rugindo de dentro do meu peito.

Os olhos verdes de Maddie estavam arregalados e cheios de lágrimas.

Ela me encarava, suplicando por ajuda.

— Me deixe ir embora ou vou cortar a garganta dessa puta — meu pai alertou. Meu sangue esfriou completamente.

Fiquei parado e disse com calma:

— Solte ela.

Viking parou ao meu lado, e os olhos do meu pai saltaram entre nós.

— Me deixe ir, e você pode ter sua puta de volta.

— Flame — Maddie sussurrou, o rosto empalidecendo.

Observei a faca pressionada contra o seu pescoço, a lâmina já tocando a pele e joguei minhas próprias lâminas no chão.

— Solte ela, porra — exigi, minha voz soando como um trovão.

Então o desgraçado começou a andar para o lado, descendo pela estrada de terra. Quando meu pai se virou, ele girou Maddie, empurrando brevemente seu corpo para o lado, ficando exposto. Eu estava prestes a me lançar para atacar o filho da puta, quando AK se aproximou de mim, sua 9 mm apontada e alinhada.

— Se prepare para fazer picadinho desse filho da puta do caralho — ele sussurrou.

Um segundo depois, AK enviou a porra de uma bala diretamente na parte de trás da coxa do meu pai, e o vi cair no chão, a faca escorregando, o fêmur quebrado. Maddie caiu para o lado, o pescoço ainda enlaçado pelo braço dele. Mas ela se libertou, rastejando para longe, em segurança.

E isso foi tudo o que precisava.

Abaixando, peguei minhas facas e corri para ele. Meu papai rolou, tentando se levantar, assim que cheguei ao seu lado. Então, olhando-o bem no fundo de seus malditos olhos, as chamas rugindo por dentro, montei em sua cintura e desferi golpes e mais golpes em sua carne. E observei. Eu o observei como um falcão enquanto ele tentava gritar. Afundei o aço afiado em seu peito, barriga, retorcendo e fatiando seus músculos e banha. Vi o rosto da minha mãe em minha mente enquanto retalhava seu peito. Eu o vi espancando-a, sua pele ensanguentada e machucada. Eu o vi gritando com Isaiah. Vi o momento em que o colocou ao meu lado, no buraco imundo, nos deixando lá para morrer, enquanto rasgava e mutilava os tendões em seus braços.

Desci pelo seu corpo que agora jorrava sangue como um gêiser. Mas eu não conseguia parar de esfaquear, não conseguia parar de gritar por todos aqueles anos de dor excruciante. Cheguei abaixo de sua cintura, e pegando as duas facas, as enfiei perfurando seu pênis. Meu pai estava se engasgando com o próprio sangue. Mas fechei os olhos, ainda tentando afastar a sensação do seu hálito no meu pescoço quando criança, do seu peito suado, pressionado contra as minhas costas, enquanto ele me fodia contra a parede.

ALMA SOMBRIA

E, ainda assim, não conseguia parar. Cortei suas pernas, rasgando ossos e músculos. Subi para o estômago e fatiei a pele, depois cheguei ao seu rosto, àqueles malditos olhos escuros que me encaravam, vidrados, e, erguendo as mãos, desci as lâminas em cada um de seus olhos. E nem assim consegui parar. Continuei cortando sua mandíbula, bochechas e a porra do seu crânio.

Pensei que nunca seria capaz de parar, até...

— Flame! Pare... Por favor! — Uma voz chorou.

Mas levantando as facas, com as mãos trêmulas, as levei através de seu crânio, sentindo o osso lascar com o impacto.

— Flame! Pare! PARE!!!

A voz que chamava meu nome, subitamente, se infiltrou em minha mente, me fazendo largar as facas, meu corpo exaurido pelo esforço. Ofeguei, respirando com dificuldade e em um ritmo acelerado, até que meus olhos, finalmente, voltaram a focar.

Sangue. Tudo o que eu podia ver eram litros de sangue. Sangue embaixo de mim, sangue cobrindo um cadáver na minha frente... um cadáver todo mutilado e dilacerado, cujo rosto era irreconhecível. Não seria possível identificá-lo.

O movimento ao meu lado me fez virar e ofeguei. Maddie... Maddie...

— Flame. Deus! — Ela estava sentada na grama atrás de mim, o rosto pálido, a mão cobrindo a boca.

A raiva cresceu no meu peito; raiva e uma porra de sentimentos que não conseguia entender, e então, gritei.

Eu gritei e gritei. Afastando-me do corpo retalhado do meu pai, caí no chão, joelhos dobrados e os músculos do pescoço tensos. Então, cerrando meus punhos, inclinei a cabeça para trás e gritei novamente. Gritei até que minha voz ficou rouca, minha garganta machucada e dolorida.

De repente, me senti muito cansado, exausto, e minha cabeça pendeu para frente. Meu corpo tremia enquanto lágrimas caíam dos meus malditos olhos. E eu não conseguia parar.

Eu *não conseguia* parar.

Perdido demais nessa merda após o assassinato, senti uma mão macia no meu rosto. Eu me encolhi com o toque, mas quando fui me afastar, o rosto de Maddie apareceu. Lágrimas escorriam pelas suas bochechas; seu rosto e lábios mortalmente brancos.

— Maddie — resmunguei, incapaz de me mover.

Ela se ajoelhou, chegando mais perto ainda, e puxou minha cabeça para recostar em seu peito. Maddie chorou e passou os braços ao meu redor, me segurando contra o calor de seu peito. Passei meus braços débeis em volta de sua cintura e disse com a voz rouca:

— Ele morreu. Ele realmente morreu. — Parecia que o peso de uma tonelada havia sido retirado de cima de mim.

Maddie soluçou.

— Sim — ela sussurrou, depois me abraçou com mais força, com o seu corpo minúsculo.

Ficamos assim por alguns minutos, até ouvirmos um barulho atrás de mim. Ouvindo-a ofegar, eu me afastei e levantei a cabeça. E meu coração parou.

Vike e AK estavam saindo da casa... saindo da porra daquela casa, com o garoto do porão. Um garoto que parecia ter dezesseis ou dezessete anos.

Ele era magro.

Era alto.

Estava pálido.

Mas ele... ele...

— Ele se parece com você — Maddie falou ao meu lado. Ela disse em voz alta o que se passava na minha cabeça. — Meu Deus, Flame, ele tem os seus olhos, e a mesma cor de cabelo... Parece que ele é... *Deus*! Ele é seu irmão? — Ela estendeu a mão para segurar a minha e perguntou: — Você tem outro irmão?

Olhei para o garoto, parado entre AK e Vike. Observei suas roupas rasgadas. Mas seus olhos estavam em mim. Ele nunca desviou o olhar de *mim*. Viking colocou a mão no ombro do garoto, mas ele se afastou.

Eu imediatamente me levantei.

— Não toque nele, porra — rosnei.

Viking se virou, com as mãos para cima.

— Porra, cara, eu não ia machucar o garoto. Estava levando ele para conhecer vocês, irmão. Este é Asher Cade. Acontece que o papaizinho tinha uma amante e, depois que você saiu, ele trouxe ela e o filho bastardo para este palácio. Asher aqui é o referido garoto bastardo. — Viking apontou para o garoto. — Você tem um maldito irmãozinho, Flame. Asher Cade. Seu pai casou com a mãe dele e tornou tudo legal e oficial o mais rápido que pôde.

Sentindo como se tivesse levado um murro no estômago com um soco inglês, dei um passo para frente. O garoto me observou, então olhou por cima do meu ombro. Fiquei tenso quando percebi o que ele estava vendo, mas então um maldito suspiro deixou sua boca e seus ombros relaxaram.

— Você está bem, garoto? — AK perguntou, e ele assentiu lentamente com a cabeça.

Seus olhos escuros se fixaram em mim e ele perguntou timidamente:

— Você é o Josiah?

Parei de andar, a mão de Maddie apertando a minha. Balancei a cabeça e assobiei:

ALMA SOMBRIA

— Eu sou o Flame. Eu era Josiah. Agora, sou Flame.

O garoto olhou para o corpo no chão atrás de nós.

— Ele disse que eu era... como você. Disse que era muito parecido com o... Josiah. Então ele me machucou... ele...

A voz do garoto embargou. Ele olhou para o chão. Seus olhos se fecharam e ele suspirou.

— Quantos anos você tem? — AK perguntou, à minha esquerda.

— Dezesseis — ele respondeu.

Fechei os olhos.

Abrindo-os novamente, perguntei:

— Onde está a sua mãe?

O garoto olhou para mim. Vi sua expressão mudar. Os olhos dele baixaram. Ele engoliu em seco.

Viking apontou para mim.

— O Flame não está bravo. É assim que ele fala.

Fiz uma careta para Viking.

— Como eu falei, porra?

Viking deu de ombros e esfregou a mão debaixo do nariz.

— Como você, irmão. Não se preocupe.

Maddie encostou a cabeça no meu braço. Respirei profundamente, odiando nunca saber como falar corretamente com as pessoas.

Asher deslocou o peso dos pés, demonstrando tristeza, e respondeu:

— Morreu alguns meses atrás. Ela... ela se matou. — Ele olhou para mim e apontou para trás de si. — Se enforcou na árvore dos fundos. — Ele respirou fundo. — Eu a encontrei. E o papai... ele me culpou. Disse que foi tudo minha culpa. — Ele balançou a cabeça. — Mas ele bateu nela. Nos fez ir para a igreja que ele tanto amava e que nós odiávamos. Ela se matou por causa dele, mas ele *me* culpou. Minha mãe ainda era tão jovem, tinha apenas dezoito anos quando o conheceu. Ela não conseguia mais suportar aquilo.

— Deus... — Maddie sussurrou, claramente em choque.

Fechei os olhos e pensei, *assim como a porra da minha mãe*. Era tudo exatamente como na porra da minha vida. Quando os abri novamente, AK estava na minha frente.

— Você decide, cara. Esse garoto é seu sangue. — Encarei meu... *irmão*... e meu coração bateu forte. Eu tinha um irmão. Eu tinha um irmão... *de novo*.

O garoto sustentou meu olhar, deu um passo à frente e perguntou:

— O que vai acontecer comigo agora? Eu não posso... — Ele prendeu a respiração e tremeu. — Não me leve para essa igreja. Por favor... *Josiah*, por favor... Não tenho mais família e odeio essa igreja mais do que qualquer coisa.

— É Flame — eu o corrigi, ocupado demais pensando naquela porra de igreja. Os olhos dele se arregalaram.

— Flame — ele implorou. — Não me faça ir para lá.

Maddie apertou minha mão. Quando a olhei, ela estava me encarando com aqueles olhos enormes. Respirando fundo, encarei Asher e falei:

— Você vem para casa comigo.

O garoto fez uma pausa e depois engasgou com um maldito soluço sofrido. Viking avançou e passou o braço em volta do ombro de Asher. O garoto ficou tenso, mas relaxou imediatamente contra o enorme peito de Viking, aceitando seu abraço. E então percebi que Asher não era como eu de forma alguma. Ele não tinha o meu problema. Ele podia ser tocado... Ele...

—... Pode ser tocado — concluí, baixinho. A mão de Maddie estava no meu peito. Ela me ouviu. Meu braço levantou para descansar sobre seus ombros e a puxei para mais perto, abraçando a única pessoa que eu podia tocar. Encostando a boca próximo ao seu ouvido, sussurrei: — Ele pode ser tocado, Maddie. Ele não é como eu.

— Eu sei — ela respondeu, e me abraçou com mais força. — Isso é bom, Flame.

Viking passou por mim, indo em direção às motos, longe da porra daquele cadáver. Com Asher debaixo do braço, ele perguntou:

— Pequeno Ash, você já esteve no Texas? — Viking parou de repente e olhou para trás. — Little Ash, irmão. Flame e Little Ash. — Ele balançou a cabeça e sorriu. Voltando-se para Asher, insistiu: — Você já andou de moto?

— Não... — Asher respondeu, tímido. — Mas já vi uma. E sempre gostei delas.

— Que bom, irmão. Porque para onde você vai, você aprenderá a amá-las.

AK seguiu os dois sem dizer uma palavra. Fiquei lá apenas respirando, olhando para aquela velha casa de merda. Maddie parou à minha frente.

— E agora?

Afastando uma mecha solta de seu cabelo preto, colocando-a atrás da orelha, eu disse:

— Eu preciso que você espere aqui fora.

Maddie parou, depois soltou minha mão e caminhou até as motos. Voltei para o que restava do meu pai no chão. Agachando, peguei seu maldito cadáver retalhado em meus braços e o carreguei para dentro da casa, de volta ao porão. Sem nem olhar para o rosto, sem nem olhar para aquela cela maldita, joguei o corpo naquele buraco do inferno, assim como aquela maldita faca.

Em segundos, estava na porta da frente e, enfiando a mão no bolso, peguei meu isqueiro e acendi. Olhei para as labaredas alaranjadas, sentindo

ALMA SOMBRIA

as chamas no meu sangue se agitarem em resposta. Então entrei pela porta velha pela última vez e acendi a chama no chão sujo e seco. Fechei a porta da frente e sorri. Erguendo a cabeça, vi Asher na traseira da moto de Viking, vestindo um casaco de couro grande demais para o seu corpo franzino. Então subi na minha moto. Maddie já estava à minha espera, e enlaçou minha cintura assim que me sentei no banco.

AK emparelhou a moto ao lado e perguntou:

— E agora, irmão?

Focando em frente, eu disse:

— Tenho mais um lugar para ir.

Ele acelerou o motor e disse:

— Então, siga em frente.

Saímos pela estrada de terra. Senti o cheiro da madeira queimada, e sorri novamente. Sorri sabendo que aquele filho da puta queimaria em cinzas.

Chegamos à estrada principal e acelerei pelo asfalto em direção a um último lugar. AK e Viking estavam bem atrás de mim, nenhum maldito carro na estrada.

Meu peito se apertou quando nos aproximamos da construção que eu tanto odiava. Quando a antiga igreja apareceu na estrada deserta, parei minha moto na frente.

Descendo, me virei para Maddie.

— Você fica aqui na frente com o garoto. Isso não vai demorar.

Maddie engoliu em seco, mas desceu da moto e caminhou em direção a Asher, ainda sentado na garupa do Viking. Meus irmãos se juntaram a mim.

— Que porra de lugar é esse? — AK perguntou, inspecionando a velha cabana branca.

Cerrei os punhos e respondi:

— Uma igreja.

AK franziu a testa e Vike balançou a cabeça.

— E o que estamos fazendo em uma igreja antiga? Porque tenho certeza de que vou explodir em chamas se eu pisar nesse lugar. — Viking apontou para a entrada.

— Você entra e traz para fora todos os que estão lá dentro. Estarei esperando — pedi, e sem esperar uma resposta, fui para a minha moto e tirei duas lâminas novas do meu alforje. Segurando os cabos, fui para trás da igreja e esperei.

Não tinha se passado nem dois minutos, quando AK e Viking saíram, cada um segurando um homem. E a raiva retornou com força máxima quando vi o pastor Hughes e o Ancião Paul.

Meus irmãos seguraram os dois homens do meu passado completamente pálidos de medo. Vike inclinou o queixo e disse:

— Estes eram os únicos dois lá dentro. Eram eles que você queria?

— Sim — rosnei. Levantei minhas lâminas e pedi: — Segurem eles contra a parede.

AK e Vike se moveram sem questionar e empurraram o pastor e o ancião contra a parede de madeira da igreja. Os homens começaram a fazer perguntas para mim, mas não perdi tempo. Seguindo em frente, mergulhei a faca primeiro no Ancião Paul, deixando-o empalado na parede, sufocando com o próprio sangue. Depois, mandei a outra através do estômago do pastor Hughes, me aproximando o suficiente para cuspir:

— Isso é pelo Isaiah, seu filho da puta. Por Isaiah e por ajudar aquele maldito fodido de merda do meu pai a se safar da porra de assassinato e estupro.

Eu me afastei, apenas olhando por cima do ombro para pedir a Vike:

— Taque fogo na porra do lugar, e deixe esses filhos da puta na parede para queimarem vivos.

Alcancei minha moto e indiquei com a cabeça para que Maddie viesse até mim.

— Você está bem? — ela perguntou cautelosamente ao se aproximar.

Eu assenti com a cabeça e subi na moto. Maddie montou atrás de mim, sem fazer perguntas, enquanto AK e Vike voltavam na nossa direção. AK inclinou a cabeça me dizendo que o lugar estava em chamas.

Quando meus irmãos deram partida em suas Harleys, atrás de mim, ergui a mão no ar e apontei para frente.

Estava na hora de ir para casa.

CAPÍTULO VINTE E OITO

MADDIE

Chegamos em casa três dias depois.

Estávamos cansados e emocionalmente esgotados, mas estávamos em casa. Na verdade, chegamos bem mais rápido na volta; Flame fazendo de tudo para que chegássemos o mais depressa possível.

Asher fez a viagem sem reclamar. E, no pouco tempo que pude conversar com ele, descobri que era um garoto jovem e doce. Ingênuo, recatado, mas brilhante. AK e Viking o colocaram sob seus cuidados. Asher havia trocado de garupa entre eles e dormiu ao lado deles quando acampamos à noite. Os dois melhores amigos de Flame conversaram com ele sem parar. Viking explicou seu estilo de vida e o que o futuro de Asher poderia se tornar.

Ele ouviu atentamente, dizendo pouco em resposta. Estava dolorosamente quieto, mas gostei dele imediatamente. E meu coração chorou por ele. Quando olhei para Asher, não pude deixar de ver um Flame jovem nos seus olhos. Eles eram muito parecidos na aparência. Era uma semelhança surpreendente. Mas a melhor parte de tudo, era que Asher tinha a promessa de uma juventude mais sadia. Onde, para Flame, aquilo havia sido arruinado já na infância. E Asher não tinha o mesmo problema que Flame. Ele era capaz de entender as pessoas muito bem. Podia expressar suas emoções e entender as ações sutis. Ele não compartilhava da mesma condição que seu meio-irmão.

O que me levava ao Flame.

Durante todo o caminho de volta, ele falou muito pouco. Ele pilotou, comeu e fez a nossa cama distante de Viking, AK e de seu irmão. Longe, excluindo-os completamente. Toda noite, cada vez que íamos dormir, ele me puxava para deitar ao seu lado, me abraçando com força. Como se estivesse com medo de me soltar. Mas ele não falou quase nada. Ele comentou sobre o que fizera com o pai. O que fizera em sua antiga igreja. Ele se desligou completamente.

E o pior de tudo, ele não conversou absolutamente nada com Asher.

Nem uma palavra.

Ele mal olhou para o irmão.

Asher o observava quando Flame não estava olhando. Ele o observava atentamente, e isso partiu meu coração em pedaços. Porque eu podia ver o desespero de Asher tão claramente em sua expressão tímida. Eu podia ver o desejo em seus olhos, para que seu irmão mais velho o reconhecesse, ou até mesmo olhasse para ele.

Mas Flame não o fez. Ele sentou, afiando as lâminas, sempre com a cabeça baixa.

Em silêncio.

Quando chegamos em casa, às três cabanas, AK deu uma olhada no rosto inexpressivo de Flame e perguntou:

— Que tal Little Ash ficar comigo? Eu tenho um quarto sobrando. Ele vai ficar bem comigo.

Flame assentiu com a cabeça uma vez e AK levou Asher para sua cabana. Eu os observei o caminho todo, completamente perdido no que fazer. Quando estavam prestes a entrar pela porta, Asher olhou de volta para Flame. Mas Flame estava olhando para a frente, com os ombros tensos. Asher entrou na cabana, derrotado; AK fechou firmemente a porta atrás deles.

Flame estava assim desde então. Quieto, incapaz de suportar me deixar fora de sua vista, se afastando do mundo.

Sentindo que a água tinha esfriado, puxei o plugue da banheira e fiquei ali sentada, tentando buscar em minha mente o que poderia ser feito. Porque esse era o Flame. Ele não expressava o que o incomodava. Ele mantinha para si, sem dar nenhuma deixa sobre como ajudá-lo.

Durante dias, procurei em minha mente qualquer coisa para ajudá-lo a lidar com a sua dor interior; então, assim como senti que estava completamente perdida, incapaz de oferecer qualquer ajuda, uma ideia me ocorreu. Uma percepção tão forte, que estava convencida de que seria de grande ajuda, mesmo que só um pouco.

Porque havia uma lembrança assustadora que Flame ainda não havia superado. Uma barreira que ele ainda tinha que enfrentar. Respirando fundo, rezei para que funcionasse. Porque se isso não acontecesse, eu não tinha certeza se Flame seria libertado da prisão em sua mente.

Saindo do banho, me sequei rapidamente e vesti uma calça de couro e um suéter preto, depois amarrei meu cabelo em uma trança apertada. Quando estava pronta, saí do banheiro e o encontrei na mesma posição em que estivera há dias. Ele estava encostado na parede perto da lareira apagada, seu dedo acariciando a longa lâmina em suas mãos... e seus intensos olhos escuros estavam fixos nos fundos da sala... no alçapão... na réplica do alçapão que lhe trouxe tanto sofrimento em sua juventude.

Notei seus músculos tensos quando entrei na sala. E como ele havia feito nos últimos dias, sua mão bateu no chão ao seu lado, indicando sem palavras para que eu me sentasse ali.

Dessa vez, quando me aproximei, me agachei aos seus pés. Seus olhos mal registraram que eu estava usando minha calça de couro; ele não se mexeu. Estendendo a mão, segurei a sua, e, quando seus olhos perdidos piscaram, gentilmente exigi:

— Preciso que você nos leve a um lugar.

A expressão facial de Flame não mudou, mas o ritmo alterado de sua respiração me disse que ele não queria sair. Apertei sua mão e sussurrei:

— Por mim, Flame. Por favor, faça isso por mim.

Ele deixou a lâmina cair e se levantou. Recusando-se a soltar a minha mão, me puxou contra o peito e perguntou:

— Para onde estamos indo?

— Preciso que a gente vá para o centro de Austin.

Flame inclinou a cabeça e perguntou:

— Onde?

Fechei os olhos, sabendo que isso seria uma batalha. Então disse a ele o nome da rua. Assim que as palavras saíram da minha boca, o corpo de Flame enrijeceu, os músculos em seus braços e peito ficando ainda mais tensos.

— Não — retrucou, ferozmente, e me abraçou mais forte. — Não — repetiu, com a mesma intensidade.

Afastando-me do seu peito musculoso, fiquei na ponta dos pés. Colocando as mãos nos braços dele, implorei:

— Confie em mim. Preciso que venha comigo. Eu só... por favor, Flame... *por mim*. — Pressionei sua mão contra o meu coração e continuei: — Eu amo você e nunca faria nada para machucá-lo. Então, por favor, confie em mim. Eu sou a sua Maddie. Nunca magoaria você.

— Maddie — Flame murmurou, os olhos escuros pestanejando.

— Confie em mim — supliquei, e, relutantemente, ele abaixou a cabeça. Em segundos, me levou para fora, em direção à sua moto. E minutos depois estávamos na estrada.

Ele pilotou devagar, e eu sabia que estava tentando evitar o que eu precisava que ele enfrentasse. Eu o abracei firmemente o caminho todo. Quando chegamos, Flame estacionou nossa moto em frente ao familiar edifício branco.

Seu corpo estava tenso com apreensão. E eu sabia que isso seria difícil. Mas queria o meu Flame de volta. Queria que ele afastasse qualquer névoa sombria que atormentava e torturava sua mente.

Desci da moto e fiquei ao seu lado. Passando a mão pelo braço forte, segurei sua mão. Flame suspirou, depois desceu da moto, os dedos imediatamente entrelaçando nos meus.

Quando ficamos de pé na calçada, os pés de Flame estavam firmemente plantados no chão. Lentamente, o convenci a avançar. Ele entrou em pânico e admitiu:

— Acho que não consigo entrar.

Meu coração apertou com o olhar perdido em seu rosto. Puxando-o gentilmente, assenti com a cabeça.

— Sim, você consegue. Este não é um lugar ruim. Você precisa ver isso por si mesmo, Flame. Você precisa ver que os lugares, as atrocidades que sofremos ao crescer, não eram normais. — O rosto inexpressivo de Flame nunca se alterou. Pedi novamente, com ênfase: — *Confie em mim.*

Então seus pés começaram a seguir adiante. Ele me seguiu pelos degraus íngremes e brancos, apertando a minha mão com força. Quando chegamos ao topo da escada, as portas de madeira estavam abertas.

— Você está pronto? — perguntei, olhando para o maxilar cerrado de Flame.

Seus dentes rangeram e ele balançou a cabeça.

— Não — murmurou, os olhos varrendo por toda a igreja procurando o quê, eu não saberia dizer.

— Mas você vai me seguir? — perguntei.

Flame, desta vez, encontrou meus olhos e respondeu:

— Para qualquer lugar.

Soltando um suspiro, o conduzi para a entrada principal da igreja. Quando ergui os olhos, vi que ele estava examinando o grande edifício. Nós estávamos sozinhos ali. Fiquei feliz por isso. Flame precisava ver que essa igreja não era nada como aquela onde o haviam amarrado e confundido suas práticas únicas que encaravam a vida sob a ótica do mal.

Guiando Flame para os bancos, me sentei. Meus olhos avistaram uma foto da pastora James pendurada no altar cercado por velas e flores, e meu corpo se encheu de tristeza. Eu sabia que Styx havia organizado para que sua família soubesse de sua morte, embora anonimamente. Eu não conhecia os detalhes, mas Mae me disse que a conversa acontecera. E eu sabia que eles tinham recebido dinheiro. Mas, vendo o sorriso gentil em seu rosto retratado naquela foto, pensei que nunca conseguiria apagar a morte dela da minha mente. E pelas mãos de uma criança.

Flame estava sentado ao meu lado, completamente imóvel. Eu podia ouvir o peso de suas respirações e sentir a tensão de suas mãos. Estava tão orgulhosa dele por ter vindo aqui. Porque ele faria qualquer coisa por mim.

Seu tique nervoso fez com que um espasmo sacudisse sua cabeça quando observou o interior da igreja. Então, suspirando, ele olhou para mim e perguntou:

— Não há cobras? Não há pessoas se contorcendo no chão?

— Não — respondi, silenciosamente, e recostei a cabeça em seu ombro. — Não é o lugar que você acredita que seja. — Olhei para a estátua de Jesus, atrás da qual eu costumava me esconder, e disse: — Todas aquelas semanas atrás, quando você veio aqui me procurar, temendo que estivesse machucada... Eu não estava.

Apontei nossas mãos unidas para a alta estátua de mármore branco de Jesus e confidenciei:

— Eu costumava vir aqui quando você estava no hospital por causa do seu pescoço. Eu me escondia atrás daquela estátua e via o mundo passar. Eu ficava invisível, nas sombras, ouvindo o coral cantando suas músicas lá de cima, na galeria, entoando as palavras que eu tinha muito medo de falar. Estava com muito medo de cantar porque me disseram toda a minha vida que era errado. Embora aquela não fosse mais minha vida, ainda mantinha esses pensamentos. No fundo, eu temia me livrar deles.

— Por que você não se livrou deles? — Flame perguntou e suspirou.

Fechei os olhos, sentindo a garganta fechar com a emoção pela garota que fui naquela época – viva, mas que não vivia.

— Eu acho... Acho que mantive as antigas crenças, porque... Porque não sabia quem eu era sem elas. Durante toda a minha vida, servi aos discípulos. Tornei-me escrava dos meus medos. Então, quando estava livre, eu me sentava na escuridão, vendo os outros abraçarem a luz... vendo os outros cantando... E eu proferia as palavras dos versos, querendo sentir tanto a liberdade que ouvia enchendo o ar. Mas simplesmente não conseguia. Não conseguia me soltar. Eu temia a pessoa que eu era.

O dedo de Flame brincou ao longo da pele do dorso da minha mão, e ele perguntou em um sussurro abafado:

— E quem é você?

Lágrimas encheram meus olhos e um sorriso enfeitou meus lábios.

— Sua — confessei, do fundo do meu coração. — Eu sou sua. Você precisou cair na escuridão para me fazer ver a verdade e a luz.

Flame parou e, em seguida, levantando minha cabeça com o dedo debaixo do meu queixo, gemeu.

— Maddie... — E fechou os olhos brevemente.

Segurando seu pulso, continuei:

— É verdade. Sua, é quem eu sou. Você me deu um propósito, Flame. Você me deu um motivo para viver... você me deu seu amor... você me deu *você*.

A testa de Flame tocou a minha e suas mãos foram para o meu cabelo.

— Maddie — ele murmurou. — Eu... eu não acredito nessa merda. Igreja, Deus, nada disso. Eu odeio tudo isso, pra caralho. Odeio como as pessoas sofrem lavagem cerebral e deixam que isso as transforme, que as controle. Não posso ficar no meio disso.

Sentindo uma leveza encher minha alma, respondi:

— Nem eu, Flame. Esta não é mais a minha vida. Também não acredito mais nisso.

— Então no que você acredita? — perguntou, timidamente.

Sorrindo através das minhas lágrimas, eu disse:

— Em você. Eu acredito em você. — Levantando a cabeça, meu nariz roçou o dele, e eu confessei: — Eu acredito em mim. Em *nós*. *Nós* somos tudo o que eu preciso. Tudo o que vou precisar a partir deste momento.

— Porra, Maddie... — Flame suspirou e pressionou a boca trêmula à minha. Então, quando nossos lábios se fundiram, o doce som celestial do coral começou a encher o ar... e era minha música favorita. A que cantei para o Flame.

Flame se afastou da minha boca com um suspiro e falou:

— Maddie... a música que você cantou para mim... — Suas sobrancelhas se arquearam, sua mente ativa, pensando, e ele afirmou: — Você cantou para mim? Quando eu estava... — Ele bateu na lateral da cabeça. — Quando estava preso aqui. Você cantou... e eu ouvi você.

— Eu sei — falei, assentindo com a cabeça.

— Mas você nunca cantou antes. Você disse que nunca cantou as palavras em voz alta.

— Eu sei — repeti.

— Então por que...?

— Porque salvar você me deu a minha voz. Você me deu forças para me libertar das amarras que me acorrentavam ao meu passado. As amarras que existiam apenas na minha mente. Você... você me *libertou*.

Observei os olhos de Flame se moverem de um lado para o outro. Eu sabia que isso significava que ele estava pensando novamente.

Então, um gemido tenso escapou de sua garganta. Uma lágrima escorreu pelo seu rosto e ele disse:

— Eu perdi todo mundo. Ele tirou todo mundo de mim. Minha mãe, Isaiah. Ele *me* tirou de mim. Me transformou em um louco psicopata. Toda a minha vida, eu não tive nada. Ele levou tudo. Eu... eu nunca tive chance.

Meu coração apertou quando senti o peso de sua dor. De repente, Flame parou e olhou para mim, como se eu fosse um milagre vivo.

— E então, eu tenho você. Eu a tenho e não posso te perder, Maddie. Não posso perder você ou *vou* ficar louco.

— Você nunca vai me perder — assegurei.

Sua cabeça pendeu e ele arfou:

— E então eu tenho Asher. — Seus olhos se ergueram, agora atormentados pelo medo. — Eu tenho um irmão de novo. Eu tenho você e tenho um irmão... e se... e se...

Deslizando minha mão em sua nuca, afirmei:

— Ninguém vai *nos* tirar de você. Eu não vou a lugar algum. E Asher... Asher só quer seu irmão mais velho, Flame. Ele quer que você vá até ele. Fale com ele. Ele precisa que você o *ame*. Ele também perdeu tudo e todos. Ele perdeu tudo por causa do seu pai. Assim como aconteceu com você.

Flame estendeu os braços.

— Mas Isaiah morreu. Ele morreu nesses malditos braços. No décimo primeiro suspiro, ele morreu. Ele foi embora... por *minha* causa. — Seus olhos estavam cheios de lágrimas não derramadas. — Eu o matei. — Ele bateu na cabeça. — Está sempre aqui. Eu vejo isso o tempo todo. Sempre onze, por causa dos cortes que o meu pai fez e das últimas respirações do Isaiah.

— Não — disse, chorando, e inclinei a cabeça para beijar a pele repleta de cicatrizes dos seus pulsos. Flame congelou, depois tentou se afastar, mas o segurei com força. Pressionei beijo após beijo em suas cicatrizes, e quando todas elas estavam cobertas de beijos, eu disse: — Não há chamas, veneno, nenhum mal em suas veias. Nelas correm sangue, como todo mundo. Seu pai estava errado. *Meu Deus*, Flame, ele não poderia estar mais errado. Ele acreditava nas escrituras e nos sermões falsamente pregados a ele por aquele pastor, mas eles estavam errados. Ele estava errado. Especialmente sobre você.

Lutei contra a raiva que crescia em meu coração e assegurei a Flame:

— Você é amado, e muito... E o seu coração tem muito amor para dar. — Reprimi as lágrimas que ameaçavam cair e listei: — Você me salvou, me protegeu. Você sentou do lado de fora da minha porta, dia e noite, para ter certeza de que eu estava segura. Você caminhava na frente da minha janela todas as noites. — Acariciei a cicatriz no seu pescoço. — E você levou um tiro por mim. Seu sangue flui com luz e bondade, não com chamas e pecado.

Seguindo o rastro das lágrimas nas bochechas de Flame, acrescentei:

— Somos Flame e Maddie. E nós sobrevivemos. — Dei um beijo em seus dedos e enfatizei: — Nós nos encontramos e nunca vamos nos deixar. Okay?

Flame gemeu no momento em que o coral alcançou um *crescendo*. Ele me envolveu em seus grandes braços fortes.

Seus braços seguros.

Inalando o gostoso aroma do couro, eu me afastei e sugeri:

— Vamos embora, Flame. Vamos para casa. E nunca mais vamos voltar.

Chegamos em casa em tempo recorde. Quando entramos na sala, ele trancou a porta. Eu me virei para encarar o homem a quem acabara de prometer minha vida. Ele se aproximou e, libertando meu cabelo da trança, sussurrou:

— Eu quero ficar com você.

Meu coração acelerou como as asas de um pássaro cantarolando ante sua necessidade e anseio, e eu o levei para o quarto. Flame se levantou e me observou enquanto eu retirava minhas roupas. Ao vê-lo em pé, com os punhos cerrados ao lado do corpo, me aproximei para livrá-lo das dele. De repente, Flame me pegou em seus braços. Ofeguei quando meus pés deixaram o chão. Foquei-me em seu olhar quando ele gentilmente me deitou na cama.

Fiquei imóvel enquanto ele tirava o cinto e o colete. Suas roupas caíram no chão. Então, com os olhos escuros brilhando, Flame subiu na cama, seu enorme corpo imediatamente cobrindo o meu.

A mão máscula afastou o cabelo do meu rosto e, quando seus lábios tocaram os meus, ele murmurou:

— Eu amo você, Maddie.

Gemi quando seus lábios colidiram com os meus, as mãos fortes e tímidas subindo para a minha cintura. Meu quadril rebolou quando suas mãos se moveram para cima até a base dos meus seios. E afastando nossos lábios, nossos olhares destemidos se mantiveram focados um no outro. O ar ficou quente com a tensão enquanto nossos olhos permaneceram conectados. Então a palma calejada de Flame se moveu lentamente para cobrir meu seio esquerdo. Um calor ardente surgiu entre as minhas pernas.

— Flame... — gemi quando seus dedos roçaram meu mamilo. Mas algo brilhou em seus olhos escuros, e ele abaixou a cabeça. Meu coração bateu forte no peito quando percebi que sua boca estava prestes a alcançar meu mamilo.

Nós nunca fizemos amor assim antes. Nunca tínhamos estado tão desenfreados ou tão livres.

Nunca me senti tão feliz e segura antes.

A cabeça de Flame pairou bem acima do meu mamilo. Então, quando sua língua lambeu ao longo da carne, minhas costas se arquearam no colchão. Minha mão mergulhou em seu cabelo. Sua língua repetiu a ação e esfreguei minhas coxas com uma necessidade crescente.

ALMA SOMBRIA

Quando senti que não aguentava mais, Flame se afastou e sussurrou:

— Maddie. — Sua voz era gutural e rouca, mas confiante. Ele então começou a pressionar beijo após beijo sobre cada centímetro da minha pele nua.

Minhas pálpebras se fecharam enquanto eu lutava para me recompor. Minha pele estava em chamas, marcada para sempre com cada toque suave dos seus lábios.

Então ele abaixou ainda mais, sua língua perfurada arrastando sobre a minha barriga, até o ápice das minhas coxas. Flame ofegou com força, seu hálito quente soprando em meu centro. Quando senti essa nova sensação, o pânico percorreu meu sangue. Ergui o tronco da cama.

— Flame... pare...

Ele levantou a cabeça e, com tanta adoração em seu belo rosto, implorou:

— *Confie em mim.*

Meu coração apertou com a necessidade pela minha confiança em sua voz, e assenti enquanto sua mão subia do meu tornozelo até a coxa. Minha barreira de resistência foi perdida no momento em que ele usou a mão para afastar minhas pernas, seu peito largo e musculoso se movendo para se posicionar no meio delas.

Meus olhos se fecharam quando o polegar de Flame deslizou entre as minhas dobras, o toque fazendo meu corpo queimar com necessidade.

— Flame! — gritei, minhas costas batendo no colchão. Enquanto seu polegar me tocava mais rápido, pensei que nada mais poderia ser tão bom. De repente, seu polegar parou, apenas para ser substituído pela sua língua.

Esse toque íntimo fez minhas costas se arquearem. Tive que buscar apoio na roupa de cama por medo de me perder. Olhei para baixo, apenas para encontrar os olhos de Flame cativando os meus enquanto sua boca e língua acariciavam meu núcleo, o piercing de metal em sua língua só aumentando a sensação a cada golpe. Estendi a mão para tocar esse homem que havia dominado meu coração, meu corpo, e minha alma; passei os dedos pelo seu cabelo, apenas para um raio de prazer me jogar em êxtase.

— Flame! — gemi quando meu corpo ficou tenso e explodiu.

Ofegando, busquei por ar. Flame se afastou do meu núcleo e se arrastou para cima de mim, a coxa musculosa ampliando mais ainda a abertura de minhas pernas. Sua mão correu pelo meu corpo para levantar minha coxa, e sem afastar os lindos olhos dos meus, ele estocou para dentro de mim; devagar, gentilmente... amorosamente.

— Maddie... minha Maddie — murmurou, repetidamente, enquanto me enchia por completo, o quadril musculoso balançando ternamente contra o meu. Minhas mãos subiram pelos seus braços, pelo seu pescoço e pelas chamas tatuadas na lateral raspada de sua cabeça.

E eu pude sentir.

Pude sentir as paredes finais em torno de sua alma fraturada e sombria sendo derrubadas, e o verdadeiro homem escondido detrás, surgir. E ele estava amando, e ele era puro, e ele era...

— *Meu* — sussurrei; os olhos de Flame queimando e seus lábios se abrindo em um gemido feroz com a minha confissão.

— Maddie — Flame sussurrou quando seus braços tensionaram, o ritmo de seus quadris se tornando mais vigoroso e firme a cada arremetida. A mão que segurava minha coxa, a ergueu mais alto ainda, e aquela pressão insaciável que somente o Flame poderia me fazer sentir, se construiu em meros segundos. Sua respiração aumentou, resmungos baixos escapavam de seus lábios. Então, quando seu peito musculoso roçou meus seios e sua boca esmagou a minha, puro prazer tomou conta de mim. Iluminando e me fazendo voar.

Com um longo gemido, Flame se acalmou, sua boca afastando da minha, a cabeça descansando na curva do meu pescoço. E eu o abracei com tanta força quanto ele me abraçava. Eu o segurei com firmeza enquanto flutuava suavemente de volta do meu orgasmo. Os músculos rígidos de Flame se tensionaram e tremeram sob meu toque.

O silêncio reinou no quarto, e um sorriso satisfeito surgiu nos meus lábios. Flame, cansado, rolou para o lado, sua perna e braço grandes automaticamente sobre os meus. Virando para encará-lo em nosso travesseiro compartilhado, acariciei seu rosto, esse simples gesto transmitindo o quanto ele estava no meu coração.

Flame pegou minha mão e, segurando-a perto de sua bochecha, disse:

— Vou lacrar o alçapão na minha sala de estar.

Meus olhos se fecharam e suspirei aliviada. A mão do Flame apertou a minha com mais força. Abri os olhos, apenas para ele acrescentar:

— E vou falar com o Asher. Eu... eu vou falar com o meu... *irmão*... pelo menos, vou tentar.

E as lágrimas correram livremente dessa vez. Elas rolaram pelas minhas bochechas, porque eu sabia que ele tinha superado. Meu Flame, meu garoto torturado, havia rompido a última de suas defesas. Ele encontrou a sua voz. Flame, meu sempre e para sempre, havia encontrado a música dele, como quando encontrei a minha.

E através do nosso amor, ele, finalmente, encontrou coragem para cantar.

CAPÍTULO VINTE E NOVE

FLAME

— E assim o psicopata retorna... *de novo*!

Parei minha moto no pátio do complexo, vendo que Vike já estava na churrasqueira e todos os irmãos e suas cadelas bebiam e se divertiam.

Desci da moto e levantei Maddie do banco. Coloquei-a no chão e, imediatamente, seus olhos se voltaram para os homens sentados perto de Viking. Eu segui sua linha de visão, e lá estava ele, Asher. Sentado ao lado de AK. E o garoto já estava me olhando, sentado na beirada da cadeira.

— Vá até ele. Eu gostaria de dizer olá para minha irmã — Maddie disse, com a mão no meu peito.

Meu coração disparou, mas abaixei minha cabeça para Maddie.

— Okay.

Sorrindo, ela ficou na ponta dos pés e deu um beijo nos meus lábios. Então se afastou, caminhando para o grupo de cadelas que estava ali ao lado de pé.

Ouvindo um assobio, olhei de volta para os meus irmãos. Styx estava acenando para mim. Respirando fundo, fui até o grupo sentado, comendo e bebendo suas bebidas preferidas.

Uma garrafa de cerveja foi imediatamente jogada na minha mão. Tirei a tampa, ao mesmo tempo que Styx sinalizou:

— *Você fez o que tinha que fazer, irmão?*

Interpretei o que sua linguagem manual dizia e assenti com a cabeça.

Ky se sentou na minha frente e apontou para Asher.

— Porra, você tem um bom irmãozinho, Flame. O garoto é inteligente. Ele tem um cérebro, ao contrário de alguns merdas por aqui.

Sem olhar para Asher, assenti novamente. Mas um orgulho do caralho tomou conta de mim. Asher era inteligente. Asher teria a porra de uma chance.

Ky se recostou na cadeira e deu de ombros para Styx quando não respondi.

Tanner caminhou na minha direção. Encontrei os olhos de um dos únicos irmãos que correspondiam ao meu tamanho e ele disse:

— Criei novos registros para o Little Ash, identidade e toda essa merda. O seu pai nunca registrou seu nascimento. Não tinha nada. Mas agora, ele pertence ao estado da Estrela Solitária, irmão. Disse que ele foi educado em casa pela mãe até que ela morreu. Styx me mandou procurar um professor para que ele se atualizasse no que perdeu, o que, conversando com o garoto, levará cerca de cinco malditos minutos. Eu o matriculei em uma boa escola aqui por perto, para quando ele estiver pronto. É um local privado. Discreto. Pequeno. Molhamos umas mãos, nem tudo totalmente legal, mas pelo menos está tudo feito. Seu irmãozinho veio para ficar, Flame. Agora ele é o bebê dos Hangmen. Vamos cuidar dele. Beleza?

Meu peito apertou com a gratidão que eu sentia, mas não consegui encontrar as porras das palavras para responder. O garoto tinha recebido educação. Ele foi educado de verdade. Isso era mais do que tive, e eu estava tão feliz com esse fato.

Tanner assentiu para mim e se sentou. Então tudo ficou quieto pra caralho. Rasguei o rótulo da minha cerveja enquanto organizava meus pensamentos. Respirando profundamente, olhei para Asher. Eu já tinha a atenção dele. Ele ainda estava me olhando, seus olhos parecendo tanto com os de Isaiah quanto os meus, que chegava a ser surreal.

Alguém tossiu, fazendo com que eu me voltasse e olhasse em direção à fileira de árvores.

— Vem comigo — pedi. Os olhos de Asher se arregalaram.

Não esperei que ele se levantasse. Em vez disso, tomei um gole da minha cerveja e passei ao redor do grupo de cadelas, seguindo em direção ao terreno mais elevado. Daqui deste ponto, era possível ver por cima da floresta ao redor do complexo e os acres vazios que iam além.

Ouvi o barulho das botas de Asher primeiro, depois sua respiração profunda. Sem olhar para trás, cerrei minhas mãos.

— Sente-se.

Contei seis segundos até que ele veio para o meu lado. Não muito perto, sentado a um metro de distância. E ele não disse nada para mim, apenas ficou lá, cabisbaixo, olhos no chão.

Imaginei Maddie e eu naquela porra de igreja. E disse a mim mesmo que esse garoto, meu sangue, não ia a lugar nenhum. Que ele estava aqui para ficar e que não o machucaria. Eu pensei, tentei processar aquilo na minha cabeça, mas era realmente difícil de acreditar.

Tomando outro gole da cerveja, abaixei a garrafa e perguntei:

— Você está bem?

Asher ficou tenso, depois assentiu com a cabeça.

— Sim.

Pisquei, tentando pensar no que dizer a seguir.

— AK está te tratando bem?

— Sim. — Sua resposta foi seguida por outro aceno de cabeça.

Eu sabia que isso não estava indo muito bem. Eu não conseguia falar com as pessoas. Nunca conseguia dizer nada direito. Asher olhou para o bosque, mas olhei para a esquerda, observando o rosto dele. Vendo a mim mesmo naquele rosto. Vendo o mesmo garoto que já havia sido. E como eu, Asher fora mantido naquele porão... e, porra, sabe-se lá o que mais.

— Não sou bom em falar — revelei, abruptamente. Asher virou o rosto para mim e engoliu em seco. — Quero dizer, não sou bom em falar. Nem um pouco. Não entendo as pessoas como os outros. Não sou bom com as emoções ou as merdas das pessoas, ou as minhas. Eu... eu sempre estrago tudo que quero dizer, e as pessoas ficam realmente chateadas, e acabo ficando irritado. Dá tudo errado. O tempo todo.

— Eu sei, Flame.

Fiz uma careta.

— Você sabe?

— Viking e AK me falaram sobre isso... que você é diferente dos outros. Que você fala diferente da maioria das pessoas. — Ele engoliu em seco e disse: — Eles me disseram como falar com você. Então, eu entendo.

Olhei de volta para AK e Viking. Viking estava brincando com as pessoas, como sempre, mas a atenção de AK estava concentrada na nossa direção. Inclinei o queixo para ele, e ele levantou a cerveja em resposta.

Asher começou a puxar os ramos de grama do chão e, enquanto eu tomava outro gole da cerveja, notei o cabelo dele. Seu cabelo escuro, cortado em um...

— Seu cabelo é como o meu — atestei. Asher parou. — Você fez um moicano — acrescentei, enquanto minha mão se erguia para percorrer o meu.

O rosto de Asher ficou vermelho.

— Sim. Eu... todo mundo fica me dizendo que eu me pareço com você. — Ele encolheu os ombros. — Eu precisava cortar o meu cabelo, porque o pai nunca cortava. Então, pedi que fizessem igual ao seu.

— Eu não entendo. Por que você quer se parecer comigo? — perguntei, confuso. A expressão de Asher mudou. Também não entendia por que a sua expressão mudou. Eu não conseguia interpretar suas reações.

— Porque... porque você é meu irmão — ele disse, baixinho. Eu congelei e pude sentir meu pulso batendo muito rápido. — Eu... eu nunca tive um irmão antes. Estava sempre sozinho. Mas sempre me perguntava como teria sido se tivesse outra pessoa comigo. Papai sempre falava sobre você. Ele disse coisas horríveis, coisas que ele acreditava em sua cabeça distorcida, coisas que o pastor Hughes lhe dissera, mas nunca dei atenção. Eu nunca acreditei neles. Ele disse coisas horríveis sobre mim que eu sabia que não eram verdadeiras, então pensei que provavelmente o que ele dizia sobre você também não era.

Quando meu cérebro processou suas palavras, uma pergunta saiu da minha boca:

— Ele estuprou você? Naquele buraco imundo do caralho, ele estuprou você?

Asher congelou e abaixou a cabeça.

— Me responda — exigi. — Eu preciso saber, porra. — Bati na minha cabeça. — Eu preciso saber porque é tudo o que consigo pensar aqui.

— Ele tentou — Asher sussurrou. — Toda vez que ele entrava naquele porão, ele tentava. Mas ele nunca poderia fazer isso.

— Eu não entendo — admiti, meu estômago relaxando com o alívio que senti pelo fato de ele não ter sido estuprado. *Ele* não tinha estuprado o Asher.

Suspirei aliviado e agradecido.

— Era a bebida, eu acho. Ele mal podia andar depois que a minha mãe morreu, quando ele me prendeu no porão pela primeira vez. Ele não conseguiu, Flame. Ele ficou bravo, me bateu. — Estendeu os braços. — Ele até tentou me cortar no começo, mas ele estava quase sempre bêbado demais, até a hora em que você chegou. — Asher suspirou, depois disse: — Na maioria do tempo, ele apenas me mantinha naquele porão e me chamava de pecador, pregava a Bíblia falando comigo lá de cima. Não achei que ele tivesse forças para fazer muito mais do que isso.

Respirei fundo, depois soltei o ar lentamente, sentindo toda a preocupação que tive, deixando meu corpo.

— Isso é bom pra caralho — admiti. Asher abaixou a cabeça novamente.

Ele levantou a mão e passou-a pelo cabelo. Assim que eu estava quase terminando a minha cerveja, ele disse:

— Eu quero me parecer com você porque quero ser como você.

Minha cabeça virou para o garoto.

— Por que diabos você quer ser como eu?

Asher apontou para mim.

— Você é enorme, forte, pode se proteger.

— Eu levanto muito peso — respondi, simplesmente.

Asher balançou a cabeça.

— Eu vi o que você fez com o nosso pai. Sei o que fez ao pastor Hughes e ao Ancião Paul. — Asher brincou com a grama no chão e disse: — Eu sonhava em poder fazer isso com nosso pai, fazer o que você fez. Depois que minha mãe morreu, quando ele me batia com um bastão naquele porão, eu queria revidar. Porque ele tirou a minha mãe de mim. Minha mãe, Flame. Ela era uma mulher tão boa. Só que era fraca demais para lidar com ele. — Asher fungou e rapidamente usou o antebraço para limpar o rosto.

Minha cabeça deu um espasmo, sem saber o que diabos fazer. Mas Asher se recompôs e sussurrou:

— E então, o irmão mais velho que sempre rezei para que voltasse para me buscar, apareceu. E você matou aquele filho da puta. Você o matou para que ele nunca mais machucasse ninguém. — Asher começou a puxar a grama novamente e disse: — É por isso que quero ser como você. Não quero ser machucado por ninguém de novo. Quero ser capaz de me defender, como você. Quero ser capaz de me proteger de pessoas como ele.

Olhei para o tamanho de Asher e sabia que quando tivesse a minha idade, ele também seria um filho da puta grandalhão, mas tudo o que eu disse em resposta foi uma promessa:

— Ninguém vai tocar em você de novo. Você tem a mim e um monte de Hangmen. E ninguém fode com a gente. Ninguém.

Asher ficou em silêncio, então conforme ele inclinava a cabeça para frente, sua respiração mudou. Eu me virei, em pânico com o que diabos estava acontecendo, quando vi as lágrimas em seus olhos. Passei as mãos pelo rosto quando ele disse:

— Obrigado.

Soltei um suspiro e, me inclinando para frente, com os cotovelos nos joelhos, apoiei as mãos na cabeça, me sentindo o pior irmão da porra do planeta.

— Asher, eu não posso ser tocado. Porra, não posso... não posso...

— Eu sei — ele me interrompeu, enquanto limpava as bochechas.

— Você sabe? — murmurei, me odiando por ser tão fodido da cabeça.

— Sim, AK me explicou. Flame, ele me contou tudo sobre você. Fiquei perguntando sobre você, então ele se sentou comigo e explicou. Eu só quero conhecer você melhor. E você nunca saiu da sua cabana, nem sequer falou comigo. — Ele fez uma pausa e acrescentou: — Mas eu sei que você não pode ser tocado. AK foi bem claro sobre isso.

— Certo — foi tudo o que pude dizer em resposta.

Asher olhou para trás e depois de volta para mim.

— Mas Maddie pode tocar em você. — Eu paralisei. Prendendo a respiração, assentindo com a cabeça. — Está tudo bem — ele respondeu, rapidamente. Com o rosto vermelho, ele disse: — Ela é realmente bonita. E... e estou feliz que ela possa tocar em você. Fico feliz que você a tenha.

O rosto de Maddie passou pela minha cabeça e eu disse:

— Ela é linda pra caralho. Ela é tudo para mim.

— Sim — Asher disse, então seu rosto ficou ainda mais vermelho. — E Flame? Você vai me chamar de Little Ash? É do que tenho sido chamado por todos os irmãos. Viking disse que era o meu nome de estrada... e... e eu gosto. Parece novo, diferente, como se eu fosse outra pessoa. É só que Asher me lembra...

— Entendi — falei, interrompendo-o, sabendo que odiava a porra do nome Josiah tanto, se não mais, quanto ele odiava Asher.

— Obrigado — Little Ash respondeu, e voltamos ao nosso silêncio. No momento em que estava prestes a me levantar, sem saber o que mais dizer, ele disse: — Eu realmente gosto de todas as motos que vocês têm por aqui.

Sentei-me na grama e disse:

— Eu sou bom com motos. Especialmente com Harleys e Choppers.

Little Ash sorriu para mim e disse:

— AK me disse que você pode construí-las do zero.

— Sim.

Little Ash baixou a cabeça e depois voltou a levantar, com uma nova expressão no rosto.

— Você construiria uma para mim, Flame? Vike disse que me ensinaria a dirigir, mas que eu precisava de uma moto. Ele disse para falar com você sobre isso.

— Sim, eu posso construir uma pra você — afirmei.

— Uma Fat Boy preta e cromada? Como a sua, com chamas na lataria? AK me mostrou como usar a internet. Eu tenho lido tudo sobre elas e como são construídas. Eu queria entender como você as constrói na sua oficina. Então AK me disse que você também podia personalizar a pintura. Ele me disse que você fez sua Harley. — Ele virou a cabeça e disse: — Fui ver uma noite em que não conseguia dormir. E eu adorei. Amei as chamas e as caveiras do lado. Ficou incrível, Flame. Então, se eu pudesse, gostaria de uma igual. Assim como a sua.

Um sentimento caloroso se espalhou dentro do meu peito e eu disse, rouco:

— O que você quiser.

— Bom — respondeu Little Ash, com um sorriso nos lábios.

Fiz uma careta por ele estar sorrindo, então ele perguntou:

— E posso ver enquanto você a constrói?

Eu me perguntava por que ele iria querer fazer isso. Mas dei de ombros e disse:

— Sim. Nunca ninguém ficou para observar, mas... sim, tudo bem.

— Legal... — Little Ash disse, sua voz mais forte. Ele voltou a puxar a grama e perguntou: — E Flame?

— Sim?

— Eu gosto de morar com o AK. Eu entendo que você não é bom em lidar com as pessoas estando muito perto de você, a não ser pela Maddie. E sei que você precisa de espaço, mas, você acha que talvez eu possa visitar a sua casa algum dia? Só para, você sabe, ficar um pouco com você?

Meu peito se apertou, imaginando ter meu irmão em minha casa. *Meu irmão.*

— Sim.

Little Ash soltou um longo suspiro, depois disse:

— Acho... acho que vou gostar daqui, Flame. Acho que vou... acho que vou gostar de ter um irmão mais velho.

Meu coração bateu forte, e sem saber o que mais dizer, apenas falei:

— Sim.

MADDIE

Observei Flame chamar Asher para sentar com ele. E eu tinha visto as suas costas ficarem tensas e ele se atrapalhar com a conversa. Enquanto observava, meu coração inchou de felicidade.

— Eu gosto desse olhar em você, Maddie. — Olhei para Mae, à esquerda. Seus olhos azuis estavam brilhando quando segurei sua mão.

— Pela primeira vez, em toda a minha vida, eu gosto de ser eu.

— Por causa do Flame? — ela perguntou.

Refleti sobre sua pergunta.

— Principalmente. Ele me trouxe à vida. Mas *através* dele, sinto-me mais em paz comigo mesma. Isso faz sentido?

As mãos de Mae descansaram sobre a sua barriga levemente arredondada e ela respondeu:

— Eu sei exatamente o que você quer dizer.

Inclinei a cabeça para o céu e, abraçando sua imensidão, falei:

— Nunca pensei em mim mesma como uma pessoa forte. Mas é incrível quanta força você descobre que tem, quando alguém a quem ama depende de você para ser sua rocha, quando ele se vê fraco. Quanta coragem você pode ter, quando aquele a quem ama depende de você para impedir que ele caia no chão. E quanta felicidade pode ser abrigada em sua alma, quando você permite que alguém entre em seu coração.

— Maddie — Mae sussurrou —, eu entendo completamente.

Sorri para minha irmã.

— Você será uma mãe fantástica, Mae.

O sorriso dela vacilou e sua cabeça inclinou levemente.

— Você acha? — perguntou, nervosa. — Nós nunca tivemos uma, Maddie. Como vou saber como é ser uma boa mãe?

Apertei sua mão.

— Você pode não ter tido uma mãe, mas eu tive.

Mae franziu o cenho.

— Você não teve, Maddie. Você era como eu e Bella. Nós nunca conhecemos nossos pais.

— Eu tinha — rebati. Mae balançou a cabeça em sinal de protesto. Mas interrompi e falei: — Eu tinha *você*.

Os lábios dela se separaram, em choque, e ela sussurrou:

— Maddie.

— Você será a melhor das mães, Mae. Porque você e Bella me deram muito amor. Eu não sabia como expressar minhas emoções naquela época, nem podia dizer ou mostrar o quanto você significava para mim. Mas vejo isso agora.

Uma lágrima caiu lentamente pela bochecha de Mae e ela perguntou:

— Mas agora você encontrou o seu caminho?

— Sim — respondi, vendo Flame caminhando na minha direção; Asher ao seu lado. — Com absoluta certeza.

Flame se aproximou de onde estávamos sentadas. Levantei e estendi minha mão. Ele a pegou de bom grado e pude ver a tensão por ter se mantido longe de mim desaparecer no mesmo instante.

Asher estava desajeitadamente ao seu lado, e eu lhe dei um sorriso.

— Olá, Asher.

— É Little Ash — Flame me corrigiu abruptamente. Ao ver seu rosto, entendi o porquê.

— Me desculpe. Little Ash — eu corrigi.

ALMA SOMBRIA

— Tudo bem, obrigado — ele respondeu, timidamente.

Flame então levantou a cabeça, virando-se para um jovem Hangmen que passava por perto.

— Você! — gritou. O jovem congelou no local. Seus olhos castanhos se arregalaram quando avistaram Flame. — Venha aqui — Flame ordenou.

Smiler se levantou da cadeira do outro lado do pátio e se aproximou.

— Ei, Flame. O que você quer com o meu primo?

Flame olhou para o jovem e perguntou:

— Nome?

— Slash. Eu sou o novo recruta — o jovem respondeu nervoso.

— Quantos anos você tem?

O jovem apoiou o peso do corpo em um dos pés.

— Dezoito.

Flame apontou para o irmão.

— Este é o Little Ash. Você vai mostrar as coisas pra ele. Você vai cuidar dele, porra. Vocês são os mais jovens aqui, e é assim que vai ser.

Slash virou-se para Little Ash e acenou com a cabeça.

— Você quer vir comigo, cara? Eu posso mostrar as coisas pra você.

Little Ash assentiu com a cabeça em resposta e começou a seguir Slash, as mãos enfiadas nos bolsos da calça jeans. Smiler balançou a cabeça para Flame e voltou para os outros homens. Então Flame gritou:

— Slash?

O garoto se virou e Flame apontou diretamente para Little Ash.

— Ele é meu irmãozinho. Se você o machucar, eu vou cortar a porra da sua garganta.

Slash empalideceu, assentiu e se afastou. Quando Little Ash virou a cabeça para segui-lo, vi a sombra de um sorriso em seus lábios.

Eu me pressionei ao peito de Flame bem no momento em que Lilah entrou no pátio. Ao me ver de pé com Mae, ela se aproximou e me abraçou, depois beijou Mae na bochecha.

Atrás de nós, Ky se aproximou.

— Doçura — ele disse sorrindo e piscando para a esposa. Assim que chegou ao lado de Lilah, passou o braço sobre o ombro dela e a puxou para trás para um beijo. Ela riu contra a sua boca.

Não demorou muito para que Styx aparecesse ao lado de Mae, o braço dele passando protetoramente pela cintura dela, a mão estendida sobre a barriga.

Styx relutantemente moveu a mão e começou a sinalizar, minhas irmãs e Ky se juntando à conversa. Mas não prestei atenção, em vez disso, olhei ao redor no pátio, para aquela nova e estranha família em que me encontrava, sentindo-me segura sob os braços do Flame, que agora estavam em volta dos meus ombros. Então, meus olhos foram para a janela do apartamento do Styx. O apartamento acima do complexo, no qual eu morara. E me lembrei daquelas primeiras noites depois de deixar a comuna; eu me sentava àquela janela, olhando para os homens que estava convencida de que eram a reencarnação do mal.

Todos, exceto um... o homem de olhos escuros, que caminhava de um lado ao outro do lado da minha janela; com os olhos fixos em mim, enquanto minha mão pressionava o vidro, desejando ter forças para falar com ele.

Pressionando um beijo no braço de Flame, sentindo seu queixo apoiar sobre a minha cabeça, decidi que gostava de estar aqui embaixo, vivendo minha vida, no coração de Flame, e envolvida em seu abraço.

Eu gostava muito mais disso.

Realmente, isso era mesmo muito, muito melhor.

CAPÍTULO TRINTA

PROFETA CAIN

Túnica branca.
Calça branca.
Meu cabelo comprido estava solto.
Eu estava pronto.
Mas enquanto olhava para o meu reflexo no espelho, tudo o que senti foi náusea. E que tudo estava errado. Tudo naquele lugar gritava para mim que aquilo era *errado* demais.
Uma batida leve soou à porta que levava ao altar.
— Entre — falei. Phebe entrou na sala, agora livre do seu isolamento.
— Está na hora, meu Senhor — ela anunciou e esperou na porta.
Franzi o cenho.
— Você não vai se juntar ao Judah hoje à noite?
Phebe olhou para o chão.
— Ele escolheu Sarai em vez de mim. Ela agora recebeu o papel de primeira consorte de Judah. — Ela ficou mais cabisbaixa ainda. — Como sua *única* consorte.
Meu estômago revirou quando pensei no meu irmão tomando aquela criança. Eu me senti enojado. Phebe olhou para mim quando a música começou a se infiltrar na sala.
— Meu Senhor, está começando. Nós devemos ir.
Forçando meus pés a se moverem, a segui pelo corredor estreito, sentindo

TILLIE COLE

o forte cheiro de incenso, ouvindo a música instrumental aumentar. Meu coração batia no ritmo da batida rápida que pulsava nas paredes. Orei a Deus para me ajudar a passar por isso.

Chegando a uma porta coberta por um véu, Phebe apontou para o interior.

— É aqui que o deixo. Estou sem um parceiro para esta noite. Não tenho permissão para entrar.

Olhei para a porta.

— Quantas pessoas estão lá?

Phebe seguiu meu olhar.

— Muitas, meu Senhor. Talvez umas cem. A Partilha do Senhor é destinada apenas aos anciões e aos discípulos. Aqueles que estão assumindo a honra de despertar as irmãs.

Meu corpo ficou tenso com as palavras de Phebe e eu sussurrei:

— Despertar...?

— Sim, meu Senhor. Judah organizou para que todas as meninas com idade adequada fossem reunidas em comemoração ao seu comparecimento. A comuna está bastante movimentada, porque você estará supervisionando tantos despertares. Eles acreditam que é um sinal significativo de Deus de que estamos a seu favor.

A raiva encheu minhas veias, então perguntei:

— E Judah organizou tudo isso em minha homenagem? Tantos... despertares...?

— Sim, meu Senhor. Ele deseja honrá-lo. Ele ficou animado o dia todo.

Acenando com a mão, eu disse:

— Obrigado, Irmã Phebe, você pode sair.

Ela fez uma reverência e se afastou. Fiquei parado à porta. Porque sabia, por mais que acreditasse na causa do meu povo, por mais que acreditasse que fosse o profeta da Ordem, sabia que não poderia suportar e – *não*, não poderia abençoar o estupro de crianças. Nada na minha fé me dizia que aquilo era bom aos olhos de Deus. Nem mesmo as palavras supostamente reveladas do meu tio.

Então a raiva aumentou novamente quando pensei em Judah. Mal tínhamos falado mais do que algumas palavras tensas desde que libertei as Irmãs Amaldiçoadas. Ele e o Irmão Luke estavam sempre juntos, cabeças unidas em sussurros silenciosos, Sarai seguindo cada palavra de Judah, como se ele fosse o profeta, e não eu.

Suas mentiras sobre Delilah. Seu plano secreto de sequestrar as Amaldiçoadas antes de estarmos prontos. E agora isso? A organização de despertares na minha presença. E eu sabia...

Ele estava *me* testando.

Meu próprio irmão. Meu gêmeo. Minha única família... Perdera a fé em mim.

Ouvindo o grito agonizante de uma jovem garota, passei pelo véu e entrei na sala esfumaçada da Partilha do Senhor... e a imagem diante de mim quando a fumaça se dissipou ficaria para sempre gravada na minha memória.

Homens adultos, de todas as idades, nus e eretos, estavam atrás de meninas... Meninas com menos de oito anos. E alguns já estavam dentro delas. Estuprando-as. Tomando suas inocências... Aparelhos entre as pernas das garotas, enquanto recostavam suas cabeças no chão, as costas levantadas no ar, com as mãos amarradas atrás. Em posição de total subserviência.

Concentrei-me em conter o vômito, quando uma cacofonia de gritos dolorosos e aflitos assaltou meus ouvidos. E então, quando dei um passo para frente, o olhar de uma jovem garota ajoelhada ao chão e com o rosto vermelho em agonia, colidiu com o meu. E a reconheci em um instante. Era a jovem do vídeo. A jovem que estava dançando; forçada a dançar para mim, seu belo rosto lutando contra as lágrimas ao fazê-lo.

E aqui estava ela, sendo estuprada por um homem adulto, um homem que devia estar na casa dos quarenta anos.

E então... surtei.

Aquela visão, as lágrimas da garota; um estupro coletivo disfarçado de adoração celestial... me fez enlouquecer.

Correndo para frente, agarrei o homem se forçando na garotinha do vídeo. Eu o puxei para trás. Eu o puxei para trás e, quando seu rosto chocado me encarou, eu o soquei. E soquei e soquei, meu punho esmurrando seu rosto com toda a minha força.

Mas não consegui parar. Cada partícula de raiva e ressentimento, cada partícuça de estresse que se acumulara no último ano, estava saindo de mim através desses socos.

Não ouvi a música parar.

Não ouvi as crianças gritando.

Apenas continuei socando o rosto daquele filho da puta, o sangue espirrando sobre meus braços e túnica branca. Até que finalmente alguém me afastou dele e eu caí no chão.

Eu me levantei, pronto para atacar quem estava atrás de mim, quando vi um par de olhos familiares, olhos idênticos aos meus.

— Cain — Judah sibilou, as sobrancelhas arqueadas com raiva.

Minhas mãos tremiam. Tremiam tanto que tive que olhar para elas, apenas para ver o sangue cobrindo cada centímetro da minha pele.

— Ele está morto. — Minha cabeça virou para o lado, enquanto o Irmão Luke se agachava sobre o homem no chão. Eu o espancara tanto, que seu rosto estava irreconhecível.

— Cain, o que você *fez*? — Judah perguntou em choque. E assim, a raiva que momentaneamente se dissipara do meu corpo se acendeu dez vezes mais. Encarei o rosto idêntico que já considerava não mais pertencer ao meu irmão gêmeo.

— O que *eu* fiz? — perguntei com espanto. Balancei a cabeça, dando uma risada desprovida de humor. — O que *eu* fiz?

Judah se afastou com os olhos arregalados. Então notei que ele estava vestido apenas com a calça da túnica... assim como o Irmão Luke.

Meus olhos observaram a sala. E nos lençóis brancos que cobriam o chão havia manchas de sangue. Uma mistura de sangue e sêmen da união das meninas e dos homens.

— O que eu fiz?! O que *eu* fiz?! — rugi e ataquei meu irmão gêmeo, empurrando seu peito. — O que *você* fez, porra?

Irmão Luke se posicionou atrás de mim. Girando, bati minhas mãos contra o seu peito e gritei:

— Saia daqui, porra! Saia daqui antes que eu quebre a porra do seu pescoço! — O Irmão Luke empalideceu e saiu correndo da sala.

Eu me virei para ver Judah me observando. E vi um medo verdadeiro em seu rosto.

— Cain? — Ele tentou me acalmar, com as mãos para cima.

Eu o interrompi:

— Você acha que *isso* está certo? Acha que estuprar crianças pequenas enquanto elas gritam, sendo machucadas por homens adultos e velhos, está certo?

Os olhos de Judah examinaram o chão, olhando distraidamente para o incenso queimando e os aparelhos que mantinham as pernas das garotas afastadas, agora descartados.

— São os ensinamentos do Senhor. É uma das nossas crenças mais fundamentais. Os homens... os homens precisam disso. Faz parte da nossa fé.

Enquanto olhava para Judah, minha mandíbula cerrou e, indicando a cena com o braço, proclamei:

— *Eu* sou o profeta. E, como tal, mudarei nossas práticas. Começando com *isso* aqui.

Eu me virei, pretendendo ir embora, quando Judah estendeu a mão e agarrou meu braço. Virei-me para o encarar. Com uma expressão severa, ele afirmou:

— Os irmãos não aceitarão tal mudança. Nem mesmo de *você*.

Com genuína incredulidade, olhei para o meu irmão gêmeo e perguntei:

— Todos os homens aqui são malditos pedófilos? Eles estão aqui em nossa comuna para a salvação de Deus e de suas almas, ou para foder menininhas?

Judah cambaleou para trás e balançou a cabeça.

ALMA SOMBRIA

— Aqueles homens... Aqueles homens do diabo com quem conviveu por cinco anos... Eles corromperam suas crenças. Veja como está agindo. Ouça como você está falando! Ouça as palavras pecaminosas saindo pelos seus lábios!

— Não sou como eles. Mas me escute bem: por mais fodidos que eles sejam, por mais maléficos que sejam seus atos, eles não estupram crianças inocentes! — Dei um passo para trás e disse baixinho: — Será que sou o único que está vendo isso?

— Eles corromperam a sua alma — Judah retrucou.

Rindo sem achar a menor graça, apontei para o rosto dele e disse:

— Não, irmão. O que você não entende é que odeio aqueles homens. Eu os quero destruídos tanto quanto você. Eles pecam, eles se prostituem e desconsideram as leis de Deus, dia após dia. Mas viver com eles me deu experiência. Você nunca deixou nossa casa de infância, Judah, nem uma vez. *Eu, sim*. Fui *eu* quem viveu no mundo exterior por cinco anos, e por mais que odiasse cada maldito segundo por estar naquele inferno, isso me convenceu de que essas malditas sessões são *erradas*. Talvez se fosse você quem tivesse sido enviado nessa missão, não estaria aqui como um maldito pedófilo, defendendo o indefensável!

Precisando sair desse lugar sufocante, segui para a porta, quando Judah anunciou:

— Você se perdeu da nossa fé, Cain. Você foi corrompido, não merece o manto de prestígio na liderança do nosso povo, não agindo assim.

Parei com tudo e me virei para avisar:

— Cuidado, irmão, isso soa perigosamente como traição. E traição contra o profeta é punível com prisão.

O rosto de Judah empalideceu, e, com o corpo tenso, ele fugiu da sala. Corri de volta para minha mansão e para o meu escritório. Comecei a examinar as escrituras, dando início à minha própria versão.

Trabalhei durante horas, decifrando e queimando velhas revelações, muitas vezes ininteligíveis, do meu tio David, de sua vida adulta. Purifiquei as práticas que tanto me ofendiam e escrevi com a caneta no papel, criando novas leis e práticas que não colocariam em risco a inocência das nossas crianças.

Eu trabalhei tanto que a lua saiu no céu, dando lugar à luz de um novo dia. Eu trabalhei tanto que adormeci na minha mesa, a caneta ainda na mão...

De repente, uma pancada na parte de trás da minha cabeça me despertou do sono. Meus olhos ardiam com a dor excruciante do ataque, e minha visão ficou turva. Eu me virei para lutar contra quem me atacava, quando um saco foi colocado sobre a minha cabeça, me deixando na escuridão. Lutei para me libertar, mas meus braços e pés foram firmemente presos. Fui amarrado, várias mãos segurando meus membros. E fui arrancado da minha casa no ar frio do amanhecer.

Enquanto uma brisa leve soprava através da minha túnica e calça, ouvi o abrir de uma porta e o eco dos pés batendo no chão de pedra.

Tentei novamente me libertar, tentei afrouxar as amarras, mas elas estavam muito apertadas. Respirei fundo quando o som de outra porta se abrindo encheu o ar. Então a dor invadiu meu corpo quando fui jogado em um piso duro, o impacto fazendo minha cabeça se chocar contra uma parede dura.

Ecos do barulho me cercaram, então o saco foi retirado da minha cabeça. Pisquei contra a luz forte e brilhante. Quando me concentrei, vi quatro paredes de pedra cinza, o cheiro de umidade e suor enchendo meu nariz.

Então levantei o olhar, deparando-me com Judah e o Irmão Luke, juntos a outros dois discípulos vestidos de preto, todos olhando para mim.

Judah agora me encarava como se eu fosse um estranho.

— Me solte, agora! — ordenei. Minha cabeça latejava com as pancadas recebidas. Quando meu irmão gêmeo não reagiu, lutei contra as amarras e rosnei: — Como seu profeta, exijo que me solte! — Ninguém se mexeu, até que, de repente, eles se viraram para sair.

Meu coração batia forte no peito como se fosse um trovão.

— Judah!

Meu irmão gêmeo parou e, voltando à cela para ficar na minha frente, ele disse:

— Você, Judah, irmão do profeta. — Apontou para o meu rosto e meus olhos se arregalaram com suas palavras. — Você é acusado de traição contra a Ordem. Você deve ficar preso nesta cela até que *eu* decida a *sua* punição.

Ele se virou para sair, quando novamente gritei:

— Você não pode fazer isso! JUDAH!!!

Judah parou novamente e, virando-se para mim, balançou a cabeça.

— Não, irmão. *Você* é Judah. — Estendeu a mão e puxou o longo cabelo castanho, deixando-os soltos, caindo pelas costas no estilo que eu, como profeta, sempre usava. — *Eu* sou o Profeta Cain. *Eu* sou o Profeta destinado da Ordem. E *eu* tenho uma guerra santa para preparar.

Com isso, ele saiu, batendo a porta com força, mergulhando a cela na escuridão. Deixando-me ali sozinho. Traindo seu próprio irmão gêmeo. Seu irmão. A sua única família...

— *JUDAH!*

EPÍLOGO

FLAME

Uma batida soou na porta. Abri e vi que AK estava na frente da nossa cabana. Sem dizer uma palavra, ele me entregou duas caixas pequenas e uma maior. Meu estômago revirou de nervoso enquanto as segurava em minhas mãos.

AK pigarreou.

— Está tudo aí, irmão. Boa sorte, okay? — Ele sorriu, depois acenou com a mão enquanto voltava para sua cabana.

Virando, fechei a porta, bem no momento em que Maddie saiu do banheiro. E eu congelei no lugar. Minhas mãos agarraram as caixas enquanto a observava.

Ela usava um vestido longo e branco, sem mangas. Seu longo cabelo negro descia em ondas até a base de suas costas, e ela tinha flores prendendo duas mechas laterais.

Maddie corou sob o meu olhar.

— Maddie — murmurei.

— Estou bem? — ela perguntou, passando as mãos pelo vestido.

— Você está linda.

Maddie baixou a cabeça, depois olhou para mim através dos seus longos cílios pretos.

— É bobagem, mas eu queria me vestir adequadamente. Eu... — Ela engoliu em seco, e mexendo as mãos, inquieta, disse: — Eu queria que você me achasse bonita esta noite. Quando fizéssemos isso. Quando assumíssemos esse compromisso.

Um gemido saiu da minha garganta e eu respondi:

— Eu sempre acho que você é linda.

— Assim como eu — ela respondeu. Olhei para a minha roupa de couro, botas e o *cut*, e franzi a testa. Eu parecia o mesmo de sempre.

Maddie se moveu na minha direção e sorriu. Seus dedos apontaram para as caixas na minha mão e ela perguntou:

— Você tem tudo o que precisamos? — Concordei e Maddie estendeu a mão. — Então vamos?

Meu coração disparou no peito, mas deixei Maddie me levar para fora da cabana e para a floresta na parte de trás da nossa clareira. Estava escuro e frio, mas eu não conseguia sentir nada, enquanto a observava andar à minha frente. Na verdade, mal percebi que havíamos chegado ao rio.

Soltando minha mão, Maddie se virou para mim.

— Eu amo estar ao lado da água. Passei a maior parte da minha vida dentro de casa, que agora adoro ouvir a correnteza e cheirar o ar fresco. Eu... eu não conseguia pensar em um lugar melhor para fazer isso com você. — Maddie apontou para o céu. — A noite também está clara. Nenhuma nuvem. E as estrelas e a lua saíram para nos observar.

Mas não me incomodei em olhar para cima. Que merda eram as estrelas e a lua, quando eu a tinha? Eu não conseguia afastar o meu olhar.

Eu mal podia respirar.

Eu mal podia respirar sabendo que esse era o dia do nosso casamento. Ou, pelo menos, a nossa versão de um casamento.

Eu pedi que se casasse comigo alguns dias atrás. Sabia que o pedido não havia sido bem-feito, mas eu estava dentro dela, Maddie roubando a porra do meu coração, como sempre, e eu sabia que tinha que tê-la para sempre. Ela era minha e eu era dela...

Estávamos deitados na cama, Maddie nos meus braços, sua cabeça apoiada no meu ombro. Eu podia ouvir sua respiração desacelerando, e sabia que já estava adormecida. Quando sua mão pressionou meu peito, ela soltou um suspiro silencioso, e para mim, aquilo foi o suficiente. Eu queria mais do que aquilo que já tínhamos. Queria tudo. Eu

ALMA SOMBRIA

precisava tê-la. Tê-la como minha.

Respirando fundo, me virei e Maddie deslizou por baixo de mim. Os olhos sonolentos se abriram de surpresa.

— Eu quero casar com você — falei, segurando a sua mão esquerda.

A respiração de Maddie parou. Seus olhos verdes ficaram enormes. E alguns segundos se passaram antes de ela engolir em seco e sussurrar, baixinho:

— Você... você quer?

Assenti com a cabeça uma vez, tremendo enquanto tentava explicar como me sentia por dentro. Coloquei a mão no rosto dela e disse:

— Preciso de você como minha. Preciso que você me possua e seja completamente minha. Preciso de você como Maddie Cade. Eu preciso saber que você nunca vai me deixar.

Maddie ainda não havia falado nada, então levantei o dedo anelar para a minha boca e o beijei. Mas, colocando a mão na minha bochecha, ela disse:

— Flame, enquanto estou deitada aqui, meu coração está acelerado só de pensar em algo tão perfeito... casar com você. Mas não temos uma fé que seguimos. E... e eu não poderia ficar na frente dos seus irmãos e das minhas irmãs para me casar com você. A ideia de ser o centro das atenções me enche de tanto pavor que mal consigo respirar. Acho que não conseguiria passar por isso. Ou até mesmo falar e me comprometer com você na frente de um juiz de paz. Receio não conseguir lidar com algo assim.

Suspirei, sentindo meus músculos tensos com o que ela estava dizendo. Mas quando pensei em um pastor ou um juiz de paz, admiti:

— Nem eu. — Pisquei, vendo o olhar da Maddie baixar, parecendo triste. Naquele momento, senti uma necessidade ainda maior de tê-la como minha esposa.

Abaixando a cabeça para recostar à dela, falei:

— Mas eu quero você, Maddie. Quero você como minha. Total e completamente minha.

Maddie levantou o olhar e sorriu. Um enorme sorriso que atingiu meu peito como se fosse uma bala. Maddie colocou a mão na minha nuca e me puxou para sua boca. Ela me beijou suavemente, depois prometeu, com os lábios encostados nos meus:

— Vamos encontrar um jeito, Flame. Eu também preciso pertencer a você. Se é possível pertencer a você mais do que já pertenço.

Colei minha boca à dela e, enquanto nos beijávamos, imaginei meu anel no seu dedo e meu nome nas suas costas. E imaginei tê-la como minha. Eu imaginei finalmente tê-la como minha old lady...

Maddie, minha old lady.

Eu não sabia como diabos faríamos isso.

Mas, como todo o resto, teríamos que encontrar uma maneira.

Maddie deu um passo adiante até que estava bem na minha frente, o rio correndo por trás dela. Pegando as caixas das minhas mãos, ela as colocou no chão e se levantou. Ficando na ponta dos pés, enlaçou meu pescoço. Inclinei a cabeça para ver seu rosto.

Maddie sorriu quando me inclinei para ficar à sua altura.

— Eu amo você, Flame. Mal posso esperar para me tornar sua esposa.

Rosnando, pressionei meus lábios aos dela e depois me afastei. Ela recuou e eu peguei as duas caixas menores do chão. Entreguei uma para ela, que abriu em expectativa. Maddie olhou para o anel dentro da caixa, o anel que eu usaria, e o tirou para segurar em sua mão.

— É preto — atestou e me deu outro sorriso.

Fazendo o mesmo com a caixa na minha mão, coloquei seu pequeno anel na minha palma. Maddie olhou para ele e sussurrou:

— Meu anel é preto e dourado. — Ela observou mais de perto, e depois parou de respirar. Focando sua atenção em mim, ela disse:

— Como chamas. O preto e o ouro parecem chamas — ela suspirou.

— É você. Este anel... será para sempre o meu pedacinho de você.

Meu peito doía enquanto ela admirava aquele pedaço de ouro, e desloquei o peso de meus pés, inquieto. Eu não tinha a mínima ideia de como fazer isso. Toda essa merda romântica. Eu queria lhe dizer um monte de coisas, sobre como ela me fazia sentir, o que significava para mim, mas eu sabia que não tinha as palavras. Não era capaz de poder dizer a ela coisas assim. Mas mostraria pra ela. Pelo resto da minha vida, mostraria a ela todos os dias.

Eu só queria que ela fosse minha.

Propriedade do Flame.

Eu só a queria como minha esposa.

— Para quê a outra caixa? — Maddie perguntou, baixinho, olhando por cima do meu ombro.

Olhei para a única caixa que restava no chão.

— Eu vou mostrar para você depois.

Ela franziu a testa, mas não disse mais nada.

Então tudo ficou bem quieto.

Ouvindo Maddie respirando rapidamente, vi quando ela endireitou os ombros e se aproximou ainda mais de mim. De repente, ela se inclinou e segurou timidamente a minha mão esquerda com a sua mão esquerda.

Então aqueles grandes olhos verdes que eu tanto amava se fixaram aos meus. As bochechas de Maddie ficaram vermelhas e, respirando fundo, ela sorriu e colocou a mão direita sobre o coração.

— Estou tão nervosa — sussurrou, e sua confissão quase acabou comigo.

— Sim — respondi, sentindo exatamente o mesmo. Ela, então, apertou minha mão, me reconfortando. Ela sempre entendia o que estava acontecendo na minha cabeça.

— Porque eu quero tanto isso — ela sussurrou. — Eu... eu nunca... é surreal demais estar aqui, vestida assim, *fazendo* isso. Eu... eu nunca pensei que poderia ter isso. Mas eu tenho, Flame. E o milagre maior é que tenho isso com você.

Meu peito e garganta estavam tão apertados... Inspirando pelo nariz, consegui perguntar:

— É o suficiente? Isso é suficiente para você; sem um pastor ou juiz de paz aqui para oficializar? Isso, apenas nós dois, trocando anéis um com o outro, é suficientemente legítimo? Eu odiaria se não parecesse real para você, como um casamento de verdade.

Maddie deu um beijo em nossas mãos unidas e garantiu:

— É real, Flame. Isso é completamente real para mim. Eu não preciso de mais ninguém aqui para me dizer o que já sei... que sou sua, e que você é meu. Nossos votos, um para com o outro esta noite, são o que mais importa, não um pedaço de papel assinado por um estranho que não tem ideia de quem somos como pessoas. O que queremos dizer um para o outro. O que vencemos juntos. — Ela balançou a cabeça. — Não. Esta cerimônia privada com nós dois é o mais real possível para mim. Sem barulho, sem frescura. Estou simplesmente entregando meu coração e minha alma a você esta noite, e você, a mim. Para mim, essa é a expressão máxima do nosso amor. E é perfeito. Eu e você. É tudo o que precisaremos.

— Maddie — gemi, precisando ouvir muito essas palavras.

Ela traçou as costas da minha mão com o dedo e, com uma voz baixa, disse:

— Eu cheguei tão longe desde que o conheci, Flame. Eu cresci como pessoa, mas mais do que isso, encontrei amparo em seus braços. Algo maravilhoso que nunca achei que conseguiria. Descobrimos o que é o amor um pelo outro e aprendemos que poderíamos seguir em frente com os horrores do passado. — Uma lágrima escorreu pela bochecha de Maddie, e seus dedinhos tremeram quando ela os entrelaçou com os meus. — Você é o meu milagre, Flame Cade. Você realmente é a outra metade da minha alma.

Minha mandíbula apertou enquanto eu lutava com o nó na minha garganta, as lágrimas borrando a minha visão. E então Maddie deu uma risada e balançou a cabeça.

— Eu costumava me perguntar como duas pessoas; uma garota quebrada e um garoto quebrado... poderiam superar seus passados sombrios e torturados. Mas agora eu sei. Juntos, é como conseguimos. Juntos, eles encontraram uma maneira... *juntos*.

Minhas narinas arderam quando Maddie pegou o anel maior em sua mão e o deslizou no meu dedo anelar. E quando encarei aquele pedaço de metal, pensei que meu coração fosse explodir no peito.

Usando meu polegar, girei o anel. Maddie ofegou quando uma gravação dourada apareceu.

— *Minha Maddie* — ela sussurrou, lendo em voz alta o nome gravado.

— Sim — respondi, incapaz de encontrar a merda da minha voz para dizer muito mais do que aquilo.

— Flame — ela suspirou. — É perfeito. — Maddie traçou as palavras do anel com o dedo, lágrimas caindo dos seus olhos. — Sua Maddie — sussurrou, baixinho.

Segundos se passaram enquanto ela contemplava o anel no meu dedo. Erguendo a cabeça, ela disse, com as bochechas coradas:

— Agora é a sua vez.

Maddie mudou a posição das nossas mãos para que agora eu segurasse a dela, e senti meu estômago revirar. Cerrando os dentes, admiti:

— Não sei o que dizer. — Segurei com força o pequeno anel na minha mão direita. — Eu não sou bom... com palavras, Maddie. Eu vou estragar tudo.

Maddie pressionou a mão direita sobre o meu coração e explicou:

— Apenas diga o que está em seu coração, Flame. Aqui — ela pegou o anel da minha mão e o colocou na ponta de seu dedo anelar —, diga o que quiser, o que sentir na sua alma, e depois deslize o anel até o fim.

Respirando fundo, lutei contra o crescente frio no meu estômago e disse:

— Eu sou uma merda para falar, Maddie. Não consigo me expressar direito.

Ela sorriu, depois olhou para mim com a porra da mais bela expressão que já vi em seu rosto. Levantando minha mão direita, acariciei sua bochecha rosada e disse:

— Mas, porra, Maddie, eu sei que amo você pra caralho. Você me salvou. Você me entende. E você é minha. — Deslizei o anel em seu dedo, e foi como se eu tivesse levado a porra de um soco no peito quando vi que o anel preto e dourado agora repousava em seu dedo.

Maddie suspirou.

E eu sorri pra caralho.

Aquele anel, ali mesmo, era o meu lar.

Ao levantar o olhar, vi que ela estava chorando.

— Maddie? — questionei, mas antes que pudesse dizer mais alguma coisa, ela jogou os braços em volta da minha cintura e pressionou a bochecha no meu peito.

— Eu amo você — sussurrou. — Eu o amo muito. Você sabia disso? Eu preciso que você saiba o quanto significa para mim.

Suspirei, sentindo que tudo estava certo pra cacete. Porque eu tinha certeza de que ela sabia. Minha pequena cadela de cabelo preto me amava. Passei um braço em volta de sua cintura delgada, e o outro, ao redor de seu pescoço.

Ela ainda cheirava a morangos.

Respiramos e nos mantivemos naquela posição pelo que pareceu uma eternidade, até que ela se afastou e, olhando nos meus, declarou:

— Agora você é o meu marido, Flame. Meu, para sempre.

Gemendo, dei um beijo em sua testa e murmurei:

— Minha esposa. Maddie Cade.

Ela inclinou a cabeça para trás, com o rosto radiante e sussurrou:

— Você faz meu coração sorrir.

Pressionei meus lábios contra os dela, fazendo com que esse casamento se tornasse oficial.

Maddie se inclinou para trás e, com as bochechas corando, disse:

— Eu... eu quero ir para casa. Eu quero... quero estar com você.

Meus músculos tremeram, precisando disso também, mas assim que fui levá-la para fora da floresta, vi a outra caixa no chão. Soltando a mão de Maddie, peguei e entreguei para ela.

— Aqui. Peguei isso pra você. Você é a minha *old lady* agora. Essa merda aqui vai dizer ao mundo.

Maddie lentamente pegou a caixa e a abriu. Retirou dali de dentro um pequeno *cut* de couro, com o seu nome costurado na frente.

— Flame — ela sussurrou e o virou. Seus olhos se encheram de lágrimas novamente e seu dedo traçou a costura nas costas que dizia: *"Propriedade do Flame"*.

— Eu sou — disse, baixinho, quando uma lágrima caiu no couro intocado, logo acima do meu nome. — Eu *sou* sua. Você não tem ideia de como sou *sua*.

Meu coração bateu forte no meu peito e, segurando o *cut* contra o peito, Maddie ergueu o olhar.

— Leve-nos para casa, Flame. Eu tenho a necessidade de fazer amor com o meu marido. Quero estar o mais perto possível de você esta noite. E quero consolidar esta união. Quero que sejamos um.

Eu ofeguei, sem fôlego, minha pele escorregadia de suor. Maddie abriu os olhos, as bochechas coradas, o verde de seus olhos reluzindo as chamas da lareira.

E então ela sorriu. Sorriu e, com as mãos no meu rosto, e sua aliança de casamento brilhando na luz, levou seus lábios macios aos meus. Eu gemi em sua boca, depois me afastei para sussurrar:

— Eu amo você.

Maddie corou e respondeu:

— Eu também amo você — sorriu e acrescentou: —, meu marido.

Eu me virei, deitado de costas, com Maddie se ajeitando para descansar as costas contra o sofá novo que ela trouxera para a nossa cabana. Maddie redecorou todo o lugar. Tínhamos móveis, uma cama *King Size*... e eu havia lacrado o alçapão.

Pela primeira vez na minha vida, eu tinha um lar de verdade.

Um lar de verdade, para mim e para Maddie.

Precisando ficar mais perto ainda, repousei a cabeça em seu colo nu, e Maddie começou a acariciar o meu cabelo. Fechei os olhos ao sentir seus dedos no meu couro cabeludo, me sentindo feliz pra caralho, quase ao ponto de não poder suportar.

— Você está bem? — Maddie perguntou.

Abrindo os olhos, segurei sua mão esquerda e falei:

— Sim, bem pra caralho. Nunca pensei que as pessoas poderiam se sentir assim.

Maddie sorriu para mim, e seu olhar suave se perdeu nas chamas. Mas olhei para o alto. Eu sempre olhava para o alto. Fazia isso todas as noites. Toda manhã quando eu acordava. Eu olhava para os desenhos dela, agora emoldurados acima da lareira. Ela disse que esses desenhos eram a vida que ela costumava sonhar que poderia ter. A vida que desejava ter. E ela quase partiu meu maldito coração quando perguntei se poderia enquadrá-los e colocá-los na parede acima da lareira — a única parte da decoração em que participei.

Maddie ficou muito quieta por um tempo, depois me entregou o bloco de desenho antigo que ela havia parado de usar há um tempo. Quando ela me entregou, disse:

— *Você pode pegar esses desenhos, Flame. Fico feliz em ver meus velhos sonhos na nossa parede. Isso me faria feliz, pois quase todos eles se tornaram realidade. Sempre me lembrará que sou a garota mais sortuda do mundo inteiro.*

E então os coloquei lá. Os mais novos na parte de baixo: das irmãs dela; minha moto; Little Ash na minha Harley enquanto o ensinava a pilotar; Little Ash sentado ao meu lado na minha oficina, o *cut* de "recruta" nas suas costas quando comecei a construir sua moto.

E então havia os desenhos mais antigos no topo: o desenho de nossas mãos unidas; o do meu rosto olhando para Maddie da página; o da sua irmã mais velha, Bella – a irmã que se parecia com Mae. E então para a parte superior da lareira, o maior desenho de todos – aquele do qual eu sentia um maldito orgulho, aquele que possuía a minha alma e que era todo o meu coração –, o desenho de Maddie. O que ela acreditava que nunca poderia se tornar realidade. Aquele que me disse, sem precisar de palavras para explicar, o que ela queria para nós dois, quando eu ainda estava preso sob as chamas. O desenho que eu conhecia de memória – cada traço, cada detalhe. Aquele em que estávamos nos abraçando. Meus braços em volta de sua cintura, a pequena mão apoiada no meu peito, e seus olhos fechados expressando sua imensa alegria.

Aquele que foi o começo de tudo.

Aquele que ficou gravado para sempre em minha alma sombria.

Abrindo os olhos, contemplei o desenho, como fazia o tempo todo, e meu coração parecia que poderia explodir.

E então ela começou a cantar.

Minha esposa cantou baixinho, enquanto eu admirava meu desenho favorito.

De nós dois.

Minha Maddie.

Seu Flame.

AGRADECIMENTOS

"Alma Sombria" era um tipo muito diferente de romance para eu escrever. Tinha tópicos tão sérios e tão sensíveis entrelaçados em suas páginas que, às vezes, parecia que era a minha versão da conquista do Monte Everest! Do ponto de vista da primeira pessoa, foi a história mais difícil que já escrevi. Flame foi o personagem mais complexo que já tentei entender e dar vida. Mas o meu amor por ele não tem limites. Flame e Maddie são a minha alma. Eles são a fantasia, a esperança de que todos possam ter seus próprios 'felizes para sempre', não importa o quão quebrados possam estar.

Acho que não dormi durante todos esses meses escrevendo o livro. Foram muitas lágrimas, o nível de estresse foi alto e o consumo de café e Red Bulls foi épico! Mas chegamos lá.

E, vamos ser sinceros, É O FLAME! Muitas pessoas esperaram muito tempo pela história dele, então eu queria torná-la o mais fiel possível ao seu personagem. Espero ter conseguido!

Então, para as pessoas que me ajudaram nessa estrada...

Pai, suas ideias psicológicas foram vastas e me ajudaram a transformar esse romance em algo que eu poderia amar. Flame e eu agradecemos! Para mamãe e papai, obrigada por serem minhas âncoras quando achei que não conseguiria escrever este romance. E agradeço a Deus pelo Facetime! Amo vocês dois!

Para o meu marido. Você teve que me suportar MUITO nos últimos três meses. Parafraseando você, quando escrevi a palavra 'FIM': *"Graças a*

Deus, acabou. Foi uma loucura enquanto você escrevia esse livro!". Amo você, amor. Obrigada por apoiar esta minha versão neurótica e louca de escritora!

Sam, Marc, Taylor, Isaac, Archie e Elias. Amo todos vocês. Abandonei todos vocês escrevendo este livro, mas agora a irmã/tia divertida está de volta!

Às minhas fabulosas leitoras-beta: Thessa, Kelly, Kia, Rachel, Rebecca e Lynn. Seus comentários e conselhos foram inestimáveis. Vocês lidaram com os meus problemas com compreensão e paciência. E Rach, em especial a você! Você me guiou pelas águas turbulentas do medo da derrota, com suas mensagens de: *"Você consegue, Tills"*. Amo você, garota. E Matt, sem dúvida, sendo a voz da razão! ;)

Thessa, minha líder de torcida pessoal, e boa amiga. Você me apoiou durante este livro, a cada passo do caminho. Obrigada por tudo que você faz. Você é a engrenagem desta máquina.

Kelly, e *Have Book Will Read Book Blog*, por ser a anfitriã do meu blog tour e ser uma beta épica. Você é fabulosa e uma verdadeira amiga. Amo você!

Ann Rigby. Obrigada por andar comigo pelo estado de espírito do Flame – muito mais sombrio e complexo. Ouvir a sua inspiradora experiência médica e conhecimento no campo de abuso e autoagressão me ajudou mais do que você pode imaginar com o personagem do Flame. Você merece uma medalha pelo que fez por tantas pessoas quebradas em sua vida. Sei que em sua linha de trabalho nem sempre vê muitos finais felizes, mas espero que o 'felizes para sempre' do Flame e da Maddie tenha feito você sorrir.

A Ed Williamson por desenhar a mais perfeita imagem de Flame e Maddie, e por fazer uma pintura tão linda. "Minha Maddie" ficará para sempre na minha casa. Tão, tão lindo.

Gitte e Jenny do *TotallyBooked Book Blog*. Vocês me apoiam e me defendem. Vocês se tornaram amigas incríveis (sim, eu posso ter gritado como uma garotinha quando Jenny nos surpreendeu em Londres!). Vocês são o mundo para mim. E eu amo vocês. É isso aí.

E um enorme obrigada a todos os maravilhosos blogs literários que me apoiam e promovem meus livros. "Alma Sombria" teve um número épico de blogs por trás do seu lançamento, e por isso, vocês têm a minha eterna gratidão.

A todos os autores incríveis que me apoiaram nesse processo, obrigada. Nós corremos. Nós reclamamos. Nós conseguimos. E em que mundo incrível eu me encontrei.

Tracey-Lee, Thessa e Kerri, um enorme obrigada por administrar os meus *street teams*, *Tillie's Hot Cole's* e *The Hangmen Harlots*. E para todos os membros do meu *street team*: AMO VOCÊS!!!

Para as meninas do *@FlameWhores* no Instagram. Vocês, garotas, são brilhantes! Que grupo fabuloso vocês são!

Um ENORME obrigada a Josh Mario John, muso dos meus leitores para o Flame. Você gentilmente abraçou o amor de Flame. Meus leitores e eu queremos agradecer pelos seus comentários gentis de apoio.

Jodi e Alycia. Amo vocês. Demais. Sempre.

Minhas garotas do IG!!!! Vocês ficam cada vez melhores! Eu adoro todas vocês e o seu apoio significa o mundo para mim.

E agora, meus leitores. Diz o ditado que você nunca deve falar sobre religião, política ou futebol (ou qualquer outra coisa, dependendo de que país você é). Por isso, ainda me emociona o apoio que vocês dão à minha série do Hades Hangmen, que quebra pelo menos uma dessas regras! Ela não segue as histórias comuns de MCs, tem algumas reviravoltas bizarras e ideologias e práticas desconhecidas que, com certeza, afastariam muitas pessoas. Mas vocês a aceitam com o coração aberto. Como escritora, expressar suas paixões acadêmicas e pessoais nas páginas de um livro é um sonho que se tornou realidade. Esses romances são o meu sonho. Eles são a minha vida, e vocês também os amam tanto quanto eu. Nunca conseguirei agradecer a todos o suficiente por isso.

E, finalmente, para Flame e Maddie. O que posso dizer? Vocês machucaram meu coração durante a jornada deste romance. Às vezes, eu tinha que me afastar de vocês, nos seus momentos mais profundos e sombrios, porque suas dores eram reais demais para eu suportar. Mas nos mantivemos fortes, perseveramos e, no final, vocês marcaram para sempre a minha alma.

Eu costumava me perguntar como três pessoas – um garoto quebrado, uma garota quebrada e uma escritora esperançosa – poderiam trazer os personagens dos seus passados sombrios e torturados. Mas agora sei. Juntos, é assim que eles conseguem. Eles lutam juntos... *juntos*.

PLAYLIST

The Funeral — Band of Horses
Two of Us On The Run — Lucius
My Blood — Ellie Goulding
Beat The Devil's Tattoo — Black Rebel Motorcycle Club
Gun In My Hand — Dorothy
Down By The River — The Dirty River Boys
Dust to Dust — The Civil Wars
Beautifully Unfinished — Ella Henderson
This Little Light Of mine — Elizabeth Mitchell
Cannonball — Damien Rice
Need The Sun To Break — James Bay
Soul On Fire (feat. All Sons & Daughters) – Third Day
Devil's Backbone — The Civil Wars
Stolen Roses — Karen Elson
Into My Arms — Nick Cave & The Bad Seeds
Wings (Acoustic) — Birdy
Crash This Train — Joshua James
Sleep Baby Sleep — Broods
Falling For Me — Johnnyswin
The Fire — Kina Grannis
Full of Grace — Sarah McLachlan
I Found You — The Mastersons
Dead Hearts — Stars

Poison Tree — The Milk Carton Kids
Ain't No Grave — Crooked Still
Two Boys — Sin Fang
Snake Song — Isobel Campbell & Mark Lanegan
Fear & Loathing — Marina & The Diamonds
True Colors — Cyndi Lauper
All My Tears — Ane Brun
In Your Hands — Joshua Radin
Clarity (Live) — Foxes
Healing Hands — Marc Cohn
House By The Sea — Moddi
As It Seems — Lily Kershaw
Lost — Liza Anne
Broken Ones — Jacquie Lee
Under Stars — Aurora

Para escutar a playlist, acesse o link abaixo:
https://cutt.ly/PlaylistAlmaSombria

A The Gift Box é uma editora brasileira, com publicações de autores nacionais e estrangeiros, que surgiu no mercado em janeiro de 2018. Nossos livros estão sempre entre os mais vendidos da Amazon e já receberam diversos destaques em blogs literários e na própria Amazon.

Somos uma empresa jovem, cheia de energia e paixão pela literatura de romance e queremos incentivar cada vez mais a leitura e o crescimento de nossos autores e parceiros.

Acompanhe a The Gift Box nas redes sociais para ficar por dentro de todas as novidades.

 www.thegiftboxbr.com

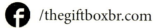 /thegiftboxbr.com

 @thegiftboxbr

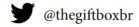 @thegiftboxbr

Impressão e acabamento